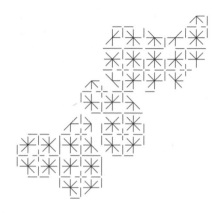

摺紙動物園

Ken Liu
劉宇昆 著

張玄竺 譯

目次

書的形狀

The Bookmaking Habits
of Select Species

*2012*年 星雲獎最佳短篇小說提名
*2013*年 西奧多·史鐸金紀念獎決選
*2013*年 華盛頓科幻協會小出版社獎決選

關於宇宙間的智能生物，沒有可靠的統計調查。不只對於「什麼是智能生物」始終爭論不休，而且無時無地都有文明崛起也有文明消失，如同星體誕生、死去。

時間吞噬一切。

但每種生物都有延續智慧的獨特方式，使意念可見、可觸知，像壁壘那樣封存起來，以對抗最終難以抵禦的時間潮汐。

每個人都在創造書。

有人說書寫就是有形的演說，但我們知道這樣的看法很狹隘。

音樂種族阿刺天人用他們細瘦、堅硬的鼻子在較為軟質的表面刻畫，比如覆蓋一層蠟或軟泥的金屬板。（富裕的阿刺天人有時會在鼻尖配戴一種貴金屬製成的尖頭。）寫的人一面寫，一面說出自己的意念，讓鼻尖上下震動，加深刻下的字溝。

要閱讀以這種刻畫方式寫下的書，阿刺天人得把鼻子放進字溝裡拖曳而行。與字溝裡的波型文字產生共鳴時，細緻的鼻尖會震動起來，阿刺天人頭顱裡的凹陷空間會將聲音放大。透過這種方式，能重現作者的聲音。

阿刺天人認為他們的書寫系統比其他智能生物更好。和拼音文字、音節文字或象形文字寫成的書不一樣的是，阿刺天人的書裡不僅有文字，還有作者的語調、聲音、轉折、重音、腔調和節奏，他們的書不只是書，還是樂譜和唱片，彷若一場演說、一首詠嘆調、一篇扣人心弦故事的完美再現。對阿刺天人來說，閱讀就是聆聽過去的聲音。

但阿剌天書的美是要付出代價的。因為閱讀時要與軟質、可塑的表面直接接觸，每經歷一次閱讀，文本都會受到毀損，一部分原文便無可避免會消失。雖然可以用更堅硬的材質製作複本，卻無法完整保留作者聲音的細微之處，因此阿剌天人捨棄了這個方法。

為了保存他們的文學遺產，阿剌天人必須把最珍貴的書籍鎖進只有極少數人才能進入的圖書館禁區。諷刺的是，阿剌天作家最重要和最美的作品少有人讀過，只能藉著抄寫員在特別儀式裡聽讀原文之後，重新詮釋並寫進新的書裡，才能被大眾閱讀。

最具影響力的作品有上百、上千種轉譯本，透過這些轉譯本詮釋、傳播出去。阿剌天學者花很多時間爭論各種版本的可信度，並根據那些不完美的副本、對先人聲音的想像，推測被閱讀者損毀之前，完美之書的樣貌。

夸鄒里人不認為思想和書寫是兩回事。

他們是機械種族。沒有人知道他們是不是來自另一種（更古老的）機器物種、是不是靈魂被堅硬外殼包裹著的物種，還是由無生命體演化而成。

夸鄒里人的身體是銅製的，形狀像沙漏一樣。他們的星球在三顆星球間的複雜軌道運行，受巨大潮汐力影響，星球的金屬地核劇烈翻騰並融化，熱氣經由蒸汽噴泉和熔岩湖擴散到地表。夸鄒里人每天必須將水吸入胸腔底部數次，他們不時潛入冒泡的熔岩湖裡，讓胸腔內的水隨之緩緩沸騰，轉化成蒸汽。蒸汽會通過一扇調節閥——沙漏的狹窄部位——進到上方空間，推動各種齒輪和槓桿運作，驅動這個機械生命體。

運作循環的最後，蒸汽冷卻，凝結在上方空間的內側。小水珠順著溝槽刻蝕銅製的身體，直到集結成穩定水流，這股水流會穿過多孔的碳酸鹽礦物石，再排出體外。

這塊石頭是夸鄒里人的心智所在。這個石頭器官佈滿千百萬條錯綜複雜的渠道，形成一個迷宮，將水分流成無數條平行小水流，滴滴答答、涓涓潺潺、彼此蜿蜒環繞以表述簡單的價值觀，當它們匯聚，便成意念之河，湧現為思潮。

水流過石頭的形狀隨著時間改變，老舊的渠道破損消失或堵塞不通，某些記憶因此被遺忘。新的渠道生成，如神蹟般連結先前分散的水流，而分流的水將新生的礦質沉積在石頭最末端，那些剛剛成形的脆弱小鐘乳石便是最新形成的思想。

夸鄒里家長在熔岩湖裡創造孩子時，最後一件事便是把自己石心的一塊薄片送給孩子。這塊薄片蘊含既有的智慧和就緒的思維，能讓孩子開始新生命。當孩子積累了經驗，石腦會沿著核心，生長得更加錯綜、精細，直到也能分流思想，供自己的孩子使用。

因此夸鄒里人本身**就是**書。每個人的石腦都記載著歷代先祖累積下來的智慧，能夠跨越時間而留存的思想，都歷經數百萬年的侵蝕。每一個心念都承襲著幾千年前的種子，每一個思想都留下印記，能供人閱讀、見證。

宇宙間有些比較暴力的種族，像是赫斯貝羅人，曾以採掘和收集夸鄒里人的石腦為樂。這些石頭仍在他們的博物館和圖書館中展示，但往往只寫著「古老書籍」，對大多訪客來說不具有太大意義。

赫斯貝羅人能把思想和書寫分開，因此，這個善征戰的種族可以留下沒有污點、不會令子孫顫慄的思想紀錄。

但石腦仍在他們的玻璃展示櫃裡，等待水流流過乾涸的溝渠，好再次復活、供人閱讀。

赫斯貝羅人曾用串聯的符號來表示語言中的聲音，但他們現在已不再書寫了。他們和書寫的關係始終複雜難解。他們的聖賢不信任書寫，他們認為書是死的，卻假裝是活的。書提供教條式的警句、道德評斷，描述半真半假的史實或刺激的故事……卻無法像真人一樣接受審問，無法回應批評者或為自己的論述辯駁。

赫斯貝羅人只有在無法相信變幻無常的記憶時，才會心不甘情不願地把思想寫下來。他們更喜歡快速應變的演講、雄辯或爭論。

赫斯貝羅人曾是凶猛殘忍的種族。他們以爭辯為樂，更醉心於戰勝的榮耀。他們的聖賢以前進的動力來合理化征戰和屠殺：唯有戰爭，才能實現深深刻印在靜止文本中、傳承多年的觀點，才能印證這些觀點仍是真理，並為了未來而使之更加完善。觀點只有在能帶來勝利時，才值得相信。

當赫斯貝羅人終於發現心智儲藏和繪製的祕密後，便集體停止書寫。

偉大的國王、將軍、聖賢死去之前，他們的心靈因衰老的身體而豐收。每一個帶電的離子，每一個轉瞬即逝的電子，每一個奇異而迷人的夸克，都被收存和澆鑄在結晶的脈石裡。這些心智思想在與擁有者分離的那一刻，就被永遠凍結。

這一刻，繪製工作開始了。一支繪製團隊在無數見習生協助下，小心翼翼、一絲不苟地辨識出無數微小字體的配戴者、壓印痕跡，以及摻混在思緒起落間的隆起，直到與潮汐力集結。這些意念造就了它們原始擁有者的偉大。

繪製完成後，他們開始計算，以便投映出既有足跡的延伸軌跡，推敲出下一個思想。凍結的偉大心智循著計畫的航道，進入未來廣闊黑暗土地上無名女人的體內，吸收了赫斯貝羅最傑出學者們的努力。他們為此奉獻出生命最好的時光，所以當他們死去，他們的心智也被繪進未來。

這麼一來，赫斯貝羅人的偉大思想就不會死。要和這些思想對談，赫斯貝羅人只需要在心智地圖上找答案。因此，他們不再需要過去的書本——那些不過是無生命的記號——因為過去的智慧一直跟隨他們，依然思考著，依然指引著，依然探尋著。

隨著投入愈來愈多時間、精力推敲先人的智慧，赫斯貝羅人也逐漸不再好戰，他們的鄰居就輕鬆多了。某些書的確能讓人變得文雅，大概是真的吧。

圖多斯人看書，但不寫書。

他們是能量生物，不食人間煙火，游牧居所飄忽不定。圖多斯人像幽靈絲帶一樣在星球間蜿蜒連綿。其他種族的星船與他們擦身而過時，碰撞微小到船身幾乎感覺不到。

圖多斯人認為宇宙中的所有事物都能閱讀。每顆星都是活教材，廣大的熱氣對流是一齣史詩劇，繁星是標點符號，太陽光暈延展了修辭，光暈之火照耀的路徑在冰冷太空的沉寂中熠熠生輝。每顆星球都有一首詩，在旋轉的氣態巨行星裸露岩芯上寫下荒涼、崎嶇、斷音的節律，或抒情暖心、纏綿繞樑的全韻——既陽剛又陰柔。而那些有生命的星球，建造得像鑲著精密寶石的時鐘裡，住著一群自轉的文學裝置，永無止境來回呼應。

但圖多斯人說，最偉大的書是黑洞周圍的事件視界[1]。當圖多斯人厭倦了無窮盡的宇宙圖書館，便會漂向黑洞。當她加速邁向有去無回的奇點時，湧出的伽瑪射線和X射線會揭開愈來愈多終極謎題，令其他所有書相形失色。這本書無窮盡地展現自己，愈來愈繁複、愈來愈微妙。她閱讀的這本書遼闊無際，當她被震撼、被征服時，在遠處觀察她的同伴會驚訝地發現，時間似乎為她緩慢靜止了下來，而當她墜向永遠無法抵達的中心時，她便有永恆的時間來閱讀它。

最終，書戰勝了時間。

當然，不曾有圖多斯人從這趟旅程中返回，許多人不再討論閱讀黑洞這件事，只將這視為純粹的神話。的確，很多人覺得圖多斯人只是不識字的騙子，用神祕主義來掩蓋自己的無知。

還有一些人繼續追隨圖多斯人，自詡為大自然的詮釋者，聲稱能看見我們周圍的自然之書。隨之而來的詮釋多如繁星且相互矛盾，帶來無休無止的爭辯。他們爭論書的內容，以及——尤其是——誰是真正的作者。

圖多斯人以浩瀚的視野讀書，卡魯伊人則相反。他們是微小世界的讀者和作者。

卡魯伊人的身形短小，每個人都比這句話結尾的句點還小。在他們的旅程中，他們跟別人要來的不過是語焉不詳、原作者的子孫再也無法閱讀的書。

因為卡魯伊人微不足道的身形，很少人會把他們視為威脅，所以他們幾乎不會遇到什麼阻礙就能得到想要的東西。舉例來說，卡魯伊人一提出要求，地球人就給了他們刻有線型文字的石板和裝飾

1 一種時空區隔界線，這個視界中無論發生任何事，視界外的觀察者都無法看見。

瓶、一大堆叫做奇普的結繩，還有各色各樣他們已無法辨識的古老磁盤和方塊。赫斯貝羅人在停止爭戰後，給了卡魯伊人一些他們覺得應該是從夸鄒里人那裡搶來的古老石頭。即便是隱居的恩陶人，用香氣和香料書寫的恩陶人，也讓他們拿了一些枯燥乏味的老舊書本；那些書本的香味已經淡得無法閱讀。

卡魯伊人不費吹灰之力就破解了他們的囊中之物。他們只是想拿這些如今已無意義的古書，來建造精美的巴洛克城市。

裝飾瓶和石板上的線型文字變成了街道，街道的牆上有蜂巢狀的隔間，隔間以既有不規則的美麗線條精心製作而成。結繩上的纖維被梳理開來、重新編織、以更精微的方式重新打結，直到每個原有的結變成千萬個更小的拜占庭纏結，每一個結都可以讓卡魯伊商販當成店面營業，或讓年輕的卡魯伊家庭當做房子。另一方面，磁盤被當做休閒活動場所，白天時年輕人和愛冒險的人在磁盤表面搖來晃去，開心享受當地磁勢的推拉轉換。夜裡，這裡點起小燈，隨著磁力流動，早已凋零的數據照亮千萬年輕人的舞姿，他們尋找愛，尋找連結。

但卡魯伊人並非完全沒有詮釋。當贈與卡魯伊人這些工藝品的種族來訪時，他們多少會對卡魯伊人的新建設產生熟悉的感覺。

舉例來說，地球代表受邀到奇普建造的大市集遊覽，他們透過顯微鏡看到奔忙的活動、繁榮的交易，不停有人喊著數字、帳目、價格和貨幣。其中一位地球代表的祖先曾製作結繩書，他很震驚。雖然看不懂，但他知道奇普曾被用來記錄帳目和數字，用來計算稅收和總帳。

或以夸鄒里人來說，他們發現卡魯伊人把失去價值的石腦建成一棟綜合研究大樓。古老的水流思維曾流過的小小空間和溝渠，現在成了迴盪著新思想的實驗室、圖書館、教室和講堂。夸鄒里代表團原本要來尋回先祖的心智思想，卻被說服了，確信一切都適得其所。

卡魯伊人彷彿能夠接收過去的回聲，當他們無意識地用原文散佚、被遺忘已久的遠古書籍大興土木時，卻偶然發現一種無論經過多久都不會失去的本質意義。

他們閱讀，卻不知道自己正在閱讀。

一塊塊孤立的感知在冰冷深沉的宇宙真空中閃耀發光，如同廣闊深海裡的泡沫。跌跌撞撞、千變萬化，融合交會，分崩離析，留下螺旋狀的磷光足跡。當他們向前推進，在看不見的表面升起時，每一道磷光都是獨特的署名。

每個人都成為書。

形變

State Change

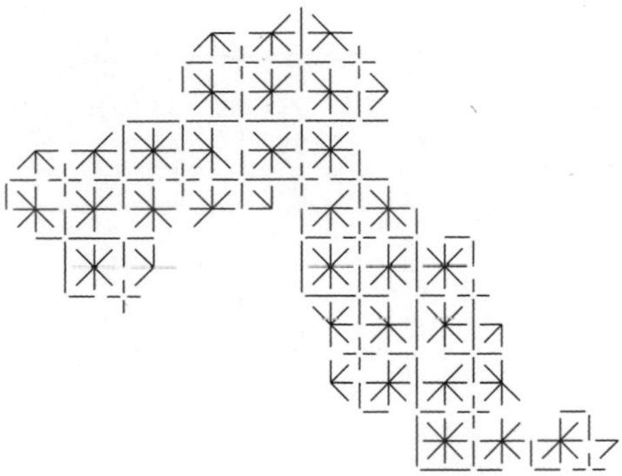

每晚睡前，芮娜都會查看冰箱。

廚房裡有兩台冰箱，接在不同線路上，其中一台門上附有要價不斐的製冰機。客廳的電視下方有一台冰箱，還有一台在房裡充當床頭櫃。玄關擺著學院宿舍每個房間都有的方形小冰箱，浴室洗手台下有一台水冷氣，芮娜每晚都要去加冰塊。

芮娜一一打開冰箱門，向裡頭望去，大部分冰箱多數時候都是空的。芮娜無所謂，她沒想把冰箱塞滿。查看冰箱是攸關生死的事，攸關她靈魂的保存。

她有興趣的是冷凍庫。她喜歡開著冷凍庫的門幾秒鐘，讓冷凝的水霧散出，感受停在她手指、胸口、臉上的寒氣。馬達開始運轉時，她就關上門。

當她開完所有冰箱，公寓裡會流洩著所有馬達的低音合唱，低沉篤實的嗡嗡聲，對芮娜來說是安全感的聲音。

房裡，芮娜爬上床，用好幾條被子蓋住自己。她在牆上掛了一些冰河和冰山的照片，像看老朋友的照片一樣看著它們。還有一個相框放在她床邊的冰箱上，那是艾米的照片，她的大學室友。這些年來她們失聯了，但芮娜還是一直把她的照片放在那裡。

芮娜打開她床邊的冰箱，盯著那個放有她的冰塊的玻璃盤。她每次看都覺得冰塊變得更小了。

芮娜關上冰箱，拿起放在冰箱上的書。

《埃德娜・文森・米蕾：朋友、敵人與情人的信》

一九二一年一月二十三日，於紐約

我最親愛的薇：

今天終於鼓起勇氣到醫院去見米蕾[1]。她說她不再愛我了，我哭了。她氣呼呼地說，如果我控制不了自己就得離開。我請她幫我泡些茶。

是因為那個男孩，有人看見她跟他在一起，我知道。但聽她親口說出來還是很可怕，小野蠻人一個。

她抽了兩根菸，把菸盒遞給我。我無法承受這種苦澀，所以抽一根就不抽了。後來她把唇膏拿給我，讓我補唇妝，好像什麼事也沒發生過，好像我們還在瓦薩學院的房間裡。

「寫首詩給我。」我說。至少她欠我一首詩。

她一副想抗拒的樣子，但忍了下來。她拿出她的蠟燭，放在我做給她的燭台上，兩端都點了火。她點亮自己靈魂的時候最漂亮。她的臉亮起來，蒼白的皮膚由裡而外發出光芒，像即將燒成火焰的中式紙燈籠。她在病房裡來回走動，像要把牆拆了似的。我從床邊站起來，用她暗紅色的圍巾圍住自己，退到一旁。

接著她在書桌前坐下，寫出她的詩。她一寫完就吹熄蠟燭，捨不得讓蠟燭多點久一點。熱蠟的氣

1 沿用陳黎與張芬齡合譯《致羞怯的情人：400年英語情詩名作選》（2005）的詩人譯名。

味又讓我泛淚。她謄了一份乾淨的稿子給自己，把原本的手稿給我。

「我確實愛過妳，依蓮。」她說：「好了，做個乖女孩，離開我吧。」

她的詩開頭是這樣的：

我的唇吻過誰的唇，何處，為何，
我已經忘記，而誰的手臂又曾經
讓我的頭安枕到天明；
今夜雨中鬼影幢幢，拍打復嘆息於——[2]

薇，有一刻我想折斷她的蠟燭，丟進爐火裡，讓她的靈魂灰飛湮滅。我想看她在我腳邊痛苦地扭曲，哀求我讓她活下來。

但我只將那首詩丟在她臉上就離開了。

我已經在紐約街頭遊蕩了一整天，我無法將她野蠻的美從心中抹去。我希望我的靈魂更厚重、更堅韌，能夠把自己壓垮。我好希望我的靈魂不這樣輕盈柔軟，不像我口袋裡的一把醜陋鵝毛，在她的火焰旁被風吹得高高低低、跌跌撞撞。我覺得自己像隻飛蛾。

妳的依蓮

芮娜把書放下。

她想，點燃心之火焰，能吸引想要的男人和女人，能耀眼出色，無所畏懼。她哪裡會不想付出一切，過那樣的人生呢？

米蕾選擇過蠟燭兩頭燒、充實燦爛的生活。當蠟燭燃盡，她奄奄一息、昏昏欲睡，而且還太年輕。但人生的每一天，她都能決定：「今天，我要過得光鮮耀眼嗎？」

芮娜想到她放在冰箱陰寒置物層裡的冰塊。保持冷靜，她告訴自己。隔絕一切；這就是妳的人生，死氣沉沉的人生。

芮娜關了燈。

芮娜的靈魂終於成形時，負責看管胎衣的護士差點把它弄丟。突然間，那乾淨無暇的不鏽鋼鍋裡有了一塊冰，會在雞尾酒派對的玻璃杯裡叮噹響的那種。周圍已經化出一攤水，冰塊邊緣開始變圓、稜角消失了。

一台緊急冷卻裝置匆忙送進來，冰塊被打包帶走。

「很遺憾。」醫生對芮娜的媽媽說，芮娜的媽媽認真看著女兒靜謐的臉龐。他們再怎麼小心，又能保冰塊多久不融化？這不是把它放進某個地方的冷凍庫，忘了它就好的事。靈魂得和身體靠很近，否則身體就會死去。

2 這四行詩，為陳黎與張芬齡合譯《致羞怯的情人：400年英語情詩名作選》（2005）的翻譯。

診療室裡沒有人說話，寶寶周圍的空氣很古怪，凝滯，無聲。話語在他們的喉間凍結。

芮娜在市區一棟很大的大樓上班，大樓在她從沒去過的碼頭、船塢和遊艇隔壁。每一層樓的邊間辦公室都有窗，能俯瞰碼頭的辦公室比其他辦公室大，裝潢也比較氣派。

樓層的中間區域是小隔間，芮娜的位子就在這裡。她隔壁有兩台印表機，印表機的嗡嗡聲和冰箱的嗡嗡聲有點像。很多人去拿影印文件時會經過她的小隔間。有時他們會停下來，暗忖著要不要跟坐在那裡的安靜女孩打招呼。她的膚色蒼白、髮色淺棕，肩上總披著一件毛衣。沒有人知道她眼睛的顏色，因為她不曾從桌前抬起頭。

但有股冷空氣圍繞在她周遭，一種不想被打破的脆弱安靜。即便每天都會見到芮娜，但多數人不知道她的名字。一陣子之後，再問就太尷尬了。儘管辦公室裡閒話家常的吱喳聊天聲在她身邊此起彼落，卻沒有人找她。

芮娜的桌子底下有台小冷凍櫃，是公司特地為她準備的。每天早上芮娜會衝進她的小隔間，拉開午餐隔熱袋的拉鍊，從她塞滿冰塊的保溫瓶裡小心翼翼拿出裝有她那顆特別冰塊的三明治袋子，放進冷凍櫃。她會嘆口氣，坐在椅子上，等待心跳慢下來。

離碼頭很遠的小辦公室裡，人們做的工作就是抬頭望著電腦，回答面向碼頭的辦公室丟出來的問題。芮娜的工作是拿到那些答案後，用正確的字型把它們填進正確的紙張上正確的位置裡，送回去給面向碼頭辦公室裡的人。有時候小辦公室裡的人太忙，就會用講的，用錄音帶把答案錄下來，芮娜再把答案打出來。

芮娜在她的小隔間裡吃午餐。雖然離開靈魂一小段距離或一小段時間不會怎麼樣，但芮娜還是喜歡離冷凍櫃愈近愈好。她有時必須把裝著文件的信封送到另一個樓層的辦公室，這時她就會有突然斷電的錯覺。無法呼吸時，她會趕緊跑過走廊，回到冷凍櫃的安全範圍裡。

芮娜試著不去想她的人生多不公平。要是在冷凍櫃發明前出生，她就不可能活下來。她不想怨天尤人，但有時候很難。

下班之後，她不和其他女孩去跳舞或打扮赴約，而是整晚待在家讀名人傳記，沉浸在別人的人生裡。

《與艾略特的晨間漫步——回憶錄》

一九五八至一九六三年間，艾略特是公禱書聖詠經會的成員。這時他身體虛弱，也不再一股腦探進咖啡罐裡[3]了。

除了委員會前來修改詩篇第二十三篇那一次。四個世紀前，科威對勒主教從希伯來文翻譯過來的譯文並不精確。委員會認為，詩篇中最重要比喻的正確翻譯是「黑暗之谷」。

集會上，艾略特幾個月來第一次煮了杯自己的咖啡。那濃郁隱密的香氣讓我難忘。

3 出自艾略特〈普魯弗洛克的情歌〉（The Love song of J. Alfred Prufrock）：「我已用咖啡匙量出了我的生命。（I have measured out my life with coffee spoons.）」

艾略特啜飲一口咖啡，接著以他朗讀〈荒原〉（The West Land）同樣催眠的聲音，背誦已傾注在每個英國人血液中的傳統版本：「即便我行過死蔭的幽谷，也不怕遭害。」

投票一致通過保留科威對勒的版本，雖然可能稍嫌美化。

我想，艾略特對傳統、對英國國教的貢獻之深總是讓人驚訝，英國人也徹底吸收了他的靈魂。

我想那是艾略特最後一次品嘗他的靈魂，而且從那之後我經常希望能再次聞到那香氣——苦澀、焦味和抑鬱。那不只是正統英國人的靈魂，也是詩賦天才的靈魂。

用咖啡匙量測生活，芮娜心想，有時候一定感覺很糟。也許這就是為什麼艾略特毫無幽默感。但咖啡罐裡的靈魂也有可愛之處。這個靈魂讓他身邊的空氣活躍起來，讓每個聽見他聲音的人被他深奧、濃稠的神祕詩句惕勵、警醒，包容接納。若沒有艾略特靈魂的香氣、所賦予每個字的敏銳，沒有那啜飲了別有深意之物的強烈氣息，他不可能寫出《四個四重奏》（*Four Quartets*），而這世界便不可能了解《四個四重奏》。

我真希望美人魚對我唱歌，芮娜想著。那是艾略特睡前喝了咖啡後作的夢嗎？

那晚她沒夢見美人魚，倒夢見了冰河。好幾公里長的冰，要一百年才能融化。雖然沒看見生命跡象，芮娜卻在夢裡笑了。這就是她的生命。

新人出現的第一天，芮娜就知道他不會在那間辦公室待太久。

他的襯衫是好幾年前流行的款式，那天早上沒有擦皮鞋。他不太高，下巴也不太尖。他的辦公室在芮娜的隔間的另一頭，在走廊盡頭。那間辦公室很小，只有一扇窗對著隔壁大樓。辦公室外的名牌寫著：吉米．柯斯諾。從種種跡象看來，他應該只是個每天經過這棟大樓，默默無名、野心勃勃又不得志的年輕人。

但柯斯諾是芮娜見過最舒服自在的人。無論他在哪裡，都像在自己家一樣。他說話不大聲也不快，但有他在的地方總有話語聲和人群。他只要說幾個字，大家就會笑，跟著幽默風趣起來。他會微笑地看著別人，那些人會覺得自己更快樂、更帥氣、更美麗。整個早上，他在他的辦公室進進出出，看起來忙著在做事，又放鬆自在地可以停下來和人聊兩句。他去過的辦公室，門都繼續敞開著，裡頭的人也不打算關上。

聽見柯斯諾的聲音從走廊盡頭傳來時，芮娜看見她隔壁隔間的女孩精心打扮起來。

很難想像柯斯諾來之前，公司是什麼樣子。

小辦公室只有一扇面對小巷子的窗，芮娜知道像那樣的年輕人不會待在裡面太久。他們會搬到面向碼頭的辦公室，或者樓上。芮娜想像，他的靈魂大概是一根銀色湯匙，毫不費力地閃耀著，令人嚮往。

《聖女貞德的試煉》

「夜裡士兵們和貞德一起睡在地上。當貞德褪去盔甲，我們能看見她的胸。她的胸很美，但從未引起過我世俗的欲望。」

「士兵們在她面前說粗話或談論肉體歡愉時，貞德會生氣。她總是用劍驅趕跟著士兵的女人，除非有士兵承諾要娶這個女人。」

「貞德的純潔來自她的靈魂，無論衝鋒陷陣或夜裡準備睡覺時，她的靈魂總與身體在一起。她的靈魂是一枝山毛櫸樹枝。離她故鄉的村莊——棟雷米——不遠處有座噴泉，噴泉旁有棵被稱作『淑女樹』的老山毛櫸。她的靈魂來自那棵樹，因為從小認識貞德的人信誓旦旦地說，那棵樹的樹枝散發出來的味道和噴泉旁的淑女樹一模一樣。」

「帶著罪惡思想靠近貞德的人，罪惡的火焰會立刻受她的靈魂感化而熄滅。因此，即使有時會跟其他士兵一樣赤身裸體，她始終保有聖潔，一如我宣誓我說的句句實言。」

「嗨！」柯斯諾說：「妳叫什麼名字？」

「貞德。」芮娜說，紅著臉把書放下。「我是說，芮娜。」她沒看他，而是看向自己桌上吃了一半的沙拉，想著不知道嘴角有沒有沾到東西。她想用紙巾擦嘴，又覺得反而會引起注意，還是算了。

「妳知道嗎？我早上問遍整個辦公室，沒有人能告訴我妳的名字。」

即使芮娜知道這是事實，還是有點難過，像是讓他失望了一樣。她聳聳肩。

「但現在我知道這裡其他人都不知道的事了。」柯斯諾說。聽起來像是她跟他說了個美好的祕密。

他們總算把冷氣調小了嗎？芮娜心想。好像沒有之前那麼冷了。她想脫掉毛衣。

「嘿，柯斯諾，」芮娜隔壁隔間的女孩叫他：「過來一下，我給你看剛剛跟你提到的照片。」

「再見。」柯斯諾微笑著對她說。芮娜之所以知道是因為她抬頭了，看著他的臉，發現他還滿帥的。

《羅馬傳奇》

西塞羅天生有口吃，所以大家都覺得他不會有太大成就。

西塞羅嘴裡含著石子，在公眾場合練習說話，有時候幾乎要嗆到自己。他學著用簡單的詞彙和直接的句子，學著把自己的聲音推過嘴裡的石頭，即便舌頭不聽使喚也要清晰地發音、明確地表達。

他成為那個時代最偉大的演說家。

「妳看很多書。」柯斯諾說。

芮娜點點頭，對他微笑。

「我從來沒看過像妳這種藍色調的眼睛。」柯斯諾直視著她的眼睛說：「像海一樣，但有一層冰。」

他說得稀鬆平常，好像在講他去了哪裡玩，看了什麼電影。這正是為什麼芮娜知道他說的是真心話，而且，她覺得自己彷彿跟他說了另一個祕密，一個連她自己都不知道的祕密。

他們誰也沒說話。通常這會很尷尬，但柯斯諾直率地靠在隔板上，欣賞芮娜桌上的一疊書。他融入沉默之中，放鬆愜意，於是芮娜滿足地讓沉默繼續下去。

「噢，卡圖盧斯。」柯斯諾說，他拿起一本書。「妳最喜歡哪首詩？」

芮娜仔細想了想。如果說〈讓我們活著相愛吧，我的萊斯碧亞〉好像太冒失，說〈妳問我有多少吻〉又太讓人害臊。

她糾結著要回答什麼。

他等著，沒有催她。

她無法決定。她開始想說點什麼，什麼都好，但什麼也說不出來。喉嚨裡有顆石頭，一顆冰冷的石頭。她很氣自己，他一定覺得她像笨蛋。

「抱歉，」柯斯諾說：「史提夫在揮手要我去他辦公室。有空再找妳聊。」

艾米是芮娜的大學室友，是芮娜唯一同情的人。她的靈魂是一包菸。

但艾米不想被同情。芮娜遇見她的時候，她只剩不到半包菸。

「其他的菸呢？」芮娜嚇到了，她無法想像有人對人生這麼隨便。

艾米想找芮娜晚上跟她出去，去跳舞、去喝酒、去認識男生。芮娜一直拒絕。

「為了我去吧，」艾米說：「妳替我難過，對吧？唔，我要妳跟我去，一次就好。」

艾米帶芮娜去一間酒吧。芮娜一路上抱著她的保溫瓶。艾米從她手裡搶走保溫瓶，把芮娜的冰塊放進一只小酒杯，要調酒師放進冷凍櫃冰好。

男孩們過來跟她們搭訕。芮娜沒理他們，她很害怕，緊盯著冷凍櫃。

「試著表現出開心的樣子，可以嗎？」艾米說。

又有個男孩過來找她們，艾米抽出一根菸。

「看到了嗎？」她對那男孩說，眼裡映著身後霓虹燈的光芒。「我現在開始抽菸，如果你可以在我抽完這根菸之前讓我這位朋友笑，我今晚就跟你回家。」

「妳們兩個今晚都跟我回家怎麼樣？」

「好啊，」艾米說：「有什麼問題！那你最好猛一點喔！」她輕輕彈開打火機，深深吸了一口煙，往後仰頭，把煙高高吐到空中。

「這就是我活著的理由。」艾米悄聲對芮娜說，她的眼神渙散而狂野。「所有生命都是一場試煉。」煙從她的鼻子冒出來，芮娜咳了起來。

芮娜看著艾米，再看看那男孩。她有點頭昏，男孩臉上歪扭的鼻子有點好笑，又有點哀傷。

艾米的靈魂很有感染力。

「我嫉妒妳。」艾米隔天早上對芮娜說：「妳的笑聲非常性感。」芮娜聽到這句話時露出了微笑。

芮娜從冷凍櫃裡找到放她冰塊的酒杯，把酒杯帶回家。

然而，那是芮娜最後一次答應跟艾米出去。

她們大學畢業後就沒聯絡了。芮娜想到艾米時，總希望她那包菸會神奇地自動補滿。

芮娜一直注意著旁邊影印機源源不絕湧出的紙張。她知道柯斯諾很快就會搬到樓上的辦公室，她的時間不多了。

她周末去購物，精挑細選。她的顏色是冰藍色，她做了指甲，要搭配她的眼睛。

芮娜決定就是星期三了。通常一周的開始和結束時有比較多話題可聊，大家不是聊周末做了什麼，就是接下來的周末要做什麼。星期三沒什麼好聊。

為了招來好運，芮娜帶著那只小酒杯，也因為玻璃容易冷卻。

午餐過後她開始行動。下午還有很多事要做，那個時間比較不會人多嘴雜。

她打開冷凍櫃的門，拿出冰冷的小酒杯和裝著她冰塊的三明治袋。她把冰塊從袋子裡拿出來，放進酒杯裡。玻璃外層立刻凝結了一層水珠。

她脫掉毛衣，把小酒杯拿在手裡，開始繞著辦公室走。

哪裡有人群，她就去哪——走廊、影印機旁、咖啡機旁。她靠近時，大家突然感覺到空氣中一陣寒氣，對話暫停。雜言碎語聽起來無趣又愚蠢。爭執停止了。突然間每個人都想起還有多少事要做，找了藉口離開。她經過的辦公室門都關著。

她四處走動，直到走廊安靜下來，唯一開著的是柯斯諾的門。

她低頭看玻璃杯，玻璃杯底有一小灘水，冰塊很快就要浮起來了。

她還有時間，如果她加快腳步。

在我消失前，吻我。

她把玻璃杯放在柯斯諾的辦公室門外。**我不是聖女貞德。**

她走進柯斯諾的辦公室，關上身後的門。

「哈囉。」她說。現在她跟他單獨在一起了，卻不知道要怎麼做。

「嗨。」他說：「今天這邊好安靜，怎麼回事？」

「Si tecum attuleris bonam atque magnam cenam, non sine candida puella.」她說：「若你能帶來一場盛宴，帶來膚白如雪的女子——」

她覺得很害羞，但很溫暖。她的舌頭不再笨重，喉嚨不再卡著石子。她的靈魂在門外，但她不焦慮，她沒有倒數計時。盛裝著她生命的酒杯在另一個時空。

「Et vino et sale et omnibus cachinnis.」他替她接下去：「帶來葡萄美酒，機智妙語，帶來陣陣歡笑——」

她看見他桌上有鹽罐。鹽讓淡而無味的食物變得美味，就像談話中的風趣和笑語。鹽讓平凡事物變得不平凡，鹽讓簡單事物變美麗。鹽是他的靈魂。

而且，鹽讓靈魂較難結凍。

她笑了。

她解開襯衫。他站起來要阻止她，她搖搖頭，對他微笑。

我沒有兩頭燒的蠟燭，我不會用咖啡匙量測我的生命。我沒有可以平息欲望的噴泉，因為我已經將我即將消融的殘冰留在身後。我擁有的，是我的生命。

「所有生命都是一場試煉。」她說。

她脫去襯衫，從褪下的裙子跨出去。他現在看見她周末買了什麼了。

冰藍是她的顏色。

她記得她笑了，他也跟著笑。她努力記得每個碰觸，每次加快的呼吸；不想記得的只有時間。

門外嘈雜的人聲慢慢響起，又漸漸落定。他們在他辦公室裡繼續著。

我的唇吻過誰的唇，她想，然後意識到辦公室外再次徹底安靜了。室內的陽光蒙上一抹霞紅。

她起身，從他的懷裡掙脫，穿上襯衫，踩進裙子裡。她打開他辦公室的門，拿起小酒杯。

她看，發狂似的看，想尋找一片薄冰，再小再薄透都好。她可以把它冰起來，勉強用這一天的記憶維持她剩餘的人生，她活著的這一天。

但玻璃杯裡只剩下水，純淨的水。

她等待自己的心跳停止，等待肺部的呼吸停止。她走回他的辦公室，讓自己能看著他的眼眸死去。

鹽水很難結冰。

她覺得溫暖、渴望、毫無保留。有個東西流進她心裡最冰冷、孤寂和空虛的角落，在她耳裡填滿浪潮的翻騰聲。她覺得有好多話想跟他說，多得她再也沒時間看書了。

芮娜：

希望妳一切都好。我們上次見面已經是好久以前了。

我可以想像，妳一定馬上想問我還有多少根菸。嗯，好消息是我戒菸了。壞消息是，我六個月前把最後一根菸抽掉了。

但妳看，我還活著。

靈魂是很奇妙的東西，芮娜。我想我完全懂了。我一直都覺得自己注定要不顧一切地揮霍，拿我生命的每一刻當賭注。我以為我就是要那樣。我只有在點亮一根靈魂的時候時才覺得自己活著，才敢在火和灰燼燙傷手指前嘗試不一樣的事。那種時候我會變得靈敏，敏銳於耳裡的每個震動、眼裡的每點顏色。我的人生是個快壞掉的鬧鐘。香菸的歲月不過是我真正上場前的排練，而我已經排演了二十場。

剩下最後一根菸時我很害怕。我本來想最後做些大事，畫下漂亮的句點。但真要抽最後一根菸時，我沒了勇氣。知道自己呼完最後一口氣就會死，我的手突然開始顫抖，無法好好拿著最後一根火柴，或讓拇指穩下來點打火機。

我在海灘派對上喝得爛醉，昏了過去。有人需要尼古丁，就翻了我的包包，找到我的最後一根菸。我醒來時，空空的菸盒躺在我旁邊的沙灘上，一隻小螃蟹爬進去，把它當成家。

像我說的，我沒死。

我一輩子都以為自己的靈魂在那些香菸裡，想都沒想到那個菸盒。我從來沒注意過那個安靜的紙盒，那與世隔絕的空盒。

空盒子是走丟的蜘蛛的家，那些妳想弄出去的蜘蛛的家。空盒子可以裝零錢、掉落的鈕釦和針線，還可以放唇膏、眼線筆和一小塊胭紅。它可以接納任何妳想放進去的東西。

這就是我的感覺：接納開放、無拘無束、隨遇而安。對，人生現在才真正是一場試煉。我接下來可以做什麼？什麼都可以。

但說到這裡，我要先抽一下菸。

我經歷的是一場形變。當我的靈魂從一盒菸變成菸盒，我成長了。

我想到要寫信給妳，因為妳讓我想到自己。妳以為妳了解自己的靈魂，知道自己的人生需要什麼。我那時覺得妳錯了，但我也沒有正確答案。

但我現在有答案了。我想妳已經準備好來場形變了。

妳永遠的朋友，艾米

完美配對

The Perfect Match

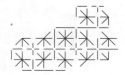

賽伊在振奮人心的韋瓦第C小調小提琴協奏曲〈四季〉中醒來。

他躺了一分鐘，讓音樂像輕柔的太平洋微風吹拂他。百葉窗緩緩打開迎接陽光時，房裡亮了起來。堤里正好在輕度睡眠周期的最後叫醒他，這是最理想的時間點。他覺得很美好、神清氣爽、心情開朗，可以準備下床了。

他起身。「堤里，這首起床曲真是靈性飽滿。」

「當然。」堤里從床頭櫃的喇叭裡說：「有誰比我更了解你的品味和情緒？」雖然是電子聲音，卻深情溫柔又詼諧調皮。

賽伊走進淋浴間。

「記得今天要穿新鞋。」堤里從天花板的攝影機喇叭對他說。

「為什麼？」

「你下班後有個約會。」

「噢，新對象。可惡，她叫什麼名字？我知道妳跟我說過——」

「下班後我會讓你進入狀況的，保證你會喜歡她，速配指數非常高。我想你們至少會談半年戀愛。」

賽伊很期待這場約會。他前任女友也是堤里介紹的，那段關係很美好。當然，後來分手分得很糟，但堤里帶著他走出來了。他覺得自己收拾好情緒了，而且獨自過了一個月之後，可以開始一段新關係。

但他還是得先上班。「今天早餐妳推薦什麼？」

「十一點你要開婚姻註冊官戴維斯的專案啟動會議，表示公司會準備你的午餐。我建議你早餐別吃太多，可能只要一根香蕉就好。」

賽伊很興奮，川斯律師事務所的律師助理們都很愛客戶午餐，那是事務所聘請大廚做的。「我有時間煮咖啡嗎？」

「有的。今天早上交通順暢，但我建議你去這間新開的冰沙店，路上會經過。我可以給你折價券代碼。」

「但我真的很想喝咖啡。」

「相信我，你會愛死那個冰沙。」

賽伊笑著把蓮蓬頭的水關掉。「好啦，堤里，妳最知道了。」

雖然這是加州阿瑟頓市的宜人晴朗早晨——攝氏二十度——賽伊的鄰居楨妮卻穿著厚重的冬季大衣、戴著滑雪鏡、圍著深色長圍巾，蓋過她的頭髮和臉部其他地方。

「我想我告訴過你，我不想裝那個。」她在他走出公寓門時說。透過某種電子濾波器，她的聲音很扭曲。看見他困惑的表情，她指指賽伊門上的攝影機。

跟楨妮說話像跟他奶奶的朋友說話一樣。他們不願意用森鏈電子郵件，也不願意註冊全享帳戶，因為他們很怕「電腦」會知道「他們的大小事」。但他看得出來，楨妮跟他差不多年紀，是數位原生世代，但不知道為什麼，她卻沒有分享的性格。

「楨妮，我不想跟妳吵。我有權在我家門口安裝任何我想裝的東西，而且希望我不在的時候，堤里可以幫我看家。上禮拜308號公寓才剛被闖空門。」

「但你的攝影機也會拍到我家，因為我們都會走這條走廊。」

「所以？」

「我不希望堤里參與我任何社交生活。」

賽伊翻了個白眼。「妳有什麼不能見人的？」

「重點不是這個——」

「對，對，公民權利、自由、隱私權等等等……」

賽伊很厭倦跟楨妮這樣的人爭論。他已經說了無數次同樣的論點：森鏈不是什麼龐大可怕的政府組織。它是個私人公司，宗旨是「讓一切更好！」妳想活在黑暗時代，不代表我們其他人不該享受電腦科技無所不包的好處。

他閃開她的龐大身軀，走上樓。

「堤里不只告訴你你要什麼而已！」楨妮大聲說：「她告訴你你要『想』什麼。你還知道自己真正想要什麼嗎？」

賽伊楞了一下。

「你知道嗎？」她追問。

真是荒謬的問題。就是這種自以為聰明的反科技言論，讓她這種人以為自己有深度。

他繼續走他的。

「神經病。」他低聲說，期待堤里會從他耳機裡說點什麼笑話逗他開心。

但堤里什麼也沒說。

有堤里在身邊就像有了全世界最棒的助理。

——「嘿，堤里，妳記得我把懷俄明州的檔案放在哪裡嗎？大概六個月前的文件，那個有奇怪的公司名稱和F整併案的文件。」

——「嘿，堤里，可以給我第131條的表格嗎？要確定是川斯律師事務所專用的表格。」

——「嘿，堤里，把這幾頁記下來，標上『川斯律師事務所』、『我的最愛客戶』、『對方對我很好才能用』。」

有一段時間，川斯律師事務所禁止員工把堤里帶進辦公室，希望他們用公司的人工智慧系統。但要強迫員工把私人行事曆、建議與工作分開，實在太困難，而且要是合作夥伴違反規定，在工作上使用堤里，資訊部還是得支援。

森鏈於是保證，所有從企業取得的資訊編碼都一定安全，也絕不會因為競爭而使用這些資訊——只是要為川斯律師事務所的員工提供更好的建議。畢竟森鏈的宗旨是「用全球資訊讓人類更尊貴」，還有什麼比「讓工作更有效率、更有生產力、更愉悅」更為尊貴？

賽伊享受他的午餐時，覺得自己非常幸運。他甚至無法想像堤里出現前，工作有多苦悶。

下班後，堤里帶賽伊到花店去——當然，堤里有折價券——然後，在去餐廳的路上，告訴賽伊他約會對象愛倫的所有資訊：學歷、全享個人首頁、前男女友的評論、興趣、喜歡什麼、不喜歡什麼，當然還有照片——堤里從網路上辨識、蒐集了十幾張照片。賽伊微微笑，堤里說的對，愛倫完全是他的菜。

男人會開心地在森鏈上搜尋的事，通常連最好的朋友也不會說。堤里完全知道賽伊會被什麼樣的女人吸引，也知道他深夜投入『個人專屬』模式時，在瀏覽器裡看過什麼照片和影片。

當然，堤里了解愛倫一如賽伊，所以賽伊知道他也絕對會是愛倫的理想對象。

如同預期的結果，他們喜歡同樣的書、同樣的電影、同樣的音樂。他們對於人要多努力工作有一樣的想法，他們為彼此的笑話開懷，他們讓彼此活力十足。

賽伊對堤里能做到的事讚嘆不已。全球四十億個女人，堤里似乎替他找到了最完美的配對。就好像以前在森鏈點一下「我相信你」，它就會幫你開好你想看的網頁一樣。

賽伊覺得自己戀愛了，他也知道愛倫想邀他回家。

雖然一切都進行得非常好，但如果他徹底對自己誠實的話，這過程其實不真像他期待的那麼興奮、美好。確實很順利，但可能有點太順利了。感覺好像他們已經知道彼此的一切，沒有驚喜，沒有發現新事物的興奮激動。

也就是說，這個約會有點無聊。

賽伊出神時，對話暫時停止。他們對彼此微笑著，試著享受沉默。

這時候，堤里的聲音從耳機裡竄出來。「你可能會想問問她喜不喜歡日式甜點，我知道一個好地方。」

賽伊突然非常想吃精緻甜點，雖然這一刻以前他並不覺得自己想吃。

堤里不只告訴你你要什麼而已，她告訴你你要『想』什麼。

賽伊楞住了。

你還知道你真正想要什麼嗎？

他試著整理感覺。堤里只是察覺出他連自己要什麼都不知道嗎？還是會把想法塞進他腦袋裡？

你知道嗎？

堤里填滿沉默的方式……彷彿堤里不相信他可以自己掌握約會，彷彿堤里覺得不插手他就不知道要說什麼。

賽伊突然覺得生氣，這一刻被搞砸了。

把我當小孩一樣。

「我知道你會喜歡的，我有優惠券。」

「堤里，」他說：「請停止監控，並關閉自動建議。」

「你確定嗎？停止分享服務會讓你的個人檔案不完整——」

「確定，請關閉。」

「嗶」的一聲，堤里自動關閉。

愛倫震驚地盯著他看，眼睛和嘴巴張得大大的。

「為什麼要這樣？」

「我想單獨跟妳聊天，只有我們兩個。」賽伊微笑：「有時候沒有堤里，只有我們自己也滿好的，妳不覺得嗎？」

愛倫一臉困惑。「但堤里知道的愈多，就愈有幫助。難道你不想確保我們第一次約會不要犯愚蠢的錯誤嗎？我們都很忙，所以堤里——」

「我知道堤里可以做什麼。但是——」

愛倫舉起一隻手要他別說話。她聽著耳機，點了點頭。

「我想到超棒的一件事，」愛倫說：「有間俱樂部新開幕，而且我知道堤里可以幫我們準備優惠券。」

賽伊搖搖頭，覺得惱火。「別管堤里，我們試著自己想想吧！妳可以把它關掉嗎？」

愛倫的表情僵了一下，看不出是什麼意思。

「我覺得我該回家了。」她說：「明天要早起上班。」她看向別處。

「堤里要妳這麼說的嗎？」

她什麼也沒說，避開他的視線。

「跟妳聊得很開心。」賽伊很快地補了一句：「妳願意再出來嗎？」

愛倫付了一半的錢，沒有請他陪她走回家。

「嗶」的一聲，堤里回到他的耳機裡。

「你今晚很難相處。」堤里說。

「我不是難相處，我只是不喜歡妳什麼事情都要插手。」

「我有信心，如果你聽我的建議，之後的約會都會很愉快。」

賽伊不發一語地開車。

「我察覺你有很多不滿。自由搏擊怎麼樣？你好一陣子沒去了，附近有間二十四小時健身房。這裡右轉。」

賽伊繼續直行。

「怎麼了？」

「我不想花錢。」

「你知道我有優惠券。」

「妳到底為什麼要阻止我省錢？」

「你的存款已經達標，我只是希望你可以堅持你的生活型態，花一點錢在休閒上。如果你只顧著存錢，之後就會後悔自己沒有好好把握青春。我已經為你規畫了每天最理想的花費額度。」

「提里，我只想回家睡覺。今晚其他時間妳可以把自己關掉嗎？」

「你知道，為了給你最好的生活建議，我需要完全了解你。如果你把我排除在某部分生活之外，我的建議就不會那麼精確——」

賽伊伸手進口袋把電話關掉，耳機安靜下來。

賽伊回到家時，他看見通往他公寓門口的樓梯燈沒開，有幾個黑影躲在樓梯口。

「誰在那裡？」

幾個影子散開，其中一個走向他——是楨妮。

「你提早回來了。」

他幾乎不認得她，她通常會配戴電子濾波器，這是他第一次聽見她的聲音。讓人驚訝的是，聽起滿……開心的。

賽伊回過神來。「妳怎麼知道我提早回來？妳跟蹤我？」

楨妮翻了個白眼。「我為什麼要跟蹤你？你無論去哪裡，手機都會自動打卡，再配上你的心情發送一條訊息。任何人都可以看到你的全享真人秀。」

他看著她，在街燈的微弱燈光下，他看到她沒有穿厚重的冬季大衣，沒有戴滑雪鏡，也沒有圍圍巾。取而代之的是，她穿著運動短褲和寬鬆的白色T恤，黑髮上有白色挑染。說實在，雖然有點書呆子的感覺，但看起來很漂亮。

「怎麼，很訝異我**知道**怎麼用電腦嗎？」

「因為妳平常看起來很……」

「很偏執？很像瘋子？心裡想什麼就說吧，我不會生氣。」

「妳的大衣和雪鏡呢？我看妳一直都穿戴著。」

「噢，為了讓我朋友今晚過來，我把你門上的攝影機用膠帶封起來了，所以我才沒穿大衣和戴雪鏡。抱歉我——」

「妳做了什麼？」

「——我過來找你是因為我發現你把堤里關掉了，不只一次，而是**兩次**。我猜你終於準備好面對事實了。」

走進楨妮的公寓就像踏進一張漁網一樣。

天花板、地板、牆上全佈滿了細金屬絲網，跟房間周圍層層疊起的許多高畫質大監視器上忽明忽滅的水銀燈一樣閃爍著，顯然是唯一的照明來源。

除了監視器，唯一能看見的家具似乎就是書櫃了——全是書（紙本那種，怪得可以）。幾個鋪著墊子的舊式牛奶箱倒過來當成梯子。

賽伊本來覺得心煩意亂，想做點不一樣的事，但現在很後悔答應她來。她真的很怪，應該說太怪了。

楨妮關上門，拔掉賽伊耳朵上的耳機，伸出手：「把手機給我。」

「為什麼？已經關機了。」

楨妮手仍伸著，賽伊只好心不甘情不願地把手機交給她。

她輕蔑地看著它。「電池不能拔，果然是森鏈手機。他們應該把這東西叫做追蹤器，不是手機。你永遠無法確定它們真的關機了沒。」她把手機放進一個小袋子，密封起來丟在桌上。

「好了，現在你手機的聽力和電磁波被隔絕了，我們可以說話了。牆上的細金屬絲網是讓我的公寓變成有效阻擋外在電場干擾的法拉第籠，手機訊號無法通過，但我不多用幾層防護把森鏈手機包起來就不安心。」

「我真的要說，妳是瘋子。妳覺得森鏈在暗中監視妳？他們的隱私權政策是商界最好的，他們得到的每一項資訊都必須經過使用者授權，全都是為了讓使用者的生活更好……」

楨妮歪著頭，要笑不笑地看著他，直到他停下來。

「如果是這樣，為什麼你今晚把堤里關掉？為什麼你要跟我來這裡？」

賽伊不確定自己知不知道答案。

「看看你，你同意讓鏡頭盯著你的一舉一動，同意把每個想法、每句話、每個互動都記錄在某個遠端數據中心，這樣演算系統就可以把資料跑一遍，挖掘出經銷商要買的數據。」

「現在你沒有隱私，沒有只屬於你的東西。森鏈擁有你的一切。你連你是誰也搞不清楚了。你買森鏈要你買的東西，讀森鏈要你讀的東西，跟森鏈認為你該約會的人約會。但你真的快樂嗎？」

「這觀點太老了。堤里的建議都有科學根據，證明適合我的品味喜好，一定會是我喜歡的。」

「你的意思是，有些廠商付了森鏈錢，要它推銷給你。」

「這就是廣告的目的，不是嗎？滿足欲望。這世界上有幾千萬種商品可能適合我，但我從來不知道。就像有個完美女孩在那裡等我，但我從來沒遇見她。如果聽堤里的建議可以讓完美的商品找到完美的消費者，讓完美女孩找到完美男孩，有什麼不好？」

楨妮笑了出來。「你這麼會合理化自己的狀態，真是不錯。我再問你一次：如果有堤里的生活這麼完美，為什麼你今晚要關掉？」

「我無法解釋。」賽伊搖搖頭。「這是個錯誤的決定，我想我該回家了。」

「等等，我先給你看一些跟你摯愛的堤里有關的東西。」楨妮說。她走到書桌開始打字，螢幕上顯示一連串文件。她一邊說，賽伊一邊努力瀏覽抓重點。

「幾年前，他們發現森鏈的交通監視車在掃描所有路經的家用無線網路。而且，在宣稱為了提供更好的「建議」，而設計出自願接受追蹤功能之前，森鏈就已經無視於系統的安全設定，擅自追蹤你的瀏覽習慣。你覺得他們真的改過自新了嗎？他們對你的資訊飢不擇食——愈多愈好——可惡的是，他們才不在乎用什麼方式得到。」

賽伊懷疑地翻閱文件。「如果是真的，為什麼沒有鬧上新聞？」

楨妮笑了。「首先，森鏈可以辯稱所做的一切都合法。舉例來說，無線網路在公共空間流通，所以沒有隱私權侵害的問題，且終端用戶同意書可以把森鏈做的每件事解讀為『讓你的一切更好』。其次，這些日子以來，除了透過森鏈，你的新聞來源是什麼？如果森鏈不希望你看到某樣東西，你就看不到。」

「那妳怎麼找到這些資料的？」

「我的機器連結的是網路上方的網絡，森鏈沒辦法看到裡面的東西。基本上，我們仰賴一個把電腦變成轉播電台的病毒，所有東西都會被轉譯成密碼並反射回來，所以森鏈看不見我們的通訊往來。」

賽伊搖搖頭。「妳真是被害妄想的陰謀論者。妳讓森鏈聽起來像某種邪惡專制的政府組織，但它不過是個想賺錢的公司而已。」

楨妮搖搖頭。「監視就是監視，我無法理解為什麼有些人覺得被政府監視和被企業監視不一樣。這些日子以來，森鏈比政府還龐大。別忘了，森鏈設法搞垮了三個國家的政府，就是因為他們國內竟敢封鎖森鏈。」

「那些都是高壓集權的地方——」

「噢，對，你是在一塊自由的土地上。你以為森鏈在推廣自由嗎？他們希望自由到讓他們可以監控每個人，慫恿人們消費各種事物，讓森鏈賺更多錢。」

「但這只是做生意，說不上是邪惡吧。」

「你會這樣說，是因為你不再知道世界真正的樣子，因為森鏈的影像重新塑造了世界。」

雖然楨妮的車和她家一樣層層防備，但她和賽伊在車裡時說話還是很小聲，好像擔心他們的對話會被人行道上的人聽見。

「真難相信這地方怎麼會這麼破舊。」楨妮把車停在街道旁時，賽伊說。路面坑坑洞洞，周遭的房子有修跟沒修一樣，幾間廢棄的屋子殘破不堪。他們聽見不遠處逐漸變小的警鈴聲。這是賽伊從沒到過的阿瑟頓市。

「十年前還不是這樣的。」

「怎麼回事？」

「森鏈發現人們——有些人，不是所有人——傾向在他們想住的地方隔離不同種族。森鏈為了提供這項服務，就依照搜尋者的種族來為房地產排序。這樣完全合法，因為他們只是滿足使用者的需求和想望，沒有隱藏任何資料，只把一些案件排到最後。無論發生什麼事，你都無法批評他們的運算系統或證明他們針對種族進行篩選，因為種族只是他們神奇排序程式考慮的幾百個因素之一。」

「過了一段時間，這像雪球一樣愈滾愈大，種族隔離的狀況愈來愈嚴重。政客很容易根據種族劃分選區，所以就變成這樣了。猜猜誰會被困在這一區？」

賽伊深呼吸。「不知道。」

「如果去問森鏈，他們會說他們的運算系統只是反應和複製了使用者想要進行種族隔離的需求，個人思想與森鏈無關。噢，他們會說他們是在提升自由，供應人們想要的。當然，他們不會說他們靠抽房地產傭金來獲利。」

「這種事怎麼可能都沒有人說？」

「你又忘了，你知道的每件事都經過森鏈過濾。無論什麼時候搜尋、什麼時候收聽新聞摘要，你得到的結果都是被森鏈篩選過、符合他們覺得你想知道的。看新聞看得太難過的人就不會買廣告推銷的東西，所以森鏈就適度調整，讓你看到還可以的事。」

「我們好像住在仙履奇緣中奧茲國的翡翠城，森鏈把這些碧綠的厚眼鏡罩在我們眼前，讓我們以為一切都是美麗的碧綠色。」

「妳對森鏈的篩選方式很不滿。」

「不，森鏈是個失控的運算系統，它只給你更多它覺得你想要的東西。而我們——像我一樣的人——覺得這是問題的根本。森鏈把我們放進小泡泡裡，讓我們看見和聽見的全是自己的回聲，更加困在既有信念中，誇大了心之所屬。我們停止問問題，接受提里對一切的評斷。」

「年復一年，我們變得更容易馴服，溫順得讓森鏈更容易喧賓奪主、變本加厲。但我不想過那樣的生活。」

「那妳告訴我這些的原因是？」

「因為，鄰居啊，我們要除掉提里。」楨妮嚴肅地看著賽伊說：「而你要幫我們做到這件事。」

開車回來後，楨妮公寓房間裡緊閉和拉上窗簾的窗戶讓人更窒息了。賽伊看了看周圍閃爍的螢幕，螢幕上顯示著舞動的抽象圖形，突然緊繃了起來。「妳打算怎麼除掉堤里？」

「我們在研發一種病毒，說得更厲害點，可說是網路武器。」

「它能做什麼？」

「既然堤里的命脈是數據資料——上百萬筆森鏈從使用者身上收集來的數據——我們就用這個方法消滅它。」

「一旦進入森鏈的數據中心，病毒會慢慢更動使用者的資料，產生新的假檔案。我們希望它慢慢進行，以免被發現。但最後，它會感染數據，堤里就再也沒辦法鬼鬼祟祟控制和預測使用者。而且如果進行得夠慢，他們甚至沒辦法去找備份，因為備份檔也被破壞了。沒有了幾十年來建立的數據資料，森鏈的廣告收入一夜之間就會歸零，然後，咻，堤里就沒了。」

賽伊想像著雲端的幾百萬位元：他的嗜好品味、喜歡和不喜歡的東西、祕密的欲望、公開的願望、搜尋紀錄、購買清單、看過的文章和書、瀏覽過的網頁。

照這麼看來，那些位元集結成一個數位的**他**。他有什麼不在雲端，有什麼沒被堤里監控的嗎？放一個病毒進去，會不會像是自殺，像是謀殺？

但接著他想起每個決定都被堤里牽著鼻子走的感覺；想起自己曾經很滿足，像一頭在泥水裡快樂打滾的豬那樣。

那些位元是他的，不是**他**。他有不能被位元禁錮的自由意志，而堤里差點成功地讓他忘了。

「我能幫什麼忙？」賽伊問道。

賽伊在邁爾士·戴維斯〈那又如何？〉（So What ?）的演奏中甦醒。

有一刻，他懷疑昨晚的記憶是不是夢。聽著他正好想聽的曲子醒來，感覺真好。

「感覺好點了嗎，賽伊？」堤里問道。

我有嗎？

「我以為我把妳關機了，堤里。」

「你昨晚停用所有森鏈的生活連結系統，我擔心你會忘了重啟。你差點錯過起床鬧鐘。不過，森鏈加了一個故障安全設計，就是為了避免這種情況發生。我們料想，大部分像你一樣的使用者會需要這項撤銷機制，讓森鏈再度連結你的生活。」

「當然。」賽伊說。**所以要把堤里關掉，而且保持關機是不可能的，楨妮昨晚說的都是真的。**他的背脊一陣涼意。

「這十二小時中，我無法取得你的數據資料。為了避免我協助你的品質下降，建議你告訴我發生的事。」

「噢，妳沒錯過什麼。我回家後太累，就睡著了。」

「昨晚似乎有人蓄意破壞你安裝的新保全攝影機，我已經通報警方。可惜攝影機沒有拍到嫌犯。」

「不用擔心，反正這裡沒什麼好偷的。」

「你的情緒聽起來有點低落，是因為昨晚的約會嗎？看來愛倫不適合你。」

「嗯，對啊，可能不適合吧。」

「別沮喪，我知道讓你心情好起來的方法。」

接下來幾個星期，賽伊發現要演好他被指派的角色非常困難。

楨妮強調，如果要讓計畫成功，就要繼續假裝他認為堤里很重要。完全不能讓堤里察覺到任何不對勁。

一開始看似簡單，但要對堤里隱瞞祕密是很費神的。她能偵測到他聲音的顫抖嗎？賽伊很懷疑。她能分辨他對她推薦的消費開心是裝出來的嗎？

同時，下禮拜森鏈的法務助理，約翰．羅斯葛來川斯律師事務所之前，他還有個更大的麻煩要解決。

川斯律師事務所在替森鏈和全享的專利爭議辯護，楨妮提過。這是我們進入森鏈內部網絡的機會。你只要讓森鏈的人把這個插進筆電裡就可以了。

接著她把一個拇指大小的隨身碟交給他。

雖然賽伊還沒想到怎麼把隨身碟弄進森鏈的筆電，但很高興終於又過完跟堤里攻防戰的一天。

「堤里，我要去慢跑。我把妳留在這裡喔。」

「最好帶著我。」堤里說：「我可以追蹤你的心跳速率，為你提供最理想的慢跑路徑。」

「我知道，我只是有點想自己在附近跑一跑，好嗎？」

「我對你最近想隱藏、不願分享的狀況滿在意的。」

「沒有什麼狀況，堤里。我只是不希望妳在我遇到襲擊或搶劫的時候被偷了，妳知道最近這附近愈來愈不安全。」

然後他便把手機關機，留在房間裡。

他關上身後的門，確定攝影機上的膠帶還封著，然後輕敲楨妮的門。

賽伊發現，認識楨妮是他做過最奇怪的事。

他不能依賴堤里事先確定聊天話題，不能依賴堤里在他說不出話時及時給建議。他甚至沒辦法搜尋楨妮的全享帳號。

他得靠自己，這很讓人興奮。

「妳怎麼知道堤里對我們做的事？」

「我在中國長大。」楨妮邊說邊把一撮頭髮塞到耳後，賽伊發現這個動作莫名地可愛。「那時候，政府會公開承認監看你在網路上的一舉一動。你必須學著把瘋狂思想藏起來，讀出隱藏在字裡行間的訊息，避免說話被竊聽。」

「我想我們在這裡很幸運。」

「不。」她微笑看著他詫異的樣子。他發現她喜歡潑人冷水，喜歡跟他唱反調。他喜歡這樣的她。

「你覺得你在自由的環境長大，反而讓你難看清自己並不自由。你就像溫水裡的青蛙，慢慢被煮熟。」

「像妳一樣的人很多嗎？」

「不多。沒有網路的生活並不容易。我已經和我以前的朋友失去聯絡了。我很難與人深交，因為他們多半都活在森鏈和全享裡。我可以偶爾用匿名帳戶偷看一下，但絕不可能成為他們生活的一部分。有時候我會疑惑自己是不是在做正確的事。」

「妳是。」賽伊說。而且，雖然沒有提里慫恿，但他握住了楨妮的手。她沒有抗拒。

「說真的，我從不覺得你是我喜歡的型。」她說。

賽伊的心像石頭般一沉。

「但除了提里，誰會只考慮類型？」她飛快地說，再笑著把他拉近。

這一天終於來了。羅斯葛到川斯律師事務所準備證詞，和事務所律師們整天待在會議室裡。

賽伊在自己的辦公隔間裡坐下、站起來、又坐下，思索著把這炸藥似的東西送進去的最好方式，同時發覺自己緊張到了極點。

也許可以假裝提供技術支援，對他的電腦系統進行緊急救援掃毒？

也許可以送午餐給他，再偷偷把隨身碟插進去？

也許可以按下火警警報器，祈禱羅斯葛會丟下他的筆電？

每個想法都有點可笑。

「嘿，」整天跟羅斯葛待在會議室的同事，突然靠在賽伊的辦公隔板上說：「羅斯葛的手機要充電，你這裡有森鏈的充電線嗎？」

賽伊呆望著他，被自己的好運嚇到了。

同事拿著手機對他揮了揮。

「當然有！」賽伊說：「我馬上拿過去給你。」

「謝啦！」同事走回會議室。

賽伊不敢置信，就是這個機會。他把隨身碟接上充電線，再在另一頭接上延長線。整個東西看起來只有一點點怪，像吞了隻老鼠的蟒蛇。

但突然，他感到胃一陣下沉，差點罵髒話。準備充電線前，他忘了把他電腦上的攝影機——**堤里的眼睛**——關掉。如果堤里懷疑起他拿的奇怪充電線，他就百口莫辯，一切誘導、隱瞞的努力就白費了。

但現在也沒辦法了，只能繼續。他走出辦公隔間時，心臟幾乎要跳出喉嚨。

他的耳機裡還是什麼聲音都沒有。

他打開門，羅斯葛忙著操作他的電腦，連頭都沒抬。他從賽伊手上抓起充電線，將一頭插進電腦，另一頭插進手機。

堤里還是靜悄悄的。

賽伊在皇后合唱團的〈我們勝利了〉（We Are the Champions）聲中醒來——只能是這首了！前一晚和楨妮及她朋友們狂歡的畫面很模糊，但他記得自己回到家睡著前跟堤里說：「我們成功了！我們贏了！」

啊，如果堤里知道我們在慶祝什麼就好了。

音樂慢慢停了下來。

賽伊慵懶地伸懶腰，一轉頭，對上四個魁武嚴肅男人的眼睛。

「堤里，叫警察！」

「我恐怕做不到，賽伊。」

「到底為什麼不行？」

「這些人是來幫你的。相信我，賽伊，你知道我知道你需要什麼。」

當這些奇怪的人出現在他的公寓時，賽伊想到淩虐室、精神病院、黑暗牢房外的無臉看守人。他沒想過自己會跟森鏈創辦人兼執行長，克里斯汀．林恩，面對面坐著喝白茶。

「你們差點就成功了。」林恩說。這個男人還不到四十歲，看起來健康強壯又有能力——**有點像我心裡想的男版堤里**，賽伊心想。他微笑著說：「幾乎比任何人都接近。」

「我們敗露的原因是什麼？」楨妮問。

她坐在賽伊左邊，賽伊伸手握著她的手。他們十指交扣，給彼此力量。

「他的手機，他第一次去找妳的那個晚上。」

「不可能，我把它屏蔽了。不可能有任何紀錄。」

「但妳把它放在桌上，它的加速器還是可以啟用，它偵測到妳打字的頻率並記錄下來。我們在鍵盤上打字的方式很特殊，光是用震動型態就能重建打字的內容。這是我們很早就研發來抓恐怖份子和毒販的舊科技。」

楨妮默默罵了聲髒話，賽伊這才發現，原來直到這一刻，某種程度上他還是沒有完全相信楨妮的偏執。

「但從那天之後我就沒有帶手機了。」

「對，但我們不需要它了。堤里分析出楨妮的打字內容後，對應的警示程式就會啟動，我們只要監視你就行了。我們讓交通觀測車停在一個街區外，把一個小雷射點對準楨妮的窗戶，就能用玻璃的震動來記錄你們的對話。」

「你是個非常狡詐的人，林恩先生。」賽伊說：「也很卑鄙。」

林恩似乎沒受影響。「我想我們談到最後，你們的看法可能會不同。森鏈並不是第一家追蹤你們的企業。」

楨妮握緊了賽伊的手。「放他走，我才是你們要的人，他什麼都不知道。」

林恩搖搖頭，帶著歉意的微笑。「賽伊，你有發現我們指定川斯律師事務所代表我們跟全亨打官司的一個禮拜後，楨妮就搬進你隔壁公寓嗎？」

賽伊不懂林恩的意思，但感覺自己不會喜歡接下來要知道的事。他想叫林恩閉嘴，但忍住了。

「很好奇，對嗎？你無法拒絕資訊的吸引力。如果是這樣，你永遠會想學習新事物。我們的構造天生如此，這也是森鏈背後的動機。」

「別信他說的。」楨妮說。

「如果發現同一個禮拜裡，你們公司其他五位律師助理也有新鄰居搬到附近，你會驚訝嗎？所有新鄰居都發誓要毀了森鏈，就像這裡的楨妮一樣，會讓你更驚訝嗎？堤里很會察覺事情脈絡的。」

賽伊的心跳愈來愈快。他轉頭問楨妮：「是真的嗎？妳從一開始就計畫好要利用我？妳來認識我，是為了找機會安裝病毒？」

楨妮別開臉。

「他們知道沒辦法從外面駭進我們的系統，得要偷偷安裝木馬程式進來。你被利用了，賽伊。她和她的朋友誘導你，牽著你的鼻子走，讓你做事——就像他們指控我們做的事。」

「不是那樣。」楨妮說：「賽伊，聽我說，一開始可能是，但人生充滿了驚喜。你讓我驚喜，這很美好。」

賽伊鬆開楨妮的手，轉頭對林恩說。「也許他們確實利用我了，但他們是對的。你把這個世界變成圓形牢籠，所有在裡面的人都變成你操縱的魁儡，好讓你賺更多錢。」

「你自己說過，我們是在用一種不可或缺的方式滿足欲望、讓交易往來順暢。」

「但你們也會助長險惡的欲望。」他再次想起路旁那些廢棄的房子、那坑坑巴巴的人行道。

「我們只是揭開早已存在人心的黑暗面罷了。」林恩說道：「而且楨妮沒有告訴你我們抓了多少兒童色情、阻止了多少預謀殺人案、揭露了多少販毒集團和恐怖份子。還有我們推翻的所有獨裁者和鐵腕人物，都是靠過濾宣傳活動和放大反對聲浪做到的。」

「別說得這麼正氣凜然。」楨妮說：「搞垮那些政權後，你們和其他西方國家的企業就乘機得利。你們是一丘之貉——把這個世界變得單調乏味，把每個地方變成美國的複製品，郊區到處都是購物中心。」

「要這麼憤世嫉俗很簡單。」林恩說：「但我對我們做的事感到驕傲。如果文化帝國可以讓這個世界變成更好的地方，那我們很樂意彙整這個世界的資訊，讓人類更好。」

「為什麼你們不能保持中立、只提供資訊？為什麼不像以前一樣只做個簡單的搜尋引擎？為什麼要有各種監視和過濾？為什麼要操控人？」賽伊問。

「沒有一個東西能提供中立的訊息。如果有人問堤里某位候選人的聲譽，堤里要給他們看他的官方網站還是抨擊他的網站？如果有人問堤里天安門的事，堤里應該跟他們說這個地名背後幾百年的歷史，還是只提一九八九年六月四日的事件？這個『我相信你』的按鈕責任重大，我們非常認真看待。」

「森鏈做的是整合資訊的工作，這項工作需要選擇、方向、內在的主觀意識。對你來說什麼是重要的——什麼是真實的——對其他人來說並不那麼重要或真實。這取決於判斷和優先順序。要搜尋你在乎的事，我們就必須知道你的一切。反過來說，這就難免成了過濾、成了操控。」

「你說得好像這一切無可避免。」

「是無可避免。你們以為除掉森鏈可以讓你們變自由，無論『自由』代表什麼。但我問你們，你們能告訴我在紐約創業的必要條件是什麼嗎？」

賽伊張開嘴發現自己的直覺是問堤里，於是又把嘴閉上了。

「你媽媽的電話號碼呢？」

賽伊努力克制想去查手機的衝動。

「那麼跟我說說昨天全球發生了什麼事吧？你三年前買了什麼書、喜歡什麼書？你跟前任女友什麼時候開始約會？」

賽伊什麼也沒說。

「懂了嗎？沒有堤里，你無法工作，不記得你的生活、連你媽媽的電話都沒辦法打。我們現在是半機器人了。我們很久以前就開始把思想延伸到科技領域，再也不可能把全部的自己塞進腦子裡。你想摧毀的科技複製品，說白了就是你自己。」

「因為無法不依賴由科技延伸的生活，就算你摧毀森鏈，也會有另一個替代品來取代它。太遲了，回不去了。邱吉爾說過，我們建造樓房，之後樓房建造我們。我們創造機器來幫助我們思考，現在機器替我們思考。」

「所以你想把我們怎麼樣？」楨妮問：「我們不會停止跟你對抗。」

「我希望你們來森鏈工作。」

賽伊和楨妮面面相覷。「什麼？」

「我們需要能夠看穿堤里建議、發現它不完美的人。我們只能做出機器人和分析數據，但還沒有找到完美的演算法。你們看出了她的缺點，所以是最佳人選，你們能夠找出堤里還欠缺的，以及做得太多的。這是最完美的搭配。你們可以讓她更好、更令人信服，讓堤里做得更好。」

「為什麼我們要做這種事？」楨妮問：「為什麼我們要幫你用機器控制人類的生活？」

「因為妳覺得森鏈很糟，其他取代的公司有可能更糟。我的確把『讓人類更尊貴』當成這家公司的宗旨，而不只是公關術語，即便你們不同意我的做法。」

「如果我們垮了，妳覺得誰會取代我們？全享？某家中國公司？」

楨妮別開臉。

「為什麼我們走到今天這一步，就是為了確定我們擁有需要的資訊，能夠阻止競爭者和像你們這樣善良但天真的人，來摧毀森鏈所做的一切。」
「如果我們拒絕加入，反而把你們做的事告訴全世界呢？」
「沒有人會相信你們。我們不會讓任何人聽到你們說的話、你們寫的東西。在網路上，如果森鏈搜尋不到，就不存在。」
賽伊知道他說的是真的。
「你們以為森鏈只是一個程式，一部機器，但現在你們知道它是由人建造而成的——像我一樣、像你們一樣的人。你們說我做錯了，難道你們不想成為我們的一份子，努力讓一切更好嗎？」
「面對大勢所趨，唯一的選擇就是順應而為。」

賽伊關上身後公寓的門，頭上的攝影機轉了過來。
「楨妮明天會過來吃晚餐嗎？」堤里問。
「可能會吧。」
「你真的要讓她開始分享，這樣會讓計畫順利很多。」
「我覺得很難，堤里。」
「你累了。」堤里說：「我幫你叫些有機熱蘋果酒來，然後就睡覺如何？」
聽起來真棒。
「不用了。」賽伊說：「我比較想在床上看看書。」
「好的。需要我推薦一本書嗎？」

「其實我希望你今晚關機，但先把起床曲設成辛納屈的〈我的路〉（My Way）。」

「就你的品味來說滿不尋常的。這是一次性的實驗，還是你希望我把這首歌加進你未來的推薦音樂清單？」

「只有這次，就這樣吧。晚安，堤里，請你把自己關機。」

攝影機發出咿呀聲，跟著賽伊上床，關機。

但黑暗中，一盞紅燈繼續緩緩閃爍著。

狩獵順利

Good Hunting

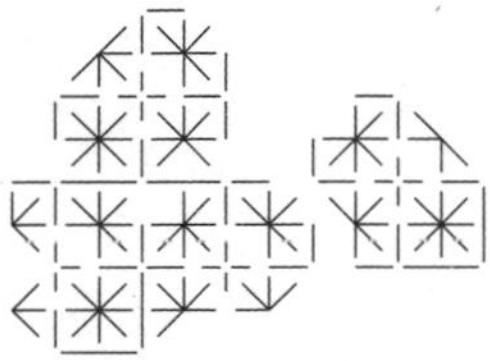

*2013*年 華盛頓科幻協會小出版社獎獲獎

夜裡，天上掛著半個月亮，一聲偶然的貓頭鷹叫聲傳來。

一戶生意人家，丈夫、妻子和所有家僕都被遣走了，偌大的房子安靜得詭譎。

我和父親蹲在庭院裡，文人石後面。透過石上的許多小洞，能看見那戶人家兒子房間的窗戶。

「小君啊，我可愛的小君……」

年輕人囈語似的呻吟令人不忍。他半瘋半傻，為了他好，父親把他綁在床上，留了一扇窗沒關，讓遠處田間的清風帶走他悲傷的呼喊。

「你覺得她真的會來嗎？」我小聲問。今天是我十三歲生日，這是我的第一仗。

「會。」父親說：「她勾引的男人在叫她，狐狸精沒辦法抗拒。」

「就像梁山伯與祝英台沒辦法抗拒彼此一樣嗎？」我想起去年秋天到我們村裡來巡演的民間劇團。

「不太一樣。」父親說，但似乎很難解釋為什麼。「只要知道不一樣就好。」

我點點頭，不確定自己是不是懂了。但我記得他們來拜託父親幫忙時的樣子。

「真丟臉！」丈夫抱怨著：「他還沒滿十九歲吶！他讀了這麼多聖賢書，怎麼還會中這東西的邪？」

「被狐狸精的美貌和詭計誘惑，不算丟臉的事。」父親說：「就連大學者王來都曾跟狐狸精共度三天三夜，照樣考中科舉。貴公子只是需要一點幫忙。」

「你一定要救他！」夫人說完，頻頻鞠躬。「這事如果傳開了，媒人就再也不會上門了。」

狐狸精是偷人心的妖魔。我渾身發抖，不知道自己敢不敢面對。

父親把溫暖的手搭在我肩上，我鎮定了些。他拿著燕尾劍，燕尾劍是我們十三代以前的祖先柳毅大將軍鑄的。這把劍有幾百種道法，飲過無數妖怪的血。

一朵雲飄來，遮住月亮片刻，伸手不見五指。

月亮再次現身時，我差點叫出來。

庭院裡有一個我見過最美麗的女人。

她一襲白絲飄逸衣裳，衣袖翩然，繫著一條銀色寬腰帶，面白如雪、髮色如炭，長及腰。我覺得她看起來就像劇團掛在舞台四周的唐朝美人圖。

她緩緩看了看四周，眼裡映著月光，像波光粼粼的池水。

看到她那麼悲傷，我很驚訝，突然好愧疚，一心只想讓她展露笑容。

父親的手在我脖子上輕輕一碰，我嚇了一跳回過神。狐狸精的魅力，他是警告過我的。我的臉頰發熱，心怦怦跳。我將視線從妖怪的臉上移開，留心著她的舉動。

這個禮拜，僕人每晚都帶著狗到庭院來趕她，讓她遠離少爺，但現在庭院空蕩蕩的。她站著不動，猶豫著，疑心是陷阱。

「小君！妳來看我了嗎？」兒子的囈語聲愈來愈大。

那女子轉身走——不，她移動得如此平順，是「飄」才對——她飄向房門。

父親從石頭後面跳出，握著燕尾劍衝向她。

她背後彷彿長了眼睛，閃身躲開。父親沒來得及收手，劍飛向厚重的木門，「咚」一聲插進去。他想拔劍，卻沒辦法立刻拔出來。

那女子看了他一眼，轉身往庭院大門去。

「別站在那裡，阿良！」父親喊：「她要跑了！」

我拖著裝滿狗尿的陶盆奔向她。我的任務是把這東西灑在她身上，讓她無法變回原形逃走。

她轉頭對我微笑：「你是個勇敢的孩子。」一陣春雨中茉莉花開般的香氣環繞在我四周。她的聲音好似甜美、沁涼的蓮蓉，我想永遠聽她說下去。陶盆在我手上，卻被我忘得一乾二淨。

「潑她！」父親大叫。他已經把劍拔出來了。

我懊惱地咬住下唇。**這麼輕易被誘惑，怎麼當獵妖道士！**我把蓋子掀開，整盆潑向她離去的身影，卻荒唐地想著不該把她的白衣弄髒，結果手抖了一下，方向偏了，只有一點狗尿灑到她身上。

但這就夠了。她厲聲嗥叫，那聲音像狗吠，卻更粗野，讓我頸背的寒毛直豎。她轉身咆哮，咧嘴露出兩排白色利牙，我踉蹌後退。

我在她變身到一半的時候潑到她，所以她的臉是半人半狐的樣子，嘴巴和鼻子沒有毛，三角形耳朵憤怒地豎起。她的手變成有尖爪的狐掌，朝我用力攫過來。

她不能說話了，眼裡仍露出不言而喻的恨意。

父親從我身旁衝過去，高舉劍，準備讓她一擊斃命。狐狸精轉身碰到庭院的門，用力撞開，消失在壞掉的門裡。

父親顧著追她，連一眼都沒回頭看我。我又羞又愧，跟了上去。

狐狸精身輕如燕，銀色尾巴在田野間留下一道閃閃發亮的足跡。但她沒轉換完成的身體還是人形，無法像有四隻腳時跑得那麼快。

我和父親看見她閃身，躲進村外一里處一間廢棄的寺廟。

「去廟附近搜。」父親上氣不接下氣地說：「我從前門進去，如果她從後門逃走，你知道怎麼做。」

廟後面雜草叢生、牆垣半倒。我進去時，看見一道白光從瓦礫堆閃過。

我決心要彌補自己在父親眼中的形象，於是忍住恐懼，毫不遲疑地追上去。快速轉了幾個彎後，我把那東西逼到一間僧寮的角落。

我才要把剩下的狗尿潑在牠身上，卻發現這隻動物比我們剛剛追的那隻狐狸精小很多。這是一隻小白狐，體型跟幼犬差不多。

我放下陶盆，撲身過去。

小狐狸在我身下扭動。這麼小一隻居然這麼大力氣，我努力壓制牠。我們扭打時，我指尖下的毛似乎變得像皮膚一樣滑順，身體也拉長、變寬、愈來愈大。我得用上全身才能把牠壓在地上。

突然間，我發現手臂下攬著的，是一個跟我差不多年紀、全身赤裸的女孩。

我大叫一聲，往後跳開。那女孩從稻草堆後拿了一件絲綢外袍披上，傲慢地瞪著我。

不遠處的正殿傳來一聲嗥叫，伴隨著重劍砍桌子的聲音，接著是另一聲嗥叫和父親的咒罵聲。

那女孩和我望著彼此，她比我去年朝思暮想的那個女伶還美。

「你們為什麼要跟著我們？」她問：「我們又沒對你們做什麼。」

「妳媽媽勾引那戶人家的兒子。」我說：「我們要救他。」

「勾引？他才是那個不讓她走的人！」

我大吃一驚。「妳在說什麼？」

「一個月前某個晚上，那戶人家的兒子偶然撞見我母親被雞農的陷阱困住。她得變成人形才能逃脫，結果他一見她就暈頭轉向了。」

「她喜歡自由自在，根本不想跟他有瓜葛。但男人一旦把心放在狐狸精身上，狐狸精就不得不聽見他的聲音，無論相隔多遠。他的呻吟、哭訴讓她心煩意亂，她只好每天晚上去見他，讓他安靜下來。」

這和我父親說的可不一樣。

「她勾引無辜的讀書人，吸取他們的陽氣來練邪術！看那戶人家的兒子病得多重！」

「他生病是因為那個庸醫給他吃毒藥，要讓他忘了我母親。我母親才是每晚去救他、讓他活下來的人。還有，不要再說『勾引』這兩個字了，一個男人會愛上狐狸精，就跟他會愛上任何一個女人一樣。」

我不知道該說什麼，只好脫口而出：「我知道那就是不一樣。」

她露出不以為然的表情。「不一樣？我把衣服穿上前，可是看到你看我的眼神了。」

我羞紅了臉。「無恥的妖狐！」我拿起陶盆。她站在那裡不動，臉上帶著嘲諷的微笑。最後，我放下了陶盆。

正殿裡的打鬥聲愈來愈大，突然傳來一聲重響，接著是父親勝利的呼喊和女人銳利的長聲尖叫。

女孩的臉上沒了訕笑，只有怒氣緩緩轉為震驚。她的眼睛失去靈動的光澤，變得枯萎黯淡。

父親又悶哼了一聲，那尖叫戛然而止。

「阿良！阿良！好了，你在哪？」

淚珠從女孩臉上滾了下來。

「搜廟！」父親的聲音繼續說：「她可能有孩子在這裡，也要一起殺了。」

女孩緊張了起來。

「阿良，你有找到什麼嗎？」聲音愈來愈近。

「沒有。」我盯著她的眼睛說：「我什麼也沒找到。」

她轉身，安靜地跑出僧寮。沒多久，我看見一隻白色小狐狸從殘破的後牆跳出去，消失在夜色裡。

那日是清明，祭悼亡靈的節日。我和父親帶了食物酒水去掃母親的墓，以慰她在天之靈。

「我想在這裡待一下。」我說。父親點點頭便回家了。

我跟母親小聲道了歉，把帶去給她的雞肉包起來，走到三里外小丘的另一頭，到那破廟去。

我發現小嫣跪在正殿，靠近五年前我父親殺了她母親的地方。她把頭髮盤起來——少女行過及笄禮之後的髮型。行過及笄禮代表她不再是少女了。

我們每年清明、重陽節、盂蘭節、新年都會見面，這幾天是家人團聚的日子。

「我給妳帶了這個。」我說著把蒸雞拿給她。

「謝謝你。」她小心地撕下一隻雞腿，優雅地吃著。小嫣跟我說，狐狸精會住在人類的村莊附近，因為她們喜歡人類的東西：說話聲、漂亮衣裳、詩詞和故事；有緣的話，還會遇上值得託付的有情郎。

但狐狸精還是以狐狸的樣子去狩獵最自在。她母親走了以後，小嫣不再去雞圈，但還是想念雞的味道。

「狩獵順利嗎？」我問。

「不太順利。」她說：「百年蠑螈和六趾兔少了很多，我怎麼抓都吃不飽。」她咬下另一塊雞肉，嚼了嚼吞下去。「我也不太能變身了。」

「妳要維持人形很難嗎？」

「不是。」她把剩下的雞肉放在地上，輕聲跟她母親說了些話。

「我的意思是，我愈來愈難變回原形去狩獵，」她繼續說道：「有幾個晚上我完全變不了。你獵妖的狀況呢？」

「也沒多好。蛇精和厲鬼好像沒有幾年前那麼多，連心願未了而自殺的怨靈來鬧事都少了，也好幾個月沒見到殭屍。父親很擔心錢的事。」

我們也好幾年沒對付過狐狸精了，可能小嫣警告過她們吧！說實話，我鬆了口氣。我並不想告訴父親有些事他錯了。他已經因為村民似乎不再那麼需要他的知識和技能，不再那麼尊敬他，而變得非常易怒、焦慮。

「有沒有想過殭屍可能也被誤解了，像我和我母親一樣？」

她看到我的表情笑了出來。「開玩笑的啦！」

小嫣和我的關係很奇怪。她不太算是朋友，比較像是某個忍不住想接近的人，因為你知道，這世界和以前別人告訴你的不一樣。

她看著她留給母親的雞肉。「我覺得這塊土地的法力已經快耗盡了。」

我懷疑過有什麼不對勁，但不想說出來，怕一語成讖。

「妳覺得是為什麼？」

小嫣沒回答，豎起耳朵仔細聽，然後站起來，牽著我的手，拉我到正殿佛祖像後面。

「妳要——」

她伸出手指放在我的唇上。跟她靠這麼近，我才注意到她的氣味。跟她母親的氣味很像，帶著花朵的甜甜香氣，也很清新，像棉被曬過的味道。我感覺自己的臉愈來愈熱。

過了一會兒，聽到一群人走進廟裡的聲音。我輕輕地從佛祖後面探頭看。

那天很熱，那些人在找陰涼處躲避正午豔陽。兩個男人搬來一張藤椅，一個金色捲髮、白皮膚的洋人坐了下來。其他人扛著三腳架、水平儀、銅管及裝滿奇怪東西的大皮箱。

「湯普森先生大人。」一個穿著官服的人走向洋人，不停鞠躬賣笑、點頭逢迎的樣子像隻搖著尾巴的哈巴狗。「請喝點涼茶，休息一下。今天本該祭祖掃墓，要那些人做事不容易啊，他們需要一點時間拜拜，以免觸怒神靈。但我保證，之後我們會努力工作，準時完成勘測。」

「你們中國人最大的問題就是迷信。」那洋人說。他的口音很奇怪，但我聽得懂。「記著，天津鐵路是大英帝國最重要的事。如果天黑以前沒做到泊頭市，我就扣掉你們所有人的工資。」

我聽說過滿清皇帝打了敗仗，被迫做出各種讓步，其中一項是出錢幫洋人建鐵路。但這太不可思議了，所以我沒放在心上。

那官吏點頭稱是。「湯普森先生大人說的都對，但能不能勞煩您宅心仁厚聽聽小人的建議？」

那疲倦的英國人不耐煩地揮揮手。

「有些村民憂心鐵路的預定路線。您知道，他們覺得已經建好的鐵軌阻擋了地氣地脈，對風水不好。」

「你在說什麼？」

「有點像是人的呼吸。」那官吏說著，呼了幾口氣讓那個英國人懂。「土地的河流、山丘、古道都有『氣』的流動，『氣』能讓村子興旺繁榮，留住稀有動物、在地神靈和家神。您能不能考慮風水師的建議，把鐵道移開一點？」

湯普森翻了個白眼。「這是我聽過最荒謬的事了。你們要我把我們效率最好的一條鐵路移開，因為你們覺得你們的神靈會生氣？」

官吏一副痛苦的樣子。「呃……因為鋪好鐵路的地方發生很多不好的事：錢財損失、動物奄奄一息、家神不顯靈，和尚和道長都說是鐵路的關係。」

湯普森大步走向佛祖，仔細打量。我快速閃到佛祖後方，緊握小嫣的手。我們屏氣凝神，希望不會被發現。

「這尊還有神力嗎？」湯普森問。

「這座廟已經好幾年養不起和尚了，」官吏說：「但這尊佛祖還是很受尊敬的，聽村裡的人說祂有求必應。」

接著傳來很大的聲響，以及正殿裡一幫人的驚呼聲。

「我剛剛用手杖把你們這尊神的手砍下來了。」湯普森說：「你們看，我沒有被天打雷劈，也沒遭受任何災難。好了，現在我們知道這只是用泥土和稻草混和成的神像，再畫上廉價的油漆而已。這就是為什麼你們會打輸大英帝國，因為你們在該興建鐵路和製造槍砲武器的時候，拜泥土做的神像。」

改鐵路的事就此打住。

那些人走了之後，我和小嫣從佛像後面走出來，盯著佛祖斷掉的手看了一會兒。

「世界在改變。」小嫣說：「香港、鐵路、靠電線說話的洋人，還有吐煙的機器。茶樓裡的說書人愈來愈常講這些奇怪的事。我想這就是為什麼過去的法力在消逝，一種更有力量的法術已經來了。」

她用沒有情緒又冰冷的聲音說著，像一潭平靜的秋水，但她的話千真萬確。我想到愈來愈少人來找我們，想到父親努力想保持開朗的樣子。我不知道我學念咒和舞劍的時間是不是都白費了。

「妳要怎麼辦？」我問，想到她獨自在這小丘上，找不到食物維持法力的事。

「我能做的事只有一件。」她沉默了一下突然出聲，聲音變得果決，像顆被丟進池塘的小卵石。接著她看向我，恢復了沉著。「我們能做的只有一件事：學著活下去。」

鐵路很快成為熟悉的景象，黑色車頭嗚嗚駛過綠色稻田，吐著蒸汽，後面拖著長長的火車，像一條從遠山薄霧間下凡而來的龍。有一陣子蔚為奇觀，孩子們爭相讚嘆，跟在鐵軌旁邊跑。

但火車煙囪的煤灰讓鐵道鄰近田間的稻米都死光。一天下午，兩個孩子在鐵軌上玩，因為嚇得腿軟來不及跑，其中一個被輾過。從此以後，火車再也不吸引人了。
大家不再來找我和父親作法。他們不是去找傳教士，就是去找宣稱自己在三藩市讀過書的新老師。村裡的年輕人聽說大城市五光十色，有不錯的工作，開始到香港或廣州去。田地休耕，村裡只剩下老小，認命地過著日子。外地人來，問的是有沒有便宜的地可買。
父親整天坐在前門廳堂，膝上放著燕尾劍，從早到晚盯著門外看，把自己坐成一尊雕像。
每天我從田裡回家時，都會看見父親眼裡短暫燃起晶亮的希望。
「有人說要我們幫忙嗎？」他總問。
「沒有。」我試著保持輕鬆的語氣說：「但一定很快就會有殭屍的，都這麼久了。」
我說話的時候不會看著父親，因為不想看到他眼裡的希望又落空。
後來，有天我發現父親在他房裡的大樑上吊。我把他的身體放下來時，心裡直發楞，覺得他跟他捉了一輩子的那些東西沒什麼不同。他們全都依賴著古老的法術而活，而那法術已經離去不再回來。沒了法術，他們也不知道該怎麼活下去。
我手裡的燕尾劍沉甸甸的。一直以為我會成為獵妖道士，但沒了妖魔鬼怪、沒了孤魂野鬼，我還怎麼當？劍上的一切道法都救不了我父親頹喪的心。如果我留下來，我的心也可能愈來愈沉重，不再渴望跳動。
自從六年前在廟裡躲過鐵路勘測員那天起，我再也沒見過小嫣。但這時我想起她的話：**學著活下去**。
我打包行李，買了到香港的火車票。

錫克教檢測員檢查了我的文件，揮手要我通過安檢門。

我停下來，順著山邊斜坡的小徑看去。小徑看起來不像鐵軌，倒像直上天庭的天梯。這是條電纜鐵道，纜車通往太平山頂，那是香港總督住的地方，中國人是不能住的。

但中國人很會鏟煤進鍋爐，也很會潤滑齒輪。

我迅速彎身進引擎室時，四周冒出蒸汽。過了五年，活塞隆隆響的節奏和齒輪斷斷續續的刺耳聲就像我的呼吸和心跳一樣。它們有規律的雜音像某種音樂震動著我，像戲曲開場的鐃鈸和銅鑼鏗鏗鏘鏘的碰撞聲。我確認壓力、在密封墊上塗密封劑、拉緊內側輪緣、換掉備用纜線組裡磨損的齒輪。我沉浸在工作裡，辛苦又滿足。

下班時，天已經黑了。我走出引擎室，看見天上一輪滿月，一列載滿乘客的纜車在我的引擎推動下被拉上山邊小徑。

「別讓中國鬼抓到你喔！」纜車裡一個亮金色頭髮的女人說，同行的人都笑了。

我想起這是盂蘭節之夜，鬼節。**我該替父親準備點東西，也許去旺角買些紙錢。**

「我們還要妳，妳怎麼能下班呢？」一個男人的聲音傳來。

「像妳這樣的女孩子不應該這麼難搞喔！」另一個男人說著笑起來。

我朝聲音的方向看去，看見一個中國女子站在纜車站外的陰暗處。看她的緊身旗袍和濃妝就知道她是做什麼的了。兩個英國人擋住她的去路，一個試圖把手臂搭在她身上，她後退閃開。

「拜託，我很累了。」她用英文說：「也許改天！」

「現——在。別傻了，」第一個男人強硬地說：「我不是在跟妳討論，現在就做妳該做的事。」

我走向他們。「喂！」

那些男人轉身看我。

「怎麼了嗎？」

「不關你的事。」

「看你們跟我妹妹說話的樣子，」我說：「嗯，我想是關我的事。」

我不知道他們會不會相信我，但五年與重型機械為伍的日子給了我一身肌肉，而且他們看到我沾滿引擎潤滑油污的臉和手，應該會覺得犯不著跟一個低賤的中國工程師當眾起爭執。

那兩個男人走往太平山纜車去排隊，一邊咒罵著。

「謝謝你。」她說。

「好久不見了。」我看著她說。妳看起來很好，我沒說出口。她看起來並不好，又累又瘦又冷漠的樣子，身上濃郁的香水味撲鼻而來。

但我沒有看不起她，評判別人是不需要求生存的人才有的奢侈。

「今天是盂蘭節，」她說：「今晚我不想工作，想悼念我母親。」

「我們一起去買點供品吧？」我問道。

我們搭渡輪到九龍，拂過水面的微風讓她恢復了一點精神。她用渡輪上茶壺裡的熱水沾濕毛巾卸掉妝。我聞到她自然的淡淡香氣，一如過往清新可人。

「這樣很好看。」我真心說。

九龍街上，我們買了煎堆、水果、紅福包、一隻白切雞、香和紙錢，聊了彼此的近況。

「狩獵順利嗎？」我問。兩人都笑了。

「我很懷念當狐狸的日子。」她說，心不在焉地啃著雞翅。「上次我們聊過不久，有一天，我感覺到最後一點法力消失了，再也沒辦法變身。」

「真遺憾。」我說，無法再多說什麼。

「我母親教我喜歡人類的東西：食物、衣服、戲曲、民間故事。但她從不依賴這些。只要她想，她隨時可以變回原形去狩獵。但我現在這個樣子能做什麼？我沒有爪子，沒有尖牙，連跑都跑不快。我只有美貌——你和你父親殺我母親的理由。我現在靠你們曾誣賴她、但她沒做的事維生——我勾引男人來賺錢。」

「我父親也走了。」

聽到這似乎讓她好過了一些。「怎麼回事？」

「他覺得法力沒了，跟妳差不多。他沒辦法承受。」

「節哀順變。」我知道她也不知道該說什麼好。

「妳曾經告訴我，我們唯一能做的就是學著活下去。我要謝謝妳，大概是這句話救了我。」

「那我們扯平了。」她微笑著說：「但我們別再聊自己了，今晚是留給鬼的。」

我們沿著港口走，把食物放在水邊，邀請所有我們愛的鬼魂來共享晚餐，然後點香，在桶子裡燒紙錢。

她看著燃盡的紙錢碎片隨著火焰熱氣飄到空中，消失在繁星裡。「既然沒有法力了，你覺得鬼門今晚還會開嗎？」

我遲疑了。小時候我曾練習聽鬼用指甲抓窗戶的聲音、學著分辨風中的鬼哭神嚎，但現在我已經習慣轟隆轟隆的活塞撞擊聲和震耳欲聾的高壓蒸汽聲，再也回不去小時候那個消逝的世界。

「我不知道。」我說：「我想鬼和人一樣，有些會想辦法在鐵路和汽笛壓縮的世界生存，有些不會。」

「但有人，或鬼，能活得好嗎？」她問。

她依然能讓我心頭一驚。

「我是說，」她繼續說：「你快樂嗎？整天讓引擎轉動，自己也像個齒輪，你開心嗎？你的夢想是什麼？」

我想不起任何夢想了。我已經全心投入齒輪和控制桿的運作、讓心融入那鋼鐵撞擊著鋼鐵、鏗鏘聲之間的空隙。這是我不去想父親的方法，不去想那塊失去好多東西的土地。

「我夢到在這座鋼鐵和柏油路的叢林裡狩獵。」她說：「夢到我用原形從樑上跳到岩架上，再跳到陽台、跳到屋頂上，一直跳到這島的最高處，直到我可以在所有自以為擁有我的人面前嗥叫。」

我看著，她的眼睛亮起來，不一會兒又黯淡下來。

「這是蒸汽和電氣的新時代。在這個大都市裡，除了那些住在太平山頂的人，還有誰能保有自己的原形？」她問。

我們整晚坐在港邊燒紙錢，等待跡象出現，證明鬼魂仍在我們身邊。

香港的生活是種奇怪的體驗。日復一日，好像沒什麼變化，但如果比較幾年來的改變，又幾乎像住在不同世界。

我三十歲生日時，新設計的蒸汽引擎需要的燃煤更少，發電更有力。引擎愈來愈小。街上到處是嘟嘟車和洋車，買得起車的人家裡大多有讓空氣變冷的機器，廚房也有讓食物保持冰冷的箱櫥——全都是蒸汽發電。

我走進書店，一邊忍受店員的不滿，一邊翻看新模型零件的書。只要找到蒸汽引擎原理操作書，每一本我都看。我試著用那些理論來改善我負責的機器：嘗試新的焙燒週期、測試新款活塞潤滑油、調整齒輪比例。我從了解機器的魔力中獲得某種成就感。

有天早上，我在修復一台破損的調速器——需要小心處理的工作——時，兩雙漆亮的鞋子停在我上方的月台上。

我抬頭，兩個男人低頭看著我。

「就是這個人。」我的值班主管說。

另一個人穿著乾淨俐落，看起來很懷疑的樣子。「就是你想到用更大的飛輪取代舊引擎嗎？」

我點點頭，自豪於比起原來的機器設計師，我能從機器中擠出更多動能。

「這個想法不是從英國人那裡偷來的吧？」他的語氣很嚴厲。

我眨眨眼睛楞了一下，一陣怒火升起。「不是。」我試著用平靜的聲音說。說完立刻彎身鑽回機器底下，繼續工作。

「他很聰明，」我的值班主管說：「他是個很受教的中國人。」

「我想我們可以試試看。」另一個人說：「反正一定比聘用英國的工程師便宜。」

亞歷山大・芬利・史密斯先生是太平山纜線的所有人，也是個熱血工程師。他看到商機，預見工藝技術的進步一定能讓蒸汽動力操作自動機械手臂和機械腿，最後取代中國苦力與人力。

我被史密斯先生選中，投入他的新事業。

我學會修鐘錶發條、設計精密齒輪和想出控制桿的妙用。我讀到怎麼用電鍍鉻把金屬熨平，怎麼把黃銅打造出平滑曲線。我發明出把堅硬耐用的機械發條接上小型標準活塞，以及讓蒸汽變乾淨的方法。自動機械裝置一完成，我們就連接到英國運來的最新分析儀上，嵌上巴勒程式的打孔帶。

這整整花了十年，現在機械手臂在中環酒吧調飲料，機器手在新界工廠做鞋子和衣服。太平山頂的別墅裡——雖然我從來沒見過——我設計的自動清掃和拖地機像家事小精靈般在大廳裡謹慎漫步，噴著白煙清潔地板時會輕碰牆面。那些外地人終於可以住在這個熱帶天堂中，毋須再想起中國人的存在。

她再次出現在我家門口時，我三十五歲，像好久好久以前的記憶。

我把她拉進我的小公寓，看了看四周，確定沒人跟著她才關上門。

「狩獵順利嗎？」我問。這是個不好笑的笑話，她虛弱地笑了笑。

所有新聞都有她的照片，是這塊殖民地上最大的醜聞。並不是因為政府官員的兒子包養中國情婦——他有情婦也不意外——而是因為這個情婦偷了一大筆錢後消失無蹤。警方翻遍整個香港找她時，所有人都在看笑話。

「我今晚可以讓妳躲。」我說。然後我等著，那沒說出口的後半句話懸在我們之間。

她在房裡唯一的一張椅子坐下，臉上有昏暗燈泡投射的黑影。她看起來憔悴枯瘦又疲倦。「啊，現在你看不起我了。」

「我有想保住的工作。」我說：「史密斯先生很信任我。」

她彎身，開始拉高裙子。

「別這樣。」我說著轉開臉，無法忍受看她用她的伎倆勾引我。

「看著。」她說，聲音裡沒有勾引的意思。「阿良，看我。」

我轉頭一看，嚇了一跳。

她的腳是閃亮的鍍鉻做的。我彎身細看，膝蓋上圓柱形的關節銜接得很精密，順著腿動作的氣動促動器移動時完全沒有聲音，整條腿部模型細緻無比，表面平滑流順。這是我見過最美的機器腿。

「他給我下藥。」她說：「我醒來時腿沒了，換成這雙。我痛不欲生，他跟我說他有個祕密：比起肉體，他更喜歡機器，他沒辦法對正常女人有反應。」

我聽說過這種人。在充斥鍍鉻和黃銅的城市，金屬鏗鏘和氣體嘶嘶聲中，欲望變得令人費解。她發光的小腿移動時，我認真端詳著隨之移動的光線，這樣才不用看她的臉。

「我可以選的是：由他繼續把我改造成他喜歡的樣子，還是讓他拿掉這雙腿、把我丟上街。誰會相信一個沒有腿的中國妓女？我想活下去，於是忍著痛讓他繼續。」

她站起來，把剩下的裙子和晚宴手套脫掉。我看見她銘黃色的軀幹、腰部讓關節移動的貼條；她彎曲的手臂是貴金屬打造的，金屬板像可憎的盔甲滑過兩隻手臂；雙手由精緻的金屬網格製成，黑鋼手指的尖端鑲著珠寶，那裡本來是指甲。

「他花錢完全不手軟。我每一吋都是最好的技術，由最好的外科醫生裝上。雖然法律不允許，但很多醫生想做實驗，看電流怎麼驅動身體、金屬線怎麼取代神經。他們經常只對他講話，好像我只是機器。」

「然後，有天晚上他傷了我，我不顧一切反擊，他像稻草一樣倒下。我才發現自己的金屬手臂多有力。我讓他對我做這些事，一吋一吋換掉我的身體。我悲痛於自己失去的，卻沒發現自己得到的。他對我做了可怕的事，但我也可以很可怕。」

「我掐他，直到他昏過去，然後拿了所有我能找到的錢離開。」

「所以我來找你，阿良。你可以幫我嗎？」

我走上前抱她。「我們可以想辦法把妳變回來，一定有醫生——」

「不，」她打斷我：「我不想。」

我們花了整整一年才完成。小嫣的錢幫了大忙，但有些東西是錢買不到的，尤其是技術和知識。

我的公寓變成了工作室，我們每天晚上和星期日都在工作：切割金屬、拋光裝置、重新安裝線路。

她的臉最難，現在還是肉身。

我鑽研解剖學的書，用石膏做她的臉部模型。我打斷自己的顴骨、割傷臉，搖搖晃晃走進外科診所，好偷學怎麼修復傷口。我買了要價不斐的珠寶面具來拆解，學習把金屬做成臉型的精緻藝術。

終於，時候到了。

月亮透過窗戶，在地上投射出藍白色的平行四邊形。小嫣站在中間，移動她的頭，試用她新的臉。幾百個小型氣動促動器藏在平滑的黃銅皮膚下，每一個都能獨立控制，讓她做出任何表情。但她的眼睛還是同一雙，那雙眼睛在月光下興奮得發亮。

「準備好了嗎？」我問。

她點點頭。

我遞給她一個碗，碗裡裝滿最純的無煙煤炭，包裹在細粉末裡。聞起來像木柴燃燒的味道，像地球的心臟。她把碗裡的東西倒進嘴裡吞下，我能聽見她身體裡的小型鍋爐燃燒起來，隨著蒸汽壓力愈來愈大而變得愈來愈熱。我向後退一步。

她抬起頭，對著月亮大聲嗥叫。那是蒸汽通過銅煙管的嗥叫，讓我想起很久以前那野性的呼喊，我第一次聽見的狐狸精叫聲。

接著她蹲伏在地上，齒輪嘎嘎作響，活塞一抽一吸，流線型金屬板彼此交錯滑動——聲音愈來愈大，她彷彿要開始變身了。

她把一開始的想法畫在紙上，再修改，反覆修改了幾百次，直到滿意為止。我能看見她母親的影子，但也有更堅定冷酷的、某種新的東西。

從她的構想出發，我在鍍鉻皮膚上設計了細緻的皺褶起伏，以及金屬骨架裡複雜精密的關節。我裝上每條鉸鏈、組裝每個齒輪、焊接每條金屬線、焊牢每個接縫、為每個促動器上油。我把她拆解，再把她裝回去。

沒錯，看著所有東西動起來是個奇蹟。在我眼前，她縮攏開展，像個銀色的摺紙作品。直到最後，一隻鍍鉻狐狸——如同古老傳說中美麗而致命的狐狸——站在我面前。

她在公寓裡輕輕跑動，測試她華麗時髦的新樣子，試用她靈巧輕盈的新步伐。她的四肢在月光下光彩熠熠，以細緻銀線製成的尾巴像金邊蕾絲一樣高雅，在這昏暗的公寓裡留下一抹光影。

她轉身走——不，滑——向我，一位絢麗非凡的獵人、一個古老的影像活過來了。我深深吸氣，聞到火和煙、引擎油和拋光金屬的味道，力量的氣息。

「謝謝你。」她說著依偎進我懷裡，我抱著她的「原形」。她體內的蒸汽引擎讓她冰冷的金屬身體溫暖起來，感覺暖和又栩栩如生。

「你感覺到了嗎？」她問。

我打了個冷顫，我知道她的意思。古老的法術回來了，但變得不同了——不再是毛皮和血肉之軀，而是金屬和火。

「我會找到其他像我一樣的人。」她說：「把他們帶來找你，我們一起讓他們自由。」

曾經，我是個獵妖道士。現在，我還是獵妖道士。

我打開門，手裡拿著燕尾劍。這只是一把又老又重又生鏽的劍，但仍可以完美擊倒任何虎視眈眈的人。

門外沒有人。

小嫣一躍而出，像一道電光石火。輕靈鬼祟而優雅，她衝向香港大街，自由、野生，一隻為這個新時代而生的狐狸精。

……男人一旦把心放在狐狸精身上，無論相隔多遠，她都會聽見他的呼喚……

「狩獵順利！」我低聲說。

她在遠處發出長嚎。她消失時，我看見空氣中一縷蒸汽升起。

我想像她沿著電纜鐵路跑著，不會疲倦的引擎狂奔、加速，衝向太平山頂，衝向和過去一樣充滿法力的未來。

測字

The Literomancer

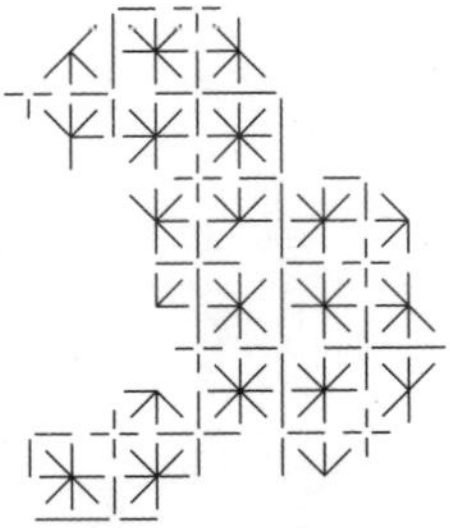

一九六一年九月十八日

比起這天的其他時刻，莉莉・戴爾對下午三點鐘既期待又怕受傷害。那是她從學校回到家，確認餐桌上有沒有信的時刻。

餐桌上空空如也，但莉莉無論如何都要問一下。「有我的信嗎？」

「沒有。」媽媽的聲音從客廳傳來。她在替柯頓先生的新婚太太上英文課。柯頓先生跟爸爸一起工作，而且是很重要的人。

莉莉在德州克利威爾時，是四年級第三受歡迎的女生。雖然每個女孩都說會寫信給她，但他們全家搬到台灣已經整整一個月了，卻沒有人寫信來。

莉莉不喜歡她在美國軍事基地的新學校。其他小朋友的爸爸都在軍隊裡，但爸爸在市區工作，在一棟大廳有孫中山畫像、屋頂飄颺著中華民國青天白日滿地紅國旗的建築上班。這表示莉莉跟別人不同，其他孩子都不想跟她一起吃午餐。那天早上，懷爾老師終於因為他們對莉莉的態度而把他們訓了一頓，但這讓情況更糟了。

莉莉坐在自己的位子上，獨自安靜地吃東西。其他女孩在隔壁桌聊天。

「這邊的妓女老是在基地附近晃來晃去，有夠騷包。」蘇西・蘭德玲說。蘇西是班上最漂亮的女生，她總有第一手八卦。「珍妮的媽媽跟我媽媽說，這邊的妓女只要碰上美國兵，就會用噁心的招數勾引他，希望他娶她，這樣就可以偷光他的錢；要是他不娶她，她就讓他生病。」

女孩們笑成一團。「美國男人如果在基地外另租房子給家人住，想也知道那個老公其實要幹嘛。」珍妮悄悄說，試圖討好蘇西。女孩們咯咯發笑，看向莉莉。莉莉假裝沒聽見。

「他們髒得你不敢相信。」蘇西說：「泰勒太太說她暑假搭車去台南的時候，當地人端來的食物她一口也吃不下。有一次他們給她吃炸田雞，她以為是雞肉，差點就吃下去了。超噁心！」

「我媽說真的很糟，除非回美國，不然根本吃不到好的中國菜。」珍妮補充。

「才不是這樣。」莉莉說。她一說出口就後悔了。莉莉的午餐帶了貢丸和米飯，是他們請的當地幫傭，林阿嬤，從前一晚的晚餐菜色裡留下來的。貢丸很好吃，但其他女生聞到味道卻皺起鼻子。

「莉莉又在吃像臭餿水的中國菜了。」蘇西不懷好意地說：「她好像真的很喜歡咧！」

「莉莉、莉莉，她要生黃種臭娃娃。」其他女孩開始唸唱起來。

莉莉努力忍住不哭，差點就成功了。

媽媽走進廚房，輕輕摸她的頭髮。「學校怎麼樣？」

莉莉知道永遠也不能讓爸媽曉得學校的事。如果知道了，他們會出面幫她，但只會帶來更多麻煩。

「很好啊，」她說：「我慢慢跟那些女生熟了。」媽媽點點頭，走回客廳。

她不想回房間。看完帶來的全套《神探南茜》後，她在房裡根本沒事做。她也不想待廚房，林阿嬤在那裡煮飯，她一定會用破英文跟她聊天。莉莉很氣林阿嬤和她的貢丸，她知道這樣不對，但就是克制不住。她想出去。

這天稍早的雨讓亞熱帶潮濕的空氣涼爽起來，莉莉邊散步邊享受著輕輕微風。她甩開綁著去上學的紅棕色捲馬尾，覺得穿淺藍坦克背心和卡其短褲很舒服。在戴爾家租的中式小農舍西邊，村裡的稻田排成一個個整齊的格子延展開來。幾頭水牛懶洋洋地泡在泥坑裡，用他們又長又捲的牛角輕輕搔著背上粗糙的深色牛皮。她在德州家鄉時常見到的長角牛，細細長長的角是往前彎的，很危險，像一對劍。水牛不同，角往後彎，很適合用來抓背。

最大最老的那頭牛閉著眼睛，半身泡在水裡。

莉莉屏住呼吸，想騎在牠身上。

在她很小的時候，在爸爸還沒做這麼祕密、連告訴她在做什麼都不行的新工作前，莉莉很想當牛仔。她羨慕朋友們，他們的爸媽不是從東部來的，所以知道怎麼騎馬、怎麼駕馬車和經營牧場。她是全郡牛仔競技會的常客，五歲時，她自己跑去跟報名桌的人說媽媽同意她報名，於是進了娃娃角力賽。

她在一頭鬥志高昂的羊背上待了整整二十八秒，驚險又刺激，締造了震撼全郡的紀錄。她戴著寬帽簷牛仔帽、緊緊的馬尾在背後拍打的照片出現在所有報紙上。照片中的小女孩臉上毫無畏懼，只有無拘無束的雀躍和倔強。

「妳是傻膽。」媽媽說：「怎麼會去做那種事？妳的脖子可能會摔斷呀！」

莉莉沒回話。之後好幾個月她都夢見那次騎羊的體驗：**只要再撐一秒**，她在羊背上告訴自己，只要再撐一下。在那二十八秒裡，她不只是整天寫練習簿、做家事、受人使喚的小女孩；她的人生有了明確的目的，有實現的方式，清楚明瞭。

如果她再大一點，就會稱那種感受叫**自由**。

現在，如果她能騎那頭老水牛，也許就能找回那時的感受，之後的日子就會好好的。

莉莉跑向淺泥坑，那頭老水牛仍不以為意地反芻著；莉莉衝到泥坑邊，往水牛背上跳去。

莉莉輕輕一躍，降落在牛背上，那水牛稍微沉了一下。她準備迎接衝撞和猛撲，眼神鎖住那又長又捲的牛角，準備在牠用角刺她的時候抓住。她的腎上腺素湧貫全身，下定決心要死命撐住。結果那頭午睡被吵醒的老水牛只稍微睜開眼睛、噴了噴鼻息，轉頭責備地用左眼看莉莉，不滿地甩甩頭，站起來，緩緩走出泥坑。騎在水牛背上又平又穩，就像小時候坐在爸爸肩上一樣。

莉莉不好意思地露齒一笑，充滿歉意地拍拍水牛頸背。

她輕輕坐著，讓水牛隨意走，看著經過身邊的一排排稻梗。水牛走到田的最後面，一處矮樹叢，在樹叢後轉了個彎。這裡的地勢往河岸傾斜，水牛走向河岸，有幾個跟莉莉差不多大的男孩在那裡玩，讓家裡的水牛洗澡。莉莉和老水牛靠近時，男孩們的笑聲停止，一個接一個轉頭看她。

莉莉緊張起來。她對男孩們點點頭，揮揮手，他們沒有揮手。莉莉知道，所有小孩都知道，她碰上麻煩了。

突然間某個濕濕重重的東西打在莉莉臉上，其中一個男孩抓了一把河泥丟她。

「阿啄仔（a-tok-á），阿啄仔（a-tok-á），阿啄仔（a-tok-á）！」男孩們叫著，更多泥團飛向莉莉。泥團打中她的臉、她的手臂、她的鼻子、她的胸口。她不知道他們在叫什麼，但他們聲音裡的敵意和歡快是不需要翻譯的。泥團打到她的眼睛，她忍不住流下淚。她用手遮住臉，不想滿足那些男孩聽到她哭的成就感。

「噢！」莉莉忍不住叫出來。一顆石頭打到她的肩膀，另一顆石頭打中她的大腿。她從水牛背上跌下來，努力彎身躲在牠背後。但男孩們叫得更大聲，把水牛團團圍住，繼續捉弄她。她開始從附近泥地上抓起泥巴丟向那些男孩子，毫無目標，生氣又拚命地丟。

「猴囝仔，緊走！緊走！」一個有威嚴的老人聲音傳來，泥巴雨停止了。莉莉用袖子擦掉臉上的泥巴，抬頭一看，男孩們跑走了。老人又對他們叫罵了幾句，男孩們加快腳步離開，他們的水牛慢悠悠地跟在後面。

莉莉站起來，看看老水牛四周。一個老伯站在幾步之外，和藹地對她微笑，旁邊站了一個跟她年紀差不多的男孩。莉莉看到他時，他朝那些逃走男孩快速消失的背影丟了顆石頭。他很有力，那顆小石子高高在空中畫成一道拋物線，剛好落在最後一個男孩身後，那男孩繞過矮樹叢，消失無蹤。他轉過來對莉莉露齒一笑，露出兩排歪扭的牙齒。

「小小姐，」老人用有口音但很清楚的英文說：「妳沒事吧？」

莉莉盯著她的救命恩人看，什麼也說不出來。

「妳在跟阿黃做什麼啊？」男孩問。老水牛悠哉地走向他，男孩伸手拍拍牠的鼻子。

「我……呃……我在騎牠。」莉莉覺得喉嚨很乾，吞了口口水說：「對不起。」

「他們不是壞孩子。」老人說：「只是有點野，而且對陌生人有戒心。我是他們的老師，都怪我沒把他們教好。請容我替他們道歉。」他向莉莉鞠躬。

莉莉彆扭地回敬一鞠躬。她彎下腰，卻看見自己的衣服和褲子沾滿泥土，這才感覺到被石子打中的肩膀和腳在抽痛。這一定會被媽媽罵，她能想像自己從頭到腳全是泥巴的嚇人樣子。

莉莉從來沒有覺得這麼孤單過。

「我幫妳清理一下吧。」老人提議。他們走到河岸邊，老人用濕手帕擦掉莉莉臉上的泥土，再用乾淨的河水洗手帕。他的動作很輕柔。

「我叫甘成華，這是我孫子，陳家峰。」

「妳可以叫我泰迪。」男孩補充道。老人笑了出來。

「很高興認識你。」莉莉說：「我叫莉莉。」

「所以你教什麼？」

「書法。我教這些孩子用毛筆寫書法，這樣他們的鬼畫符才不會嚇到大家、不會嚇到自己的祖先和孤魂野鬼。」

莉莉笑了出來。甘先生和她見過的華人都不一樣。但她的笑沒有持續太久，她總會想起學校的事。想到明天，她的眉頭皺起來。

甘先生假裝沒注意到。「但我也會一些法術。」

這可讓莉莉好奇了。「什麼樣的法術？」

「我是測字師。」

「什麼？」

「爺爺從別人的名字還有他們選的字來替人算命。」泰迪解釋。

莉莉覺得自己像走進一團迷霧。她看著甘先生，滿頭霧水。

「中國人發明文字來輔助占卜，所以中國字有著很深的法力。我看字就能知道人為什麼困擾，還有他們過去未來的事。這樣吧，我示範給妳看。想個字，什麼字都行。」

莉莉看看四周。他們坐在河邊的石頭上，她看見樹上的葉子變成金色和紅色，稻梗上結滿稻穗，很快就要豐收了。

「Autumn。」她說。

甘先生拿了一枝樹枝，在他們腳邊鬆軟的泥地上寫了一個字。

「用樹枝在泥地上寫字不好看，請見諒，但我沒有紙和筆。這個字是『秋』，中文的autumn。」

「你怎麼用這個字幫我占卜？」

「嗯，我得把字拆開，再組合在一起。中國字是由不同的字組成，就像蓋樓房一樣。『秋』是兩個字組成的，左邊是『禾』，代表小米或稻米或任何穀類作物。現在妳看到的字是標準書寫，但在古早時代，這個字是這樣寫的。」

他在泥地上畫。

「看這像不像一根頂端結滿稻穗的稻草彎著身體？」

莉莉點點頭，看得入迷了。

「現在看，秋字的右邊是另一個字，『火』。看它像不像燃燒的火焰，旁邊有火花飛起來？」

「在中國北方，我來的地方，我們沒有稻米，種的是小米、小麥和高粱。秋收之後脫去穀殼，把麥梗堆在田裡燒，燒完的灰燼就成為田地的肥料。金色麥梗和紅色火焰，放在一起就是『秋』字。」

莉莉點點頭，想像著那畫面。

「但我能從妳選的『秋』看出什麼呢？」甘先生沉思著。他在『秋』的下面畫了幾筆。

愁

「現在我在『秋』下面寫了『心』。這個字是妳心臟的形狀。放在一起就成了一個新的字，『愁』，表示憂慮和悲傷。」

莉莉覺得心一揪，突然眼前模糊一片。她屏住呼吸。

「妳心裡有很多悲傷，莉莉，很多憂慮。某件事正讓妳非常難過。」

莉莉抬頭看著他和藹、滿是皺紋的臉、整齊花白的頭髮，走向他。甘先生張開雙臂，莉莉把臉埋進他的肩，他輕柔地抱著她。

莉莉一邊哭一邊告訴甘先生學校的事，其他女孩和她們說的話，還有空蕩蕩、沒有朋友來信的餐桌。

「我教妳怎麼打架。」莉莉講完她的事情後，泰迪說：「如果妳打她們打得夠用力，她們就不會再欺負妳了。」

莉莉搖搖頭。男孩子很簡單，用拳頭說話。女孩間的言語魔力複雜多了。

「Gook，黃種人，這個字裡有很神奇的法術。」甘先生在莉莉擦乾眼淚、冷靜些之後說。莉莉訝異地抬頭看他。她知道這個字很難聽，而且擔心他聽到她說這個字會生氣，但甘先生完全沒有生氣。

「有些人認為這個字有黑暗的法力，可以用來切割亞洲人的心、傷害他們和那些與他們友好的人。」甘先生說：「但他們不了解這個字真正的法力。妳知道這個字從哪裡來的嗎？」

「不知道。」

「美國兵第一次到韓國的時候，他們常聽到韓國兵說『miguk』。他們以為韓國人在說『me, gook（我，黃種人）』，但其實他們是在說美國人，『miguk』是『美國』的意思。韓國話的guk代表『國家』。所以美國兵開始叫亞洲人『gook』的時候，並不知道他們其實是在講自己。」

「噢。」莉莉說。她不確定這有沒有用。

「我教妳一點法術，妳可以用來保護自己。」甘先生轉頭對泰迪說：「可以把你逗貓的那面鏡子給我嗎？」

泰迪從口袋掏出一面小鏡子。這面鏡子是從破掉的大鏡子上取下來的，邊角用紙膠帶包起來。紙膠帶上寫了一些中文字。

「中國人一直以來都會用鏡子擋煞保平安。」甘先生說：「別小看這面小鏡子，它可是有法力的喔。下一次其他女孩子再笑妳，就把這鏡子拿出來照她們。」

莉莉接過鏡子，不太相信甘先生說的話。他人很好，但他的話太荒謬了。反正她需要朋友，甘先生和泰迪是她在太平洋這端最接近朋友的人。

「謝謝。」她說。

「莉莉小姐。」甘先生站起來，認真地跟她握手。「兩個朋友之間有這麼大的年紀差距，中文稱作忘年之交。我們相識就是有緣，希望妳可以把我和泰迪當成朋友。」

莉莉把她一身髒兮兮的原因推給阿黃，不過她憑著德州女牛仔絕技，最後把那頭「頑固的水牛」征服了。媽媽看到莉莉髒到不行的衣服果然火冒三丈，唸她唸了好久。連爸爸都嘆氣，說她是少女了，真的該收斂男孩子氣。但整體來說，莉莉覺得自己算是輕鬆脫身。

林阿嬤做了爸爸最喜歡的三杯雞。麻油、米酒和醬油的香甜氣味瀰漫了廚房和客廳，爸爸和媽媽稱讚食物好吃時，林阿嬤微笑點點頭。她把剩菜捏成兩個飯糰，放進莉莉的午餐盒。午餐帶三杯雞讓莉莉有點憂慮，但她摸摸口袋裡的鏡子，向林阿嬤說謝謝。

「晚安。」莉莉跟爸媽說完，往房間走去。

她在走廊地板上發現了幾張紙。她撿起來，看到上面有密密麻麻的印刷字：

已成功搗毀數間工廠、道路、橋樑和其他公共建設。特務也暗殺了幾名中共幹部。幾番突擊搜捕，我們已逮補十幾名中國共產黨人，審問後取得了赤匪內部的重要情報。祕密計畫已含糊帶過，目前美國報刊並未提到中共控訴美方介入，也未提及我方否認此事。（務必注意，即使美國介入之事洩漏，我們仍能合理主張因為中華民國主權包含中華人民共和國所有領土，此一斡旋乃是基於《中美共同防禦條約》進行。）

訊問共匪得知，此項恐怖侵犯計畫及中華民國進攻大陸的威脅，已使中共近一步加強內部監督並鞏固對地方的掌控。中共已增加軍事支出，而這將佔用極為不足的經濟發展資源，使正歷經大躍進後大饑荒的民眾更加痛苦。因此，有非常多不滿的聲音。

甘迺迪總統指示我們須更努力對抗中共。我認為我們應竭力削弱中共勢力，全面開戰。除了繼續支援中華民國禁止對岸船隻侵擾、聲援西藏暴動外，也應該擴增我國與中華民國在中華人民共和國內的聯合祕密行動。我相信增強對抗中共的祕密行動，能有效迫使中共減少對北越的支援。最好的情況是，我們甚至可以成為壓垮駱駝的最後一根稻草，成功引導在地民眾抗爭，援助中國國民黨從台灣和緬甸進攻的勢力。總司令非常期待。

若中華人民共和國因受挑釁而發起戰爭，我們就必須以核子武器向盟友展示美國的誠意與可靠。總統應準備好面對美國公民，並勸說我們的盟友接受核武戰爭是贏得勝利的方法。

同時，中共毫無疑問會加速武力犯台，並在台建立特務與中共同情者情報網。中共的宣傳鼓吹和心理策略不如我方有力，但顯然有一定效果（至少在過去有效），尤其是在台灣製造本省人與外省人的對立。

我們要控制台灣，中國國民黨的士氣極為重要，是美國西太平洋防禦圈連線島嶼中最關鍵的樞紐，也是自由世界的防禦邊界。我們必須協助中華民國在這座島上的反間諜工作。為了避免中共利用省籍情結策動分化，當前中華民國政策為壓制敏感事件，如俗稱的二二八事件，我們應全力支持此政策，也應盡所有可能剷除、打壓並懲罰中共特務、同情者及其他……

這些好像是爸爸工作的東西，很多字莉莉看不太懂，最後看到一個不知道什麼意思的「防禦圈」（thalassocracy）。她默默把文件放回地上。對莉莉來說，蘇西和明天的午餐比那紙上印什麼更迫切惱人多了。

一如預期，莉莉背對其他女孩坐在另一張桌子前時，蘇西和她那群死忠護衛隊直盯著她看。莉莉盡可能慢吞吞把午餐拿出來，希望那些女生忙著聊八卦，不會注意到她。她邊喝柳橙汁，邊一口一口吃著她帶來當點心的葡萄。她剝掉每顆葡萄的皮，仔細咀嚼裡面甜美多汁的果肉，能吃多久就吃多久。

但莉莉最終還是把所有葡萄都吃完了，她拿出飯糰時努力克制自己的手不要發抖。她拆開第一顆飯糰的芭蕉葉，咬了下去。麻油和雞肉的香甜味道飄到另一張桌子，蘇西立刻挺起身子。

「我又聞到噁心的中國菜了。」蘇西說。她誇張地吸了吸空氣，嘴角露出惡意的笑。她喜歡莉莉畏懼她聲音的樣子，她很享受。

蘇西和圍繞著她的那群女孩又開始唸昨天的句子，聲音裡夾著笑聲，女孩的笑聲是有魔力的。她們的眼裡有渴望，嗜血的渴望，想看莉莉哭的渴望。

好吧，試試看也沒差，莉莉心想。

她轉身面對女孩們，舉起的右手拿著甘先生給她的鏡子。她把鏡子面向蘇西。

「妳手裡是什麼？」蘇西大笑，以為莉莉要給她什麼禮物求和。笨女孩，除了眼淚她還能給什麼？

蘇西往鏡子裡看。

她沒看見她美麗的臉，反倒看見一張血盆大口像小丑一樣笑著，嘴裡的不是舌頭，而是一團醜陋、像蟲一樣的觸鬚蠕動著。她看見一雙藍眼睛，像茶杯一樣張得開開的，半帶著恨意，半帶著詫異。這絕對是她看過最醜、最嚇人的景象；她看到妖怪了。

蘇西尖聲大叫，雙手摀住嘴巴。鏡子裡的妖怪在它的血盆大口前伸出一雙毛茸茸的手掌，那又長又尖的爪子簡直要從鏡子裡伸出來。

蘇西轉身就跑，女孩們的聲音突然停止，取而代之的是尖叫，因為她們也看到鏡子裡的妖怪了。

後來，懷爾老師不得不把歇斯底里的蘇西送回家。蘇西堅持要懷爾老師沒收莉莉的鏡子，但仔細檢查後，懷爾老師認為那面鏡子普通得很，便把它還給了莉莉。她邊嘆氣邊寫了張字條給蘇西的爸媽，她懷疑蘇西捏造整件事是因為不想上學，這女孩真會演。

莉莉摸了摸口袋裡的鏡子，整個下午的課都默默偷笑。

「你真的很會打棒球。」莉莉坐在阿黃身上說。

泰迪聳聳肩。他牽著阿黃的鼻子走在前頭，肩上背著壘包。他走得很慢，所以莉莉騎得很平穩。

泰迪很沉默，莉莉漸漸習慣了。一開始莉莉以為是因為他的英文不像甘老師那麼好，但後來發現他跟其他當地孩子也很少講話。

泰迪把她介紹給村裡其他的孩子認識，有些是之前丟莉莉泥巴的人。男孩們對莉莉點點頭，然後就不好意思地看向別處。

他們玩棒球，只有泰迪和莉莉知道所有規則，但所有孩子都看過附近基地的美國兵玩，所以很熟悉。莉莉很喜歡棒球，她最懷念以前在家的其中一件事就是跟爸爸一起打棒球，以及一起看電視上的棒球賽。但自從搬到台灣後，電視裡沒有棒球賽，他也好像沒時間陪她玩了。

輪到莉莉打擊時，投手是昨天的其中一個男孩，他投出的球又輕又慢，莉莉打出軟軟的滾地球，滾到右外野。外野手跑過去，他們所有人好像突然抓不到草地上的球似的，莉莉輕易抵達本壘。

莉莉知道這是男孩表示歉意的方式，便對他們微笑一鞠躬，表示不計前嫌。男孩們對她露齒而笑。

「爺爺一定會說是不打不相識。意思就是，有時候沒打一場架，就不會變成朋友。」

莉莉覺得這是非常好的道理，但她不確定在女生之間適不適用。

泰迪打得比其他孩子好多了。他是個好捕手，也是非常棒的打擊手。每次他站上壘包，敵隊就會呈扇形散開，因為知道他會打得很遠。

「有一天，等我長大了，我要搬到美國，還要替紅襪隊打球。」莉莉坐在阿黃身上，泰迪突然頭也沒回地說。

莉莉覺得一個來自台灣的中國男孩要替紅襪隊打棒球的想法很好笑，但她忍住了，因為泰迪不像在開玩笑。她有點偏袒洋基隊，因為她媽媽的家人是從紐約來的。「為什麼是波士頓隊？」

「爺爺在波士頓上過學。」泰迪說。

「哦。」甘先生一定是這樣才會講英文的，莉莉心想。

「我希望長大後可以跟泰德．威廉斯一起打棒球。但我沒機會親眼看他打球了，他去年退休了。」

他的語氣很悲傷，兩個人好幾分鐘都沒說話。只有阿黃很大聲，用呼吸伴隨著他們安靜的步伐。

莉莉忽然明白了什麼。「這是你叫泰迪的原因嗎？」

泰迪沒回答，但莉莉看得出他臉紅了。她試著岔開話題，讓他不那麼尷尬。「他有可能哪天會回來當教練。」

「威廉斯是有史以來最好的打擊手。他一定會教我怎麼修正我的揮棒動作，但取代他的那個人，卡爾．雅澤也打得很好。我和雅澤，我們有一天一定會打敗洋基，帶領紅襪隊進入世界大賽。」

唔，既然是叫「世界大賽」，莉莉心想，那中國男孩應該真的可以參加吧。

「真的是很偉大的夢想耶，」莉莉說：「希望這個夢想會實現。」

「謝囉！」泰迪說：「我在美國要是成功了，就要買波士頓最大的房子，和爺爺住在那裡。而且要娶美國女生，因為美國女生是最好、最漂亮的。」

「她會是什麼樣子？」

「金髮。」泰迪轉頭看騎在阿黃身上的莉莉，她有一頭蓬鬆的紅棕色捲髮和褐色眼珠。「或是紅頭髮。」他很快地接著說，然後紅著臉別開。

莉莉露出微笑。

他們走過村中民宅的時候，莉莉注意到很多房子的牆上和門上都有寫字。「那上面寫什麼？」

「那個寫著『保密防諜，人人有責。』那邊那個寫的是『寧可錯殺三千，不可放過一人。』還有那邊那個寫的是『反攻大陸，解救大陸同胞，同志仍須努力。』」
「感覺很可怕。」
「共匪很恐怖。」泰迪認同地說：「嘿，我們家在那裡，妳要進來嗎？」
「我會見到你爸媽嗎？」
泰迪雙肩突然一垂。「只有爺爺和我而已。他不是我真的爺爺，我還是小嬰兒的時候我爸媽就死了，是爺爺收養我的。」
莉莉不太明白他在說什麼，但也無法再追問，他們已經到泰迪家了。

屋子很小，泰迪開門讓莉莉進去，接著便跑去照顧阿黃了。莉莉發現自己站在廚房，從一扇門看過去，她看到一間比較大的房間——除了廚房，真的是屋裡唯一的房間——鋪著榻榻米。那裡顯然是泰迪和甘先生睡覺的地方。
甘先生讓她坐在廚房小桌子旁的椅子上，給了她一杯茶。他正在爐子上煮東西，聞起來很香。
「如果妳願意，」甘先生說：「歡迎留下來跟我們一起吃燉肉。泰迪很喜歡燉肉，我想妳也會喜歡。這山東砸魚湯燉蒙古羊肉可是其他地方找不到的喔，哈哈。」
莉莉點點頭，吸了幾口美食香氣後，肚子叫了起來。她覺得放鬆又自在。
「謝謝你的鏡子，很有用。」莉莉拿出鏡子放在桌上。「膠帶上的字是什麼意思呀？」
「那是《論語》裡的話。耶穌也說過一樣的話：『你們願意人怎樣待你們，你們也要怎樣待人。』」
「噢。」莉莉很失望，她還以為那些字是某種祕密魔咒。

甘先生好像知道莉莉在想什麼。「咒語常常被誤解。當妳和那些女孩子認為『gook』是個有魔力的字，它就有了力量，只是那是無知的空洞魔力。其他字也有魔法和力量，但需要內省和思考。」

莉莉點點頭，不確定自己是不是真的懂。

「我們可以再測字嗎？」她問。

「當然好。」甘先生放回鍋蓋，擦了擦手。他拿了些紙、墨水和毛筆過來。「妳想測什麼字？」

「如果你可以測英文字就更厲害了。」泰迪走進廚房說。

「對啊，你可以測英文字嗎？」莉莉拍手說。

「我可以試試看。」甘先生笑著說：「這可是第一次。」他把毛筆遞給莉莉。

莉莉緩緩寫下腦中浮現的第一個單字，一個她不懂的單字：

thalassocracy

甘先生很詫異。「噢，我不知道這個字是什麼意思，這可難囉。」他皺起眉頭。

莉莉屏住呼吸。**難道法術對英文沒有用嗎？**

甘先生聳聳肩。「好吧，試試看好了。我看看……這個字中間有一個『lass』，表示『你』。」他用毛筆筆尖指指莉莉。「這個『lass』後面拖著『o』，一圈繩子，兩個合起來是『lasso』。嗯，莉莉，妳長大想當女牛仔嗎？」

莉莉點點頭笑笑。「我在德州出生，我們生來就知道怎麼騎馬。」

「去掉『lasso』之後，還剩什麼字呢？我們有『tha』和『cracy』。嗯，如果把它們重新排列，可以拼出『Cathay』，還剩下一個『c』和一個『r』。『c』的發音和『sea』（海洋）一樣，而『Cathay』是中國的舊名。但『r』是什麼呢？」

「啊，我知道了！妳寫的『r』像一隻飛翔的小鳥，所以莉莉，這表示妳這個佩戴著韁繩的小女孩，注定要飛過海洋到中國來，哈哈！我們注定要成為朋友啊！」

莉莉拍拍手，開心又讚嘆地笑了。

甘先生用勺子舀了兩碗砸魚湯燉羊肉給泰迪和莉莉。燉肉很好吃，可是和林阿嬤做的東西完全不一樣。湯頭鮮甜開胃又順口，還有新鮮刺鼻的青蔥味。甘先生看著孩子們吃東西，開心喝著他的茶。

「你已經知道我好多事情了，甘先生，但我不太知道你的事。」

「是啊。那妳再選個字怎麼樣？我們來看看字要讓妳知道什麼。」

莉莉想了想。「代表美國的字可以嗎？你住過那裡，對不對？」

甘先生點點頭。「選得好。」他寫下：

美

「這是『美』，代表『美麗』和『美國』。美國是個美麗的國家。看到這是兩個字上下疊在一起組成的嗎？上面的字代表的是『羊』。有看見羊伸出去的角嗎？底下這個字是『大』，形狀像一個人手腳張開站著，感覺是個高大的人。」

甘先生站起來示範。

「古時候的人很簡單，只要有一隻又大又肥的羊，就表示他們富裕、安穩、舒適和快樂。他們覺得這就是一幅美好的景象。現在我這把年紀了，能懂這種感覺。」莉莉想到馴羊的事，她也懂。

甘先生坐下來，閉著眼睛繼續說。

「我生在山東一戶賣鹽的人家，算是富裕。我小時候，大家都稱讚我聰明又有文采，我父親希望我能做大事、光耀門楣。我長大後，他借了一大筆錢送我到美國念書。我選擇念法律，因為我喜歡文字，以及文字的力量。」

甘先生在紙上寫了另一個字。「我們來看看我可以用『羊』組成的字告訴妳什麼。」

鮮

「我第一次吃這燉湯是在波士頓讀法律的時候。我和朋友合住，我們沒錢，餐餐都吃麵包配水。但那一次，房東很同情我們，他是中國城一家餐廳的老闆，給了我們一些原本要丟掉的、不那麼新鮮的魚肉和碎羊肉。我知道怎麼做好喝的砸魚湯，我朋友從東北來，他知道怎麼做好吃的蒙古燉羊肉。」

「我當時想，既然『鮮』是由『魚』和『羊』組成的，也許我們把兩道菜加在一起會非常好吃。結果真的！我們從沒那麼開心過。測字連在烹飪上也有用！」甘先生笑得像孩子一樣。

接著他的表情嚴肅了起來。

「後來在一九三一年的時候，日本入侵東北，我朋友離開美國回去保衛國家。我聽說他加入抗日游擊隊，一年後被日本人殺了。」

甘先生喝了口茶，手顫抖著。

「我是懦夫。那時我在美國有工作，過得很好，我很安全，根本不想從軍。我找藉口跟自己說，等戰爭過去，我可以做更有用的事。

「但日本有了東北九省還不滿意，幾年後侵犯了中國其他地方。有一天我醒來，發現自己的家鄉被佔領了，我再也沒收到家書。我等了又等，試著安慰自己說，他們應該已經逃到南方，沒事的。但最後我的小妹寄了一封信來，說日本軍隊攻陷我們村莊時，殺光了所有人，包括我父母。我小妹裝死躲過，是唯一活下來的人。因為我的退縮，我父母都死了。

「我離開美國回到中國，一下船就報名參軍。國民黨軍官不在乎我有沒有在美國讀過書，中國需要的是可以拿槍打仗的人，不是會念書寫字和講法律的人。他們給我一把槍和十顆子彈，告訴我如果要更多子彈，就從屍體身上搜。

甘先生在紙上寫了另一個字。

「這也是一個用『羊』組成的字。它看起來很像『美』，我只是把底下的『大』改了一點點。妳有發現嗎？」

莉莉想起昨天泥地上的字。「這是『火』字。」

甘先生點點頭。「妳是個非常聰明的女孩。」

「所以這是用火烤羊的意思嗎？」

「對，但『火』在一個字下面的時候，我們通常會把它寫成小火烹煮的樣子。像這樣。」

羔

「本來烤羊是供奉神的，後來這個『羔』字就變成所有羊肉的代稱。」

「像是羔羊？」

甘先生點點頭。「我想是。我們沒有受過訓，沒有支援，打的敗仗比勝仗多。如果想逃走，後面拿著機關槍的軍官就開槍打你，前面則是日本人用刺刀指著你。子彈用完了，就從死掉的同伴身上找。我想替我死去的家人報仇，但怎麼報？我連是哪個日本兵殺的都不知道。」

「那時我開始明白另一種法術。大家說日本多厲害、中國多沒用，日本想當亞洲老大，中國應該投降接受日本要求，把日本想要的都給日本。但這些詞的意思是什麼？『日本』怎麼能要什麼？『日本』和『中國』並不存在，它們只是詞彙，是人造的。單一個日本人可能很厲害，單一個中國人可能想要什麼，但你怎麼能說『日本』或『中國』想要什麼、相信什麼、接受什麼？這些全是空的詞，是虛幻的。但這些虛構的東西有神奇的法力，而且需要祭品。它們像宰殺羔羊一樣屠殺人類。」

「美國終於參戰的時候我好高興，我知道中國得救了。啊，看這法力多神奇，我把這些不存在的東西說得像真的一樣。不管這些了。抗日戰爭結束時，有人跟我說我們國民黨現在要對抗共產黨。共產黨幾天前還跟我們一起並肩抗日，現在他們說共產黨很邪惡，要阻止他們。」

甘先生寫了另一個字。

義

「這是『義』，本來是指『正義』，現在也有『主義』的意思，例如共產主義、國家主義、帝國主義、資本主義、自由主義。這個字由上面妳知道的『羊』，和下面的『我』組成。一個人扛著一隻羊犧牲，覺得自己有真相、有正義，而且這法術可以拯救世界。很好笑，對不對？」

「奇怪的是，雖然共產黨的裝備、訓練都比我們差，卻一直贏。我一直無法理解，直到有一天，我的部隊中了共產黨的埋伏，我們投降。妳看，共產黨真是土匪，他們搶了地主的地，分給沒有地的農民，所以很受歡迎。他們不在乎法律和所有權這種虛幻的事。為什麼要在乎？有錢人和讀書人把世道搞得一團亂，窮人和沒讀書的人為什麼不能乘機出頭？在共產黨之前，沒有人想到過這群卑賤的農民，但當你什麼都沒有，連鞋子都沒得穿的時候，你根本不怕死。這世界上窮到不怕死的人比有錢又怕死的人多得多。我能理解共產黨的邏輯。」

「但我很累，我已經打了快十年的仗，在這世上孤身一人。我家本來很有錢，共產黨也殺了我的家人，我不想替共產黨打仗，就算我能理解他們。我不想再打了。我和幾個朋友半夜偷跑，偷了艘船想去香港，不再管這些打打殺殺。」

「但我們不懂航海，浪把我們帶進公海，水和食物都沒了，只有等死。過了一個禮拜，我們看到地平線那端有陸地，用盡最後的力氣划到岸，發現自己到了台灣。」

「我們對彼此發誓，要對共產黨時期和逃亡的事保密。我們各走各的，下定決心不再打仗。我很會算數和寫書法，一對開小雜貨店的夫婦雇用了我，替他們看管書籍，替他們經營小雜貨店。」

「好幾世紀前，福建省移民佔居台灣大部分地方。一八八五年，中國把台灣割讓給日本後，日本人在島上施行皇民化政策，就像對待沖繩島一樣，讓本省人成為日本帝國的忠誠皇民。二戰時，他們很多人在日本軍隊裡打仗。日本戰敗後，台灣被中華民國收回，國民黨到台灣來，帶了一批新移民、外省人過來。本省人很討厭國民黨外省人，因為他們佔了最好的工作；國民黨外省人也討厭本省人，覺得他們在二戰時是叛國賊。」

「有一天我在店裡工作，一群人聚到大街上。他們用閩南語大聲説話，所以我知道他們是本省人。他們把每一個遇到的人都攔下來，如果那人説中文，他們就知道他是外省人，就打他。不由分説，毫不手軟，他們就是想見血。我嚇得躲到櫃檯底下。」

群

「『群』這個字一邊是『君』，一邊是『羊』。這就是群眾，一群羊會變成一群狼，是因為相信自己在為崇高的理想奉獻。」

「那對本省人夫婦想保護我，説我是好人，引來群眾裡有人大喊他們是叛國賊，把我們全打一頓，放火燒店。我拚命從火裡爬出來，但那對夫婦死了。」

「他們是我舅舅和舅媽。」泰迪説。甘先生點點頭，伸手拍拍他的肩。

「本省人的反抗從一九四七年二月二十八日開始，長達好幾個月。因為有些暴行是共產黨幹的，所以國民黨特別殘酷。國民黨花了好長時間才把事件鎮壓下來，有上千人被殺。」

「那些打打殺殺中，產生了一種新法術。現在，任何人都不准講到二二八事件。二二八這組數字是禁忌。」

「泰迪的爸媽因為想在那天憑悼親人，被判處死刑，之後我就收養他。我來這裡，離城市遠遠的，這樣我就可以住在小村子裡，好好喝我的茶。村裡的人很尊敬讀書人，來找我替他們的孩子取名字，希望帶來好運。即便這麼多人因為一些有法術的詞而送命，我們還是相信文字的正面力量。」

「我已經幾十年沒有我小妹的消息了，我相信她還在大陸。我死之前，希望可以見到她一面。」

他們三個人圍著桌子坐著，好一陣子沒有人說話。甘先生擦了擦眼睛。

「真抱歉跟妳說這麼悲傷的故事，莉莉。但中國人已經很久沒有開心的故事可以說了。」

莉莉看著甘先生面前的紙，紙上寫滿和羊有關的字。「你能看到未來嗎？那時會有好的故事嗎？」

甘先生的眼睛亮了起來。「好主意。我該寫什麼字呢？」

「代表中國的字怎麼樣？」

甘先生想了想。「這個要求真難，莉莉。英文裡的『China』很簡單，但中文可沒這麼簡單。我們有很多詞表示中國，還有那些自稱中國人的人。這些字多半是以古時的朝代來命名，現代詞彙則是個空殼，沒有真正的魔法。什麼是人民共和國？什麼是民國？這些都不是真實存在的文字，只是更多祭品的供桌罷了。」

他想了又想，寫下另一個字。

華

「這是『華』，這是唯一一個和任何皇帝、任何朝代、任何屠殺及犧牲都無關，又能代表中國和中國人的字。雖然「中華人民共和國」和「中華民國」都有這個字，但這個字比這兩個詞古老多了，不屬於他們任何一個。『華』本來是『花』和『華麗』的意思，它是指從地上長出來的野花，看得出來嗎？」

「古老的中國人被友邦稱做『華人』，因為他們的衣裳華麗，是絲綢和上好的薄紗做的。但我覺得這不是唯一原因。中國人就像野花一樣，去到哪裡都能生存和創造快樂。火也許燒光了一塊地上的所有生物，但大雨過後，野花會再次出現，像魔法一樣。冬天會來，也許會用霜雪凍死一切，但春天到時，野花會再次盛開，美麗動人。」

「就現在來說，也許革命的紅色之火在大陸燃燒著，恐怖的白色霜雪也許覆蓋了這塊島嶼，但我知道會有這麼一天，美國第七艦隊的銅牆鐵壁融化了，本省人和外省人和所有其他華人回到我的故鄉，一起芬芳盛開。」

「那我會是在美國的華人。」泰迪接著說。

甘先生點點頭。「野花無處不盛開。」

莉莉沒什麼胃口吃晚餐，她吃了太多魚肉和燉羊肉了。

「嗯，如果這個甘先生讓妳吃零食，害妳晚餐吃不下，那他就不是妳真的朋友。」媽媽說。

「沒關係啦，」爸爸說：「莉莉交些本地的朋友很好呀。妳改天應該邀請他們來吃晚餐。如果妳要跟這家人來往的話，我和媽媽應該要認識他們。」

莉莉覺得這提議超棒，她等不及要給泰迪看她的《神探南茜》了。她知道他一定會喜歡封面上漂亮的圖。

「爸爸，『thalassocracy』是什麼意思？」

爸爸楞了一下。「妳從哪裡知道這個字的？」

莉莉知道自己不該看爸爸工作的東西。「在某個地方看到的。」

爸爸盯著莉莉，但隨即軟化下來。「它是從希臘文『thalassa』來的，是『海洋』的意思，表示『以海治國』。妳知道，就像『統治吧！不列顛尼亞！統治這片海洋！』」

莉莉聽了很失望，她覺得甘先生解釋得好多了，所以說了他的解釋。

「為什麼妳和甘先生會聊到thalassocracy？」

「不為什麼，我只是想看他變魔術。」

「莉莉，沒有魔術這種東西。」媽媽說。

莉莉想回嘴，但覺得還是算了。

「爸爸，我不懂，台灣如果不能講二二八，怎麼算是自由？」

爸爸放下他的刀叉。「妳說什麼？」

「甘先生說他們不能提到二二八。」

爸爸推開盤子，轉過來對莉莉說：「現在，把妳和甘先生今天講的事情從頭到尾告訴我。」

莉莉在河邊等著，她要邀泰迪和甘先生來吃晚餐。

村裡的男孩們一個接一個牽著他們的水牛出現了，但沒有人知道泰迪在哪裡。

男孩們在河裡互相潑水，莉莉加入他們。泰迪總是在放學後來河邊幫阿黃洗澡。他在哪裡？

男孩們開始走回村裡時，她跟著他們走。**泰迪可能生病在家？**

阿黃在甘先生的屋子前徘徊，看到莉莉時，對她呼了幾下鼻息，走過來用鼻子蹭蹭她，她拍拍牠的額頭。

「泰迪！甘先生！」沒有回應。

莉莉敲敲門，沒有人回應。門沒鎖，莉莉推開了門。

屋裡被徹底搜索過，塌塌米被翻過來，砍得四分五裂。桌椅都壞了，散落在屋裡各處。鍋子、破掉的盤子、筷子散落一地。到處都有紙和破碎的書。泰迪的球棒被丟在地上。

莉莉低頭看見甘先生的魔法鏡子碎成千片，散在她腳邊。

是共匪做的嗎？

莉莉跑到附近的住家，心急如焚地敲門，指指甘先生的屋子。鄰居們不是不願意應門，就是搖搖頭，臉上全是恐懼。

莉莉跑回家。

她睡不著。

媽媽不願去報警。爸爸工作到很晚，媽媽說如果這不是莉莉的幻想，真有共匪在附近的話，那最好待在家等爸爸回來。最後媽媽安撫莉莉上床睡覺，因為明天還要上學。她也答應會告訴爸爸甘先生和泰迪的事情，爸爸會知道怎麼辦。

莉莉聽到大門開了又關，聽到椅子拖過廚房地板的聲音。爸爸回來了，媽媽正要替他熱食物。她跪在床上，打開窗戶，一陣夾帶著腐爛蔬菜和夜間開花植物氣味的潮濕冷風吹進房裡。莉莉爬出窗外。

她一踏到泥濘的地上，就悄悄沿著屋子走到後面的廚房。莉莉可以看見裡面媽媽爸爸面對面坐在廚房餐桌前，桌上沒有食物，爸爸前面有個小玻璃杯，他從酒瓶裡倒了些琥珀色液體進去，一口喝掉，又再斟滿。

廚房裡明亮的黃光從廚房窗戶照出來，在外面地上投映出梯形的光影。她待在光影邊緣外，蹲在開著的窗戶下方偷聽。

在一陣飛蛾振翅拍打紗窗的聲音中，她聽見爸爸說：

早上，大衛．柯頓告訴我，我跟他們提到的那個人已經被逮捕了，如果我願意，可以去幫忙審問。我跟兩個中國審問員，陳卞和李輝一起到拘留所去。

「他很難對付。」陳卞說：「我們試了好幾種方法，但他就是不招。我們還有更狠的方式可以試試看。」

「共產黨很會操控人心，也很會抵抗。」我說：「不意外，但我們要讓他說出同黨是誰。我想他是跟一組間諜過來台灣的。」

到了刑訊室，我看他們審他審得很好。他的雙肩脫臼，滿臉是血，右眼腫到完全睜不開。

我要求讓他看醫生，想讓他知道我是好人，如果他相信我，我就能保護他。他們把他的肩關節復位，護士包紮他的臉。我給了他一些水。

「我不是間諜。」他用英文說。

「告訴我你的任務是什麼。」我說。

「我沒有任何任務。」

「告訴我誰跟你一起到台灣來的。」我說。

「我自己一個人來台灣的。」

「我知道你在說謊。」

他聳聳肩，臉因痛苦抽搐著。

我對陳卞和李輝點點頭，他們把牙籤插進他的指縫裡。他忍著不作聲，陳卞繼續用小鐵鎚敲打牙籤一端，像把釘子敲進牆裡。他叫得跟殺雞一樣，最後昏過去。

陳卞用冷水潑他，潑到他醒來。我問他同樣的問題，他搖搖頭不說話。

「我們只是想跟你的朋友聊聊。」我說：「如果他們是清白的，就什麼事都不會有，他們不會怪你。」

他笑了。

「試試看老虎凳吧！」李輝說。

他們搬了一張長板凳過來，一端抵著刑訊室的圓柱子，讓他坐在板凳上，背直貼著柱子。他們把他的雙手向後，抱著柱子綁在一起，再用粗皮帶把他的大腿和膝蓋綁在板凳上，最後把腳踝綁起來。

「我們來看看共產黨的膝蓋能不能往前彎。」陳卞對他說。

他們把他的腳抬起來，放了塊磚頭在腳跟下方，然後再放一塊。

因為他的腿和膝蓋被緊緊綁在板凳上，磚頭逼得他的腳和小腿往上彎成一個不合理的角度。汗混著傷口的血，從他的臉和額頭上流下來。他在板凳上扭動，好緩解膝蓋的壓力，但沒地方可逃。他摩擦被綁在柱子上的手臂，往上抬又無助地滑下，直到手腕劃破，血從白色柱子上一條條流下來。

他們又加了兩塊磚，我聽到他膝蓋骨碎裂的聲音。他呻吟喊叫，但說的都不是我們想聽的話。

「你不說，我就沒辦法阻止他們。」我對他說。

他們拿了一條楔型長木板，把薄的那端推進磚頭下方，再輪流用榔頭敲厚的那端。每敲一下，磚頭下的楔型木板就前進一些，讓他的腳抬得更高，他一次又一次放聲大叫。他們把一根棍子塞進他嘴裡，讓他不能咬舌自盡。

「如果你準備好要講就點個頭。」

他搖搖頭。

接著敲的那一下讓他的膝蓋骨瞬間斷了，他的腳和小腿彈起來，斷了的骨頭從肉和皮膚刺出。他再次昏過去。

我開始反胃。如果共產黨可以把他們的特務訓練到這種程度，我們怎麼可能打贏這場仗？

「這樣不行。」我跟那兩個中國審問員說：「這樣好了，他有個孫子在這裡嗎？」他們點點頭。

我們再度讓醫生進來包紮他的腳。醫生給他注射興奮劑，讓他保持清醒。

「把我殺了，求求你。」他對我說：「把我殺了。」

我們把他帶到庭院，讓他坐在椅子上。李輝把他孫子帶過來。他雖然是個小男生，但看起來很聰明。他很怕，想跑去找爺爺。李輝把他拉回來，讓他貼牆站著，用槍指著他。

「我們沒有要殺你。」我說：「但如果你不招供，我們就把你孫子當成同黨殺了。」

「不要，不要。」他哀求：「求求你們，他什麼都不知道。我們什麼都不知道，我不是間諜，我發誓。」

李輝往後退，兩手握著槍。

「你逼我的。」我說：「我沒得選擇，我不想殺你孫子，但你會害死他。」

「我跟另外四個人坐船來的。」他說。他盯著那男孩，我感覺到自己終於讓他卸下心房了。「他們都是好人，我們都不是共產黨的間諜。」

「又在說謊。」我說：「告訴我他們是誰。」

這時男孩跳起來抓住李輝的手，試圖咬他。「放我爺爺走！」他大叫，跟李輝扭在一起。

槍響了兩聲，男孩癱軟倒下。李輝丟下槍，我跑過去。那男孩把他的手指咬到見骨了，他痛得哀嚎。我拿起槍。

我抬頭看見那老人從椅子上跌下來，爬向我們，爬向他孫子的屍體。他在哭，我不知道他邊哭邊說的是什麼語言。

陳下去幫李輝的時候，我看著那個人爬向男孩。他轉過身坐著，把男孩的身體放在腳上，把那死去的孩子抱在胸前。「為什麼？為什麼？」他問我：「他只是個孩子，他什麼都不知道。殺了我，拜託殺了我。」

我看著他的雙眼，深邃，閃耀，像鏡子一樣。我在他的眼睛裡看見自己的臉，一張好陌生的臉，充滿失心瘋的憤怒，自己都認不出來。

那一刻我腦中閃過好多事。我想起在緬因州還是個小男孩的時候，以及奶奶帶我去打獵的那些早晨。我想起我的漢學教授，想起他說自己小時候在上海和他中國朋友及家僕的故事。我想到昨天早上，柯頓和我替國民黨特務上的反間諜課。我想到莉莉，她跟那個男孩差不多年紀，她怎麼會知道共產主義和自由是什麼？在某個時候，某個地方，這世界已經錯得可怕。

我只能點點頭。

「殺了我，拜託殺了我。」

我用槍指著那人，扣下扳機。我不停扣扳機，一發又一發，直到子彈用盡。

「他抗命不從，」陳卞之後說：「企圖逃跑。」不是疑問句。

「你沒有選擇。」戴爾太太說：「他逼你的。自由是有代價的，你努力在做對的事。」

他沒回話。過一會兒，他又喝光了一杯酒。

「你跟我說過這些共產黨特務多頑劣，而且我們都聽過韓國的事。但我現在才真的懂了。他們一定把他洗腦得很徹底，讓他沒有人性、沒有悔悟。他孫子的血是為他流的，只要想想他可能會對莉莉做什麼就好。」

他還是沒回話。他看著餐桌對面的她，兩人之間好像有一條鴻溝，像台灣海峽那麼寬。

「我不知道。」他最後說：「我真的什麼也不知道了。」

莉莉和爸爸沿著河邊走，腳陷進軟泥裡。兩個人停下來脫掉鞋子，赤腳繼續前進。誰也沒有說話。阿黃跟在他們身後，莉莉不時停下來拍拍牠鼻子，每次牠都對著她的掌心呼鼻息。

「莉莉，」爸爸打破沉默：「我和媽媽決定搬回德州，我調職了。」

莉莉點頭，沒開口。秋天已經住進她心裡。河岸的樹對著流水波光的倒影搖擺，莉莉很希望她還留著甘先生的神奇鏡子。

「我們要替妳的水牛找新家，我們沒辦法帶牠回德州。」

莉莉停住腳步，不想看他。

「那裡太乾了。」爸爸試著說：「他不會開心的。他沒有河水可以泡澡，沒有稻田可以打滾，他會不自由的。」

莉莉想跟他說她不再是小女孩了，不用那樣跟她說話。但她只是再摸阿黃幾下。

「莉莉，有時候大人必須要做他們不想做的事，因為那是對的事。有時候我們做的事看似不對，但其實是對的。」

莉莉想起甘先生的手臂，他們第一次見面時他抱她的感覺。她想著他趕跑那些男孩時的聲音。她想起他的筆尖在紙上移動，寫下「美」的感覺。她真希望自己知道他的名字怎麼寫，她希望自己知道更多關於文字和漢字的魔法。

雖然這是個宜人的秋日午後，莉莉卻覺得好冷。她覺得周圍的田野覆蓋著白茫茫的恐懼白霧，冰封了這個亞熱帶島嶼。

冰封，「freeze」這個字似乎喚起她的注意力，她閉上眼，在腦裡描繪這個字，像甘先生一樣仔細省察它。字母輕輕晃動朝彼此靠攏，「z」像跪著請求的人，「e」是蜷曲死去的孩子。接著「z」和「e」消失了，剩下「free」，自由在那裡。

沒關係，莉莉，我和泰迪現在自由了。莉莉努力集中精神，留住甘先生在她心裡消逝的笑容和溫暖的聲音。**妳是個非常聰明的女孩，妳也會成為測字師，在美國。**

莉莉緊閉著雙眼，不讓眼淚流出來。

「莉莉，妳還好嗎？」爸爸的聲音讓她回過神來。

她點點頭，覺得溫暖一些了。

他們繼續走，看著稻田裡女人們彎著腰的身影，正在用鐮刀收割成熟的沉重稻穗。

「很難知道未來會變成什麼樣子。」爸爸繼續說：「事情總會以讓每個人驚訝的方式演變。有時候最醜陋的事可以造就某些美好的東西。莉莉，我知道妳在這裡不開心，很遺憾。但這是個美麗的島，福爾摩沙在拉丁文裡是『最美』的意思。」

像美國一樣，美麗的國家，莉莉心想。春天時，野花會再度盛開的。

不遠處，他們能看見村裡的孩子們在玩棒球。

「有一天妳會知道，我們在這裡的犧牲都是值得的。這個地方將會變得自由，妳會看見它的美，懷著美好的心情想起妳在這裡的時光。什麼事都有可能，也許有一天我們甚至會看見一個從這裡來的男孩在美國打棒球。一個福爾摩沙來的男孩在洋基隊打棒球，莉莉，這不是件很棒的事嗎？」

莉莉專注想著腦中的畫面。

泰迪戴著紅襪隊的頭盔走上本壘板，眼神冷靜地注視著投手丘的投手，投手戴著Y與N交疊的球帽。他第一球就揮棒，鏗鏘有力的一聲重擊，是支安打。球高高飛在十月的冷空氣中，飛進深色天空和明亮的燈光裡，劃出一道即將落在右外野之外、觀眾席某處的拋物線。觀眾站了起來，泰迪開始跑壘，臉上露出大大的笑容，尋找人群中的甘先生和莉莉。奪冠時棒球場上一陣歡呼鼓譟，紅襪隊進軍世界大賽。

「我一直在想，」爸爸接著說：「我們回克利威爾之前，也許應該度個假。我想，我們可以到紐約去探望奶奶，世界大賽洋基要跟紅襪隊打。我會想辦法買票，我們可以去看比賽，替他們加油。」

莉莉搖搖頭，抬頭看他。「我再也不喜歡洋基隊了。」

【作者註】

因為許多因素，這故事的英文版沒有用羅馬拼音標註中文。中文大部分使用韋氏拼音，台語則使用白話字系統或英語音標來拼音。

冷戰時期，中華民國與美國祕密聯盟對抗中華人民共和國的簡史，可以參考高龍江（John W. Garver）《中美聯盟：國民黨中國與美國亞洲冷戰戰略》（*The Sino-American Alliance: Nationalist China and American Cold War Strategy in Asia*）。

本篇故事大大簡化了測字的藝術，此處使用的民俗語源和拆解方式與學術上的理解沒有關係。

擬像

Simulacrum

照片不僅是一種影像（如同繪畫是一種影像）、是一種詮釋真實世界的方式，它也是一道軌跡，某種直接抹去真實世界的東西，就像足跡或死亡面具。

——蘇珊・桑塔格（Susan Sontag）

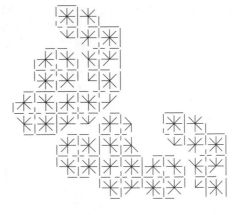

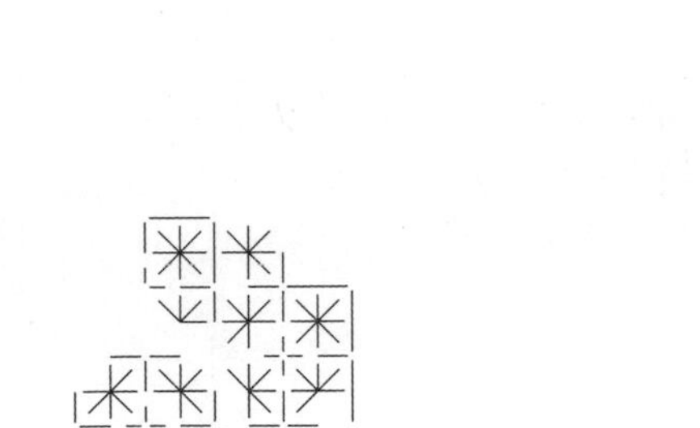

保羅・拉瑞莫：

準備好要錄了嗎？我要開始囉？好。

安娜是個意外。我和艾琳的工作經常出差，我們都不想被綁住，但計畫趕不上變化。不過，我們知道的時候其實很開心，總會有辦法的，我們說。確實如此。

安娜還是嬰兒的時候不太好睡，要人又抱又搖才會慢慢睡著，搞得我們一刻不得閒，沒有靜下來的時候。艾琳生產後腰痠背痛了好幾個月，所以餵完奶以後，我得整夜抱著頭靠在我肩上的小女孩四處走動。雖然我知道我當時一定又累又沒耐性，但現在只記得我們在客廳來回走了幾個小時，客廳裡只有月光，我唱歌給她聽，和她好親近。

我總想感受和她那麼親近的感覺。

我沒有她那時期的擬像。樣本雕刻機非常笨重，而且樣本對象要坐好幾個小時不動。一個嬰兒是不可能做到的。

這是她第一次的擬像，她大概七歲。

——哈囉，甜心。

——**爸爸！**

——不要害羞，這些人來這裡是要拍我們的紀錄片。妳不用跟他們說話，只要假裝他們不在這裡就好。

——我們可以去海邊嗎？

——妳知道我們不能去呀，我們不能離開家，而且外面太冷了。

——那你可以跟我玩洋娃娃嗎？

——當然可以啊！妳想玩多久，我們就玩多久。

安娜・拉瑞莫：

我父親是全世界都很難討厭的人。他以一種美國童話的方式賺了很多錢：孤獨發明家發明了一個能夠帶給世界歡樂的方法，而這世界理所當然地回饋他。最重要的是，他對慈善捐款很大方。拉瑞莫基金會以我父親的名字和形象成立，謹小慎微一如那些影像工作室偷賣名人性愛擬像一樣。

但我知道真正的保羅・拉瑞莫。

我十三歲某天，因為肚子痛到不行被送回家。一進門，聽見樓上爸媽的房裡有聲音。他們應該不在家的，這個時間沒有人會在家。

小偷？我暗忖。在無所畏懼又愚蠢的青春期，我走上樓，打開門。

父親赤裸裸在床上，四個裸女跟他在一起。他沒聽見我的聲音，所以他們繼續做他們的事，在那張我媽和他共有的床上。

過了一會兒，他轉過來，我們看著彼此的眼睛。他停止動作，坐起來，伸手關掉床頭櫃上的投影機，那些女人消失不見。

我吐了。

那天稍晚我母親回家後，她告訴我這已經持續好幾年了。我父親對某一種女人沒有抵抗力，她說。在他們的婚姻生活裡，他一直無法專一。她懷疑他有外遇，但我父親聰明又謹慎，她沒有證據。當她終於抓姦在床，她很生氣，想要離開他。但他哀求她、拜託她，說真正的一夫一妻制以他的性格來說根本不可能，但是，他說他有辦法。

他把這幾年來的許多外遇對象做成擬像，他不斷精進科技技術，擬像愈來愈栩栩如生。如果我母親願意讓他保留那些擬像，容忍他私下使用，他會盡全力不再出軌。

這就是我母親協議後的結果。她覺得他是個好父親，知道他很愛我，她不希望讓我也成為破碎承諾下的受害者，因為破碎的只是對她的承諾。

我父親的解決方式似乎是個合理的辦法。在她心裡，他用那些擬像就跟其他男人會看A片沒什麼兩樣。沒有真正的肢體觸碰，他們不是真的。如果沒有某些無傷大雅的幻想空間，婚姻很難維持。

但母親並沒有像我那樣窺見父親的眼神。那不只是幻想，而是一種無法原諒的持續背叛。

保羅．拉瑞莫：

擬像攝影的關鍵並不是保存身體影像，保存身體影像雖不是沒有價值，卻和銀版攝影以來技術精進的結果差不多。

人類始終有記錄現實的需求，我的貢獻是捕夢儀。能夠記錄被拍攝者當下的心理狀態——她的個性——將之數位化，使投影時畫面更生動。捕夢儀是所有擬像攝影的核心，連我的競爭對手做的產品也是。

最早的相機是由醫療設備改造成的，和舊醫院裡看到的那些遺贈的斷層掃瞄機很類似。被拍的人要先在體內注入化學藥劑，然後在機器的影像通道保持很長時間不動，直到完成一整組神經掃描。這些後來都被用來開發人工智能類神經模型，將身體構造的精密相片投影到模型上，賦予人工智能生命。

早期的做法非常殘忍，而且結果往往被視為機械化、非人性，甚至瘋狂、可笑。但即便是這些早期擬像，都保存了某種無法僅被錄影機或全像攝影捕捉的東西。生動的擬像投影不再是反覆重播影像，而是能讓被攝者的性格重現，與觀看者互動。

現在史密森尼機構保存的最古老擬像是我自己。在剛開始的幾篇新聞報導裡，和它互動的親朋好友提到，雖然他們知道這個影像是電腦控制的，但卻感覺得到那些回應很「保羅」，「只有保羅會這樣說」或「保羅才會有那種表情」。那時候我就知道我成功了。

安娜．拉瑞莫：

大家覺得很奇怪，我是擬像發明人的女兒，卻寫書講世界沒有擬像會更好、更真實。有些研究大眾心理學的無聊人士說我在嫉妒我的「兄弟姊妹」——我父親的發明成了他最心愛的孩子。要是事情這麼簡單就好了。

我父親宣稱他在做捕捉真實、停止時間和保存回憶的工作，但這種科技真正的吸引力從來不是捕捉真實。拍照、錄影、全像攝影……這些「捕捉真實」的科技製造了更多竄改真實、塑造和扭曲、操縱和美化真實的方式。

人們像登台一樣塑造自己在攝影機前的生活，度假時總有隻眼睛盯著攝影機。這種凍結真實的欲望，其實是在迴避真實。

擬像是這股潮流最新的樣貌，也是最糟的。

保羅．拉瑞莫：

從那天起，那時候她……唉，我想你已經聽她說過了。我沒什麼好辯解的。

我們從來沒有聊過那天的事。她不知道的是，那天下午過後，我銷毀了所有過去出軌對象的擬像，沒留備份。我曉得，就算她知道了也不會改變什麼，但如果你可以告訴她這件事，我會很感激。

那天之後，我們之間的對話相敬如賓，小心避免任何稍微親密的話題。我們聊請假單、聊她來我辦公室為步行馬拉松找贊助、討論選大學要考慮的因素；不談她的朋友圈，不討論她不順遂的戀愛，也不聊她對這世界的希望和失望。

安娜上大學之後就完全不跟我說話了。我打電話她不接，她需要用信託支付學費的時候，就打給我的律師。她假日和暑假都跟朋友待在一起或出國打工。有時週末她會邀請艾琳到帕羅奧圖看她，我們都知道她沒有邀我。

——爸爸，為什麼草是綠色的？

——因為樹葉的綠色跟著春雨一起滴下來啦！

——怎麼可能。

——好啦，是因為草長在籬笆的另一邊。如果妳站在那一邊，看起來就不會這麼綠了。

——不好笑。

——好，是因為草裡有葉綠素。葉綠素裡面有圈圈，圈圈會吸收綠色之外所有顏色的光。

——這不是你亂編的吧？

——我有亂編過什麼嗎，甜心？

——你有時候很難說喔。

她上國中的時候，我開始經常播放這段擬像，隨著時間過去，就變成一種習慣了。這是我最喜歡的一段，讓我想起這世界變得無法挽回之前那段比較美好的時光，

那天我拍了這個，我們終於想辦法做出小得底座可以放進肩上的捕夢儀。那是後來第一代旋轉馬

克的原型，是我們第一部成功的家用擬像攝影機，我把它帶回家，要安娜擺好姿勢。她在曝光室裡直直站了兩分鐘，我們一邊聊她那天做了什麼。

小小的女兒在父親眼中總是完美的，她就是那麼完美。她看到我在家時眼睛亮了起來，才剛從夏令營回來的她，有好多故事想跟我說、好多問題想問我。她想要我帶她去海邊放她的新風箏，我答應跟她一起準備太陽轉印工具。我很高興記錄了那一刻的她。

那是美好的一天。

安娜・拉瑞莫：

我和父親最後一次見面是在我母親出意外後，他的律師打來，因為知道我不會接父親的電話。母親仍有意識，但很微弱。另一輛車的司機已經死了，她也奄奄一息。

「妳為什麼不能原諒他？」她說：「我已經原諒他了。評價一個人不能只看一件事，他愛我，他也愛妳。」

我什麼也沒說，只是握緊她的手。他走進來，我們都跟她說了話，但沒跟對方說話。半小時過後，她睡著了，再也沒有醒過來。

事實上，我已經準備好要原諒他了。他看起來很蒼老——孩子總是最後一個發現父母老了的人——有一種我不太確定的虛弱感。我們沉默著一起走出醫院。他問我在市區有沒有地方待，我說沒有。他打開副駕駛座的車門，我只猶豫了一秒便坐進他的車裡。

我們回到家，雖然已經幾年沒回家了，但家裡完全是我印象裡的樣子。他準備冷凍食品當晚餐時，我坐在餐桌前。我們小心翼翼地跟彼此說話，像我國高中時那樣。

我問他有沒有母親的擬像。原則上我不拍擬像，也不保存擬像。我不像大眾對它們有過於美好的看法，但在那一刻，我想我了解擬像的吸引力了。我想要把母親的某一部分一直帶在身邊，她存在的某個樣貌。

他交給我一片光碟，我向他道謝。他問我要不要用他的投影機，我拒絕了。在讓電腦影像把真實記憶和人為記憶混淆之前，我想要靠自己保存和母親的回憶。

（結果，我從來沒有用那片擬像。喏，如果你想看看她長什麼樣的話，等一下可以看。我對母親的記憶無論是什麼，全都是真的。）

我們吃完晚餐已經很晚了，我道晚安離開。

我走進自己的房間。

看見那個七歲的我坐在床上。她穿著醜到我都忘了的洋裝——粉紅碎花——頭上還綁著蝴蝶結。

——哈囉，我是安娜。很高興見到你。

所以這東西他留了好幾年，這個我天真、無助的模仿品。在我不跟他說話的那段時間裡，他把寄託放在這個凍結的影像上，凝望著我曾經信賴和喜愛他的影子上嗎？他用我童年的樣品來幻想不能和我完成的對話嗎？他說不定還修改了它的設定，刪去我的任性壞脾氣，加上更多乖巧聽話？

我覺得被侵犯。這個小女孩無庸置疑是我，她的行為像我、說話方式像我、一顰一笑、一舉一動和反應都像我。但她不是我。

我長大了、變了，而且以大人的樣子回來面對父親。但我現在覺得一部分的自己被奪去，鎖進這東西裡，一個讓他維持和我的交集，而我卻不想要的東西，不是真的東西。

多年前他床上那些裸女的影像湧了上來，我終於明白為什麼這麼久以來，她們始終出沒在我的夢裡。因為複製了拍攝對象的性格、氣質，擬像才會如此吸引人。當我父親把那些女人的擬像留在身邊，他就跟她們、跟曾經和她們在一起的自己保持一種連結，所以是比暫時的身體出軌更糟糕的持續心理背叛。成人影像是單純的視覺幻想，擬像卻保留一種心情狀態、一個夢境。但是誰的夢境？那天我在他眼裡看見的不是淫穢，而是親膩。

藉著不停重播我的童年擬像，他幻想自己重新獲取我的尊敬和愛，而不是面對自己的所作所為和真實的我。

也許每個父母的夢想就是將他們的孩子留在那無助、依賴和沒有自我的短暫時期，那時父母親是完美無瑕的。那是控制與支配的夢，以愛偽裝而成，是李爾王對寇蒂莉亞的夢。

我走下樓，走出家門，從此再也沒有跟他說過話。

保羅・拉瑞莫：

擬像活在永恆的現在。它會記下，但只是大概地記下，因為捕夢儀沒有辦法精準掌握拍攝對象的每個具體記憶。它記住，使之成形，但延伸播放的時間愈長，電腦的判斷就愈不精確。即便我們用最好的攝影機，也只能投射兩個小時。

不過捕夢儀還是敏銳地捕捉到她的情緒、她想法裡的情感成分、讓她發笑的多變因素、她說話的輕快節奏、精確保留她口齒不清的樣子。

所以，每兩個小時左右，安娜就會重來一遍。她再次從夏令營回到家，再次帶著滿滿的問題和故事來給我。我們聊天，我們玩耍，我們天南地北地聊著。每次對話都不同，但她永遠是那個好奇、崇拜父親、而且認為他不會犯錯的七歲女孩。

——爸爸，你可以跟我說一個故事嗎？

——好啊，當然可以。妳想聽什麼故事？

——我想再聽你說科幻版的小木偶。

——我不確定我能不能把上次說過的全部重說一次。

——沒關係，你說，我幫你。

我好愛她。

艾琳・拉瑞莫：

我的寶貝，不知道妳會不會看到。也許只能等到我走了以後吧，妳不能跳過這段喔。這是錄的，我希望妳聽聽我想說的話。

妳父親很想念妳。

他不完美，他犯了和所有男人一樣的罪。但妳讓那一刻，他最脆弱的一刻，跟妳的整個人生一起倒塌了。妳把他整個人生濃縮到那個凍結的下午，濃縮成他最大的一塊瑕疵。在妳心裡，妳一次又一次重播那保留下來的影像，直到這個人被那重複壓印的痕跡擦去。

被妳鎖在門外的這些年，妳父親不停播放妳的一段舊擬像，他用一個七歲孩子能理解的方式笑著、開著玩笑、把他的心掏給妳。我在電話裡問妳願不願意跟他說話，最後掛斷時，總不忍看他又回去放那段擬像。

去了解真正的他吧。

——哈囉，看到我的女兒安娜了嗎？

情緒控制器

The Regular

*2014*年 星雲獎最佳中篇小說提名
*2015*年 軌跡獎最佳中篇小說決選
*2015*年 西奧多·史鐸金紀念獎決選

「我是潔西敏。」她說。
「我是羅伯特。」
電話裡的聲音跟她下午稍早說過話的人是同一個。
「很高興你到了，親愛的。」她看向窗外。如她要求，他站在轉角的便利商店前，看起來乾淨清爽，穿著打扮過，像去約會一樣。好徵兆。他還壓低紅襪隊球帽蓋住眉毛，一個想掩人耳目的笨拙手法。「同一條街走過來，我在莫蘭德27大道，一棟教堂改建的灰色石頭公寓。」
他轉身張望。「妳真幽默。」
大家都會開這個玩笑，但她還是會笑。「我在二樓二十四號。」
「只有妳嗎？我不會看到什麼經紀人要我先付他手續費吧？」
「我說過我是自立門戶，只要把奉獻金準備好，你就能玩得很開心。」
她掛掉電話，快速看了一下鏡子，確認自己準備好了。黑色長襪和吊襪帶是新的，蕾絲緊身衣凸顯她的纖腰，讓她的胸部看起來更大。她畫了淡妝，但眼影很深，為了強調她的眼睛。大部分客人都喜歡這樣，有異國風情。
特大雙人床上的被子清新乾淨，床頭櫃有一個小籐編籃，裡頭放了保險套，旁邊是顯示5:58的鬧鐘。這個約是兩小時，之後她有足夠的時間整理、洗澡，然後坐在電視前看她最喜歡的節目。她晚點想打電話給媽媽，問她鯛魚怎麼煮。
她在他敲門前開門，他臉上的表情告訴她，她做得很好。他安靜地進來，她關上門，背靠著門對他微笑。

「妳比妳廣告上的照片還漂亮。」他說，認真盯著她的眼睛看。「尤其是眼睛。」

「謝謝。」

她在玄關把他好好看清楚時，一邊用右眼對焦，快速眨了兩次。她覺得不需要這麼做，但女孩子得保護自己。哪天她不想做這行時，她想把東西拿出來，丟到波士頓港最底下，就像她小時候常把祕密寫在紙上，然後揉成一團，丟進馬桶沖掉。

他帥是帥，但不太有特色，超過一百八、皮膚黝黑、頭髮都還在、乾淨俐落襯衫下的身材看起來是精壯的。眼神友善溫和，她很確定他不會太難搞。她猜他大概四十歲，可能在市區某家法律事務所或金融服務公司工作，他的長袖襯衫和深色褲子說明冷氣常常開得很強。他有一種會被許多人誤認為是男性魅力的自大傲慢。她注意到他的無名指有一圈淡淡的色差，再好不過了，已婚的男人通常比較安全，不想讓她知道自己已婚的男人則最安全——他重視自己擁有的，不想失去。

她希望他會是常客。

「很高興我們成交。」他拿出一個普通白色信封。

她接過信封，算了算裡面的錢，然後默默把信封放在門邊小桌子的一疊信最上面。她牽起他的手，帶他往臥室去。他停下來看廁所，又看了走道盡頭的其他房間。

「在找你的經紀人嗎？」她逗他。

「只是確認一下，我人很好的。」

他拿出一台偵測器，舉高，專心看著螢幕。

「嘖，你很多疑欸。」她說：「這裡唯一的攝影機就是我的手機，而我已經關機了。」

他放下偵測器，露出微笑。「我知道，我只是想用儀器確認一次。」

他們進到臥房。她看著他撫過床、梳妝台上的潤滑液和乳液，以及床邊有全身鏡的衣櫃門。

「緊張嗎？」她問。

「有點。」他承認：「我不常做這種事，或者說，從來沒做過。」

她走向他，擁抱他，讓他聞她的香水味。香水是淡淡花香，所以不會殘留在他皮膚上。過了一會兒，他雙臂環著她，手放在她背後裸露的腰間肌膚上。

「我總認為人要花錢買經驗，而不是買東西。」

「有道理。」他在她耳邊呢喃。

「我給你的是女朋友的體驗，老派而甜蜜。你會記得這次經驗，時常在腦中回想。」

「我想做什麼妳都配合嗎？」

「合理範圍內。」她說，抬起頭看著他。「你必須戴保險套，除此之外，大部分事情我都不會拒絕。但就像我在電話裡說的，有些要額外付費。」

「我是個滿老派的人，妳介意讓我主導嗎？」

他讓她很放鬆，所以她沒有跳到最壞的結論。「如果你是想把我綁起來，要額外收費，而且在沒有更了解你之前，我不會配合。」

「不是那樣，可能只會稍微把妳壓住。」

「那就沒關係。」

他走近她，他們親吻。他的舌頭在她嘴裡流連，她發出呻吟。他後退，手扶著她的腰把她推開。「妳可以臉趴在枕頭上嗎？」

「可以。」她爬上床。「腿要跪著還是張開？」

「請張開。」他的聲音帶著命令。他還沒脫衣服，連紅襪球帽都沒脫。她有點失望。比起性愛，有的客人更喜歡人乖乖順從。她不太能做什麼，只希望他不會太粗魯留下痕跡。

他爬上床，在她身後，跪著移動到她雙腿之間。他彎身從她的頭邊抓起一個枕頭。「真美，」他說：「我現在要壓住妳了。」

她在床裡發出嗯哼聲，知道他會喜歡這樣。

他把枕頭放在她後腦勺，用力往下壓把她固定好，再拿出藏在腰間的槍，一個快速動作，推出槍管——因為裝上消音器變得又粗又長——塞進胸衣後方，對著心臟快速開兩槍。她當場死亡。

他移開枕頭，收好槍，然後從夾克口袋拿出一小盒手術工具組和一雙乳膠手套。他的動作敏捷，下刀精準又優雅。找到他要的東西時，他鬆了口氣。有時候他會選錯女孩——不常發生，但曾經有過。他手術時小心翼翼用袖子擦去臉上的汗，帽子能避免頭髮掉到她身上。工作很快地完成了。

他爬下床，脫掉沾滿血的手套，把手套和手術工具組丟在屍體上，再換上一雙乾淨的手套搜索公寓，有條不紊地尋找她每個藏現金的角落：洗手台裡、冰箱後面、衣櫃門上方。

他走進廚房，拿了一個大垃圾袋回到房裡，把沾滿血的手套和手術工具組撿起來，丟進袋子裡。再拿起她的手機，按下語音留言鍵，刪掉所有訊息，包括他第一次打來留下的紀錄。他是沒辦法對電信公司的通話紀錄做什麼，但可以把自己的預付卡丟在某個地方，讓警方去找。

他再看了她一次。他不難過，完全不難過，但確實覺得有點可惜。這女孩很漂亮，他很想先享受她的，但即便用了保險套也會留下太多線索。反正他可以花錢另外找。他喜歡花錢買東西，付錢時，力量會流貫他全身。

他伸手進夾克內袋，抽出一張字條，小心地折起來放在女孩的頭旁邊。

他把垃圾袋和錢塞進他在其中一個衣櫃找到的小體育用品袋，安靜地離開，順手帶走了門邊小桌子上裝錢的信封。

因為個性一絲不苟，露思．羅最後再確認一次電子報表上的數字，是信用卡和銀行對帳單的報表，比對所得稅申報書上的數字。毫無疑問，客戶的丈夫一直在逃漏稅，更重要的是，還對客戶隱瞞收入。

波士頓的夏天熱得沒人性，但露思在中國城肉販店樓上的小辦公室沒有開冷氣。這些年來她得罪了很多人，沒有理由製造額外的噪音讓他們容易暗地靠近她。

她拿出手機，憑記憶撥號。她從不在手機裡儲存任何號碼。她跟大家說是為了安全，但有時她會懷疑這是不是確認自己可以不依賴機器的舉動，無論這動作多微小。

聽見有人走上樓，她停下動作。腳步聲有朝氣又優雅輕巧，可能是個女性，可能穿著有品味的跟鞋。樓梯間的感測器沒有響，沒有武器，但並不代表什麼——她不用槍或刀就可以殺人，所以很多人也可以。

露思無聲無息地放下手機，伸手進抽屜裡，用右手手指握住格洛克19的槍柄。然後她才有辦法略略轉身，看向螢幕，螢幕顯示門上的監視器拍到的影像。

她覺得非常平靜，情緒控制器正在運作，還不需要分泌腎上腺素。

訪客五十歲左右、身穿藍色短袖排釦針織衫和白褲子，正在門口四處張望，尋找門鈴按鈕。她的頭髮很黑，一定是染的，看起來像中國人，瘦小的身子呈現緊繃、焦慮的姿態。

露思安心放下槍，按鈕開門。她站起來，伸出手。「需要什麼服務嗎？」

「妳是私人調查員，露思．羅嗎？」從女人的口音，露思聽出是北京腔，不是廣東腔或福建腔，那麼應該跟中國城的人沒太大關係。

「我是。」

女人看起來很詫異，好像露思不是她想見的人。「我是莎拉．丁，我以為妳是中國人。」

她們握手時，露思的眼睛對上莎拉的眼睛。她們差不多高，一百六十二公分左右。莎拉看起來氣色不錯，但手指又涼又瘦，像鳥爪一樣。

「我有一半華人血統。」露思說：「我爸爸是廣東人第二代，媽媽是白人。我的廣東話不太行，也完全沒學過中文。」

莎拉坐在露思對面的扶手椅上。「但妳的辦公室在這裡。」

她聳聳肩。「我得罪了人。很多非華裔的人在中國城不太好走動，他們太顯眼了，所以我的辦公室在這裡比較安全。還有，租金便宜。」

莎拉有氣無力地點點頭。「我需要妳幫幫我女兒。」她把一份文件夾推過桌子給她。

露思坐下，但沒有伸手拿文件夾。「告訴我她的事吧。」

「莫娜在做應召女郎，一個月前她在自己的公寓裡被槍殺了。警察覺得是搶劫，可能跟幫派有關，但他們沒有頭緒。」

「應召女郎是份危險的工作。」露思說：「妳知道她在做這個嗎？」

「不知道，莫娜大學畢業後有些不如意，我們就再也沒有像我希望的……那麼親近了。我們以為她前兩年比較好了，她跟我說她在出版社工作。當妳沒辦法成為她想要或需要的那種母親，就很難了解妳的孩子。這個國家對母親的標準很不一樣。」

露思點點頭，移民很常這麼感慨。「我很為您難過，但我好像沒辦法做任何事。我現在的案子大部分是隱瞞資產、外遇、保單造假、背景調查這類的事。我過去在警隊的時候，確實會調查殺人案，我知道上級對凶殺案滿慎重的。」

「才沒有！」憤怒和絕望讓她的聲音又緊又粗啞。

「他們覺得她只是個中國妓女，她會死是因為她笨，不然就是跟華人黑幫有牽扯，華人黑幫不會找一般人的麻煩。我先生覺得很丟臉，連提都不肯提她的名字。但她是我女兒，值得我付出一切，甚至更多。」

露思看著她，感覺到情緒控制器在壓抑她的同情，同情可能會讓她做出錯誤的商業決策。

「我一直在想，一定有什麼跡象我沒注意到，一定有某個方式可以告訴她我愛她，而我卻不知道。如果我少一點忙碌，多一點探問、甚至多一點讓她傷害的意願就好了。我受不了警方跟我說話的態度，好像我在浪費他們的時間，只是他們不想明講一樣。」

露思克制自己不去解釋，警方全都配戴了情緒控制器，不可能像她說的有那種偏見。情緒控制器的重點就是讓警方在高壓工作下更理智，不依賴直覺、不受情緒衝動和偏見影響。如果警方說這個暴力事件跟幫派有關，那麼很可能是有理由的。

但她什麼也沒說，因為她面前的女人很痛苦，女兒在賣淫，身為母親心裡交雜著愛與罪惡感，因而認為花錢找出殺女兒的凶手可以讓她好過點。

她憤怒無助的舉動讓露思隱約想起她努力不再去想的事。

「就算我找到凶手，」她說：「妳也不會比較好過。」

「我不管。」她試著聳肩，這種美式動作在她身上看起來奇怪又不協調。「我先生覺得我瘋了，但有些人向我推薦妳，因為妳是女人，還是華人，也許妳的觀察力夠，能看到他們看不到的事。」

她伸手進錢包，拿出一張支票，滑過桌上放到文件夾上面。「這裡是八萬美金，我會付妳兩倍的薪水和所有開銷，如果錢用完了，我可以再給。」

露思望著支票，想到自己困窘的財務狀況。四十九歲，在她老到不能做這行之前，她還有多少機會可以存點錢？

她仍然覺得平靜、全然理智，她知道情緒控制器正在運作。她很確定她做的決定是出於成本、利潤和對這案子的實際評估，而不是因為莎拉・丁滿懷期望而拱起的肩膀，看起來像兩座阻攔洩洪的脆弱水壩。

「好吧。」她說：「好吧。」

男人的名字不是羅伯特，也不是保羅或馬特或貝瑞。他從來沒有用過約翰這個名字，因為跟約翰有關的笑話只會讓女孩們緊張不安。很久以前，在他去坐牢前，他們叫他「巡風」，因為他喜歡觀察和研究現場，找出最好的時機和逃跑路線。他獨自一人的時候也是這樣。

128國道旁，在他租的廉價汽車旅館房間裡，他的一天是從沖澡洗去晚上流的汗開始。

這是他過去一個月住過的第五間汽車旅館。只要待超過一個禮拜就會引起旅館員工的注意。他觀察著，沒有人特別注意他。他覺得現在從波士頓全身而退是最理想的，但他還沒仔細研究這城市的可能性，沒把想看的東西都看完就離開，感覺不好。

巡風從那女孩的公寓裡拿了六萬塊美金，以一天的工資來說，算不錯。他選的女孩都強烈意識到她們的職涯短暫，而且沒有不良習慣，她們像松鼠準備過冬一樣儲備金錢。又因為錢不能放銀行，會讓國稅局起疑，所以她們把錢塞在公寓裡各個藏匿處，讓他像尋寶一樣取走。

錢是滿好的外快，但不是真正吸引人的東西。

他從淋浴間出來，擦乾身體，包著浴巾，坐下來處理他準備要撬開的「堅果」。這是個銀色小半圓球，像半顆胡桃。他剛拿到它的時候，上面全是已乾和未乾的血。他得在旅館洗手台一次又一次沾濕擦手紙來擦，直到它變得閃閃發亮。

他撬開這裝置後方的存取埠，打開電腦，把連接線的其中一端插進去，另一端插進半圓球裡，接著開啟一個花了他大筆錢的程式，讓程式自己跑。對他來說，讓這個程式一直開著也許比較有效率，但他喜歡看著密碼被破解的那一刻。

程式在跑的時候，他瀏覽起應召女郎的廣告。現在他要找娛樂性質的，不是公事，所以不要像潔西敏那樣的女孩，他找他想要的。她們很貴，但也不算太貴，是那種會讓他想起高中喜歡的女孩類型：說話大聲、有趣、現在身材很好，但過幾年一定會發福，有種更讓人想一親芳澤的隨興美好，因為這種美好轉瞬即逝。

巡風知道，只有像他十七歲時那樣的窮小子才會煩惱怎麼追女人，想盡辦法要讓她們喜歡他。有錢有勢的男人，像他現在，可以買到任何想要的東西。他覺得他的欲望純粹潔淨，比窮小子的欲望還高尚，還不虛偽。他們只想擁有他有的一切。

程式發出嗶嗶聲，他回頭看螢幕。

大功告成。

照片、影片、錄音檔都傳到電腦裡了。

巡風瀏覽照片和影片檔。照片是臉部或給錢的畫面特寫——他立刻刪掉自己的照片和影片。但影片最有用。他往後躺，看著螢幕閃現，讚嘆著潔西敏的攝影技術。

他把影片和照片依不同客人分類，放進資料夾。這是個單調乏味的工作，但他樂在其中。

露思拿到錢做的第一件事就是買些急需的優化軟體。要追蹤殺人凶手，她需要有最好的狀態。她出任務的時候不喜歡帶槍。男人要在運動外套裡藏槍很容易，幾乎什麼情況都可以解釋，但女人穿著可以藏槍的衣服往往會太顯眼。把槍放在手提包裡是個恐怖的想法，那會產生一種虛假的安全感，但手提包很容易被偷，被偷就沒武器了。

以她的年紀而論，她健壯苗條，但她的對手幾乎都比她更高更壯。為了彌補這些劣勢，她學會更加機敏和先下手為強。

但還是不夠。

她去找醫生，不是健保卡上指定的醫生。

B醫生在國外取得學位，但因為惹錯人被迫永遠離開家鄉。申請第二居住權和在這裡拿執照會讓他容易被找到，所以他決定自己繼續鑽研醫學就好。他會做那些在乎執照的醫生不會做的事，他會接他們不想接的病患。

「已經一段時間了。」B醫生說。

「全部檢查一遍吧！」她對他說：「把該換掉的都換掉。」

「繼承遺產啦？」

「我要去獵金了。」

B醫生點點頭，替她上麻醉。

他檢查她腿裡的氣動活塞、她肩膀和手臂裡的複合替代肌腱、手臂裡的蓄電瓶和人工肌肉、強化手指骨。他把需要充電的地方充飽電，檢查她鈣沉積治療（為了克服她骨頭脆弱的問題，這是她的亞裔體質不幸產生的副作用）的結果，然後調整她的情緒控制器，讓她可以配戴更久。

「跟新的一樣。」他告訴她。然後她付了錢。

接下來，露思把莎拉帶來的文件看了一遍。

有高中畢業舞會、和朋友去度假、大學畢業典禮的照片。她注意到校名，沒有驚訝或傷感，雖然小婕也曾夢想要去那裡。情緒控制器一如往常，讓她平靜地接收資訊——只接收有用的資訊。

莎拉挑選的最後一張家庭照是莫娜今年初二十四歲生日拍的。露思仔細看著照片，照片裡，莫娜坐在莎拉和她先生中間，兩手率性、開心地環繞她父母。沒有對他們隱瞞祕密的跡象，就露思看來，也沒有受傷、吸毒或生活失控的徵兆。

莎拉選照片選得很用心，這些照片呈現了莫娜的人生，要讓人在乎莫娜。但她不需要這麼做。即便對這女孩的生活一無所知，露思也會付出一樣的努力。她是專業調查員。

有警方報告和驗屍報告的影本。報告多半確認了露思已經猜到的事：無毒品反應、無外物介入、無掙扎跡象。床頭櫃的抽屜裡有防狼噴霧，但沒有用過。鑑識人員用吸塵器將現場吸過，發現了數十位，可能上百位男性的毛髮和皮膚細胞，結果確定沒有可用線索。

莫娜的心臟被射了兩槍，而且屍體不全，因為眼睛被挖走了。她沒有被強暴，公寓裡的錢和值錢物品被洗劫一空。

露思挺直身子，這種殺人手法很奇怪。如果凶手是要毀她的容，怎麼樣都應該從後腦杓開槍，這是更徹底、明確的手法。

現場發現一張寫著中文字的紙條，說莫娜罪有應得。露思不認得中文，但她認為警方的翻譯不會有錯。警方也調出莫娜的通聯記錄，有幾個號碼的通訊基地數據顯示，號碼主人那天有到過莫娜的住處。唯一沒有不在場證明的號碼，是一個沒有註冊的預付卡號碼。警方循線索在中國城的一個大垃圾桶裡找到預付卡，但沒有任何後續線索。

如果是幫派殺人，露思心想，還真是草率。

莎拉也影印了莫娜的應召廣告給她，莫娜用了好幾個化名：潔西敏、阿奇科、希恩。她大部分照片都穿著情趣內衣褲，有些穿著小禮服。這些照片取鏡都在強調她的身材：蕾絲半遮半掩的胸部側拍、從背面拍攝的臀部、手放在臀上懶洋洋地躺著。黑色長條色塊壓在照片的眼睛上，意味著某種程度的匿名。

露思開啟電腦，登入網站看其他廣告。她從來沒有接觸過色情網站，所以花了一些時間來熟悉行話和簡寫。網路顯然改變了這個行業，讓女人可以不用上街、不用皮條客，成為「自營業者」。站上的資訊井然有序，方便客人挑選他們真正想要的，可以從價格、年齡、服務項目、種族、髮色、眼睛顏色、服務時間和客戶滿意度來篩選。這行競爭激烈，網站的功能也殘忍地讓露思發現，要是沒有控制器她一定會很不開心的事：你可以用數據軟體去評估一個女孩每過一年會降多少價；男人對於每一分錢、他們找到的人和理想類型之間的每一吋落差有多計較：金髮真的比深色髮值錢得多，認證成功的日本人也比其他非日本人價碼更高。

想看女孩的正臉照，有些要收費。莎拉也印了莫娜的「付費」照片。有那麼一下子，露思很好奇莎拉花錢看到女兒魅惑的眼神時是什麼心情，而那個女兒，原本看起來有著無憂無慮、前程似錦的未來。

這些照片裡，莫娜畫著淡妝，嘴唇自信噘起或帶著無辜的笑容。她非常漂亮，甚至比其他同價位的女孩們還漂亮。她要求只能到她住的地方，也許是因為這樣她比較有主導權，比較安全。

跟其他多數女孩相比，莫娜的廣告可以算是「有氣質」。她的廣告沒有錯別字和過度暗示的粗俗話語——暗示本地男性對亞洲女性的性幻想，又能滿足美國人喜歡的金髮古銅膚色——反倒很有策略地強調地域性的異國風情。

匿名客戶稱讚她的態度和「物超所值」的配合度。露思猜想，莫娜應該賺了不少小費。

露思接著看凶案現場的照片，以及莫娜沒了眼睛、血淋淋的臉部特寫。她理智客觀地觀察莫娜房間的細處，想著房間和廣告照片裡異國風情的極大差異。這是個對自己的學歷很自負的少女，她相信她可以透過謹慎的文字和照片，來製造某種篩選方式，吸引對的客人。很天真，同時又很聰明，雖然有情緒控制器，但對她的自信與輕率，露思還是覺得心酸。

無論是什麼讓她沉淪到這條路，她都不曾傷害過任何人，但現在她死了。

露思走過長長的地道和許多上鎖的門，在一個房間裡見到小羅。這地方聞起來有霉味、汗味和會辣的食物腐臭在垃圾袋裡的味道。

沿路走來，她看見貨車後面有幾個上鎖的房間，她猜那是非法偷渡的貨車。那些人要跟人蛇集團簽契約，才有機會進入這個國家，完成賺錢的夢想。她對他們沒什麼意見。她和小羅的交易能不能成功，取決於她有多謹慎，而且小羅對他貨車裡的人比其他很多人蛇集團都要好。

他隨便對她拍了幾下搜身，她主動要脫下衣服證明自己沒有帶竊聽器。他揮揮手示意不用了。

「你有冇睇過呢個女人？（你有沒有見過這個女人？）」她拿出莫娜的照片，用廣東話問。

小羅嘴裡叼著菸，一邊仔細看照片。昏黃的燈光讓他肩臂裸露的刺青蒙上淡青色的陰影。過了一會兒，他把照片還給露思。「冇睇過。（沒見過）。」

「她在昆西當應召女郎，一個月前有人殺了她，留下這個。」她把拍有現場字條的照片拿出來。

「警方認為是華人黑幫做的。」

小羅看著照片，皺著眉頭專心看，然後發出一聲乾笑。「對，這還真是華人黑幫留的字條。」

「你認得出這個幫派嗎？」

「當然。」小羅看著露思，齒縫間露出一抹竊笑。「這是永和幫的成員大興吃醋衝動，殺了無辜的麥穎後留下的，麥穎是中國來的漂亮傭工。妳可以去看《我的香港，你的香港》第三季。找到我算妳好運，我很迷這齣。」

「這是從連續劇抄來的？」

「對啊。這個人要嘛喜歡開玩笑，要嘛不太懂中文，才會從網路上抄。可能會騙倒警察啦，但不可能，我們不會留這種字條。」他說著笑了出來，吐了口痰在地上。

「可能是混淆警方的煙霧彈，」她小心選擇用字：「或者也可能是某個幫派想讓警方以為是其他幫派。警方在中國城的垃圾車裡找到一支手機，可能是凶手的。我知道昆西有好幾間亞洲按摩店，看來這女孩的競爭對手很多。你真的什麼都不知道嗎？」

小羅翻了翻莫娜的其他照片。露思看著他，準備好要應付任何突發狀況。她覺得自己可以相信小羅，但誰也無法預測一個經常為了討生活而殺人的人會有什麼反應。

她專注在情緒控制器上，準備需要的時候讓它釋放腎上腺素，加速她的動作，腿上的氣動活塞已經充好電，她靠在潮濕的牆上以便需要踢人。她脛骨旁邊安裝的空氣罐一旦釋放壓力，不到一秒就可以把腳伸直、產生幾百磅力道，要是踢到小羅的胸口，一定會踢斷他幾根肋骨——雖然之後露思的背也會因此痠痛好幾天。

「我很喜歡妳，露思。」小羅說，餘光注意到她突然安靜下來。「妳不用怕，我沒忘記是妳找到那個想偷我錢的賭狗，我會跟妳說實話，或告訴妳說我不能說。我們跟這女孩沒仇，她算不上競爭對手。一小時花六十美金去按摩店尋歡作樂的男人，不會花錢去找這種女孩。」

巡風開車到波士頓北部劍橋市邊界過去的薩默維爾。他停在一家雜貨店停車場後面，用現金買的豐田卡羅拉停在這裡才不會引人注意。

接著他走進咖啡店，拿了冰咖啡出來。他喝著冰咖啡，在陽光充足的街上四處走，不時看著掛在他鑰匙圈上的小玩意。他要是走到某些沒有加密的家用無線網路範圍內，那個小玩意就會讓他知道。很多哈佛和麻省理工學院的學生住在這裡，這裡的租金很高，但不算天價。他們沉迷於快速的無線網路，所以常在小公寓裡加裝強大的路由器，強大到在街上都收得到，而且不加密（畢竟隨時會有朋友來訪，朋友也需要連線）。又因為是暑假，學生搬進搬出的時節，所以偷用他們的網路就更不可能被發現了。

可能有點過分，但他喜歡安全一點。

他坐在街邊一張長椅上，拿出筆電，連到一個叫做「INFORMATION_WANTS_TO_BE_FREE」（資訊想自由）的網路。他樂於證明這個網路所有者的想法是不對的。資訊不想要自由，資訊很珍貴，而且想賺錢。資訊的存在不會讓任何人自由，但是掌握資訊就能擁有自由。

巡風仔細選了一段影片，看了最後一次。

無論是有意還是無意，潔西敏很盡責，男人汗涔涔的扭曲表情在影片裡特別清楚。他的動作——導致潔西敏晃動——讓影片不穩，所以巡風得用影像穩定軟體調整它。但現在看起來滿有水準了。

巡風得試著認出這個男人，他把照片上傳到搜尋引擎。這人看來是華人。他們總是在優化臉部辨識程式，所以有時他可以用這個方法找到線索。但這次似乎行不通。不過，這對巡風來說不是問題，他有其他辦法。

巡風登入一個論壇，這是華人移民聚在一起追憶和爭論家鄉政策的地方。他上傳影片中男人的照片，用英文在下面寫：Anyone famous ?（是名人嗎？）然後喝著咖啡，不時刷新網頁看新回覆。

巡風看不懂中文（或俄文、阿拉伯文、印度文，或任何其他他常上的論壇的語文），但這個工作不太需要語言能力。多數移民都會說英文，懂他問的問題。他只是把這些人當搜尋工具，一種人力、群眾搜尋引擎。有點好笑的是，人們很願意在網路上給素不相識的陌生人資訊，甚至會互相競爭來顯示自己見多識廣。他很樂意利用這種微小的虛榮心。

他只需要這個男人的名字和知名程度，要知道這些，電腦裡粗糙的翻譯就很夠用了。從幾乎是胡亂拼湊的翻譯裡，他知道這個男人是中國交通部一位重要官員，就像其他大部分中國官員一樣，他不被自己國家的人當回事。這個人比巡風平常鎖定的人還有分量，因而很適合拿來測試。

巡風很感謝達哥，他跟他解釋過中國政治。巡風最後一次出獄後，有天傍晚，他親眼看見一個中國男子在舊金山中國城附近搶劫幾個中國遊客。

遊客們想辦法打911給警察，但搶匪已逃離現場，消失在一條小巷子裡。巡風很欣賞那男人直接簡潔的手法，於是開車繞過街區，停在巷子另一頭。那男人出現時，他打開副駕駛座的門，讓他坐進車裡乘機逃走。那人謝過他，說他是達哥。

達哥很健談，告訴巡風，中國人對政府官員又氣又羨慕，官員壓榨一般百姓，用這些錢揮霍度日、收賄、暗渡公共資產給親戚。他知道那些遊客是官員的妻小，他自詡要當個現代廖添丁，所以才找上他們。

但這些官員並不是天不怕地不怕。只要鬧出某個醜聞就完了，醜聞通常是跟妻子以外的年輕女人牽扯上關係。談民主大家沒什麼興趣，但看到官員丟他們的臉，會讓他們氣得牙癢癢的，而且黨組織會二話不說嚴懲行為不檢的官員。因為黨組織唯一怕的是引起眾怒，沸騰的眾怒總有失控的威脅。如果中國要有革命，達哥嘲弄地說，一定是因為小三，不是因為言論。

那時巡風靈光一閃，彷彿能看到控制權從那些有祕密的人身上，流到那些知道祕密的人身上。他跟達哥道謝，送他下車，祝他順心如意。

巡風能想像那些官員來波士頓會做什麼。他可能是來考察這座城市規畫輕軌的經驗，但其實只是另一次國家贊助的假期，一次到紐伯里街精品店購物、不用擔心食物中毒或污染地享用昂貴美食、匿名找優質女郎尋歡作樂，又不用擔心有心民眾握有錄影證據的機會。

他把影片上傳到論壇，炫耀地加上交通部官網那位官員簡介的連結。有那麼一秒，他很後悔放棄了賺錢的機會，但他的測試文已經發出了，而且這是維持事業的必要手段。

他收起筆電。現在，他得守株待兔。

露思覺得看莫娜的公寓不會有太大收穫，但這些年來她已經學會不放過任何蛛絲馬跡。她跟莎拉・丁拿了鑰匙，傍晚六點左右前往公寓。在凶案發生的大概時間去看現場，有時候很有用。

她穿過客廳，客廳的沙發床前有一台小電視。沙發床是莫娜從大學時代就留下，沒什麼理由要換掉的家具。這不是個招待訪客的客廳。

她走進凶案發生的房間。法醫團隊已經清理過了，這房間——不是莫娜真正的房間，莫娜真正的房間是走道最後面一個小而舒適的地方，只有一張雙人床和樸素的牆——空蕩蕩的，小東西都被當作物證帶走了。床墊上什麼也沒有，床頭櫃上也是。地毯用吸塵器吸過了。這地方聞起來跟旅館房間一樣，污濁的空氣和淡淡香水味。

露思注意到床邊一排鏡子，掛在衣櫥門上。看著鏡子能激起性慾。

她猜想莫娜住在這裡一定很寂寞，被一個個想盡辦法對她隱藏自己的男人觸碰、親吻和插入。她想像她坐在小電視機前放鬆自己，穿戴整齊去見父母，好繼續說更多謊。

露思想像凶手對莫娜開槍，之後挖她眼睛的樣子。是不是不只一個人，所以莫娜覺得掙扎沒用？他們是立刻開槍殺了她，還是先要她說出她把錢藏在哪裡？她能感覺到情緒控制器又啟動了，讓她的情緒保持鎮定。必須客觀冷靜才能對抗邪惡。

她覺得所有該看的都看過了，她離開公寓，把門拉上。走下樓時，看見一個男子上來，手裡拿著鑰匙。他們的視線短暫相對，然後他就轉向走道對面的公寓門。

露思確定警方已經找鄰居做過筆錄了，但人有時候會把不想對警察講的事告訴一個無害的女人。她走過去自我介紹，說自己是莫娜家人的朋友，來這裡收拾一些零碎的東西。那個男子叫彼得，很謹慎，但跟她握了手。

「我沒聽到或看到任何事，我們這棟房子裡的人都各過各的。」

「我想也是，但不管怎麼樣，如果我們可以聊一聊可能會有幫助。家裡的人不太知道她在這裡的生活。」

他不情願地點點頭，打開門。進門後，他舉起手揮舞了一連串複雜的動作，像在指揮。燈亮了。

「真是別出心裁。」露思說：「你整個地方都裝了那種感應線路嗎？」

他始終小心翼翼、充滿防備的聲音這時興奮了起來。

講到凶殺案之外的事似乎讓他放鬆了些。「對啊，這叫回聲感測器。他們把轉接器接到你的無線路由器上，在房間四周牽幾條天線，利用身體動作在無線電波中產生的多普勒位移來偵測動作。」

「你是說，只要在你的無線網路範圍內有動靜，它就可以感應到你的動作？」

「差不多是這個意思。」

露思想起曾在電視購物頻道看過這東西的介紹。她注意到這間公寓房間很小，和莫娜的房間幾乎沒什麼距離。他們坐下來，聊彼得對莫娜記得的事。

「正妹。離我很遙遠的那種等級，但人很好。」

「有很多人來找她嗎？」

「我不太探聽別人的閒事，但對，我記得很多人來找她，大部分是男的。我覺得她應該是應召女郎，但對我沒影響。那些人看起來都是乾乾淨淨、西裝筆挺的樣子，不是危險人物。」

「沒有人看起來像是……例如幫派份子嗎？」

「我不知道幫派份子長什麼樣子，但沒有，我想沒有。」

他們為此又多聊了十五分鐘，露思覺得自己花的時間夠多了。

「我可以跟你買那個路由器嗎？」她問：「還有那個回聲感測的東西。」

「妳可以自己上網買一組呀。」

「我不喜歡網路購物，老是退不了貨。我知道這個沒問題，想直接買它。我可以付你兩千美金，付現。」

他仔細考慮。

「我想你可以花不到這四分之一的錢，再跟回聲感測公司買一組新的和轉接器。」

他點點頭，拆下路由器，她付錢。她覺得這交易不太正當，有點像莫娜做的交易。

露思在當地分類廣告網站張貼了一則廣告，模糊敘述她要找的人。波士頓的好處是有很多優秀大學，比起她出的價錢，很多優秀的年輕男女更喜歡技術性挑戰。她瀏覽履歷，找到一個她覺得有她需要技能的人：翻牆、私有協定的逆向工程、對《數位千禧年著作權法》與《計算機詐欺和濫用法案》抱持合理質疑態度。

她在辦公室見這個年輕人，說明她的需要。丹尼爾——黝黑、身材瘦長又內向——低著頭、垂著肩坐在她對面的椅子上仔細聽著，沒插話。

「你能做到嗎？」她問。

「可能吧。」他說：「像這樣的公司通常會把消費者資料匿名送回伺服器，協助改善技術。有時候資料會存在客戶端一陣子。我可以在那裡找到一個月內的紀錄，如果資料在那裡，我就弄來給妳。但我要先把他們的資料解密，才能讀取。」

「你覺得我的理論可行嗎？」

「妳能想得到我是覺得滿了不起的。無線訊號可以穿牆，所以這個轉接器很有可能已經把隔壁公寓裡的一舉一動記錄下來了。這是隱私權的夢魘，所以公司一定不會公開承認。」

「這要花多久時間？」

「最快一天，最久一個月，我要試了才知道。如果妳可以把公寓裡的擺設畫給我，會有幫助。」

露思應他要求，告訴他說：「我一天付你三百美金，如果你這個禮拜做好，就多給你五千美金。」

「成交。」他露出笑容，拿起路由器準備離開。

告訴別人他們在做的事很有意義總是無妨，所以她接著說：「你在幫忙抓一個凶手，他殺了一個大你沒多少的少女。」

然後她便回家了，因為能做的事都做完了。

醒來的第一個小時總是露思一天中最痛苦的時間。

一如往常，她在噩夢中醒來。她直直躺著，不知所措，夢裡的畫面和天花板的水漬重疊。她全身是汗。

那個男人左手抓著婕希卡擋在面前，右手舉槍指著她的頭。她很害怕，但不是怕他。他壓低身子，用她的身體擋住他，在她耳邊說了些話。

「媽！媽！」她尖聲大叫：「不要開槍，拜託不要開槍！」

露思翻過身，一陣作嘔。她起來坐在床邊，厭惡這熱氣沸騰房間的味道、厭惡她從來沒時間清理的灰塵佈滿空氣裡，被面東窗戶照進來的明亮光線穿透。她掀開身上的被單，快速站起來，呼吸太過急促。情緒控制器關掉了，她無助地獨自抵抗逐漸湧現的恐慌。

床頭櫃的鬧鐘顯示六點整。

她彎腰，藏身在副駕駛座門後，努力瞄準男人的頭，顫抖的手卻讓準星在她女兒的頭附近晃動。她想，如果她開啟控制器，手可能會穩一點，讓她能果斷地對準他開槍。

她有多大機率打中她，而不是他？百分之九十五？百分之九十九？

「媽！媽！不要！」

她起床，搖搖晃晃走進廚房打開咖啡機，卻發現咖啡罐空了，她咒罵，把罐子丟進洗手台。噹啷一聲，她嚇到，瑟縮了一下。

接著她努力走進淋浴間，慢吞吞又痛苦萬分，好像她每天做重訓保持的肌肉都沒了。她轉開熱水，但熱水沒有為她顫抖的身體帶來溫暖。

悲傷沉重地壓在身上，她坐在淋浴間，蜷縮起來。她的身體起伏著，水流下她的臉，她不知道是否混著淚水。

情緒控制器是一組晶片和電路系統，嵌在她脊隨最上方，和四肢系統及腦部主要血液相連。如同其機械電路的名稱，它能將她腦部和血液裡的多巴胺、去甲基腎上腺素、讓人感覺快樂的可可鹼和其他化學成分維持在一定水平，過多時過濾掉，過少時補充。

而且它聽從她的意念。

控制器讓人能控制基本情緒：恐懼、噁心、喜悅、興奮、愛。執法人員都強制配備，是把情緒對生死交關的影響減到最低的方式，是排除偏見和不理性的方式。

「一有空檔就開槍。」耳機裡的聲音告訴她。那是她丈夫史考特，也是她上司的聲音。他的聲音全然平靜，情緒控制器開著。

她看見那男人的頭上上下下，帶著婕希卡後退，往停在路邊的貨車走去。

「有其他人質在裡面。」她丈夫繼續在她耳邊說：「如果妳不開槍，就會讓其他三個女孩和不知道多少人陷入危險。這是我們最好的機會。」

警報聲——她的後援人員——還很小聲。太遠了。

像過了一輩子以後，她奮力在淋浴間裡站起來，關掉水。她慢慢擦乾身體，穿衣服，試著想其他事，任何事，好讓自己從此刻的思緒脫離，但沒有用。

她瞧不起自己不成熟的心智。沒了情緒控制器，她覺得好虛弱，困惑、憤怒。一陣陣沮喪絕望淹沒她，似乎一切都蒙上無望的灰色陰影。她不懂為什麼自己還活著。

會過去的，她想，只要再幾分鐘。

她在警隊的時候，很堅持遵守控制器的規定，一次不開超過兩小時。使用時間過長會有生理和心理危險。一些同事也抱怨控制器讓他們像機器人一樣麻木不仁，看到美女不會興奮、要追車了不會緊張、面對虐待行為不會生氣。每件事都要深思熟慮：決定什麼時候讓腎上腺素出來，而且只要剛剛好能把事情完成就好，不能太多，以免干擾判斷。但他們不服氣地說，有時候就是需要情緒、本能和直覺啊！

她的情緒控制器在那天她回到家、認出那個全市通緝犯之前就關了。

我花太多時間工作了嗎？她心想。我不認識她任何朋友。小婕什麼時候認識他的？為什麼她每次晚回家我沒有多問幾句？為什麼我要停下來買午餐，沒有早半小時回家？明明有一千件我可以做、應該做，而且做得到的事。

她心裡混雜著恐懼、怒氣和後悔，分不清何者是何者。

「開啟妳的控制器。」她丈夫的聲音告訴她：「妳可以打中他的。」

為什麼我要在乎其他女孩的生命？她想。我只在乎小婕。就算傷害到她的機率微乎其微，都嫌太多。

她能相信一台機器會救她女兒嗎？她應該依賴一台機器來穩定自己顫抖的手、清晰模糊的視線，一發即中嗎？

「媽，他等一下就會讓我走。他不會傷害我，他只是想從這裡離開。把槍放下！」

也許史考特可以計算要犧牲多少人和救多少人，但她不想。她不會相信一台機器。

「沒事了，寶貝。」她低聲沙啞地說：「都會沒事的。」

她沒有啟動情緒控制器，她沒有開槍。

之後，在她認出小婕的屍體後——炸彈爆炸時四個女孩全被嚴重灼燒致死——在她被懲戒解職後，在史考特和她分開後，在她靠酒精和藥物也找不到慰藉後，她終於找到她需要的辦法：隨時開著情緒控制器。

情緒控制器消除傷痛，抑止悲傷、麻木失去的痛苦。它壓抑悔恨，讓人假裝忘記。她渴望它帶來的平靜，那種不帶責備而清晰的思考。

她不信任情緒控制器是錯的，這讓她付出了小婕。她不會再犯同樣的錯。

有時候她覺得情緒控制器是可靠的情人、可依賴的慰藉。有時候她覺得自己依賴成癮。她不再想這樣下去。

她希望永遠也不要關掉控制器，永遠不要一再為自己的過錯懊悔。但連B醫生都阻止她（「妳的腦袋會變成一團爛泥。」）他同意做的違法調整就是一次最多讓控制器開著二十三小時。然後她必須休息一小時，在這一小時期間必須保持清醒。

所以這個時刻總在早晨，就在她醒來時，赤裸而孤獨地面對她的記憶，對突然湧現的火紅恨意（對那個人？還是對她自己？）、冰冷的白色憤怒和黑色無底深淵毫無防備，她覺得這是對自己的懲罰。

鬧鐘響起，她像僧人冥想一樣，感受控制器啟動的嗡嗡聲，從心到指尖放鬆下來，回到理性、嚴守紀律的心理狀態，讓人安心、麻木的平靜。被控制就是為了當正常人。

她站起來，靈活、優雅、有力，準備搜捕犯人。

巡風辨識出更多照片裡的人。他現在在另一家汽車旅館，這家比平常的貴，因為他覺得自己累過之後應該要享受一下。整天彎腰駝背編輯影片是很辛苦的工作。

他把影片剪裁成長方形，創造活力和動感，還有某種藝術效果。

他很訝異似乎很少人知道眼部攝影機。眼睛很特別——人們看這世界和自己的方式，如此脆弱、如此重要——讓人覺得想要保護而不願意侵入。和眼睛有關的法條修改都是最嚴謹的，所以一段時間後，大家開始把「不能」錯當成「不可能」。

他們不知道他們不想知道的事。

在他的人生裡，他覺得他錯失了某些關鍵資訊，某些其他人似乎都知道的祕密。他很聰明、努力，但不知道為什麼就是不順遂。

他從不知道他父親是誰，而他十一歲的某天，母親把他留在家，留下二十塊錢，再也沒回來過。之後一連串的寄養家庭發生相同的事，沒有人，沒有人可以告訴他他哪裡做錯了，為什麼他總要被法官和政府官員同情，為什麼他完全沒辦法決定自己的人生；不能決定他睡覺的地方、他吃飯的地方，也不能決定下一個控制他的人。

他決心要觀察人們，去看、去了解他們為什麼而活。他了解到的多半令他失望。人很愛慕虛榮、驕傲和無知，他們被欲望牽著走，忽略明顯的風險。他們不思考、不計畫。他們不知道自己真的想要什麼。他們讓電視告訴自己應該要有什麼，而且奢望做著他們可悲的工作就能讓那些願望成真。

他渴望控制權，希望看別人隨他的步調起舞，就像他曾經被迫遵循別人的腳步一樣。所以他訓練自己，讓自己純粹果決，像一把銳利的刀，放在裝滿荒謬華美和過分裝飾器具的廚房抽屜裡。他知道自己想要什麼，並且以超凡的決心去努力得到。

他調整顏色和動態範圍，修補影片裡昏暗的光線，希望這個人分毫不差地被認出來。

他伸展疲憊的手臂和痠痛的脖子。有一刻，他在想是不是要花點錢來強化自己身體的某些部位，這樣可以工作得久一點也不會痠痛疲累，但這想法一閃而過。

多數人不喜歡不必要的醫療強化，除非工作需要。巡風對身體健全沒什麼多愁善感的考量，也沒有「追求自然」的束縛。他不喜歡「強化」，是因為他把依賴強化工具視為一種軟弱。他會用他的心智，加上計畫和遠見來打敗敵人。他不需要靠機器。

為了錢，他學會偷，然後搶，最後是殺人。但錢真的是次要的，只是達到目的的手段。他渴望的是控制權。他殺的唯一一個男人是個律師，為了生活說謊的人。說謊為他帶來錢財，給他權力，讓別人對他卑躬屈膝、對他微笑、恭敬地跟他說話。巡風愛極那人苦苦哀求他的那一刻，那一刻他願意做任何巡風要他做的事。巡風理所當然以非凡的才智和力量優勢，從那人身上取走他想要的東西，但為此被捕入獄。一個獎勵騙子而懲罰巡風的制度毫無正義可言。

他按下「儲存」，這支影片完成了。

知道真相給了他力量，接下來他要讓別人也知道。

露思要進行下一步之前，丹尼爾打來，他們再次在她辦公室碰面。

「我有妳想要的東西。」

他拿出筆電，給她看一段影像，有點像電影。

「他們把影片存在轉接器裡？」

丹尼爾笑出來。「不是，轉接器沒辦法真的『看』東西，那是超龐大的數據資料。沒有啦，轉接器只是儲存讀數，就是數字。我做成這個影像比較好懂。」

她很驚喜，這個年輕人很知道怎麼把簡報做好。

「無線網路回聲沒有足夠的解析度提供很多細節，但可以大概知道人的體型、身高和動作。這是我從妳指定的時間點抓到的東西。」

他們看著比較小的身影帶著比較大的身影走進房間，然後抱在一起。他們看到小身影爬進一個地方——大概是床，大身影隨後爬上去。他們看著大身影開槍，小身影癱軟，然後消失。他們看到大身影靠上去，小身影被移來移去，影像忽隱忽現。

所以只有一個凶手，露思暗忖，而且他是客戶。

「他多高？」

「旁邊有比例尺。」

露思把影像看了一遍又一遍。男人是一百八十八公分或一百九十公分，大概八十公斤到九十公斤之間。她注意到他走路有點一跛一跛。

現在她確信小羅說的是真的了。一百八十八公分的華人男性不多，而且這種人在幫派裡當槍手太顯眼了，每個目擊者都會記住他。殺莫娜的凶手是她的客戶，甚至可能是常客。這不是隨機搶案，而是有預謀的。

這個人還逍遙法外，而且小心縝密的凶手很少只下一次殺手。

「謝謝你。」她說：「你救了另一位少女的命。」

露思撥了警局的號碼。

「請找布瑞南警長。」

她報上自己名字，電話被轉接，接著她聽見前夫粗啞疲倦的聲音。「找我有什麼事嗎？」

再一次，她很慶幸自己有情緒控制器。他的聲音讓人想起他早上起床沙啞的含糊咕噥、他宏亮的笑聲、他們單獨在一起時他的溫柔呢喃、一起生活了二十年的聲音，還有以為會一直在一起、直到其中一人過世的那段日子。

「我需要你幫個忙。」

他沒有馬上回答。她在想是不是太唐突了——隨時開著情緒控制器的副作用。也許她應該以「你過得好嗎？」做為開頭。

終於，他開口了。「什麼事？」口氣很節制，但有種精疲力竭，了無生氣的厭倦感。

「我想借用你國家犯罪資訊中心的權限。」

又一個停頓。「為什麼？」

「我在調查莫娜．丁的案子，我認為這個男人有前科，而且會再殺人。他有作案手法，我想看看其他城市有沒有相關的案子。」

「免談，露思，妳明知道的，而且毫無意義。我們能找的都找過了，沒有相似處，就只是華人黑幫在保護自己的事業而已。抱歉，這件事暫時不會有進展。」

露思聽出了言下之意。華人黑幫總是自相殘殺，除非他們打擾到遊客，不然就別插手了。她在警隊裡常聽到類似說法，已經聽夠了。情緒控制器控制不了某些偏見，它非常理性，也錯得離譜。

「不是這樣，我有線人說華人黑幫跟這件事沒關係。」

史考特冷哼一聲。「對，妳當然可以相信人蛇集團的話，但我們也有字條和電話。」

「字條上的內容根本是抄來的。而且你真的覺得這個華人黑幫成員會這麼聰明，明知道通聯紀錄會洩漏自己的身分，還認為把預付卡丟在他的地盤沒問題嗎？」

「誰知道？罪犯有時候很笨。」

「這個人的手法講究多了，電話預付卡是幌子。」

「妳沒有證據。」

「我有很好的現場重建資料和嫌犯的外型。他太高了，不可能是華人黑幫會用的人。」

這引起他的注意。「哪來的？」

「一個鄰居有家用回聲感測系統，可以攔截到莫娜公寓周邊的無線訊號。我花錢找人重建了訊號。」

「這在法院站得住腳嗎？」

「我不確定。這需要專家驗證，還要這家公司承認他們會儲存這種訊息，他們一定會拚命否認。」

「那這對我沒有太大用處。」

「如果你讓我進資料庫，我或許可以把它變成你能用的東西。」她等了一秒，繼續說，希望他會動搖：「我從來沒跟你要求過什麼。」

「這是妳第一次跟我要求這種事。」

「我不太常接這樣的案子。」

「這女孩有什麼特別的嗎？」

露思斟酌著這個問題。有兩種回答。她可以說酬勞很高，以及她為什麼覺得自己幫得上忙。或者她可以說出她猜想的那個真正原因（情緒控制器往往讓人很難判斷哪一個才是真正原因）。「有時候人家會覺得受害者是性工作者，警方可能會不當一回事。我知道你們資源有限，或許我可以幫點忙。」

「是她媽媽，對不對？妳替她難過。」

露思沒回答。她能感覺到情緒控制器再次啟動。沒有控制器的話，她可能被激怒。

「她不是小婕，露思。找到凶手不會讓妳比較好過。」

「我只是請你幫忙，你可以拒絕就好。」

史考特沒有嘆氣，也沒有喃喃自語，他只是沉默。過了幾秒鐘，他說：「八點左右到辦公室來，妳可以用我辦公室的電腦。」

巡風覺得自己是個好客戶。他會確定自己的錢花得值得，但小費也給得不手軟。他喜歡明算帳，讓權力流動得很明顯。他剛剛離開的那個女孩確實很值得讚賞。

他開得更快一些。他覺得過去幾個禮拜太放縱自己了，事情做得太慢。他得確認最後一輪目標對象都付款了。如果沒有，他就得貫徹到底。行動、回應。一旦你了解規則，事情都非常簡單。

他摸摸無名指的繃帶，這讓他保持皮膚的色差，女孩們喜歡看到。上一個女孩——梅勒蒂？曼蒂？他已經忘記她的名字了——留下的甜膩香水味讓他想到塔拉，他永遠不會忘記的人。

塔拉可能是他唯一真正愛過的女子。她金髮、嬌小，而且很貴。不知道為什麼，她很喜歡他，也許是因為他們都是破碎不全的人，而缺口正好能拼在一起。

她不再跟他收費，還把真名告訴他，他是個很好的男朋友。因為他好奇，她於是向他解釋這一行的做法。電話裡的某些字眼、詞彙和某些語調為什麼是警告暗號，她從來找她的常客身上觀察到什麼，男人身上的什麼特徵表示他可能是安全的。他很喜歡聽。這行的女孩似乎需要敏銳的觀察力，他很尊重那些會觀察、會做功課、能讀出有用訊息的人。

他抽插她的時候仔細看著她的眼睛，然後問：「妳的右眼怎麼了嗎？」

她停下動作。「什麼？」

「我一開始不太確定，但對啊，妳的眼睛裡好像有什麼東西。」

她在他身下扭動，他很惱火，想把她壓住，但決定還是不要。她好像要跟他說什麼重要的事，他翻身離開她的身體。

「你的觀察力很好。」

「過獎了，那是什麼？」

她告訴他眼部攝影機的事。

「妳把跟妳上床的客戶都錄下來了？」

「對。」

「我想看我們的。」

她笑了。「要開刀才能拿出來，等我退休了才有可能。把自己的腦袋打開，一次就夠了。」

她說錄影讓她覺得安全，給她一種權力感，就像有個銀行帳戶，只有她知道裡面的錢一直在增加。如果她被威脅，就能找她認識的有權勢男人幫忙。而且退休之後，如果生活過不下去，或有急需，她或許可以用這些影片讓她的常客們做點貢獻。

他喜歡她想事情的方式。好狡詐，跟他好像。

他殺了她的時候很難過。剖開她的頭比他想像的還要困難和麻煩，花了好幾個月才找到處理那銀色小半圓球的方法。隨著時間過去，他會做得愈來愈好。

但塔拉看不清眼部攝影機的意義。這東西不只是保險，不只是一筆應急資金。她讓他發現，她有讓他夢想成真的東西，他得從她身上取走。

他把車停進旅館的停車場，覺得自己被一種不熟悉的感受壓迫著：悲傷。他想念塔拉，就像想念一面你已經打破了的鏡子。

露思推測凶手的目標是獨立接客的妓女。殺莫娜的手法有效率又有條理，表示他練習過。她開始搜索國家犯罪資訊中心資料庫，尋找被符合回音感測器捕捉到的嫌犯殺死的妓女。如她所料，找不到任何相關資料。那個人沒有留下明顯的線索。

莫娜的眼睛可能是線索，也許凶手迷戀亞洲女人。露思改變搜尋方式，專注搜尋和露思遭遇類似、屍體不全的亞洲妓女。還是什麼都沒有。

露思往後一坐，把情況想過一遍。連續殺人犯一般會找某個特定種族的受害者，但在這個案子裡，這可能又是煙霧彈。

她擴大搜尋範圍，查找所有過去一年左右被殺害的獨立妓女，現在筆數又太多了。每一組關鍵字都有數十個妓女被害案件。多數是先姦後殺，有些是虐待。很多被害者的身體殘缺，幾乎全都被搶劫。有幾個案子警方懷疑是黑幫做的。她仔細查看這些案子，尋找共同點，但什麼也看不出來。

她需要更多資訊。

她登入好幾個城市的應召網站，尋找被害者的廣告。不是所有廣告都仍在線，因為如果有夠多雇主抱怨聯絡不到，有些網站就會把廣告撤銷。她把能找到的都印下來，一張張排出來比對。

然後她明白了，線索在廣告裡。

一組廣告讓露思心中浮現似曾相似的感覺。它們的用字都很謹慎，沒有錯別字和文法錯誤。它們很大膽，但不露骨，言詞撩人卻不落俗套。留言的嫖客們形容她們「很優」。

這是個訊號，露思這才意識到。廣告文字流露出謹慎細心、有所選擇和低調的氣息。不得不說，這些廣告很有品味。

這些廣告裡的所有女人都非常漂亮，有著光滑皮膚和飄逸濃密的長髮。所有人都在二十二到三十歲之間——不是年輕得會隨便草率或來賺學費的人，也不是老得看得出來的人。她們都是獨立接案，沒有皮條客或吸毒跡象。

她想起小羅的話：**一小時花六十美金去按摩店尋歡作樂的男人，不會花錢去找這種女孩。**

這些女孩透露出的訊息會吸引某些類型的客戶。露思思索著：非常不想冒風險被發現的男人，以及認為特別的東西才配得上自己卓越品味的男人。

她從國家犯罪資訊中心把這些女性的資料印出來。

她找到的所有女性都是在家中遇害，沒有掙扎跡象——可能是因為她們面對的是客戶。其中一個是被勒死的，其他跟莫娜一樣是從背後開槍擊中心臟。所有案子——除了被勒死的那個女人——警方都查到當天凶手用預付卡打電話的可疑紀錄，之後在城市的某處尋獲那張預付卡。所有被害者的錢都被凶手拿走。

露思知道自己的方向對了。現在，她得更仔細查看這些案件報告，看能不能找到更多揪出凶手的線索。

辦公室的門開了，是史考特。

「還在這裡？」他臉上的不悅表示他的控制器沒有開著。「都過了午夜了。」

她注意到——不是第一次了——所裡的男人除非非常必要，否則常不願意開啟控制器，他們認為控制器會讓本能和直覺變遲鈍。但他們也會在每次她不認同他們的意見時，問她有沒有開著控制器，問的時候還會笑。

「我覺得我找到什麼了。」她冷靜地說。

「妳現在跟聯邦調查員合作？」

「你在說什麼？」

「妳沒看到新聞嗎？」

「我整晚都在這裡。」

他拿出平板，點開一個書籤頁，遞給她看，是一篇全球國際新聞版的報導。她很少看這個版，新聞標題是「中國交通部長因醜聞下台」。

她快速看過。中國微博上有一段交通部高官和妓女上床的影片，而且似乎是用公款付錢，該名高官已因為民間抗議被革職。

報導中附了一張影片截圖的模糊圖片。控制器運轉前，露思感覺自己心跳漏了一拍。照片裡一個男人壓在一個女人身上，女人的頭轉向一邊，清楚對著攝影機。

「那是妳要查的女孩，對吧？」

露思點點頭。她在案發現場的照片裡，看過那張床和有放鬧鐘與藤編籃的床頭櫃。

「中國人氣得跳腳。他們覺得我們趁他在波士頓的時候監視他，公開這支影片是故意要惹他們。他們正透過非正式管道提出抗議，威脅要報復。聯邦調查員希望我們深入調查，看能不能找出影片是怎麼來的。他們不知道她已經死了，但我一看到她就認出來了。依我看，這可能是中國內鬥，自導自演試圖弄掉這個人。也許他們甚至付錢讓這女孩做這件事，再把她殺了。可能是這樣，或是我們的間諜拿她當誘餌後決定除掉她，這樣的話，我想這個調查很快就會結束。無論是哪一種，我都不打算蹚這趟渾水，建議妳也別碰。」

控制器立刻開啟前，露思感受到一瞬間的怒氣。如果莫娜的死是政治陰謀，那麼史考特說的對，她真的無能為力。警方誤判是黑幫殺人，但她也判斷錯誤。莫娜是某個政治把戲中一顆不幸的棋子，她以為自己找到的線索原來都是假的，不過是一連串巧合。

理性做法是交給警方處理，她得告訴莎拉．丁，她現在什麼也幫不了她。

「我們要再搜一遍公寓，找到錄影機。妳最好讓我知道妳的線人叫什麼名字，我們必須徹底訊問他，看看哪些黑幫有參與。這可能是國安事件。」

「你明知道我不能這麼做，沒有證據證明他跟這件事有牽扯。」

「露思，我們現在要重新調查，如果妳想找出殺這女孩的凶手就幫我。」

「盡管去圍捕中國城裡所有的可疑份子呀，反正你就是想這樣。」

他瞪著她，臉上帶著疲倦和憤怒，一種她非常熟悉的表情。然後他放鬆下來。他決定開啟控制器了，不再爭執或談到他們之間不能說的事。

她的控制器自動開啟。

「謝謝你讓我用你的辦公室。」她平靜地說：「晚安。」

醜聞如巡風計畫的一觸即發。他很開心，但還沒準備要慶祝。那只是第一步，測試他的本事。接下來，他真的要大賺一筆了。

他把從死掉的女孩那裡弄來的影片和照片看過一遍，選了一些根據他的搜尋看來大有來頭的對象：兩個是中國知名商人，跟黨內領導關係很好；一個是印度外交專員的兄弟；還有兩個是沙烏地紹德皇室在波士頓讀書的王子。值得一提的是，這世界上有權勢的人和他們控制的人，彼此的關係總是如此相似。他也找到一位赫赫有名的執行長，以及麻州最高法院法官，但把他們擱置一旁，不是因為他特別愛國，而是他直覺想到，如果受害者不付贖金而要告他，對方不是美國人的話，他的麻煩比較小。除此之外，他跟那兩位華盛頓參議員交手的經驗證明，美國的公眾人物很難匿名匯款，那次差點毀了他整個計畫。最後，如果巡風被抓，有個法官或名人當靠山沒什麼不好。

耐心，還要留心細節。

他寄出e-mail，每封信裡都提到中國交通部長的新聞（「看，這可能是你！」），然後夾帶兩個檔案。一是那位部長和那女孩的完整影片（證明他有原始檔），二是收件人買春的影片剪輯。每封信裡都包含要對方支付的款項，以及匯款到瑞士銀行不具名帳戶或轉為加密貨幣的指示。

他再次瀏覽應召網站，把他懷疑的女孩縮小到只剩幾個。現在，他只要更仔細觀察她們，選出對的那個就行了。他想著想著興奮起來。

他抬頭看街上走過他身邊的人，這些愚蠢的男人和女人全都像作夢一樣遊走著。他們不知道這世界充滿祕密，只有那些夠有耐心的人才能知道，只有那些夠有觀察力的人才能找到，把它們從溫暖又該死的藏匿地點挖掘出來，像從蚌殼裡新鮮柔軟的蚌肉中取出珍珠。然後，有了那些祕密當武器，就能讓半個世界以外的人怕得要死、驚慌跳腳。

他闔上筆電，站起來準備離開。他打算收拾一下旅館房間的東西，準備好手術工具組、球帽、槍和其他幾樣他學會在出任務時帶在身上的驚喜。

該是挖掘更多寶藏的時候了。

露思醒過來。舊夢魘伴隨著新夢魘，她蜷曲在床上，抵抗一波波絕望的浪潮。她想永遠躺在這裡。

幾天的努力，她卻什麼也拿不出來。

她等一下要打電話給莎拉．丁，等她開啟控制器之後。她可以跟她說，莫娜很可能不是被黑幫殺害，但不知道為什麼牽連到更大的案子，不是她可以處理。這樣莎拉怎麼可能會覺得比較好？

無論她多努力不去想，昨天新聞的影像就是揮之不去。

露思掙扎著拿起新聞報導。她無法解釋，但這照片看起來就是不對勁。控制器沒開很難思考。

她找到案發現場莫娜房間的照片，跟報導中的照片比對，來來回回看了好幾遍。

放保險套的籃子不是在床的另一邊嗎？

影像是從床的左側錄的，所以有鏡子的衣櫃門應該在鏡頭較遠的一端，在這兩個人後面。但鏡頭中他們後方只有一面空空的牆。露思的心跳得很快，快得讓她頭暈。

鬧鐘響起。露思抬頭看紅色數字一眼，開啟控制器。

鬧鐘。

她再回去看照片。截圖裡的鬧鐘很小很模糊，但她剛好能看出數字。數字是左右相反的。

露思腳步穩定地走到筆電前，在線上搜尋影片。沒花太多力氣就找到了，她按下播放鍵。

雖然影片的鏡頭很晃，被謹慎地剪接過，但她還是能看到莫娜的眼睛總是對著攝影機。

只有一個解釋：攝影機對準了鏡子，而且攝影機就在莫娜的眼睛裡。

眼睛。

她把昨天從國家犯罪資訊中心印下來的其他女性資料瀏覽一遍，本來撲朔迷離的案情現在似乎明朗起來。

洛杉磯有位金髮女子的頭在死後被切掉，沒有尋獲；另一位也在洛杉磯的褐髮女子頭被剖開，腦子裡攪得一蹋糊塗；華盛頓有位墨西哥女子和一位黑人女子的臉被判定是死後造成的外傷，碎裂顴骨的手法比其他案件節制。最後是莫娜，她的眼睛被小心地挖掉了。

凶手的技術一直在進步。

控制器讓她激動的情緒鎮定下來。她需要更多資訊。

她再把莫娜的照片全部看一次。之前的照片沒什麼問題，但她和她父母慶生的照片是開著閃光燈拍的，左眼有異常的反光。

多數攝影機都能自動消除紅眼，紅眼是因為閃光光線反射眼睛後方充血的脈絡膜而產生。但莫娜照片裡的反光不是紅色的，而是帶著藍光。

露思鎮定地翻閱其他被害女孩的照片。每一張照片裡，她都發現那無法遮掩的反光。這一定是凶手鎖定目標的線索。

她拿起電話，撥了朋友的號碼。她和蓋兒是大學同學，蓋兒現在在一家精密醫療器材公司當研究員。

「喂？」

她聽到電話裡有其他人的說話聲。「蓋兒，我是露思，方便說話嗎？」

「等一下。」她聽到旁人的交談聲愈來愈模糊，然後突然沒了。「妳只有在要求提升性能的時候才會打來。我們已經不年輕了，妳知道嗎？妳該設個停損點了。」

蓋兒是這些年來提供露思各種性能提升建議的人，她甚至幫露思找到B醫生，因為她不希望露思最後變成廢人。但她是很不情願的，就怕露思會變成半機器人。

「這樣感覺很不對。」她總會說：「妳不需要做這些，這些是不必要的醫療行為。」

「下次有人要掐死我的時候，這可以救我的命。」露思會這麼說。

「這不一樣。」她總會說。對話最後總是蓋兒讓步，但嚴厲警告她不能再繼續提升性能。

有時候即便妳不認同朋友的決定，還是會幫他。這很複雜。

露思在電話裡跟蓋兒說：「沒有，我很好，但我想問妳知不知道一種新技術。我現在把幾張照片傳給妳，等一下。」她把幾個眼睛裡有奇怪反光的女孩照片傳過去。「看一下，妳有看到她們眼睛裡的反光嗎？妳知道類似這樣的東西嗎？」為了不讓蓋兒的回答受影響，她沒有告訴蓋兒她的推測。

蓋兒沉默了一下。「我知道妳的意思了。這些照片拍得不太好，但讓我問一下別人再回妳電話。」

「別把整張照片傳出去，我正在調查一個案子。如果可以，把眼睛剪下來就好。」

露思掛掉電話。控制器格外努力運作，壓抑她說的某些話——剪下女孩的眼睛——引發的噁心反應。她不確定為什麼。開著控制器，有時候她很難看見事情的連結。

等待蓋兒回電話時，她再看了一次波士頓在線的應召廣告。凶手的作案手法是，在每個城市殺害幾個女孩，然後遷移。他一定正在找這裡的第二個目標。要抓到他的最好辦法就是比他先找到她。

她點擊一個又一個廣告，展示的肉體無意義地糊成一片，她只專心看眼睛。終於，她看到她在找的人了。女孩用的名字是「凱莉」，她有褐色和金色夾雜的頭髮和綠眼珠。她的廣告乾淨明亮，文案寫得很好，像是五光十色炫麗霓虹中品味的標誌。廣告上的時戳顯示她最近一次編輯是在十二小時前。她應該還活著。

露思打了上面的電話。

「我是凱莉，請留訊息。」

果然，凱莉會過濾來電。

「妳好，我是露思．羅。我看到妳的廣告，想跟妳約時間。」她猶豫了一下，然後加上：「不是開玩笑，我真的很希望能見到妳。」她留下電話號碼，掛掉電話。

電話幾乎立刻響起。露思接起，但是蓋兒打來的，不是凱莉。

「我問了一輪，知道的人跟我說這些女孩可能配戴了一種新的視網膜植入器。」食品藥品管理局沒有批准，但當然，花夠多錢就可以出國植入。

「那是什麼？」

「隱藏攝影機。」

「怎麼把照片和影片拿出來？」

「不拿出來，它們跟外界沒有無線連結。事實上，它們為了盡可能不發出射頻而被屏蔽起來，所以攝影探測器感應不到，無線連結也沒辦法破解。所有檔案都在植入器裡。要拿出來，就得再動一次手術。大部分人不會想做這種手術，除非你想偷拍真的很不希望被你偷拍的人。」

當人急需安全感時，會覺得這能提供保障，露思心想。某種未雨綢繆的手段。

所以除了把女孩的頭打開，沒有其他辦法可以拿到檔案。「謝謝。」

「露思，我不知道妳在調查什麼，但妳年紀真的大了，不適合做下去。妳還是隨時開著控制器嗎？這樣很不健康。」

「我怎麼可能不知道。」她把話題轉到蓋兒的孩子身上。控制器讓她能不帶痛苦地聊這個話題。聊得差不多時，她說了再見，掛上電話。

電話又響起來。

「我是凱莉，妳有打給我？」

「對呀。」露思用輕鬆愉快的語氣說。

凱莉的聲音輕佻但小心。「是要跟妳和妳男朋友或先生嗎？」

「不是，只有我。」

她握緊話筒，默默讀秒，試圖用意志力祈禱凱莉不要掛電話。

「我有找到妳的網站，妳是私家偵探？」

露思早就知道她會去查。「對，我是。」

「我沒辦法跟妳說任何有關我客戶的事，我的工作需要嚴格保密。」

「我不是要問妳客戶的事，我只想見妳。」她努力想著要怎樣才能取得她的信任。控制器讓這件事變得很難，因為她已經不習慣動之以情。她覺得說出真相太過唐突，無法說服她，所以試了別的說法：「我想嘗試新的體驗，這是我一直想試卻還沒試的。」

「妳在替條子做事嗎？我正式聲明，妳只是付錢要我陪妳，若發生任何陪伴以外的事都是兩廂情願。」

「想想看，條子不會找個女人來釣妳，太讓人起疑了。」

沉默讓露思知道凱莉被激起好奇心了。「妳覺得什麼時間可以？」

「只要妳有空……現在怎麼樣？」

「現在還沒過中午，我六點才開工。」

露思不想太強人所難，以免把她嚇跑。「那我想把妳整晚訂下來。」

她笑了。「我們第一次約會，從兩個小時開始怎麼樣？」

「也可以。」

「妳看過我的價碼了？」

「有，當然。」

「妳拿著身分證拍張照，先把照片傳給我，我才知道妳是本人。如果沒問題，妳六點到後灣維多利亞街和櫸樹街的轉角，再打給我。把現金放在普通信封袋裡。」

「好。」

「再見囉，親愛的。」她掛了電話。

露思看著這女孩的眼睛。因為知道要找什麼，她認為自己能看見她左眼淡淡的反光。她把現金交給她，看著她數錢。她非常漂亮，而且好年輕。她靠著牆的樣子讓她想起小婕。控制器開始啟動。

她穿著蕾絲睡衣、黑色透膚襪和吊襪帶。毛茸茸的高跟室內拖鞋看起來好笑多過異國情調。凱莉把錢放到旁邊，對她微笑。「妳想主導還是讓我主導？我都可以。」

「我比較想先聊天。」

凱莉皺起眉頭。「我說過我不能講客戶的事。」

「我知道，但我想讓妳看個東西。」

凱莉不以為意地聳聳肩，帶她到臥室。跟莫娜的房間很像：雙人特大床、米色床單、一個裝著保險套的玻璃碗、恰如其分地放在床頭櫃上的鬧鐘。鏡子在天花板上。

她們坐在床上。露思拿出一個檔案，把一疊照片交給凱莉。

「這些女孩在過去一年全都遇害了，她們都跟妳一樣裝了植入器。」

凱莉驚訝地抬頭看她，眼睛快速眨了兩下。

「我知道妳眼睛裡面有什麼，我知道妳以為它讓妳比較安全。也許妳甚至在想，有一天當妳太老不能做這行的時候，那裡面的東西可以是另一筆收入。但有個人想從妳身上把那東西拿出來，他已經對其他女孩做了這件事。」

她把死去的莫娜血淋淋、殘缺不全的臉部照片給她看。

凱莉甩開照片。「出去，我要叫警察了。」她站起來，抓起電話。

露思動也沒動。「可以，說要找史考特・布瑞南警長。他知道我是誰，他會證實我告訴妳的都是真的。我想妳是凶手的下一個目標。」

她猶豫著。

露思繼續說：「或者妳可以看看這些照片就好，妳知道要看什麼。她們全都跟妳一樣。」

凱莉坐下來，仔細看照片。「噢天啊，噢，天啊！」

「我知道妳可能有幾個常客。以妳的價格，妳不需要也不會有太多新客人。但妳最近有接什麼新客嗎？」

「只有妳和另一個人，他八點過來。」

露思的控制器開始運轉。

「妳知道他長什麼樣子嗎？」

「不知道。但我要他到街角的時候打給我，跟妳一樣，這樣我就可以先看他一眼再讓他上來。」

的人生就毀了。

露思拿出手機。「我得叫警察。」

「不行！妳會讓我被逮捕。拜託不要！」

露思想了想，她只是猜測這個人是凶手。如果她現在就讓警方出動，結果他只是普通客人，凱莉的人生就毀了。

「那我要見他，以免他是凶手。」

「我不能取消就好嗎？」

露思聽出女孩聲音中的恐懼，讓她想起以前小婕看完恐怖電影後，央求她留在房裡陪她時也是這樣。她可以感覺到控制器又啟動，她不能被情緒影響。「那樣對妳來說可能比較安全，但如果他是凶手，我們就錯失抓到他的機會。拜託，我需要妳繼續，這樣我才能近距離看到他。這或許是我們阻止他傷害其他人的最好機會。」

凱莉咬著下唇。「好吧。那妳要躲在哪裡？」

露思真希望自己有帶槍，但她本來不想嚇到凱莉，也沒料到要打架。如果這個人是凶手，她要夠近才能阻止他，卻不能近得讓他發現。

「這裡面完全不能躲，他在跟妳去臥室前會四處查看。」她走進客廳，客廳朝向建築後方，離街道有段距離，她把窗戶向上推開。「我可以躲在這外面，吊在窗台上。如果他是凶手，我必須等到最後一刻進來阻止他逃跑。如果他不是凶手，我就跳下去離開。」

凱莉顯然對這個計畫很不安，但她點點頭，試著勇敢起來。

「盡量像平常一樣，別讓他覺得有什麼不對勁。」

凱莉的電話響起。她吞了吞口水，接起電話。她走到臥室窗邊，露思跟了過去。

「我是凱莉。」

露思看向窗外。那男人站在轉角，身高看來沒錯，但還不夠確定，她必須抓住他再質問他。

「我在四層樓這棟建築，大概你身後三十公尺的地方，上來303號。很高興你來了，親愛的。我保證我們一定會很開心。」她掛掉電話。

那人朝這裡走來，露思看到他有點一跛一跛的，但還是一樣，她不能確定。

「是他嗎？」凱莉問。

「我不知道，我們得讓他進來再看看。」

露思可以感覺到控制器運作的嗡嗡聲。她知道用凱莉當誘餌的想法讓自己很害怕，甚至反感，但這是合理做法。她絕不會再有這樣的機會，她必須相信自己可以保護這女孩。

「我要到窗戶外了。妳做得很棒，只要讓他一直講話，做他想做的事就好。讓他放鬆，專注在妳身上。我會在他傷害妳之前進來，我保證。」

凱莉露出微笑。「我演技很好。」

露思走到客廳窗戶邊，敏捷地爬出去。她壓低身子，用手指抓著吊在窗台上，這樣從公寓裡才看不見她。「好了，把窗戶關上，留一個小縫就好，讓我能聽到裡面的動靜。」

「妳可以這樣掛著多久？」

「夠久的。」

凱莉關上窗戶。露思很高興她肩膀和手臂的人工肌腱和闊筋膜張肌，還有強化手指撐住了她。本來這些是為了讓她在近距離格鬥時更有用，但現在也派上用場了。

她開始計算時間。那個人應該進公寓了……他現在應該在上樓……他現在應該在門口。

她聽見公寓房間的門打開。

「妳比照片還漂亮。」聲音深沉，低沉又滿意。

「謝謝。」

她聽見更多交談、付錢，然後是腳步聲。

他們正走向臥室。她聽到那男人停下來看其他房間。她幾乎能感覺到他的視線越過她頭頂，看向窗外。

露思緩緩、悄悄把自己拉起來，往裡面看去。她看見男人消失在走道，有明顯的跛行。

她再多等幾秒，好讓那男人無法在她堵住走道之前越過她。接著她深呼吸，用意念讓控制器把滿滿的腎上腺素打進血液裡。她收縮手臂把自己拉上窗台時，世界似乎變得更明亮，時間似乎慢了下來。

她蹲低，一個動作迅速把窗戶拉起來。她知道嘎嘎聲響會讓那人警覺，她只有幾秒鐘的時間能靠近他。她迅速彎身從窗戶滾進屋裡的地板上，再滾動，直到雙腳蜷縮到身體下，活化她腿裡的活塞，準備躍向前方走道。

她著地，再滾動，滾動讓他無法瞄準，她再次縱身一躍，躍進臥室。

那男人開槍，子彈擊中她的左肩。她抱著手臂，肘擊他腰間將他撲倒，他一摔，槍噹啷甩了出去。

這時被子彈打中的地方痛起來，她努力讓控制器釋出腎上腺素和腦內啡來麻痺疼痛。她氣喘吁吁，專注在這場生死打鬥。

他試圖用他的身形優勢將她翻過來制伏，但她的手纏在他脖子上用力夾住。男人總是會在打鬥一開始低估她，她必須抓住機會。她知道自己鉗住他的力道像鐵鉗一樣，手臂和手掌植入的能量細胞全力施展。他齜牙咧嘴，緊抓她的手試圖扳開，過了幾秒，意識到徒勞無功才停止掙扎。

他努力想講話，但無法從肺部吸到空氣。露思鬆開一點，他嗆著說：「我投降。」

露思再度施力，讓他無法說話。她轉身對楞在床腳的凱莉說：「馬上叫警察。」

她照做，一邊把手機放在耳邊，一邊聽著警方人員的指示，跟露思說：「他們要過來了。」

那人閉著眼睛一跛一跛地走，露思鬆開他的脖子。她不想傷害他，所以抓著他的手腕，坐在他腿上，把他制伏在地上。

他恢復力氣，開始呻吟。「妳他媽的要把我的手臂弄斷了！」

露思放鬆一些，保留自己的力氣。她撲向他的時候，他的鼻子撞到地上，現在正流著血。他大聲吸氣、吞嚥，說：「如果妳不讓我坐起來，我就要溺死了。」

露思仔細思考，再鬆開一些，拉他坐起來。

她感覺手臂裡的能量細胞已耗盡。如果再這樣壓制他，她的手臂就要廢了。

她大聲叫凱莉：「過來這裡，把他的手綁在一起。」

凱莉放下電話，輕手輕腳地走過來。「要用什麼綁？」

「妳有繩子嗎？妳知道，給客戶用的那種？」

「我不做那種事。」

露思想了想。「妳可以用絲襪。」

凱莉把那男人的手和腳綁在一起時，他咳了起來。有些血流到錯的器官去了。露思不為所動，沒有鬆手，他五官扭曲。「媽的！妳是神經病機器賤女人。」

露思沒理睬他。絲襪太有彈性了，沒辦法綁他太久，但應該夠她去把槍拿過來對著他。

凱莉縮到房間的另一邊。露思放鬆那男人，倒退走向幾公尺外地板上的槍，眼睛仍盯著他，如果他突然有任何動作，她可以立刻回去制住他。

她往後退時，他依然鬆軟無力、動也不動。她逐漸冷靜，控制器正試圖讓她鎮定，從她身體裡過濾掉多餘的腎上腺素。

她退到一半，那男人仍綁在一起的手突然伸進夾克裡。露思只猶豫了一秒便抬腿，往後跳到槍的位置。

她落地時，那人從夾克裡拿出某樣東西，露思突然手腳麻木，驚駭地跌坐在地上。

凱莉尖叫著：「我的眼睛！噢，天吶，我的左眼看不見了！」

露思的腳好像完全沒知覺，手臂感覺像橡膠一樣。最糟的是，她陷入恐慌了。她幾乎從來沒有這麼害怕，或這麼疼痛過。她試圖感覺情緒控制器的存在，卻什麼也感覺不到，只剩空白。她能聞到空氣中電器燃燒的甜膩味道，床頭櫃的鬧鐘一片黑。

她才是低估他的人。絕望從她體內湧出，扼止不住。

露思可以聽到那男人搖搖晃晃從地上爬起來，她用意志逼自己轉過身、移動、伸手拿槍。她爬行，一隻腳，再一隻腳。她如此無力，好像正爬過糖漿。她能感覺到自己四十九年來的每一年，她感覺到自己肩膀上的每一陣劇烈刺痛。

她伸手，抓住槍，坐起來，背靠牆，向後指著房間中央。

那男人已經解開凱莉綁的、沒什麼用的結。他脅持著單眼看不見的凱莉，拿她當盾牌擋著自己。解剖刀架在她喉嚨上，已經割破了皮膚，一條細細的血從她的脖子流下來。

他拉著凱莉，往後朝臥室的門退去。露思知道如果他到了臥室門口，消失在轉角，她就沒辦法射中他了。她的腿完全動不了。

凱莉看到露思手中的槍，尖聲叫道：「我不想死！噢，天啊，噢，天吶！」

「我一旦安全了就會放她走。」他說，他的頭始終藏在她身後。

露思舉著槍，手顫抖著。一陣陣厭惡感和耳邊的脈搏拍打聲中，她奮力想著接下來會發生什麼事。警方已經在路上了，很可能五分鐘內就會到。既然要盡可能為自己爭取時間逃跑，他怎麼可能很快放她走？

男人退後兩步，凱莉已不再拳打腳踢或掙扎，而是用穿著絲襪的腳努力在光滑的地板上找支點，試著配合他。但她哭個不停。

媽，不要開槍！拜託不要開槍！

或者比較可能的是，那男人一旦離開房間，就會割開凱莉的喉嚨，挖出她的植入器？他知道裡面有他的影像，留著那影像的後果他承擔不起。

露思的手抖得太厲害了，她真想罵自己。凱莉在他身前，她沒辦法瞄準他。她沒辦法。

露思想要理性評估機率，做出決定，但被控制器壓抑而能忍受的悔恨、悲傷和憤怒，現在全湧了上來，更加銳利，因努力遺忘而更加清晰。整個宇宙縮小成槍管末端那搖晃顫抖的點——少女、凶手、還有無情流逝的時間。

沒有東西能仰賴、能信任、能依靠，除了她自己，她憤怒、恐懼、顫抖的自己。她赤裸又孤獨，如同她一直知道的那樣，如同我們所有人。

男人幾乎要到門邊了，凱莉的哭喊聲現在成了斷斷續續的抽噎。

事物的正常狀態總是這樣，沒有黑白分明，沒有解脫慰藉。所有理性的最後，只需要做決定，以及熬過去、忍過去的信念。

露思第一槍猛地擊中凱莉的大腿。子彈穿透皮膚、肌肉和脂肪，往後擊碎了男人的膝蓋。

男人大聲嚎叫，丟下解剖刀。凱莉倒下來，鮮血從她受傷的大腿噴出來。

露思第二槍打中男人的胸口，他癱軟在地上。

媽媽，媽媽！

她丟下槍，爬過去托起凱莉，檢查她的傷口。她在哭，但她會沒事的。

一陣深深的痛楚像寬恕般流淌過她，像乾旱後的滂沱大雨。她不知道她會不會得到解脫，但她完整經歷了這一刻，而且心懷感激。

「沒事了。」她輕撫安撫躺在她腿上的凱莉：「沒事了。」

【作者註】

故事中描寫的回聲感測器是根據Qifan Pu等人於二〇一三年第十九屆行動計算及網絡年度國際研討會發表的〈家用無線訊號手勢感測〉（Whole-Home Gesture Recognition Using Wireless Signals，參見wisee.cs.washington.edu/wisee_paper.pdf）而做出的鬆散而自由的發想，該論文中提到的技術和故事中描述的想像產品沒有直接關聯。

摺紙動物園

The Paper Menagerie

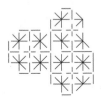

*2011*年 星雲獎最佳短篇小說獲獎
*2012*年 雨果獎最佳短篇小說獲獎
*2012*年 世界奇幻獎最佳短篇小說獲獎
*2012*年 軌跡獎最佳短篇小說決選
*2012*年 西奧多·史鐸金紀念獎決選
*2013*年 奇幻實驗室年度短篇網路小說獲獎

我最早的記憶是從我哭個不停開始的。無論媽媽和爸爸怎麼安撫，我都不願意停下來。

爸爸放棄，走出房間，但媽媽帶我到廚房，讓我坐在早餐桌前。

「看，看。」她說，從冰箱上抽出一張包裝紙。多年來，媽媽都會小心翼翼割開聖誕節禮物的包裝紙，收在冰箱上面厚厚一疊。

她把紙放下，沒有花色那面朝上，開始摺起來。我停止哭，好奇地看著她。

她把紙轉過來，再摺一次。她摺，疊，塞，捲，扭轉，直到那張紙消失在她雙手掌心裡。接著她把摺好的紙團拿到嘴邊，吹了口氣，像氣球一樣。

「看，」她說：「老虎。」她把手放下來，放到桌上，攤開手。

一隻小紙老虎站在桌上，兩個拳頭併在一起的大小。老虎的皮膚是包裝紙的圖案，底是白的，上面有紅色糖果罐和綠色聖誕樹。

我伸手摸媽媽變出的東西。牠的尾巴動了一下，玩耍一樣猛地抓住我的手。「嗷嗚～」牠叫了一聲，聲音像貓叫，又像報紙沙沙聲。

我驚奇地笑了，用食指摸摸牠的背。紙老虎在我的手指下動來動去，發出愉快的呼嚕聲。

「這叫摺紙。」媽媽說。

我那時不懂這個，但媽媽摺的那種很特別。她對牠們吐氣，讓牠們共享她的氣息，隨著她的生命動起來。這是她的魔法。

爸爸是從一本型錄挑到媽媽的。

我讀國中的時候，有一次問爸爸詳細經過。他試圖要我再去跟媽媽說話。

一九七三年春天，他到新娘介紹所去登記。他一頁又一頁地翻著，每一頁都停沒幾秒，直到看到媽媽的照片。

我從來沒看過那張照片。爸爸的形容是：媽媽坐在一張椅子上，側著身，穿了一件緊身綠色絲綢旗袍。她的頭轉向鏡頭，長長的黑髮優美地垂放在胸前和肩上。她看著他，眼神像孩子，卻很鎮定。

「我看到的是目錄最後一頁。」他說。

目錄上說她十八歲，喜歡跳舞，英文說得很好，因為她來自香港。結果這些都不是真的。

他寫信給她，新娘介紹所替他們互傳訊息。最後，他飛到香港見她。

「她的回信都是介紹所裡的人寫的，她不會英文，只會『hello（哈囉）』和『good-bye（再見）』。」

什麼樣的女人會把自己放到目錄裡讓人買？

國中時的我以為自己什麼都懂，目空一切的感覺很好，像酒一樣。

他沒有衝進介紹所要求退費，而是在旅館餐廳雇了一位女服務生幫他們翻譯。

「我說話的時候她看著我，眼神半帶恐懼，半帶希望。當那女孩開始翻譯我說的話時，她才慢慢有笑容。」

他飛回康乃狄克州，開始填寫申請文件，讓她來找他。一年後，我在虎年出生了。

應我的要求，媽媽也用包裝紙做了一隻羊、一隻鹿和一頭水牛。老虎追牠們的時候，牠們會在客廳裡跑來跑去。老虎抓到牠們後，會壓住牠們，把牠們的氣壓出來，直到牠們變成扁扁平平的。然後我必須吹一口氣到牠們身體裡，讓牠們再次膨脹，才可以繼續跑來跑去。

有時候動物們會遇上麻煩。有一次，水牛跳進晚餐桌上的醬油碟子裡（牠想跟真的水牛一樣在泥地裡打滾），我趕緊把牠拿出來，但毛細現象已經把黑色醬油吸上來，高到牠的大腿了。被醬油軟化的腳撐不住牠，牠跌坐在桌子上。我把牠放在外面太陽下晾乾，但牠的腳在那之後就變得歪七扭八，跑起來一拐一拐的了。媽媽後來用保鮮膜包住牠的腳，讓牠可以盡情打滾（只是不是在醬油裡）。

還有，老虎和我在後院玩的時候，喜歡撲去抓麻雀。但有一次，一隻被逼到絕路的鳥絕地大反攻，把牠的耳朵咬掉了。我拿著牠，讓媽媽用膠帶把牠的耳朵黏起來的時候，牠抽抽噎噎又畏縮，之後牠就不撲鳥了。

然後有一天，我在電視裡看到一部鯊魚紀錄片，就要媽媽做一隻鯊魚給我。她做了，但牠不開心地在桌上拍動。我將洗手台裝滿水，把牠放進去，牠游來游去很快樂，但過了一下子，牠就變得濕軟又透明，還慢慢沉到底下，摺起來的地方都散開了。我伸手進去救牠，結果只撈到一張溼答答的紙。

老虎把牠的前腳放在一起，靠在洗手台邊，頭靠在前腳上。牠垂著耳朵，喉嚨發出一聲低吼，讓我覺得好有罪惡感。

媽媽替我做了一隻新的鯊魚，這次是用錫箔紙做的。這隻鯊魚在大金魚缸裡過得很快樂。我和老虎喜歡坐在魚缸旁邊看錫箔紙鯊魚追金魚。老虎把臉貼在魚缸另一邊，所以我看到牠的眼睛變得跟咖啡杯一樣大，從魚缸對面盯著我看。

十歲時，我們搬到市區另一邊的新家。兩個鄰居阿姨過來表示歡迎。爸爸請她們喝酒，然後道歉說得去公家單位處理前屋主的帳單。「請當成自己家。我太太不大會說英文，所以她不跟妳們說話的話，別覺得她不禮貌。」

我在餐廳讀書的時候，媽媽在廚房拆箱子。鄰居們在客廳聊天，沒有刻意放低音量。

「他看起來是正常的男人，為什麼要做那種事？」

「混血就是怪，那個孩子看起來像沒長好。丹鳳眼、白種人臉，小怪物一個。」

「妳覺得他會說英文嗎？」

兩個女人沉默下來。過了一會兒，她們走進餐廳。

「你好！你叫什麼名字？」

「傑克。」我說。

「聽起來很不像中文呢！」

這時媽媽走進餐廳，對她們微笑。她們三個人圍著我站成一個三角形，不停對彼此微笑點頭，什麼也沒說，直到爸爸回來。

馬克是鄰居的小孩，他帶著他的星際大戰公仔來家裡玩。歐比王的光劍亮起來，他可以揮動他的手臂，用小小的聲音說：「使用原力！」我覺得這個公仔跟真的歐比王一點都不像。

我們一起看他在咖啡桌上重複這個動作重複了五次。「他可以做別的嗎？」我問。

馬克覺得我的問題很煩。「仔細看啦！」他說。

我仔細看，但不確定應該說什麼。

馬克對我的反應很失望。「給我看你的玩具。」

除了那些紙動物，我沒有其他玩具。我從房間裡把老虎拿出來。那時候牠已經很破舊了，全身都是膠帶和膠水，是多年來我和媽媽為牠修補的痕跡。牠不再跟以前一樣敏捷，走得也不太穩。我把牠放在咖啡桌上，我聽見其他動物飛奔到後面走廊的腳步聲，牠們膽怯地往客廳偷看。

「小老虎。」我說完停了一下，換用英文說：「This is tiger.」老虎小心翼翼地站起來，對馬克低沉吼叫，嗅一嗅他的手。

馬克看了看老虎身上的聖誕節包裝紙。「這完全不像老虎嘛！你媽拿垃圾做玩具給你喔？」

我從來不覺得老虎是垃圾，但現在看看牠，牠真的只是張包裝紙。

馬克再次推推歐比王的頭。光劍一閃一閃，他上下揮動手臂。「使用原力！」

老虎轉身撲過去，塑膠公仔被撲到桌子下，掉到地上摔壞了。歐比王的頭滾到沙發下。「嗷嗚～」老虎笑了。我跟著牠笑。

馬克用力打我。「這個很貴欸！現在去店裡要買都買不到，可能比你爸買你媽還要更多錢！」

我跌到地上，老虎咆哮著撲向馬克的臉。

馬克大叫起來，害怕和驚訝多於疼痛。畢竟老虎只是紙做的。

馬克抓住老虎，牠被掐住叫不出來，馬克用手把牠弄皺，撕成一半。他把兩張紙揉成一團，丟到我面前。「這就是你白癡廉價的中國垃圾。」

馬克走了以後，我花了好久時間，試著用膠帶黏合被撕成一半的紙，再沿著摺痕把老虎摺回來，卻沒有成功。其他動物緩緩走進客廳，圍在我們身邊，圍著我和那張本來是老虎的破舊包裝紙。

我和馬克的戰爭沒有就此結束。馬克在學校很受歡迎，我再也不想記起接下來兩個禮拜發生的事。

那個星期五我回到家，兩個禮拜最後的星期五。「學校好嗎？」媽媽問道。我什麼也沒說就走進廁所。我看著鏡子，我跟她一點也不像，一點也不。

晚餐時我問爸爸：「Do I have a chink face?（我長得像中國佬嗎？）」

爸爸放下筷子。雖然我沒有跟他說過學校發生什麼事，但他似乎知道。他閉上眼睛，捏捏鼻樑處。「No, you don't.（不，不像。）」

媽媽不解地看著爸爸，又再看了看我。「啥叫chink?」

「English.（英文。）」我說：「Speak English.（說英文。）」

她試著說：「What happen?（怎麼了？）」

我把筷子和我面前那碗五香牛肉炒青椒推開。「We should eat American food.（我們應該吃美國食物。）」

爸爸試著勸我：「A lot of families cook Chinese sometimes.（很多人家裡有時候也做中國菜。）」

「We are not other families.（我們不是別人家。）」我看著他。別人家沒有外國人媽媽。

他轉開頭，把手放在媽媽肩上。「我買本食譜給妳。」

媽媽轉頭問我：「不好吃？」

「English.（英文。）」我抬高語調說：「Speak English.（說英文。）」
媽媽伸手摸摸我的額頭感受體溫。「發燒啦？」
我甩開她的手。「I'm fine. Speak English！（我沒事。說英文！）」我大叫。
「跟他說英文。」爸爸對媽媽說：「妳明知道總有一天會這樣，不然呢？」
媽媽垂下雙手。她坐在那裡，看看爸爸又看看我，再回去看爸爸。她試著開口，說不出口，再試一次，還是說不出口。
「妳必須說。」爸爸說：「我對妳太好了，傑克需要融入社會。」
媽媽看著他：「如果我說『love』，我用這裡在感覺。」她指指自己的嘴唇，「如果我說『愛』，我用這裡在感受。」她把手放在心口。
爸爸搖搖頭：「妳在美國。」
媽媽垂頭喪氣地坐在位子上，就像以前水牛被老虎打，空氣被擠光的樣子。
「And I want some real toys.（還有我想要真正的玩具。）」
爸爸買了整套星際大戰公仔給我，我把歐比王給了馬克。
我把紙動物收進大鞋盒，放在床底下。
隔天早上，動物們跑出來，回到我房裡牠們最喜歡的位置。我把牠們全部抓起來，放回鞋盒裡，用膠帶把蓋子封起來。但鞋盒裡的動物們很吵，最後我把盒子塞進閣樓的角落，離我房間愈遠愈好。

如果媽媽用中文跟我說話，我就不回答她。一陣子之後，她努力說更多英文。但她的口音和不完整的句子讓我覺得很丟臉，我努力糾正她。最後，如果我在，她就完全不說話了。

如果媽媽要讓我知道什麼事，她就比手畫腳。她模仿她在電視上看到的美國媽媽，用她們的方式擁抱我。我覺得她的動作誇張而含糊、荒謬又難看。她見我生氣，就不做了。

「你不該那樣對你媽媽。」爸爸說，但他說的時候眼睛無法看著我。在他心裡深處，他一定覺得娶一個中國農村女孩，還希望她融入康乃狄克州市郊是個錯誤。

媽媽學著做美國菜。我玩電動和讀法文。

有時候我會看到她坐在廚房餐桌前，研究包裝紙沒有花色的那一面。之後就會有一隻新的紙動物出現在我的床頭櫃，試圖依偎著我。我抓住牠們，把牠們的空氣擠光，再塞進閣樓裡的鞋盒裡。

我高中時，媽媽終於不再摺動物。那時她的英文好多了，但我已經到了不在乎她要用什麼語言說話的年紀。

有時候，我回家會看到她瘦小的身子在廚房忙裡忙外，一個人哼著中文歌。那讓我很難相信我是她生的。我們沒有共同點，她也可能是從月球來的。我會快速跑回房裡，在房裡我才能繼續追求我正宗美國人的快樂。

媽媽躺在病床上，我和爸爸一人站在床的一邊。她連四十歲都不到，但看起來很蒼老。

多年來她都不去看醫生檢查身體會痛的地方，她說沒有大礙。最後救護車來載她時，癌症已經擴散到手術救不了的地步。

我的心不在醫院裡。這時是校園招募季，我專心寫履歷、印成績單和有策略地安排面試。我盤算著怎麼對招聘人員說謊最有效，好讓他們聘雇我。我知道媽媽快死的時候想這些很不孝，但知道不代表我會改變想法。

她意識清楚。爸爸的雙手握著她的左手，彎身親吻她額頭。他看起來虛弱而蒼老，讓我很震驚。我這才發現自己對爸爸的了解和對媽媽一樣少。

媽媽對他微笑：「我沒事。」

她轉頭看我，依然微笑著。「我知道你要回學校去了。」她的聲音非常虛弱，而且她身上掛著的機器嗡嗡聲讓人很難聽見她的聲音。「去吧，不要擔心我。這沒什麼，只要好好念書就好。」

我伸手摸她的手，覺得應該這麼做。我鬆了口氣。我已經在想回去的飛機，還有明朗的加州陽光。

「傑克，要是——」她一陣咳嗽，好一會兒不能說話。「要是我沒撐過去，不要太難過，傷了自己的健康。專心過你的日子。只要留著你閣樓上的那個箱子，每年清明的時候拿出來想想我就好，我會永遠在你身邊。」

清明節是中國祭拜故人的節日。我很小的時候，媽媽總會在清明節寫信給她在中國死去的父母，告訴他們她在美國過去一年遇到的好事。她會大聲唸信給我聽，如果我說了什麼，她也會寫在信裡。然後她會把信摺成紙鶴，放手讓牠向西飛。我們會看著紙鶴拍動有朝氣的翅膀，飛上往西的長長旅途，向太平洋飛去，向中國飛去，向媽媽家人的墳上飛去。

我上次跟她一起送信已經是好多年前了。

「我不懂中國農曆。」我說：「就休息吧，媽。」

「只要留著箱子，偶爾打開就好。只要打開——」她又咳了起來。

「好，媽。」我彆扭地摸摸她的手臂。

「孩子，媽媽愛你——」她又開始咳。幾年前的畫面在我的記憶裡浮現：媽媽說「愛」，然後把手放在心口。

「好了，媽，不要說話了。」

爸爸走回來，我說要早點去機場，因為不想錯過班機。

我的飛機飛在內華達上方某處時，她走了。

媽媽走後，爸爸老得很快。房子對他來說太大了，要賣掉，我和女友蘇珊去幫他打包和整理。

蘇珊在閣樓發現了鞋盒。紙動物藏在閣樓孤立的黑暗中太久，已經變得脆弱易碎，鮮豔的包裝紙圖案也褪色了。

「我從來沒看過這種摺紙。」蘇珊說：「你媽媽是很厲害的藝術家耶。」

紙動物們沒有動靜。也許媽媽走的時候，讓牠們動起來的魔法也消失了。或者，也許這些紙做的東西曾經活著只是我的想像，小孩子的記憶是不能相信的。

那是四月的第一個禮拜，媽媽死後兩年。蘇珊是管理顧問，正在城外出她永無止盡的差。而我在家，懶洋洋地切換電視頻道。

我停在一部鯊魚紀錄片上。突然間在我心裡，我看見媽媽的手用錫箔紙摺了又摺，做成一隻鯊魚給我，我和老虎看著。

一陣騷動聲傳來。我抬頭，看見書櫃旁地板上有一團包裝紙和破舊膠帶。我走過去撿起來，丟進垃圾桶裡。

那團紙動了一下，自己展開來。我看到是老虎，我好久沒有想到牠了。「嗷嗚～」媽媽一定是在我放棄之後又把牠黏回去了。

牠比我記得的還小，也或許只是因為那時我的拳頭比較小。

蘇珊把紙動物放在我們公寓裡當裝飾，她可能把老虎放在很隱密的角落，因為牠看起來很破舊。

我坐在地上，伸出一隻手指。老虎的尾巴捲起來，愛玩地撲過來。我笑著摸摸牠的背，老虎開心地在我手掌下發出呼嚕呼嚕的聲音。

「你好不好呀，老朋友？」

老虎不再玩耍，牠站起來，像貓一樣優雅地跳上我的腿，繼續把自己展開。

我的腿上是一張方形皺巴巴的包裝紙，沒有花色那一面朝上。上頭寫滿密密麻麻的中文字。我從來沒學過中文，但我知道「兒子」這兩個字。這兩個字在最上方，在收信時會看到收信人的位置，是媽媽笨拙又孩子氣的筆跡。

我到電腦前確認網路時間，今天是清明節。

我帶著信到市區，知道中國團的巴士會停在這裡。我攔下每一位遊客，問：「你會看中文嗎？」我很久沒說中文了，不確定他們聽不聽得懂。

一個年輕女人答應幫忙。我們一起坐在長椅上，她大聲唸信哈我聽。多年來我試圖忘記的語言又回來了，我感覺到這些字沉進我的體內，穿過我的皮膚，滲透我的骨頭，直到緊緊揪住我的心。

兒子：

我們好久沒說話了。我想碰你的時候，你很生氣，這讓我很害怕。我想或許我現在無時無刻感受到的這種痛苦，是很嚴重的。

所以我決定寫信給你。我要寫在這張我為你做的紙動物上，你曾經那麼喜歡牠。

我停止呼吸時，這些動物就不會動了。但如果我全心全意寫給你，就可以把一點點氣息留在這張紙、這些字背後。那麼，如果你在清明節想到我，那是離開的魂魄能夠回來探望家人的日子，你就能讓我留下的氣息活過來。我為你做的這些動物會再次跑跳起來，那時也許你就會看到這些文字。

因為我要全心全力地寫，我就得用中文寫。

這麼久以來，我都沒有告訴過你我的故事。你小的時候，我總想著等你大一點再告訴你，你才聽得懂。但不知道為什麼，從來沒有這個機會。

我生於一九五七年河北省的四軲轆村。你外公外婆都來自非常困苦的農家，沒有多少親戚。我出生沒幾年，中國遇上大饑荒，那段時間死了三千萬人。我第一個記憶是醒來看到我母親在吃土，這樣她就可以填飽肚子，把最後一點麵粉留給我。

後來生活好點了。我母親教我怎麼摺紙動物，怎麼讓牠們活起來。這是鄉村生活裡很實用的法術，我們摺紙小鳥來趕田裡的蝗蟲，摺紙老虎來防老鼠。農曆新年時，我跟朋友會摺紅色的紙龍。我永遠忘不了那些小龍在頭頂的天空飛來飛去、掛著一串串鞭炮嚇走過去一年所有壞東西的情景。你一定會喜歡。

然後是一九六六年的文化大革命。鄰居告鄰居，兄弟鬥兄弟。有人想到我母親的弟弟，我舅舅，一九四六年去了香港經商。有親戚在香港代表我們是間諜，是大家的敵人，所以我們必須承受各種批鬥。你可憐的外婆不堪凌辱，投井自盡。後來有一天，一些拿獵槍的男孩把你外公拖進林子裡，他再也沒回來過。

我成了十歲大的孤兒。我在這世上唯一的親戚就是在香港的舅舅。有天夜裡我偷偷跑走，爬進往南的貨運列車。

到廣東幾天後，幾個男人抓到我在田裡偷食物。他們聽到我在想辦法去香港時笑了起來。「今天算妳走運，我們的生意就是帶女孩子去香港。」

他們把我跟其他女孩子藏在貨車最底下，偷偷運過邊界。

他們把我們帶到一間地下室，要我們站直，露出健康聰明的樣子給買家看。許多人家付了倉庫一筆手續費，過來看我們，選一個去「領養」。

錢家挑中我去照顧他們兩個兒子。我每天早上四點起床準備早餐、餵男孩們吃東西和洗澡、買食物、洗衣拖地。我跟著男孩們四處走，他們說什麼我就做什麼。晚上我被鎖進廚房碗櫥裡睡覺。我手腳慢了或做錯事會挨打，男孩們做錯事，我也挨打。如果他們抓到我在學英文，我還是挨打。

「為什麼妳要學英文？」錢先生問：「妳想去警察局啊？我們會跟警察說妳是大陸人，非法住在香港。他們會很樂意把妳關起來。」

我這樣過了六年。有一天，一個在早市賣魚給我的老太太把我拉到一邊。

「我認識跟妳一樣的女孩子。妳現在多大啦？十六歲？有一天，妳家主人會喝醉，他會盯著妳看，把妳拉過去，而妳不能反抗他。太太會發現，然後妳就會覺得妳真的跟下地獄一樣。妳要脫離這種日子，我知道有人可以幫妳。」

她跟我說有美國男人想要亞洲太太。如果我會煮飯、打掃和照顧我的美國先生，他就會給我好生活。那是我唯一的希望，也是我為什麼會跟那些謊言一起出現在型錄上，然後遇到你爸爸。這不是個太浪漫的故事，但這是我的故事。

在康乃狄克州的市郊，我很寂寞。你爸爸人很好，對我也很溫柔，我很感謝他。可是沒有人懂我，我也什麼都不懂。

但之後你出生了！我看著你的臉，看見我母親、我父親和我自己的影子時，我好開心。我已經失去所有家人、整個四軲轆村、所有我知道和所愛的一切。但你出現了，你的臉孔證明那一切是真的，不是我在幻想。

現在有人可以跟我聊天了。我會教你我的語言，然後我們可以一起重新創造我愛過和失去過的小天地。當你用跟我、還有我母親相同口音的中文對我說出第一個字時，我哭了好幾個小時。我摺第一隻動物給你時，你笑了，我覺得這個世界沒有煩憂了。

你長大了一點，甚至可以幫我跟你爸爸溝通，我真的覺得有家了。我終於過上好生活了。我希望我父母親能在這裡，這樣我就可以為他們下廚，也給他們過好生活。但我的父母都不在了。你知道中國人覺得這世界上最難過的是什麼嗎？就是子欲養而親不待。

兒子，我知道你不喜歡你的中國眼睛，那是我的眼睛。我知道你不喜歡你的中國髮色，那是我的頭髮。但你能了解你的存在給我帶來多大的快樂嗎？你能了解當你不再用中文跟我說話，也不讓我用中文跟你說話時，我是什麼感覺嗎？我覺得我又再次失去了一切。

為什麼你不跟我說話，兒子？這種痛苦讓我沒法再寫下去了。

那年輕女人把紙還給我，我不敢看她的臉。

我頭也沒抬地問她能不能幫我指出媽媽信中的「愛」字。我在紙上把這個字寫了一遍又一遍，讓我的筆劃和她的字疊在一起。

年輕女人伸出手放在我肩上，站起來離開，留下我一個人和媽媽在一起。

我順著摺痕把紙摺回老虎的樣子。我把牠摟在懷裡，牠開心地發出呼嚕呼嚕的聲音，我們往回家的路走去。

說我愛你的方式

An Advanced
Readers' Picture Book of
Comparative Cognition

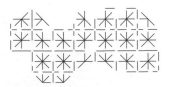

我的摯愛，我的孩子，我那總是使用長字、思路迂迴、意見蜿蜒，宛如巴洛克化身的鑑賞家，當太陽睡著、月亮在夢遊，當星星將我們沐浴在萬古以前和光年之外的光芒下，當你舒服地躺在你的毯子裡而我窩在你床邊的椅子上，當我們在美人魚燈捧著的珍珠發出的炙熱光氣泡中，溫暖、安全、靜止的這一刻，你和我，在這星球旋轉飛馳著，以每秒數十公里的速度穿過嚴寒的黑暗空間，我們來閱讀吧。

桃樂斯人的腦會記錄下所有刺激感官的事物：順著他們毛茸茸脊椎的每次震動、拍打他們膜狀身體的每個聲波、他們結構單一的複眼折射光場所接收到的每個影像、他們舞動著莖狀腳所捕捉到的每個味覺和嗅覺、在他們磁場不規律的馬鈴薯狀星球上的每個潮起潮落。

只要他們想，他們就可以精確、清晰地記起每個體驗。他們能凍結單一情境，放大、瞄準所有細節；他們能透過語法分析或重新分析每段對話，來掘取出每個細微差異。快樂的回憶可能可以提取無數次，每一次重播都會帶來新發現；痛苦的回憶也可能重播無數次，每一次都會創造清晰的憤怒。鮮明的回憶是存在的事實。

「無限」壓在「有限」之上，顯然不是長久之計。

桃樂斯人的認知器官存放在一個分割體裡，那分割體從一端生長發芽，另一端枯萎流洩。每一年，新的分割體會從尾巴脱去，把過去放逐。

因此，雖然桃樂斯人不會遺忘，但他們也不會記得。聽説他們永遠不會死，但對於他們是否活過也有著不同的看法。

思想是否是某種形式的壓抑，這一直是個爭議。

記得妳第一次品嘗巧克力嗎？那是個夏日午後，妳媽媽剛去採買回來。妳坐在兒童椅上，她折了一塊巧克力放進妳嘴裡。

可可脂的硬脂酸被妳嘴裡的熱氣吸收，融化在妳舌頭上，釋放生物鹼到妳的味蕾：提神的咖啡因、讓人暈眩的苯乙胺、紓壓的可可鹼。

「可可鹼，」妳媽媽說：「是神仙的食物。」

我們看到妳對那口感驚訝得眼睛睜得大大的，吃到苦澀味道時臉皺在一起，接著甜味佔據妳的味蕾，混雜著千種不同的有機化合物共舞，妳整個人放鬆下來，我們笑了。

之後她把剩下的巧克力折成兩半，一塊餵我吃，一塊自己吃掉。「我們有孩子，因為我們不記得自己吃到第一口仙饌的味道。」

我不記得她穿的衣服或她買了什麼；我不記得那個下午後來我們做了什麼；我無法再造她確切的聲音或她五官的精確樣貌、她嘴角的線條或她香水的名字。我只記得從廚房窗戶照在她手臂上的陽光，是一道和她笑容一樣美好的弧線。

明亮的手臂、笑聲、神仙的食物。我們的回憶被壓縮、融合成閃亮亮的寶石，鑲嵌在我們空間有限的記憶裡。一個情景轉化成一個記憶符號，一段對話變成一個詞，一天萃取成一個瞬間的愉快感受。

時光的箭讓壓縮的東西愈來愈不真實。是素描，不是照片。回憶是再造的，因為比真實多了一些或少了一點而珍貴。

以索比耑（Esoptron）和一堆有機分子住在溫暖無際的海洋裡，它們像會放大的細胞，有的跟我們的鯨魚一樣大。它們半透明的身體隨波浪起伏，漂流浮沉、翻滾扭轉，像會發光的水母一樣乘著浪潮而行。

以索比耑的思緒被轉譯成複雜的蛋白鏈，蛋白鏈在它們身上交疊，像盤繞在弄蛇人竹簍裡的蛇，尋找最低能階，以便縮進最小的空間裡。它們多數時間靜止不動。

當兩個以索比耑相遇，它們會暫時合而為一，體膜之間生出一條渠道。這個接吻般的貼觸結合可以耗上幾小時、幾天或幾年，期間，它們的記憶甦醒，與彼此的能量交換。快樂的回憶有選擇地相互複製，過程就像蛋白質表現一樣——當它們第一次被閱讀和複述時，蜿蜒曲折的蛋白質迷濛地在編碼序列的電子音樂中開展、舞蹈。不快樂的回憶則會因為擴散到兩個身體而被稀釋。對以索比耑來說，分享的快樂絕對是雙倍的，而分享的悲傷確實能減半。

要分開時，雙方都已吸取了對方的體驗。這是「共情」最真實的形式，因為經驗感受被原封不動地分享和表達出來，沒有翻譯，沒有交流媒介。它們比宇宙裡任何其他生物都更深刻地了解彼此。

做為彼此靈魂的鏡子是有代價的。在它們分離時，配對好的兩方會變得極為相像。它們在融合前渴望彼此，它們分開時抽離了自己。吸引彼此的特質，難免也是破壞它們結合的特質。

這究竟是福還是禍，難以定論。

妳媽媽從不掩飾想離開的渴望。

我們相遇在一個夏季夜晚，在洛磯山脈上的營地。我們來自海岸兩端，像不同軌道上的兩顆規格不一的微粒：我開車穿越國土去赴任新工作，為了省錢而露營；她載朋友和一車東西到舊金山後，正要回波士頓，露營是因為她想看星星。

我們喝便宜的酒，吃更便宜的烤熱狗，然後在密佈水晶般星星的夜幕下散步，像在水晶洞裡一樣，星星比我以前看過的都明亮，她對我述說它們的美：每一顆星都是獨特的鑽石，有不同顏色的光芒。我想不起自己上一次仰望星星是什麼時候了。

「我要去那裡。」她說。

「妳是說火星嗎？」那時火星任務是大新聞。每個人都知道那是讓美國看似再度強大的宣傳手法，一個伴隨核軍備競賽、地球稀有能源儲備和零時差網路漏洞的新空間競賽。對手已經擁有了火星基地，我們也得在這場新大博弈中跟上腳步。

她搖搖頭。「跳到離岸邊只有幾步遠的礁岩上有什麼意義？我說的是火星以外的地方。」

這不是要問問題的那種疑問句，所以我沒問為什麼、妳怎麼去和妳在說什麼，我問她希望在星星間找到什麼。

也許是其他太陽

和與其相伴的月亮，你說

陰陽之光匯流，

偉大的兩性孕育世界，
也許每個星球中有什麼活著。
如此浩瀚自然界，
不是活靈所有，荒蕪而寂寥，
只能獨自亮著，卻無法貢獻。
每個星球是一道光芒，迢遙萬里。
這宜居之地卻將光
遣回，顯然是抗拒。

「他們在想什麼？他們對這世界的感受是什麼？我一輩子都在構思這些故事，但真實會比任何童話故事都更奇異，更美妙。」

她跟我聊重力透鏡、費米悖論的核脈衝推進器和德雷克公式，講阿雷西博天文台和葉夫帕托里亞，講藍色起源太空公司和X太空探索公司。

「妳不怕嗎？」我問。

「我在有記憶之前就差點死過了。」

她跟我說她小時候的事。她爸媽是幹勁十足的水手，很幸運能提早退休。他們買了一艘船住在上面，那艘船是她第一個家。她三歲時，她爸媽決定要航行越過太平洋。航行到一半，在馬紹爾群島附近船身出現裂縫。他們一家人試了各種救船的辦法，但最後只得啟動緊急求救信號。

「那是我第一個記憶。我在海天間無邊無際的交界搖搖晃晃，船沉進水裡的時候，我們只能跳船，媽媽要我說再見。」

他們被海岸防衛隊飛機救起時，已經穿著救生衣在水裡浮沉了一天一夜。她曬傷、又因為喝了海水生病，後來在醫院待了一個月。

「很多人很氣我爸媽，說他們狠心又不負責任，讓一個孩子處在那樣的險境。但我永遠感激他們。他們給了我身為父母能給孩子最大的禮物：無所畏懼。他們工作存了另一艘船的錢，然後我們又出海了。」

這真是一種奇怪的思路，我不知道該說什麼。她似乎察覺到我不自在，轉頭對我露出微笑。

「我喜歡想像我們在延續玻里尼西亞人的傳統，他們乘獨木舟航行過無邊無際的太平洋；或是航行到美國的維京人。我們總生活在船上，你知道嗎？這就是地球，一葉太空裡的扁舟。」

聽她說話時，我有一刻覺得自己可以穿越我們之間的距離，透過她的耳朵聽見這世界的回音、透過她的眼睛看見星辰——簡單清晰得讓我的心跳了起來。

便宜的酒和烤熱狗，可能有其他恆星，從漂浮在海上的船上看見的天空鑽石——墜入愛河的炙熱感非常清晰。

提塔族是宇宙唯一的鈾生物。

它們的星球表面佈滿無窮無盡的裸露岩石。在人類的眼裡看來是荒地，但這地表之下卻很精巧：廣闊無際的五顏六色圖樣，每一個圖樣都像機場或運動場那麼大。像書法一樣的花飾，像捲型嫩葉的蕨類捲曲，像洞窟牆垣上手電筒的雙圈影，像太空看見的發光城市一樣稠密，以輻射狀簇擁成堆。隨著時間過去，一縷過熱的蒸汽從地底爆發，像鯨魚噴水或土星第六大衛星恩克拉多斯上的冰火山噴發。

留下這些遺跡的生物在哪裡？對生命有所貢獻的生物是否存在又逝去，這些快樂和悲傷的紀錄是否為人知曉又為人遺忘？

你挖掘地表之下，挖鑿出花崗岩床上的沙岩沉積，會找到一袋袋浸泡在水裡的鈾。黑暗之中，鈾原子核自動分裂，釋放出一些中子。中子游走過廣闊虛空的核間空間，像航向奇異星球的船隻。（這個畫面並不精確，但是一種浪漫和易於解釋的想像。）水分子像星雲一樣，讓中子慢了下來，直到它們落在另一個鈾原子、新世界上。

但這個新中子的加入讓原子核變得不穩定。它游移振動，像個響鈴的鬧鐘，分裂成兩個新的鈾元素和兩三個中子。新星船航向遙遠的世界，再次開始循環。

要用鈾創造一個獨立自給的核鏈反應，就需要有足夠濃度的某種鈾，鈾235。鈾235吸收到自由的中子後會分裂，這時需要某種物質來減緩快速移動的中子，讓中子的能量被吸收——水的效果就很好。造物主在提塔族身上賦予了兩者，造福這世界。

核分裂的副產品，那些從鈾原子分裂出來的碎片會呈雙峰分佈。鉋、碘、氙、鋯、鉬、鍩……如同超新星爆炸後的殘骸形成的新星球，有些存在幾小時，其餘則是上百萬年。

提塔族的思想和記憶從這些深海中的閃亮寶石形成。原子取代中子，中子則像神經傳遞物質一樣運作。減速介質和中子毒物像抗化劑一樣，將中子的航道轉向，在太空裂縫中形成神經迴路。計算過程會在亞原子粒子中出現，並且在中子傳遞的航道上顯示出來：拓撲、原子組成、原子排列，還有分裂爆炸的極大光芒和衰敗。

隨著提塔族的思想愈來愈靈動，愈來愈活躍，鈾囊袋裡的水熱了起來。當壓力夠大，一股極熱的水往上湧升，砂岩帽一聲爆裂聲，在大量流水的表面炸開來。它們在表面多彩的岩礦床留下龐大、繁複精細的不規則碎片圖樣，就好像亞原子粒子在氣泡室中遺留的電解軌跡。

最後，足夠的水會沸騰蒸發，快中子再也不會被鈾原子抓來穩定反應。宇宙陷入靜止，思想在這條中子銀河中消失不見。這就是提塔族死去的方式——伴隨著他們生命力的熱度離開。

水漸漸流回礦床裡，慢慢流過砂岩礦層，使花崗岩破裂。當夠多的水填滿過去的外殼，衰敗的原子便會釋放中子，開始再次連鎖反應，引爆新思潮和新觀念，新世代的生命從舊世代的餘燼中被點亮。

有些人對提塔族能不能思考有所質疑。懷疑論者問：中子航道是由量子隨機性的物理法則決定的，怎麼能說它們在思考呢？它們哪來的自由意志？哪來的自我決定？同時間，塞在懷疑論者腦中的電化學反應嗡嗡作響，嚴密遵循著物理法則。

如同潮汐，提塔族的核能反應在脈搏中運作。循環再循環，每一代都重新發現世界。祖先們沒有留給未來的智慧，年輕人也沒有回溯過去。它們為一段時間而活，也只活了一段時間。

然而，在星球地表上，在那些蝕刻奇異的岩石畫作裡，在有它們興衰起落、帝國消失的羊皮紙文獻上，提塔族的歷史留給宇宙間其他智能物種去解讀。

提塔族興盛時，它們也耗盡鈾235的儲藏量。每一代消耗一部分它們宇宙的不可再生能源，留下更少的能源給未來世代，預示著持續鏈式反應不再的那天提早到來。如同鬧鐘終究會停止走動，提塔族的世界也會陷入永恆寒冷的寂靜之中。

妳媽媽的興奮顯而易見。

「你可以聯絡房地產經紀人嗎？」她問：「我要把我們股票賣掉，我們不用再存錢了。妳媽媽要去她一直想去的航遊囉！」

「我們什麼時候中樂透了？」我問。

她把一疊紙遞給我。《領袖參與培訓計畫》。

我翻了翻……您投稿的論文是我們收到最傑出的參賽作品……將安排體檢和心理評估……僅限直系親屬……

「這是什麼？」

她意識到我真的不懂時，臉沉了下來。

無線電波在浩大的太空中會快速減弱，她解釋。即使對著那些遙遠星球附近的星際空隙大叫，也不會有人聽到，除了是最親近的人。文明世界必須利用整顆星的能量來傳遞穿越星際距離的訊息——這會多常發生？看看地球：我們在下一場冷戰開始前，差點連這一場都活不過。在我們知道怎麼利用太陽能的很久以前，我們的孩子不是要費力在末日洪水淹沒的大地跋涉，就是要在核冬天裡顫抖，像石器時代一樣。

「但有一個方法可以逃過，這個方法連像我們這樣的未開化文明都能聽見銀河的微聲，或許甚至能回應。」

太陽引力會吸收光和周圍遙遠星球的電波，這是廣義相對論最重要的結論。

假設我們的銀河外有其他世界，沒比我們先進多少，他們用他們做出最強大的天線來傳送訊息。當那些放射波傳送給我們時，電磁波會微弱得探測不到。我們必須把整個太陽星系變成一個拋物反射器才能接收到訊息。

但當那些無線電波擦過太陽表面時，就會被太陽引力吸收掉一些，大概就像透鏡折射光線一樣。那些被太陽周圍光圈微量吸收的電波會在某個遠處聚合。

「就像太陽光波能夠藉由放大鏡在地上聚焦成一個點一樣。」

把天線放在太陽引力的透鏡聚焦點時，能量會非常巨大，某些頻率範圍接近千億倍，其他地方的數量級更大。即使是十二公里的拋物反射器都可以偵測到銀河系另一端的放射波。而且如果銀河系的其他生物也夠聰明，懂得利用他們自己太陽的引力透鏡，我們就能跟他們說話——雖然訊息交換可能會像是橫越星球壽命的獨白，而不是對話。從逝去已久的世代到還未出生的世代，瓶中訊息漫無目的漂向遙遠的岸邊。

結果發現，這個聚焦點距離太陽約五百五十個天文單位，幾乎是到冥王星距離的十四倍。太陽光只要三天就能到達，但以我們現在的科技水平，太空船要花上至少一個世紀。

為什麼要送人過去？為什麼是現在？

「因為在探測飛船到達聚焦點時，我們不知道還有沒有人在這裡，甚至人類會活過另一個世紀嗎？不，我們必須把人送過去，這樣才能在那裡聽，或許還能回話。」

「我要去，而且我希望你跟我一起去。」

歐瑞爾族住在巨大的星船裡。

他們族人感應到世界末日的大災難，為他們世界人口的一小群人製作逃生方舟。幾乎所有逃難者都是孩子，因為歐瑞爾族和其他族群一樣愛他們的孩子。

在他們的星球成為超新星的幾年前，方舟便已從各個方向出發，尋找可能的新家世界。星船開始加速，孩子們安頓下來，跟機器家教和少數幾位上船的大人學習，努力延續一個瀕死世界的傳統。

等到每艘船裡最後幾位大人快死的時候，他們才把真相告訴孩子們：星船沒有減速的辦法。他們會永遠加速下去，漸漸趨近光速，直到燃料用盡，以最後的航行速度前進，朝宇宙盡頭奔去。

在他們的有限空間裡，時間正常流逝，但在星船之外，宇宙的其他地方會沿著邊界飛馳，抵擋熵流，直至毀滅。就一個外界觀察者看來，星船裡的時間似乎停止了。

在時間之流外，孩子們會長大一些，但也就不再長了。只有當宇宙毀滅，他們才會死亡。這是一種戰勝死亡的漸進法，大人們說，是唯一確保他們安全的方式。他們永遠不會有自己的孩子，他們永遠不會有哀痛，他們永遠毋須恐懼、計畫、做不可能的犧牲抉擇。他們會是最後一批活著的歐瑞爾族，並且可能是宇宙間最後的智能生物。

所有父母都為他們的孩子做決定，他們總覺得這是最好的。

一直以來，我以為自己能改變她。我以為她會因為我、因為我們的孩子而留下來。雖然我愛她是因為她很不一樣，但也以為她會因為愛而改變。

「愛有很多方式。」她說：「這是我的方式。」

我們告訴自己的故事裡，多的是來自不同世界、免不了要分離的情人：塞爾基族[1]、姑獲鳥[2]、牛郎與織女、天鵝少女[3]……這些故事的共同點是，其中一個人相信另一半會改變，但其實他們是因為雙方的差異和不可改變而愛上彼此。然後，找到舊海豹皮或羽衣的那一天一定會到來，回到海裡或天上的時間一定會到來，那飄渺仙境才是他們愛侶真正的家。

「焦點號」團員在部分航行時間裡處於冬眠狀態，但一旦他們抵達第一個目標點，距離太陽五百五十天文單位、遠離銀河中心的地方，他們就必須盡可能保持清醒、保持聆聽，愈久愈好。他們將引導太空船沿著螺旋狀路徑航行，遠離太陽，掃過大半個銀河系探測可能的訊號。他們漂離太陽愈遠，太陽放大效應就會因為偏斜電波上的日暈干擾減少而變得愈好。團隊成員預期能夠存活幾個世紀，長大，變老，生孩子以傳承任務，死在真空，一個帶著樸實無華希望的前哨基地中。

「妳不能替我們的女兒做這樣的決定。」我說。

「你也在替她做決定。你怎麼知道她在這裡會比較安全或快樂？這是超脫一切的機會，我們可以

1 蘇格蘭奧克尼郡和舍爾特蘭島附近海域中的海豹人，外形與常人無異，但體外有一層光滑的海豹皮，可以在水中自在游泳。

2 鬼鳥，是中國傳統妖怪，後流傳至日本，成為日本流行的妖怪之一。

3 出現於世界各地神話傳說中的生物，通常是由天鵝之類的鳥類，脫下後變成人類女性的外表。

給她的最好的禮物。」

接著是律師、記者和權威人士用幾句評述選邊站。

然後是妳跟我說妳依然記得的那個夜晚。那天是妳的生日，我們再度聚在一起，託妳的福，只有我們三個人，因為妳說那是妳的願望。

我們吃了巧克力蛋糕（妳說要「葛葛鹼」），然後走到頂樓陽台抬頭看星星。妳媽媽和我小心不要提到法庭上的爭執或她即將離開的日子。

「妳真的是在船上長大的嗎，媽咪？」妳問。

「對呀。」

「會很可怕嗎？」

「完全不會。我們全都生活在一艘船上，甜心。地球只是星海裡的一艘大竹筏。」

「妳喜歡住在船上嗎？」

「我很愛那艘船——唔，其實我不太記得了。我們不太會記得真的很小的時候發生的事。這是人類奇怪的地方。但我確實記得要跟它說再見的時候，我非常難過。我不想說再見，它是我的家。」

「我也不想跟我的船說再見。」

她哭了起來。我也是。妳也是。

她要走的時候親了妳一下。「說我愛妳有很多種方式。」

宇宙充滿了回聲和陰影，覆滅的文明失去了抵抗熵的掙扎，留下殘像和最後的文字。宇宙背景輻射漸漸散去的漣漪，令人懷疑真能破解其中多數訊息，甚至任何一則訊息。

同樣地，我們大部分的思想和記憶都注定散去、消失，因每次的選擇和生存而被消耗。這沒什麼好悲傷的，甜心。每個物種在太空中消失是必然的命運，稱為「熱寂」。但遠在那之前，任何值得稱為智慧物種的生物，他們的思想都和宇宙一樣偉大。

妳媽媽現在在「焦點號」上睡覺，直到妳變成非常老的老太太，可能要到妳離世以後，她才會醒來。

她醒來後，她和她的團隊會開始聆聽，也會廣播，希望宇宙某個其他地方、另一種物種也在利用他們星球的能量聆聽那穿越光年和萬古的微弱電波。他們會播放一種設計來跟陌生物種介紹我們的訊號，這種訊號是依據數學和邏輯學寫成的語言。我總覺得很好笑，我們認為跟外星人溝通最好的方式，竟然是用我們一輩子都沒用過的方式說話。

但在最後，故事的結尾，會有一個不太有邏輯的回憶壓縮紀錄：鯨魚噴水的優雅弧線、營火和狂舞的火花、一千種食物味道組成的化學分子式，包括便宜的酒和烤熱狗、一個小孩第一次吃神仙美饌的笑聲。閃閃發光的寶石，意義並不顯著，卻因而具有生命。

所以我們讀這本書，親愛的，這本她在離開前為妳寫的書，書裡講述童話故事的華麗詞藻和用心敘述會隨著妳長大而增長，是她離去的書面說明、一大疊家書，和一張我們靈魂未知水域的地圖。

在這冷峻、黑暗、靜默的宇宙中有許多說我愛妳的方式，如同那一閃一閃亮晶晶的星辰。

【作者註】

關於「意識壓縮」，請參見：

Maguire, Phil, et al. "Is Consciousness Computable? Quantifying Integrated Information Using Algorithmic Information Theory." arXiv preprint arXiv:1405.0126 (2014)（網頁：arxiv.org/pdf/1405.0126）

關於「核反應堆」，請參見：

Teper, Igor. "Inconstants of Nature," Nautilus, January 23, 2014（網頁：nautil.us/issue/9/time/inconstants-of-nature）

Davis, E. D., C. R. Gould, and E. I. Sharapov. "Oklo reactors and implications for nuclear science." International Journal of Modern Physics E 23.04 (2014)（網頁：arxiv.org/pdf/1404.4948）

關於「地外智慧搜尋協會」和「太陽引力透鏡」，請參見：

Maccone, Claudio. "Interstellar radio links enhanced by exploiting the Sun as a gravitational lens." Acta Astronautica 68.1 (2011): 76–84（網頁：snolab.ca/public/JournalClub/alex1.pdf）

波

The Waves

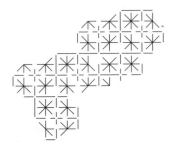

*2012*年 星雲獎最佳中短篇小說提名

很久很久以前，天地分開以後，女媧走在黃河河岸，仔細感受腳下富饒的黃土。

在她周遭，七彩花朵盛開，美麗如東方天際，小神在那裡打鬥後留下裂縫，女媧煉了五彩石來補。鹿、牛在平原奔跑，錦鯉和銀閃閃的鱷魚在水裡嬉戲。

但她很孤單，沒有人可以跟她說話，沒有人能分享這一切美景。

她坐在河邊，捧起一把土捏了起來。不久，她捏出一個像自己的小人：圓圓的頭、長長的身體、手臂、腳，她小心翼翼用尖竹刻出小手和手指。

她把小泥人捧在手裡，放到嘴邊吹了一口氣。那小泥人嚇了一跳，在女媧手裡扭動，開始牙牙學語。

女媧笑了，她現在再也不孤單了。她把小人放在黃河岸邊，捧了另一把泥土，又捏了起來。

人就這麼從土裡造出來，也總會回歸塵土。

「然後呢？」一個睡意朦朧的聲音問。

「明天晚上再告訴你們，」美姬．趙說：「現在該睡覺了。」

她把博比和莉迪亞的被子蓋好，關掉房間的燈，關上身後的門。

她靜靜站了一會兒，仔細聽著，彷彿能聽見光子湧流過光滑旋轉的船身。

當海沫號盤旋著遠離太陽，巨大的太陽帆靜靜在真空中伸展開來，就會年復一年地加速，直到太陽變成暗紅色，無限期漸漸消失的夕陽。

過來看看這個，約翰，美姬的先生，也就是第一任船長在她心裡輕聲說。他們能透過植入腦中的極細小光學神經介面晶片跟彼此交談。晶片和光脈衝會在語言處理的皮質區域刺激轉基因神經元，讓基因神經元像真正說話時一樣運作。

美姬有時候覺得這個植入的晶片是一種迷你太陽帆，光子被伸展開來產生意念。

約翰覺得科技是不太浪漫的事。即便用了十年，他還是不喜歡在彼此腦中說話。他了解這個溝通系統的優點，可以讓他們立刻聯繫到對方，卻總覺得生硬又疏離，好像他們慢慢成了半機械人，所以除非緊急必要，不然他從來不用。

我要過去了。美姬說完快速走到靠近船中央的研究艙。這裡旋轉船身模擬的重力比較輕一點，拓殖者們開玩笑說研究艙的位置可以幫助思考，因為更多充氧血會流向腦部。

美姬．趙被選中參與任務是因為她是自給生態系統的專家，也因為她年輕又有生育力。船以極低的光速航行，要抵達室女座61，即使把適度的時間膨脹效應算進去，也要將近四百年（以星船的架構來說）。這個計畫含括後代的子子孫孫，也許有一天，拓殖者的後裔能把原來三百位拓殖者的記憶傳承下去，帶到外星世界的地表。

她在研究艙見到約翰，他遞給她一台平板要她看，什麼也沒說。他總會給她時間整理對某些新事物的看法，不會多話。他們好幾年前開始約會時，這是她最先喜歡上他的一點。

「真讓人訝異。」她說著看了那抽象圖像一眼。「十年來地球第一次聯繫我們。」

很多地球上的人覺得「海沫號」是件蠢事，是政府無法解決真正問題的宣傳手段。當地球上還有人因飢餓和疾病而死的時候，怎麼有理由去執行需時好幾世紀的星際任務？發射之後，地球的聯繫極少，然後就斷了。新管理部門不想一直花錢買那些昂貴的地面天線，也許希望把這一船傻子遺忘。

但現在，他們穿越空虛的太空傳話過來。

她讀著剩下的訊號時，表情漸漸從興奮轉變成不可置信。

「他們堅信全人類應該一起享有這長生不老的禮物。」約翰說：「包括最遙遠的拓殖者。」

傳來的訊息描述一種新醫學技術。一種小型改良版病毒——分子奈米電腦，有些人喜歡這樣想——自行在身體細胞內複製，在DNA鏈的雙螺旋上下游移，修復受損處、抑制某些區域並活化其他區域，淨效應是終止細胞衰老與停止老化。

人類再也不會死亡。

美姬看著約翰的眼睛。「我們可以在這裡複製這種技術嗎？」**我們將會活著走上另一個世界，呼吸不是循環空氣的空氣。**

「是的，」他說：「會花些時間，但我想可以。」然後他猶豫了。「可是孩子們……」

博比和莉迪亞並非意外的結晶，而是一連串縝密演算的結果，包括人口計畫、初期胚胎篩選、基因健康程度、預期壽命、資源再生和消耗率。

海沫號上的每一克物質都至關重要，有足夠的資源支持穩定的人口，但沒有計算錯誤的空間。孩子們的出生時間必須安排好，以便有一定時間跟父母學習需要學習的事，並在長輩平靜死去、由機器處理掉時接替他們的位置。

「……將會是我們著陸前最後一批出生的孩子了。」美姬替約翰把話說完。海沫號上大人和小孩的人數事先都精確計算過，供給、能量，和其他上千萬種變數都與之攸關。雖然預留了一些安全差數，但若人口全都是健壯、長生不老的大人，星船便無法供給他們所需的熱量。

「我們也可以死去，讓孩子長大。」約翰說：「或我們永遠在一起，讓他們一直保持小孩的樣子。」

美姬想像著：在年紀很小的時候使用病毒，能遏止生長和成熟，孩子們會保持小孩的模樣好幾個世紀，沒有後代。

美姬心裡終於明白了什麼。

「這就是為什麼地球突然又對我們有興趣了。」她說。

「地球只是一艘非常大的船。如果沒有人死，最後也會把空間用盡。現在地球上沒有比這更迫切的問題了，他們得跟隨我們移居到太空。」

你好奇為什麼有這麼多關於人類後來變成怎樣的故事嗎？因為所有真實故事都有很多種敘述方式。今晚，我跟你說另一個故事吧。

很久很久以前，住在奧蒂斯山的泰坦神族統治了這個世界。泰坦神族中最偉大、最英勇的人是克洛諾斯，他帶領族人對抗他的暴君父親，烏拉諾斯。克洛諾斯殺了烏拉諾斯以後，成為眾神之王。但隨著時間過去，克洛諾斯自己也成了暴君。也許是害怕他對他父親做的事會發生在自己身上，當克洛諾斯的孩子出生，他就把他們通通吃掉。

克洛諾斯的妻子瑞亞，剛剛生下兒子宙斯。為了救這個男孩，她用毯子把一顆石頭包得像嬰兒一樣，騙克洛諾斯吞下去，並將真正的嬰兒送到克里特島，他在那裡喝羊奶長大。

不要那個表情，我聽説羊奶滿好喝的。

當宙斯終於準備好面對他父親時，瑞亞餵克洛諾斯喝了一種苦酒，讓他把吞下的孩子，也就是宙斯的哥哥姊姊們全吐了出來。宙斯領著奧林帕斯眾神（這是宙斯和他的兄姐們後來為人所知的名稱），浴血對抗他父親和泰坦神族人，征戰了十年。最後，新神戰勝了舊神，克洛諾斯和泰坦神族被關進暗無天日的塔耳塔羅斯。

奧林帕斯眾神繼續生育自己的孩子，因為那是世界的法則。宙斯自己有許多孩子，有些是凡人，有些不是。他最喜歡的孩子是雅典娜，從他的頭、以他的意念出生的女神。他們的故事也很多，我下次再告訴你。

部分沒為克洛諾斯而戰的泰坦神族人被赦免了。普羅米修斯就是其中一個，他用泥土捏出人類，聽説他彎身對他們悄悄説著智慧的話語，讓他們有了生命。

無從得知他教了什麼給這些新生物——我們。但他是見證兒子起而對抗父親、新世代取代舊世代，見證每次世界改頭換面的神。我們可以猜到他可能説了什麼。

反抗。改變是唯一不變的事。

「死是很容易的選擇。」美姬説。

「是對的選擇。」約翰説。

美姬還想在腦子裡吵，但約翰拒絕。他想用唇、用舌頭、用爆發的空氣、用古老的方式説話。

海沫號建造時，去除了每一公克不必要的物質。牆很薄，艙室緊密相連，美姬和約翰的聲音在船艙和走道裡迴響著。
整艘船上，其他家庭也有同樣的爭執在他們腦子裡，人們停止傾聽。
「老人必須死，讓出位置給新生命。」約翰說：「妳報名的時候就知道，我們不會活著看海沫號登陸。我們孩子的孩子，未來世代才是要住在新世界的人。」
「我們可以自己登陸新世界，不必把所有的辛苦工作留給還沒出生的後代。」
「我們要為新殖民地帶去有活力的人類文化，誰也不知道這項醫療技術對我們的心理健康會有什麼長遠影響——」
「我們參與計畫就是為了探索，我們一起想辦法——」
「如果我們對這誘惑讓步，我們著陸時就會是一群四百歲、怕死、而且腦袋僵化在舊地球上的老人。我們怎麼教孩子犧牲的價值、勇氣和重新開始的意義？我們簡直不是人類了。」
「我們在同意這項任務的那一刻就已經不是人類了！」美姬停下來控制自己的聲音。「面對現實吧，生育演算系統才不管我們或我們的孩子。我們只不過是運送一批計畫好的、最理想的基因到目的地的工具。你真的希望世世代代在這地方生生死死，除了這狹窄的金屬通道外一無所知嗎？我才擔心他們的心理健康。」
「死亡對人類的發展是有必要的。」他的語氣很堅定，她聽得出他希望他們談到這裡就好。
「人必須死，才能保有人性，這是沒有事實根據的迷思。」美姬看著丈夫，心很痛。他們之間有鴻溝，如同時間的膨脹一樣無法阻擋。
她現在在他腦中說話。她想像自己的思緒轉換成光子，闖進他的大腦，試圖照亮那鴻溝。對死亡妥協那一刻，我們就不是人類了。

約翰回望著她，沉默無語，沒在她思緒裡說，也沒開口，這是他把該說的話都說完了的意思。

他們就這樣好久好久。

上帝一開始創造的人類是長生不老的，大概就像天使一樣。

在亞當和夏娃選擇吃下善惡樹的果實之前，他們不會變老，也從來不會生病。他們白天在伊甸園裡耕作，夜晚享受彼此的陪伴。

對，我想伊甸園有點像是培養液艙。

有時候天使會來拜訪他們，而且根據米爾頓的說法——他生得太晚，沒看過沒有註解的《聖經》——他們談論、思索一切事物：地球是否繞著太陽轉，還是有其他方式？其他星球有沒有生命？天使們也做愛嗎？

噢，不，我不是在開玩笑。你可以用電腦查查看。

亞當和夏娃永保年輕，而且永遠充滿好奇心。他們不需要死亡來提供生存目標、激發學習與工作動力，或賦予存在意義。

如果這個故事是真的，那我們永遠也不需要死。而了解善惡，其實就是了解悔恨與遺憾。

「婆婆，妳知道一些很奇怪的故事。」六歲的莎拉說。

「這些是古老的故事。」美姬說：「我小的時候，奶奶跟我說了很多故事，我也讀了很多書。」

「妳希望我像妳一樣永遠活著，不會變老，不會有一天跟我媽媽一樣死掉嗎？」

「我無法告訴妳要怎麼做，甜心。妳大一點的時候會知道的。」

「像了解善惡一樣嗎？」

「有點類似。」

她彎身，盡可能輕柔地親吻她的曾曾曾——已經多到她數不清了的——孫女。和所有在海沫號的低引力環境出生的孩子們一樣，她的骨頭又細瘦又精緻，像鳥一樣。美姬關掉夜燈離開。

雖然美姬再一個月就要過四百歲生日了，但她看起來就是三十五歲，一天都沒老。青春之泉的配方，地球給拓殖者最後的禮物效果很好，後來他們就完全失聯了。

她停下腳步，嚇了一跳。一個大概十歲的小男孩等在她的艙室門口。

博比，她說。除了那些還很小、沒有植入晶片的孩子外，現在所有拓殖者都能用意念交流。這樣快多了，而且更隱密。

那男孩看著她，沒有出聲，也沒有傳遞意念。她對他和他父親有多相像感到詫異。他們有同樣的表情、同樣的調調，甚至同樣會用不說話來表態。

她嘆口氣，打開門，跟在他身後走進去。

再一個月。他說。他坐在沙發扶手上，腳才不會懸空。

船上的每個人都在倒數。再一個月他們就會在室女座61 e第四顆衛星的軌道裡，他們的目的地，一個新的地球。

我們登陸之後，你會改變——她猶豫，但沒多久便繼續說——**你的外表嗎？**

博比搖搖頭，一絲孩子氣的不耐煩從他臉上閃過。媽，我很久以前就做好決定了，就這樣。我喜歡我現在的樣子。

最後，海沫號上的男男女女決定把永生的選擇留給每個人。

船上封閉生態系統的冰冷數學演算顯示，每當有人選擇永生，就有個孩子必須保持孩子的樣貌，直到另一個人決定變老和死亡，空出一個成人的新空間。

約翰選擇老化和死去，美姬選擇永保青春。他們一家人坐在一起，卻有點像要離婚的感覺。

「你們其中一個會長大。」約翰說。

「哪一個？」莉迪亞問。

「我們覺得要交給你們決定。」約翰說著看了美姬一眼，她不情願地點點頭。

美姬覺得她丈夫把這種選擇丟給孩子既不公平又殘忍。如果孩子們不知道長大的真正意義，他們怎麼能決定自己想不想要長大？

「妳和我決定大家要不要永生沒有比較公平。」約翰說：「我們也不真正知道那代表什麼。把這種問題丟給他們很可怕，但替他們決定更殘忍。」美姬同意他的話沒錯。

這彷彿在要求孩子選邊站，但也許就是。

莉迪亞和博比看著彼此，似乎有了沉默的共識。莉迪亞站起來，走過去抱著約翰。同時，博比過去擁抱美姬。

「爸爸，」莉迪亞說：「我的時間到的時候，我會和你做一樣的決定。」約翰摟緊她，點了點頭。

接著莉迪亞和博比交換位置，再次擁抱他們的父母，假裝一切都很好。

對那些拒絕配方的人來說，生命照著計畫前進。約翰老的時候，莉迪亞長大成人：一開始是彆扭的青少年，然後是漂亮的少女。她和性向測驗預期的一樣學工程學，而且確定自己**真的**喜歡凱瑟琳，那個害羞年輕的醫生，電腦建議她會是她的好伴侶。

「妳會和我一起變老死去嗎？」莉迪亞有天問紅著臉的凱瑟琳。

她們結婚，而且有了兩個女兒——在她們時間到的時候取代她們。

「妳後悔選了這條路嗎？」有一次約翰問她。他那時非常老，而且病得很重，再兩個禮拜電腦就會給藥，讓他睡著再也不醒來。

「不後悔。」莉迪亞雙手握著他的手說：「當有新個體取代我的位置時，我不會害怕讓出位置。」

但誰能說我們不是那個「新個體」呢？美姬心想。

某種意義上，她的選擇贏了這場爭論。多年來，愈來愈多拓殖者決定加入永生的行列，但莉迪亞的子孫總是頑固地拒絕。莎拉是船上最後一個沒有使用配方的孩子。美姬知道莎拉長大後，會懷念床前故事的時間。

博比的身體年齡停在十歲，他和其他永生的孩子很難融入拓殖者的生活。他們有數十年——有時候是幾個世紀——的經驗，但維持著年幼的身體和腦袋。他們擁有成人的知識，又保有孩子的情緒和心理彈性。他們可以很老，同時也很年輕。

人們在船上應該扮演什麼角色，這件事始終充滿爭議和歧見，偶爾當孩子要求長大的時候，曾經想永遠活下去的父母會放棄自己的選擇。

但博比從來沒有要求要長大。

我的腦袋有十歲的可塑性，為什麼要放棄？博比說。

美姬必須承認，她和莉迪亞及她的子孫在一起總是比較自在。雖然他們都和約翰一樣選擇死去，這對她的選擇可能是一種非難，但她發現自己比較能了解他們的生活，也比較能融入他們。然而，和博比在一起，她無法想像他腦袋裡裝了什麼。她有時候會覺得他有點詭異，她知道這是五十步笑百步，他只不過做了和她一樣的決定。

但你體驗不到長大的感覺，她說。**用男人的方式去愛人，而不是男孩的方式。**

他聳聳肩，對他沒有過的東西無動於衷。**我可以很快學會新語言，這讓我很容易吸收新的世界觀，我會永遠喜歡新事物。**

博比轉換到有聲交談，他高昂的男孩聲音充滿了興奮和渴望。「如果我們在下面見到新生命和新文明，就會需要像我一樣的人，永遠的孩子，無畏無懼地學習和了解他們。」

美姬已經很久沒有真正聽見她兒子説話了，她被説動了。她點點頭，接受他的選擇。

博比臉上綻放出美麗的笑容，那幾乎比所有曾活過的人類看得更多的十歲男孩笑容。

「媽，我會有那個機會的。我是來告訴妳，我們收到室女座61 e第一次近距離掃描的結果。有生命居住。」

海沫號下方，那顆星球緩緩轉動。它的表面覆蓋一個極板網柵，上面有六邊形和五邊形的貼片，每片有一千六百公里寬。有大約一半的貼片如黑曜石一般黑，其它的則是褐色顆粒狀。室女座61e讓美姬想起足球。

接駁港灣裡，美姬盯著站在她面前的三個外星人。每一個大概182公分高。金屬身，圓筒體，一節一節的，以四條柴枝般細瘦、多關節的腿支撐著。

當那些飛行器第一次靠近海沫號，拓殖者以為是小型偵查船，但掃描確認裡面沒有任何有機體。接著拓殖者們又以為它們是獨立探測飛船，直到它們走到星船的攝影機前，伸出手輕敲鏡頭。

對，手。金屬身體中間以上有兩條長長彎曲的手臂伸出，末端柔軟可彎的手是精密合金絲網。美姬低頭看自己的手，外星人的手看起來跟她的一樣：四根修長手指、一個對生拇指、靈活的關節。

整體看來，外星人讓美姬想到人馬機器人。

每個外星人最上方有密佈一堆玻璃透鏡的球形突起，像複眼。除了眼睛，這顆「頭」也覆蓋了密密麻麻一排釘銷，附在如海葵觸手般同時動作的促動器上。

釘銷發出微光，像波浪漂過。他們緩緩呈現打了馬賽克一樣的眉毛、嘴唇、眼皮——臉，一張人類的臉。

外星人開始說話，聽起來像英文，但美姬聽不懂。音位[1]和不停變換的釘銷圖案一樣令人費解，毫無連貫性。

是經過好幾世紀發音演變的英文，博比對美姬說。**他在說：「歡迎回到人類世界。」**

1 最小的聲音單位。

外星人臉上的精密釘銷變了，露出一個微笑。博比繼續翻譯。我們在你們離開很久之後離開地球，但我們比你們快，幾世紀前就超過你們了。我們一直在等你們。

美姬感覺到她周圍的世界在改變。她看了看四周，許多老拓殖者——永生的人——看起來很震驚。但博比——永遠的孩子——走向前。「謝謝你。」他大聲說，回以微笑。

莎拉，我跟妳說個故事。我們人類一直都依賴故事來免於對未知的恐懼。

我告訴過妳瑪雅神祇怎麼用玉蜀黍創造人類，但妳知道在那之前，祂們試著造過好幾種生物嗎？一開始是動物：美洲豹和金剛鸚鵡、比目魚和疣唇蛇、巨鯨和懶洋洋的樹懶、五彩鬣蜥和敏銳的蝙蝠。（我們等一下可以用電腦查這些動物的圖片。）但動物只會發出嘎嘎聲和吼叫，無法說出牠們造物者的名字。

所以眾神從土裡捏出生命，但泥人無法定型。他們的臉因為水分慢慢下垂，渴望再度回歸形塑他們的土地。他們無法言語，只能發出不連貫的咯咯聲。他們愈來愈往一側傾斜，而且無法生育，無法延續自己的存在。

眾神接下來做的是我們覺得最有趣的事。他們創造了一群木頭矮人，像玩偶一樣。接合的關節讓四肢可以自由擺動，雕刻出來的臉讓嘴唇可以上下拍合，眼睛可以張開。這些沒有線的木偶住在房子和村子裡，為生活忙碌。

但眾神覺得木偶人沒有靈魂也沒有心，才會無法讚美他們的創造者。他們降下一道洪水，摧毀木偶人，還驅使叢林裡的動物攻擊他們。當眾神的憤怒平息，木偶人已經變成了猴子。

這時眾神才轉而用玉蜀黍。

很多人在想，輸給玉蜀黍的孩子，木偶人是不是真的服氣。也許他們暗地裡仍在等待機會回來，讓萬物演變徹底翻轉。

黑色六角形的貼片是太陽能板，三位來自室女座61e的使者領隊，阿塔斯解釋著。並非在一起可以提供人類在這個星球居住的所需能量。褐色的塊狀區域是城市，巨大陣列中有無數人類居住，就像虛擬圖像一樣。

阿塔斯和其他拓殖者剛到的時候，室女座61e並不適合地球生命居住。它太熱，空氣太毒，存在的外星生物多半是微生物，而且很致命。

但阿塔斯和其他登陸地表的物種不是人類，不是美姬能想像的人類。比起水，他們有更多金屬成分，而且不再受有機化學身體的限制。拓殖者很快建造了鐵工廠和鑄造廠，他們的子孫迅速遍佈整個星球。

他們大部分時間選擇進入奇點——人造有機且全面的世界心智。萬古光陰在這裡一秒而逝，意念以量子計算的速度運作。在位元和量子位的世界裡，他們如神一般。

但有時候，古老的本能渴望形體，於是他們選擇以人的樣子包裹在機器中，如同阿塔斯和其他夥伴。他們在這裡的時間過得很慢，是原子和星辰的時間。

鬼和機器人再沒有界線。

「這就是人類現在的樣子。」阿塔斯說著緩緩轉了一圈，把他的金屬身體展示給海沫號上的拓殖者看。「我們的身體是鋼鐵和鈦做的，我們的頭腦是石墨烯和矽。我們基本上堅不可摧。看，我們甚至不需要太空船、太空裝、層層保護就可以在太空中移動。我們把容易腐敗的肉體拋下了。」

阿塔斯和其他人認真看著他們身邊的古老人類。美姬盯著他們的深色鏡片看，試圖想像這些機器人會有什麼感覺。好奇？懷念？同情？

美姬驚慄於這種改變：金屬臉、血肉的粗糙仿製體。她看向博比，他顯得雀躍萬分。

「如果你們想，可以加入我們，或繼續維持原樣。當然你們對我們的生存模式沒有經驗，會很難抉擇。但你們一定要做出選擇，我們不能替你們決定。」

新個體。美姬心想。

即便是永保青春和長生不老，跟成為機器人的自由相比，都似乎不那麼美好了。一個會思考的機器人，擁有水晶載體的樸素之美，沒有雜亂不完美的活細胞。

最後，人類超愈演化，進入智能設計的時代。

「我不怕。」莎拉說。

其他人都離開後，她要求要跟美姬在一起幾分鐘。美姬抱著她很久很久，小女孩也緊緊抱著她。

「妳覺得約翰爺爺會對我失望嗎？」莎拉問：「我沒有做跟他一樣的決定。」

「我知道他會希望妳自己決定。」美姬說：「人都會變，變成新的物種；或繼續當人類，漸漸變老。我們不知道當他像妳一樣必須抉擇時，會做什麼決定，但無論如何，不要讓過去主宰妳的人生。」

她親親莎拉的臉頰讓她離開。一個機器人進來，牽著莎拉的手走出去，好讓她轉換形體。她是最後一個沒有使用配方的孩子，美姬心想。而現在，她將是第一個成為機器人的人。

雖然美姬拒絕看其他人轉換形體的過程，但在博比央求下，她看著兒子被一塊塊換掉。

「你永遠不會有孩子了。」她說。

「完全相反。」他邊說邊收攏他的新金屬手。金屬手比他原來的手，孩子的手，還大還壯。「我將會有無數孩子，從我的意念而生。」他的聲音是滿好聽的機器聲，像病患教學系統的聲音。「他們將會繼承我的思想，如同我繼承妳的基因。等到有一天，如果他們想的話，我可以為他們打造身體，如同我將要裝上的這副一樣美麗有用。」

他伸手觸碰她的手臂，冰冷的金屬指尖輕輕滑過她的皮膚，不知不覺變成像活組織一樣收縮的奈米結構。她倒抽一口氣。

博比的臉是張有千萬釘銷的精密網狀物，開心地泛起漣漪。他微笑著。

她不由自主地遠離他。

博比漾起漣漪的臉變得凝結，然後再沒有表情。

她明白那無言的抗議。她有什麼權利嫌惡呢？她不也把自己的身體當成機器一樣對待，只是，是個有脂質和蛋白質、有細胞和肌肉的機器。她的意念也在軀殼裡，一個活得比它搭配的生命還要久的肉體軀殼。她和他一樣「不自然」。

看著兒子消失在一副會動的金屬殼裡，她還是哭了。

他再也不能哭了，她繼續想著，彷彿那是唯一一件將她和他區隔開來的事。

博比是對的。那些保持小孩樣子的人比較快決定要轉換形體。他們的思想富有彈性，對他們來說，把肉體轉變成金屬不過是硬體升級。

相反地，年紀較大的人猶豫著，不願拋去過去，不願拋去最後一點人的屬性。但他們也一個一個妥協了。

好些年來，美姬始終是室女座61e上唯一的有機體人類，也或許是全宇宙唯一一個。機器人們為她蓋了一幢特別的房子，隔離熱氣、毒氣和星球上不停息的噪音。美姬埋頭瀏覽海沫號的檔案紀錄，人類久遠消逝的過去的紀錄。機器人們大部分時候都讓她一個人待著。

一天，一個大概六十公分高的小機器人進到她屋裡，遲疑地靠近她。她覺得它像隻小狗。

「你是誰呀？」美姬問。

「我是妳的孫子。」小機器人說。

「所以博比終於決定要生孩子了，」美姬說：「他拖得夠久了。」

「我是我爸爸第五百零三萬二千三百二十二個孩子。」

美姬感到一陣暈眩。博比轉換形體成機器人後，不久便決定全心進入奇點。他們已經很長一段時間沒說過話了。

「你叫什麼名字？」

「我沒有妳想的那種名字，不過叫我雅典娜好了。」

「為什麼？」
「小時候父親常跟我講一個故事，這是故事裡的名字。」
美姬看著小機器人，表情柔軟下來。
「你多大了？」
「這個問題很難回答。」雅典娜說：「我們是虛擬的，而且做為奇點的一部分，我們存在的每一秒都由數以萬億計的計算週期組成。在這種狀態下，我一秒鐘的意念可能比妳一輩子有過的還多。」
美姬看著她的孫子，一台迷你人馬機器人，精神飽滿又閃閃發亮，而且以大多數算法來說，是比她更老和更有智慧的生命。
「那你為什麼要以這個樣子出現，讓我以為你是小孩？」
「因為我想要聽妳的故事。」雅典娜說：「古老的故事。」
還是有年輕人，美姬心想。**還是有新個體。**
為什麼舊的不能再次成為新的？
於是美姬決定轉換形體，重新與她的家人團聚。

起初，這世界是個巨大真空，充滿毒物的冰河以十字形劃過。毒物凍結、滴下，形成第一個巨人，尤彌爾，和一頭巨大牝牛，歐德姆布拉。

尤彌爾以歐德姆布拉的奶為食，逐漸茁壯。

當然你沒看過母牛。嗯，牠是一隻產牛奶的生物，牛奶是一種你一定會喝的東西，如果你還是……

我想這有點像你吸收電力，小時候一開始是一滴一滴，等長大一點，就要有大一點的電量來供給你力氣。

尤彌爾長了又長，直到最後，三位神——威利、菲和奧丁三兄弟——殺了他。祂們用他的屍體創造了世界：他的血變成溫暖、鹹鹹的海水；他的身軀變成富饒的土壤；他的骨頭是堅硬新墾的山丘；他的頭髮是搖擺著的黑暗森林。神祇們從他寬寬的眉毛刻出米德加爾特，人類居住的地方。

尤彌爾死後，三位兄弟神祇沿著海灘走。在海灘盡頭，他們見到兩顆靠著彼此的樹。神祇們用它們的木頭做出兩個人形，其中一位神對木頭人吹了口氣，使他們有生命；另一位給予他們智慧，第三位則給了他們感受和說話的能力。這就是阿斯克與恩布拉，第一個男人和第一個女人的由來。

你對男人和女人是樹做的很懷疑？但你是金屬做的呢，誰說樹不可以？

現在我來跟你說說這些名字背後的故事。「阿斯克」是「梣樹」做的，梣樹是一種用來鑽木取火的堅硬樹木。恩布拉是「榆樹」做的，榆樹是一種比較軟的木材，很容易點燃。說這個故事的人們覺得快速鑽木取火的動作和性愛很像，也許這才是他們真正想說的故事。

昔日你的祖先們一定會對我這麼直接跟你講「性愛」感到震驚。這個詞彙對你仍是神祕的，但沒有它曾經的誘惑了。在我們還不知道怎麼永生之前，性愛和孩子是讓我們最接近不朽的方式。

如同逐漸繁榮的地方，奇點開始送一批批拓殖者離開室女座61e。

有天，雅典娜來找美姬，告訴她，她準備好要擁有形體，以及自己的去處了。

想到再也見不到雅典娜，美姬覺得一陣空虛。所以即便是機器人，還是有可能去愛。

我跟你去吧？她問道。**讓你的孩子們跟過去有某些連結，這樣很好。**

雅典娜聽她這麼說，流露出強大又具感染力的喜悅。

莎拉來跟她說再見，但博比沒有出現。他一直都沒有原諒她在他成為機器人那一刻的嫌惡。

即便不死之人也有遺憾，她想。

於是他們有如機器人馬的金屬殼裡裝滿一百萬個意念，像一群蜜蜂要離開去尋找新的蜂巢。他們升上空中，把四肢收在一起，身形像優雅的淚珠般，直直上升。

上升再上升，他們穿過刺鼻的空氣，穿過緋紅的天空，衝出這顆沉重星球的重力井，隨著太陽風的氣流變動和讓人暈眩的銀河旋轉前進，他們出發穿越一片星海。

光年復光年，他們穿過星辰之間的真空。他們經過已有更早的拓殖者居住的星球，有了他們自己六角形太陽能板和嗡嗡哼唱的奇點，現在那些世界繁盛起來。

他們繼續向前飛，尋找完美星球，一個可以當做他們新家的新世界。

他們飛著飛著，聚在一起對抗太空冰冷的空洞。智慧、錯綜複雜的事物、生命、計算數值——和巨大無窮的真空相比，一切看起來如此渺小和微不足道。他們感受到遙遠黑洞的渴望，和新星爆炸的壯觀光芒。而後他們靠近彼此，尋求共有人性的慰藉。

他們繼續半夢半醒地飛行時，美姬跟拓殖者們說故事，在拓殖者的星座間編織她一縷縷像蜘蛛絲般的電波。

夢境時代有很多故事，大部分祕密而神聖，但有些為人所知，這就是其中之一。

起初有天和地，地面又平又單調，像我們身體發光的鈦合金表層。

但地表之下住著睡夢中的靈魂。

時間流逝，靈魂們從睡夢中甦醒。

它們破土而出，變成動物的形體：鴯鶓、無尾熊、鴨嘴獸、澳洲犬、袋鼠、鯊魚……有些甚至變成人形。它們的形體並未固定，可以隨意念改變。

它們在地上漫遊，塑造地表，踩出谷豁，堆出山丘，碎地造沙漠，挖地造河流。

它們還生了孩子，不能改變形體的孩子：動物、植物、人類；這些孩子在夢境時代出生，但不是夢境時代的一份子。當這些靈魂累了，便沉入來處的土地裡，而留下的孩子只對夢境時代，那時間出現以前的時間，剩下模糊的記憶。

但誰說它們不會回返，回到它們能夠用意念改變形體的時代，回到時間沒有意義的時代？

他們從她的話中醒來，進入另一場夢。

這一刻，他們漂浮在太空的真空中，距離目的地還有好幾光年之遙。下一刻，他們被閃爍的光圍繞。

不，不完全是光。雖然他們底座的晶體可以看見超越原始人類眼睛的能見光，但周遭這個能量場的振動頻率遠高或低於他們的能見極限。

配合著美姬和其他拓殖者的意識飛行，能量場慢了下來，

現在不遠了。

這個想法像波浪一樣推促他們的意識，他們所有的邏輯閘彷彿都共鳴起來。這感覺既陌生又熟悉。

美姬看著飛在她身旁的雅典娜。

聽到了嗎？她們同時說。她們的意念輕拍彼此，電波的擁抱。

美姬用一縷意念探出太空。**你是人類嗎？**

停頓長達十億分之一秒，以她們移動的速度來看彷彿是永遠那麼久。

我們很久沒那樣想過自己了。

美姬接收到一陣意念波、影像、感受從各個方向推進她體內，非常震撼。

在那毫微秒間，她體驗到沿著氣態巨型星表面漂浮的愉悅感；氣態巨型星是風暴的一部分，那風暴足以吞噬地球。她知道了游過星星的色球層、騎著曳火流星和飛升幾億公里的火焰是什麼感覺。她感覺到整個宇宙成了自己的遊樂園，卻沒有家的感覺。

我們隨你們而來，然後超過你們了。

歡迎光臨，古老的人們。現在不遠了。

很久很久以前，我們知道很多創造世界的故事。每塊大洲都有很多人，每一個人都說著自己的故

事。

然後很多人消失了，他們的故事被遺忘。

這是還流傳著那一個。扭曲、碾碎、重述，以符合陌生人們想聽的，然而，裡頭還留有一些事實。

世界之初是一片沒有光的真空狀態，靈魂活在黑暗之中。

太陽先醒來了，它讓水蒸氣升到天空中，烤乾了大地。其他靈魂——人、美洲豹、鶴、獅子、斑馬、野獸，甚至河馬——接著醒來，他們走過曠野，興奮地跟彼此說話。

但接著太陽落下，動物們和人坐在黑暗中，害怕得不敢動。只有當早晨再次到來，大家才能再開始活動。

但人不願每晚等待。有一晚，人發明了火，有了順從自己意志的太陽、光和熱。那一晚之後，火區隔了人類和動物。

所以人總是渴望著光，給予他生命的光，讓他回到原處的光。

而夜裡，他們圍繞著火，告訴彼此真實的故事，一遍又一遍。

美姬選擇成為光的一份子。

她褪去機械外殼，這麼久以來的家和身體。

已經幾世紀了嗎？幾千年？幾萬年？這些時間的計算單位再沒有任何意義。

現在的能量圖，美姬和其他人學會聚合、開散、閃爍和發出光波。她學會怎麼讓自己漂浮在星體之間，她的意念成了一縷跨越時空的絲帶。

她疾速前進，從銀河的一端航行到另一端。

有一次，她正巧經過現在是雅典娜的能量圖。美姬感覺到這孩子一陣輕輕顫動，像是笑聲。

這太美了對嗎，婆婆？改天來找我和莎拉嘛！

但美姬來不及回應，雅典娜已經太遠了。

我想念我的外殼。

那是博比，她盤旋在黑洞邊時遇見他。

幾千年來，他們在事件視界之外一起凝望著黑洞。

這非常美，他說。**但有時候我覺得我更喜歡自己的舊軀殼。**

你老了。她說。**跟我一樣。**

他們靠近彼此，宇宙的這個區域亮了一下，像離子風暴的笑聲。

然後他們對彼此說再見。

這是一個美好的星球，美姬心想。

這是個小行星，岩石有點多，多數被水覆蓋。

她在靠近河口的一個大島嶼著陸。

太陽掛在頭頂之上，溫暖的她能看見熱氣從泥濘的河岸升起。她輕輕滑行過沖積平原。

泥土太吸引人了。她停下來，壓縮自己，直到能量圖夠強壯。她攪拌著河水，從豐饒肥沃的泥土裡捧起一把土放在岸上。然後她捏土，捏出人形：兩手插腰、雙腳打開、圓圓的頭有淺淺凹陷和突出，是眼睛、鼻子、嘴巴。

她對著約翰的泥像看了一會兒，摸摸它，放在陽光下曬乾。

她看看自己的所在地，看見草地葉片上有明亮的矽珠，和試圖吸取每一道陽光的黑色花朵。她看見銀色的影子衝進棕色水裡，金黃色影子滑過靛藍的天空。她看見覆蓋著鱗的巨大身軀笨重地移動，在遠處吼叫，旁邊的河附近有個大噴泉在噴水，溫暖的霧氣裡出現了彩虹。

她獨自一人，沒有人跟她說話，沒有人能分享這一切美好。

她聽見一陣侷促不安的沙沙聲，想尋找聲音來源。河的不遠處，頭上密佈眼睛的小生物從蓊鬱的森林中窺探，牠們的眼睛像鑽石。森林是由三角形樹幹和五角形樹葉組成。

靠近再靠近，她飄向那些生物，不費力地進入它們體內，抓起某串長長的分子鏈，它們下一代的指令。她輕輕扭轉一下，然後放開。

那些生物們因它們體內調整過的奇怪感覺叫喊著，飛掠四散。

她沒做什麼事，只是個小調整，往對的方向推了一下而已。這個微調會持續改變，變化會在她離開很久以後持續累積。幾百個世代後，這些變化將足以形成火花，一個能持續增長的火花，直到這些生物開始思考要在夜晚留一點太陽光、思考為事物命名、思考跟彼此敘說故事的來龍去脈。他們會有能力選擇。

宇宙中的新個體。家庭中的新成員。

但現在，是時候回到星體中了。

美姬從這島嶼上升。她的下方，大海差遣一波又一波浪拍打海岸，每一個打上來的浪都比前一個大，打在更遠一點的海灘上。片片海沫浮起，乘著風前往未知之處。

物哀

Mono no aware

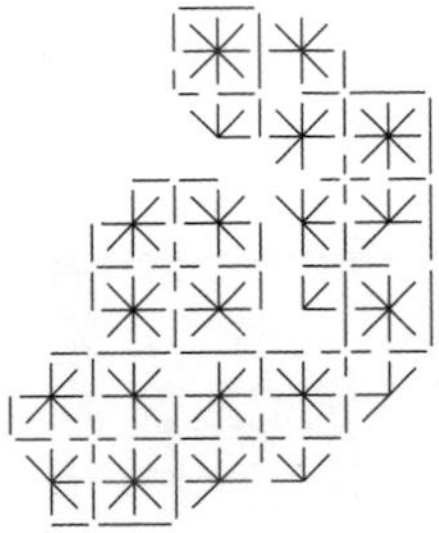

*2013*年 雨果獎最佳短篇小說獲獎
*2013*年 奇幻實驗室年度中篇或短篇翻譯小說獲獎
*2013*年 西奧多·史鐸金紀念獎決選
*2013*年 軌跡獎最佳短篇小說決選

這世界的形狀就像漢字的「傘」，只是寫得不好，跟我的筆跡一樣，所有筆畫都不成比例。

我父親一定會對我仍然孩子氣的字跡感到很羞愧。確實，很多漢字我幾乎都寫不出來了，我在日本受的正規教育只到八歲。

但為了一時之需，這不好看的漢字還是可以的。

上面的頂篷是太陽帆，雖然那歪扭的漢字只能顯示它巨大尺寸之分毫。一千公里的旋轉圓盤風扇比宣紙要薄百倍，在太空中就像一個巨大風箏，意圖攔住每顆經過的光子。就字面上看，它遮住了整個天空。

底下吊著一條長長的奈米碳管線，有一百公里長：強壯、明亮又有彈性。管線最後吊著希望者號的心臟：居住艙，一個五百公尺高的汽缸，裡面載著世上所有居民，一千零二十一位。

從太陽傳來的光推著太陽帆，推著我們，以一種無止盡擴大、無止盡加速、盤旋飛升的運行軌道遠離太陽。加速度讓我們所有人貼著艙板，讓一切有了重量。

我們的軌道帶我們朝一顆叫「室女座61e」的星星前進。現在看不到它，因為它在太陽帆的座艙罩後面。希望者號大概三百年左右會抵達那裡，快一點或慢一點。幸運的話，我的曾曾曾——我數過總共要有多少個「曾」，但現在不記得了——曾孫會看到它。

居住艙裡沒有窗戶，沒有星星偶然劃過的景象。大部分人不在乎，因為很久以前就看星星看膩淡的景象。

了。但我喜歡透過星船底部的攝影機望去，這樣能看著我們的太陽、我們過去的紅色光芒漸漸模糊黯

「大翔，」爸爸邊說邊把我搖醒：「收拾你的東西，時間到了。」

我的小行李箱已經收好，只要把圍棋放進去就行了。爸爸在我五歲時把這副圍棋送給我，我一天中最喜歡的就是跟爸爸下棋的時刻。

媽媽、爸爸和我出門的時候，太陽還沒升起，所有鄰居也已經帶著他們的大包小包站在家門外，我們在夏日星空下逐一禮貌地打招呼。一如往常，我尋找著鐵鎚星。鐵鎚星很好找，從我有記憶以來，這顆小行星始終是天上除了月亮之外最亮的星，而且一年比一年亮。

一輛車頂裝了擴音器的貨車緩緩開到街道中間。

「久留米市居民注意！請依序前往公車站，那裡有很多公車，會把大家載到火車站，大家可以搭火車前往鹿兒島市。請勿自行開車，馬路須保持暢通，留給疏散公車和公務車輛。」

所有家庭緩緩走過人行道。

「前田太太，」爸爸對我們鄰居說：「我幫您拿行李吧？」

「太感謝了。」老奶奶說。

走了十分鐘之後，前田太太停下來靠著路燈。

「再走一段就到了，奶奶。」我說。她點點頭，但喘得沒辦法說話。我試著鼓勵她。「妳期待見到妳在鹿兒島市的孫子嗎？我也很想念阿道。妳可以跟他一起坐在太空船裡休息，他們說每個人都有

位子。」

媽媽讚許地對我微笑。

「我們在這裡真是幸運。」爸爸說。他指指依序走向公車站的一排排人；指指穿著乾淨襯衫和鞋子、看起來嚴肅的年輕人；中年婦女攙扶著她們年邁的長輩；街道乾淨空曠，而且靜謐——雖然人很多，卻連一句悄悄話也沒人說。整個空氣似乎因著所有人——家人、鄰居、朋友、同事——之間的緊密連結而閃耀著，就像隱形但堅固的線。

我在電視上看過世界其他地方正發生的事：搶劫，尖叫，在街上跳腳，軍人和警察對空鳴槍、有時對人群開槍，著火的建築，疊起的成堆屍體，上將咆哮，群眾暴走，發誓就算世界末日也要為幾百年前的舊事復仇。

「大翔，我希望你記得這一切。」爸爸說。他看看四周，為之動容。「我們在面對災難的時候，展現身而為人的力量。明白我們並不是孤單的個體，而是在一張相互牽絆的關係網裡。一個人必須超越小我的需求，所有人才能和諧共處。個人渺小又力量微薄，但整體緊緊相連，日本這個國家就會堅不可摧。」

「清水老師，」八歲的博比說：「我不喜歡這個遊戲。」

學校位在圓柱形居住艙的中心，這裡的好處是對輻射電波有最強大的防護力。教室前方掛了一張大大的美國國旗，孩子們每天早上會對著它說出心裡的願望。在美國國旗兩邊是兩排小國旗，是希望者號上其他國家生存者的國旗。最左邊是一個孩子提供的日本國旗，國旗的白色邊角現在捲起來了，曾經明亮的紅色朝陽褪成橘色夕陽。國旗是我在登上希望者號那天畫的。

博比和他朋友艾瑞克坐在桌前，我拉開桌邊的椅子。「為什麼不喜歡？」

兩個男孩中間放了一張十九乘十九的直線方格，幾顆黑色和白色石子放在直線交叉點上。

每兩個禮拜，我會有一天休假。我平常的工作是監控太陽帆的狀態，還有來這裡教孩子們關於日本的事。有時我覺得這有點怪，我對日本只有小時候的朦朧記憶，怎麼能當他們老師呢？

可是別無選擇。所有像我一樣的非美籍技師覺得有義務投入文化推廣，把我們的所學傳承下去。

「這些石頭看起來都一樣，」博比說：「而且不會動。它們很無趣。」

「你喜歡什麼遊戲？」我問。

「星際保衛戰！」艾瑞克說：「那是個好玩的遊戲，可以拯救世界。」

「我是說不在電腦上玩的遊戲。」

博比聳聳肩：「西洋棋吧！我喜歡皇后，她很厲害，而且跟別人都不一樣。她是英雄。」

「西洋棋是小規模的戰鬥遊戲。」我說：「圍棋的概念更大一點，涵蓋整個戰場。」

「圍棋裡面沒有英雄。」博比固執地說。

我不知道該怎麼回答他。

鹿兒島市沒有地方可待，所以每個人都睡在太空中心外面的路上。我們能看見地平線上巨大的銀色避難船在陽光下發亮。

爸爸向我解釋，鐵鎚星掉下來的碎片正在往火星和月亮前進，所以飛船得帶我們到更遠的地方，到太空深處才能安全。

「我想坐靠窗。」我說，邊想像星星劃過。

「你應該把靠窗的位子讓給年紀比你小的人。」爸爸說：「記得，我們都要有所犧牲才能生活在一起。」

我們把行李箱堆成牆，用被子覆蓋在上面防風和防曬。政府的視察員每天都會來發送糧食和確認一切沒問題。

「要有耐心！」政府視察員說：「我們知道進度很慢，但我們盡力而為。每個人都會有位子。」

我們很有耐心。有些媽媽在白天替孩子們安排課程，爸爸們則議定了優先制度，等飛船好的時候，有年邁長輩和嬰孩的家庭可以先上船。

等了四天後，政府視察員的保證聽起來沒那麼堅定了，人群中開始有謠言傳開。

「船出了問題。」

「造船的人跟政府說謊，還沒準備好卻說已經準備好了。現在首相窘迫得不敢承認事實。」

「我聽說只有一艘船，而且只有幾百個最重要的大人物才有位子，其他船只是展示用的空殼。」

「他們希望美國人會改變心意，替像我們這樣的盟國多造幾艘船。」

媽媽走向爸爸，在他耳邊說悄悄話。

爸爸搖搖頭阻止她：「不要再講這些了。」

「可是為了大翔——」

「不行！」我從來沒聽過爸爸這麼生氣的聲音。他停下來，壓抑著。「我們一定要信任彼此，信任首相和自衛隊。」

媽媽看起來很不開心。我伸出手，拉著她的手。「我不怕。」我說。

「這就對了。」爸爸說，聲音和緩了。「沒什麼好怕的。」

他把我抱在懷裡——我有點不好意思，因為從我很小的時候他就沒有這樣抱過我了——指著我們周遭眼睛所能見到、成千上萬密密麻麻的群眾。

「看我們有多少人在這裡：奶奶、年輕的爸爸、大姊姊、小弟弟。任何驚慌失措和在群眾中散播謠言的人，都是自私的、錯的，很多人可能會因而受傷。我們一定要堅守崗位，永遠以大局為重。」

我和敏迪慢慢地做愛。我喜歡聞她深色捲髮的味道，像海、像新鮮鹽巴一樣濃密、溫暖、搔弄著鼻子。

之後我們躺在一起，望著我天花板上的投影機。

我一直重複播放星空遠去的畫面。敏迪的工作是操控航向，她替我錄了高解析度的駕駛艙連續影像。

我喜歡假裝監控器是一台大天光鏡，而我們躺在星空之下。我知道有些人喜歡用投影機播放地球的圖片和影片，但那會讓我太過悲傷。

「日文的『星星』怎麼說？」敏迪問。

「星。」我告訴她。

「那『客人』怎麼說？」

「お客さん。」

「所以我們是『星お客さん』，星星的客人？」

「不是這樣說啦。」我說。敏迪是歌手，她喜歡除了英文之外其他語言的發音。「不知道意思的話，就很難聽見文字背後的音樂。」她曾經告訴我。

西班牙文是敏迪的母語，但她記得的西班牙文甚至比我記得的日文還少。她常常問我日文，把日文寫進她的歌裡。

我試著幫她講得詩意一點，但不確定對不對。「われわれは星の間に客に来て。」我們是星辰中的訪客。

「描述每件事都有上千種方式，」爸爸總說：「每種方式適用不同場合。」他教會我，我們的語言充滿細微的差異和含蓄的優雅，每一句話都是一首詩。語言會自行摺疊開展，沒說出口的話和說出口的一樣有意義，話中有話、層層包裹，就像武士刀的刃紋。

我真希望爸爸在身邊，這樣我就能問他：做為自己民族的最後一位生存者，要怎麼用適當的方式在二十五歲生日時說「我想念你們」？

「我姊姊真的很喜歡日本漫畫。」

敏迪跟我一樣是孤兒，這是我們互相吸引的原因之一。

「妳記得很多她的事嗎？」

「不太記得。我登船的時候才大概五歲。在那之前，我只記得很多槍聲，我們全部人都躲在黑暗中，跑啊、哭啊、偷食物吃。她總是唸漫畫書的故事讓我安靜下來，後來……」

我只看過那支影片一次。從我們的高軌道看，小行星撞上時，那個叫做「地球」的藍白色大理石似乎晃動了一下，然後，四面八方翻滾而至的靜默海浪緩緩吞沒了整個球體。

我把她拉向我，輕吻她的額頭，安慰的吻。「我們別說這些難過的事了。」

她的手臂緊緊環著我，彷彿永遠也不會放開。

「那些漫畫，妳還記得嗎？」我問。

「我記得裡面全是大機器人。我當時還想：日本好強大啊！」

我試著想像日本充滿巨大英勇的機器人，拚命拯救人類。

首相的道歉透過擴音器轉播，有些人也從手機上看到了。

我不太記得了，只記得他的聲音很小，他的樣子虛弱又蒼老，看起來真的很抱歉。「我讓大家失望了。」

結果謠言是真的。造船的人跟政府拿了錢，但並沒有如他們承諾的那樣，造出夠堅固或承載力足夠的飛船。他們一直裝模作樣到最後一刻，我們發現真相時已經太晚了。

日本並不是唯一讓國人失望的國家。這世界上的其他國家一開始發現鐵鎚星即將撞上地球時，就忙著爭執誰該多出一點力投入聯合疏散計畫。之後，計畫失敗了，多數人卻寧可賭鐵鎚星不會撞上，繼續揮霍度日，或把時間用來跟別人吵架。

首相說完話後，群眾保持著沉默。有一些憤怒的聲音，但很快也安靜下來。人們有秩序地緩緩收拾行李，離開這個暫時的營地。

「那些人就回家了？」敏迪不可置信地問。

「對。」

「沒有搶劫、沒有開槍、沒有軍人在街上叛亂？」

「這就是日本。」我告訴她。我能聽見自己語氣中的驕傲，附和著父親的聲音。

「我猜他們都很聽天由命。」敏迪說：「他們放棄，也許是文化的關係。」

「不是，」我努力不帶情緒地反駁。她的話激怒了我，就像博比說圍棋很無聊一樣。「不是這樣。」

「爸爸在跟誰說話？」我問。

「是漢米爾頓博士。」媽媽說：「我們──他和你爸爸和我──一起在美國念大學。」

我看著爸爸用英文講電話。他似乎變成一個完全不一樣的人：不只是聲音的抑揚頓挫和音調不一樣，他的表情、手勢都比平常更激動，看起來像外國人。

他對著電話大吼。

「爸爸在說什麼？」

媽媽對我「噓」了一聲。她專心看著爸爸，仔細聽每一個字。

「No！」爸爸對著電話說：「No！」這不需要翻譯。

後來媽媽說：「他在努力用他的方式釋出善意。」

「他和以前一樣自私。」爸爸氣急敗壞。

「這樣說不公平。」媽媽說：「他沒有打給我，而是打給你，因為他相信你會像他一樣，願意讓所愛的女人有機會活下去，即便是和另一個男人一起。」

爸爸看著她。我從來沒有聽過爸媽對彼此說「我愛你」，但有些話心照不宣。

「但我絕對不會答應他。」媽媽微笑著說，然後走進廚房做我們的午餐，爸爸的視線跟著她。

「今天天氣很好，」爸爸對我說：「我們去散步吧！」

我們在人行道遇到其他散步的鄰居。大家互相打招呼，互相問好。一切似乎都如常。鐵鎚星在幽暗的頭頂上更加閃亮了。

「你一定非常害怕，大翔。」他說。

「他們不會想辦法造更多避難船了嗎？」

爸爸沒有回答。夏末的風把蟬聲吹向我們：唧、唧、唧唧唧。

蟬聲唧唧，
不見形影將盡，
殤輓之景。

「爸爸？」

「這是松尾芭蕉的詩，你知道意思嗎？」
我搖搖頭，我沒有很喜歡詩。
爸爸嘆了口氣，對我微笑。他看著落下的夕陽又說：

夕陽無限好，
只是近黃昏。

我默默背下這兩句，某種感覺打動了我。我試著把感受說出來：「好像小貓在輕輕舔我的心一樣。」
爸爸沒有笑我，反倒認真地點點頭。
「這是唐朝詩人李商隱的詩。雖然他是中國人，這種感懷卻非常像日本人。」
我們繼續走，我停下來看蒲公英的黃色花朵。花開的角度非常美，震懾了我。我心裡再度有了那種小貓輕舔的感覺。
「花……」我遲疑著，找不到確切的形容詞。
爸爸開口說：

殘花低垂，
蒼黃如月，

消瘦今夜。

我點點頭。這個畫面對我來說如此短暫，又如此永恆，像我小時候對時間的感受。

「一切都會消逝，大翔。」爸爸說：「你心裡的那種感覺叫做『物哀』，是對生命中所有事物皆稍縱即逝的感思。太陽、蒲公英、禪、鐵鎚星和我們所有人。我們全都臣服於詹姆斯．克拉克．馬克士威的電磁場方程式，我們都是注定會逝去的短暫生命，無論是一秒鐘還是一萬年。」

我看看四周乾淨的街道、緩慢移動的人們、草皮、傍晚微光，明白了一切事物都有它的位置，一切都會沒事的。我和爸爸繼續走著，我們的影子依靠著彼此。

雖然鐵鎚星就掛在頭上，我並不害怕。

木

我的工作是盯著面前的網格狀指示燈，它有點像巨型圍棋棋盤。

多數時候都非常無聊。這些指示燈顯示太陽帆各處的緊張狀態，每幾分鐘就會跑相同的模式，因為帆會隨著遠處逐漸黯淡的太陽光而些微收縮。燈號的循環模式對我來說，就像敏迪睡覺時的呼吸一樣熟悉。

我們已經以還不錯的光速比例移動。再過幾年，當我們移動得夠快，我們便會改變航道，前往室女座61e星系和它嶄新的各星球，離開給予我們生命的太陽，太陽就會像被遺忘的記憶。

但這天，指示燈感覺不太對勁。西南角落的其中一個燈似乎快了幾分之一秒。

「領航艙，」我對麥克風說：「這裡是太陽帆阿爾發監測站，你們能確認我們在航道上嗎？」一分鐘後我的耳機傳來敏迪的聲音，帶著些微詫異。「我沒有注意到，但確實些微偏離航道，發生什麼事了嗎？」

「我還不確定。」我盯著面前的網格狀燈號，盯著那個時間點不同步、不和諧的固執燈號。

媽媽獨自帶我去福岡，爸爸不去。「我們要去買聖誕節禮物，」她說：「我們想給你驚喜。」爸爸露出微笑，搖搖頭。

我們穿過繁忙的街道。因為這可能是地球上最後一個聖誕節，空氣中有更多慶祝的氣息。地鐵上，我看了坐在旁邊的男人手上的報紙一眼。頭條標題是「**美國反擊！**」大大的圖片是美國總統勝利的微笑，下方有一排其他照片，有些是我之前看過的：幾年前試飛時爆炸的第一艘美國實驗疏散太空船、一些在電視上說要負起責任的無賴國家總理、長驅直入外國首都的美軍士兵。摺頁下有一個比較小的標題：「**美方科學家對世界末日存疑**」。爸爸說過，有些人寧可相信災難是假的，也不願意接受無計可施。

我很期待挑禮物給爸爸。本來以為媽媽會帶我去電器街，但沒有，反倒走到一個我以前沒去過的地方。媽媽拿出手機，打了通簡短的電話，用英文說的。我驚訝地抬頭望著她。

接著我們站在一棟建築前，建築上方飄著一張很大的美國國旗。我們走進去，坐在一間辦公室裡。一個美國男人進來，表情很悲傷，但他努力不要露出悲傷的樣子。

「玲。」那男人叫了我媽媽的名字，停下腳步。那一個音節裡，我聽見遺憾、期盼和複雜的故事。

「這位是漢米爾頓博士。」媽媽對我說。我點點頭，伸手跟他握手，像我在電視上看到美國人做的那樣。

漢米爾頓博士和媽媽聊了一會兒。她哭了起來，漢米爾頓博士尷尬地站著，好像想抱她又不敢。

「你要跟漢米爾頓博士去。」媽媽對我說。

「什麼？」

她搭著我的肩，彎身看著我的眼睛。「美國人有一艘祕密飛船在軌道上，那是他們在加入這場戰事之前，唯一要發送到太空的飛船。漢米爾頓博士設計了那艘飛船，他是我的……老朋友，他可以帶一個人跟他上船。這是你唯一的機會。」

「不要，我不走。」

最後，媽媽開門離開。我又踢又叫，漢米爾頓博士緊緊抱著我。

我們都驚訝地看見爸爸站在那裡。

媽媽的眼淚奪眶而出。

爸爸抱著她，我從來沒看過他這樣。那看起來是非常美國人的動作。

「對不起。」媽媽說。她一直哭著說「對不起」。

「沒關係，」爸爸說：「我明白。」

漢米爾頓博士放開我，我跑向爸爸媽媽，緊緊抱著他們。

媽媽看著爸爸，什麼也沒說，但眼神已經說明一切。

爸爸的表情柔軟下來，像一尊活過來的蠟像。他嘆口氣看著我。

「你害怕嗎？」爸爸問。

我搖搖頭。

「那就可以讓你去了。」他說。他看著漢米爾頓博士的眼睛：「我兒子就麻煩你照顧了。」

我和媽媽都訝異地看著他。

花絮飄舞，
深秋寒風，
蓄綠播芳，
悠悠天地。

我點點頭，假裝聽懂了。

爸爸突然用力抱住我。

「記住你是日本人。」

然後他們就離開了。

「有東西把帆板刺破了。」漢米爾頓博士說。

這個小空間裡只有最資深的指揮官——還有我和敏迪，因為我們已經知道了。沒必要造成其他人的恐慌。

「這個破洞讓飛船傾向一邊，改變航道。如果沒有補起來，裂縫會愈來愈大，太陽帆很快會倒塌，希望者號就會漂浮在太空裡。」

「有辦法修復嗎？」船長問。

已經像我父親一樣的漢米爾頓博士搖搖他一頭白髮，我從沒看他這麼沮喪過。

「裂縫從帆板的高速推進器裂了好幾百公里，人過去那裡要花好幾天，因為沿著帆板表面無法移動太快——再造成另一個裂縫的風險太大。而且等我們派的人去到那裡，那個裂縫已經大到無法修復了。」

所以就這麼繼續。一切都會消逝。

我閉上眼睛想像帆板。那帆板如此薄，一不小心就會刺穿。但這片薄薄的帆板有複雜的褶層和支撐體系，讓它堅固又有張力。小時候，我曾看它們在太空中展開，像我媽媽摺出來的東西一樣。

我想像我沿著帆板表面滑過，勾住並解開支撐桿的繩索，如蜻蜓點水般。

「我可以在七十二小時內到那裡。」我說。所有人轉頭看我，我解釋了我的想法。「我熟悉支撐結構，可以找到最快的路徑，因為我人生大部分時間都在遠處監控它們。」

漢米爾頓博士半信半疑。「那些支撐架從來沒有應付這種調動的設計，我沒想過會有這種狀況。」

「那我們就見機行事。」敏迪說：「偏偏我們是美國人，可惡，我們從來不直接放棄。」

漢米爾頓博士抬起頭：「謝謝妳，敏迪。」

我們計畫、我們爭辯、我們對彼此大吼大叫、我們連夜趕工。

沿著繩索從居住艙爬到太陽帆板漫長又艱鉅，花了我快十二個小時。

我用我名字的第二個字來跟你們解釋一下我看起來的樣子。

翔

它是「飛翔」的意思。看到左邊的偏旁了嗎？那就是我，用兩條從安全帽拉出的天線拴住繩索。我的背上有翅膀——或者以這個情況來說是加速火箭和燃料罐，把我往上推，推向那個籠罩整個天空的大反射穹頂——太陽帆上的薄薄透鏡。

敏迪在無線電訊裡跟我聊天，我們互說笑話、分享祕密、講未來想做的事。沒話說的時候，她就唱歌給我聽，目的是讓我保持清醒。

「われわれは星の間に客に来て。」

但爬繩索真的是最簡單的部分了。穿越帆板的旅途要沿著支撐網架到達破洞所在，困難重重。

我離開飛船已經過了三十六小時，現在敏迪的聲音疲倦微弱，她打了個呵欠。

「睡吧，寶貝。」我在麥克風裡輕聲說。我累得想闔上眼睛，一下子就好。

我走在夏天傍晚的路上，爸爸在身旁。

「我們住在一個有火山和地震、颱風和海嘯的地方，大翔。我們總在面對危險，在底下的火和上方的寒冰真空之間，掛著一條細絲帶懸在這星球地表。」

我再次背上工具，獨自一人。我一分心，背包撞上帆板的一根支撐桿，幾乎打翻一罐燃料，我及時抓住。我的裝備已減到最輕，以便能快速移動，所以沒有出錯的空間。我承擔不起損失任何東西的後果。

我努力甩開夢境，繼續前進。

「但就是這種瀕臨死亡、感受每一刻潛藏之美的覺知，讓我們忍耐下去。物哀情懷，我的兒子，就是對全宇宙的移情感受。這是我們國家的靈魂，讓我們不帶絕望地熬過廣島事件、撐過每天的工作、忍受被掠奪和毀滅的可能。」

「大翔，醒一醒！」敏迪的語氣很緊急，帶著哀求。我嚇了一跳醒過來。我已經多久沒睡了？兩天、三天、四天？

最後的五十公里左右，我必須放開帆板繩索，單靠火箭推進器前進，在一切以光速的某個百分比移動時，快速滑過帆板表面。光想到這點就讓我頭昏。

突然間爸爸又出現在我身邊，漂浮在太陽帆下方的太空中。我們在玩圍棋。

「看一下西南方的角落，你有看到你的軍隊已經被分成兩隊了嗎？我的白子很快就會包圍過去，抓住這一整隊。」

我看著他指的地方，看見了危機。那裡有一個我忽略的空隙。我的想法是，因為中間的空隙，我的軍隊已經一分為二，我得用下一步棋堵住這個空隙。

我甩開幻覺。我必須把這件事完成，然後就可以睡了。

我面前破損的帆板上有個洞，以我們前進的速度，即便是一小粒脫離離子屏蔽的塵埃，都可能造成大破壞。破洞的鋸齒狀邊緣被太陽風和電壓推著，在太空中輕輕拍動。雖然單顆光子很小，微不足道、連重量都沒有，但全部集合起來卻能推動一艘和天空一樣大的太陽帆，載著上千人前進。

宇宙很奇妙。

我拿起一顆黑子，準備填滿空隙，讓我的軍隊集結合一。

那黑子變回我背包裡的工具箱。我開啟推進器，直到我漂浮到帆板裂口上方。透過破洞，我能看見遠處的星星，這艘飛船上很多年沒有人見過的星星。我看著它們，想像有一天在它們之中，人類會結合成一個新的國家，從幾乎滅絕之中復原，重新開始，蓬勃茁壯。

我小心翼翼把繃帶貼在破洞上，再打開加熱噴槍。我將噴槍噴過裂縫，感覺到繃帶融化往外延展，和帆板的煙鏈融合在一起。蒸發之後，我會把銀原子塗在上面，形成一層光亮反射的薄膜。

「成功了。」我對著麥克風說，接著聽見後方傳來一陣含糊不清的歡呼聲。

「你是英雄！」敏迪說。

我感覺自己像日本漫畫裡巨大的機器人，我笑了。

噴槍發出劈啪聲，熄滅了。

「仔細看。」爸爸說：「你想把下一顆子放在那裡，把洞補起來，但那真的是你想要的結果嗎？」

我搖搖噴槍上面的燃料罐。沒了。這是我撞到帆板支撐桿的那罐，那個碰撞一定撞出了裂縫，所以剩下的燃料不夠用來把洞補完。繃帶輕輕拍動，只有一半黏在破洞上。

「現在回來吧。」漢米爾頓博士說：「我們替你添加燃料，然後再試一次。」

我很疲倦。無論我多努力，都不可能像來的時候一樣快。到那時，誰知道這個破洞會變成多大？漢米爾頓博士和我一樣清楚，他只是希望我回到船上溫暖安全的地方。

我還有燃料，那是讓我回程用的。

爸爸的臉上充滿期盼。

「我知道了。」我緩緩說：「如果我把下一顆子放在這個洞裡，我就沒有機會回去救東北方這一小群黑子，你會把它們吃掉。」

「一顆子不能放兩個地方，你要做出選擇，兒子。」

「告訴我該怎麼辦。」

我看著爸爸的臉想知道答案。

「看看你的四周。」爸爸說。於是我看見媽媽、前田奶奶、首相、我們在久留米市的所有鄰居，和所有在鹿兒島市、在九州、在全日本、在整個地球和希望者號上的人，他們熱切地看著我，希望我做點什麼。

爸爸的聲音很平靜：

星辰閃耀，

眾人皆是過客，

一個微笑，一個名字。

「我有辦法。」我在無線電訊中告訴漢米爾頓博士。

「我就知道你會有辦法。」敏迪說，她的語氣既驕傲又開心。

漢米爾頓博士沉默了一會兒，他知道我在想什麼。接著他說：「大翔，謝謝你。」

我把噴槍上沒用的燃料罐拆下，接上背後的燃料罐，再打開噴槍，火焰明亮刺眼，像一把光之劍。我把光子聚集在眼前，把它們變成力量和光明之網。

另一頭的星星再次被封起來，帆板的鏡面完美無瑕。

「修正航道，」我對著麥克風說：「完成了。」

「收到。」漢米爾頓博士說，那是悲傷但努力不顯露悲傷的男人語氣。

「你要先回來。」敏迪說：「如果我們現在修正航道，你就沒地方綁住自己了。」

「沒關係，寶貝。」我輕聲對著麥克風說：「我不回去了，剩下的燃料不夠。」

「我們過去找你！」

「你們操縱支撐架沒辦法跟我一樣快。」我溫柔地告訴她：「沒人像我一樣了解它們的運作，你們抵達這裡以前，我就沒氣了。」

我等著，直到她平靜下來。「我們別說難過的事了，我愛妳。」

接著我關掉無線電，把自己推進太空，這樣他們才不會試圖發動無謂的救援。我向下墜，墜，墜到飛船的頂篷之下。

我看著飛船轉向駛離，揭開一片全力閃耀的星幕。太陽現在如此微弱，是在這許多星球之中，唯一一顆沒有升起也沒有落下的星。我漫無目的地在它們之間漂著，形單影隻，也成了眾星之一。

小貓的舌頭輕舔過我心裡。

我把下一顆子放在空隙中。

爸爸照我預料的走下一步，我在東北角的子沒了，被驅逐出境。

但我的主戰隊安全了，他們甚至可能會在未來強大起來。

「也許圍棋裡有很多英雄。」博比的聲音說。

敏迪說我是英雄，但我只是一個出現在對的時間、對的地點的人。漢米爾頓博士也是英雄，因為他設計了希望者號。敏迪也是英雄，因為她讓我保持清醒。我媽媽也是英雄，因為她願意放開我的手，我才能活下來。我爸爸也是英雄，因為他讓我知道什麼是正確的事。

我們因為在其他人生命中的位置而有意義。

我把視線從圍棋棋盤上移開，直到棋子全部熔接成一大片圖樣，有生命有呼吸有脈搏的圖樣。

「單一顆棋子不是英雄，但所有棋子在一起就成了英雄。」

「今天真是散步的美好日子，對吧？」爸爸說。

於是我們一起走過街道，這樣我們就能記得沿途的每一根草、每一顆露珠、每一道漸暗的陽光，無限美好。

所有滋味

All the Flavors

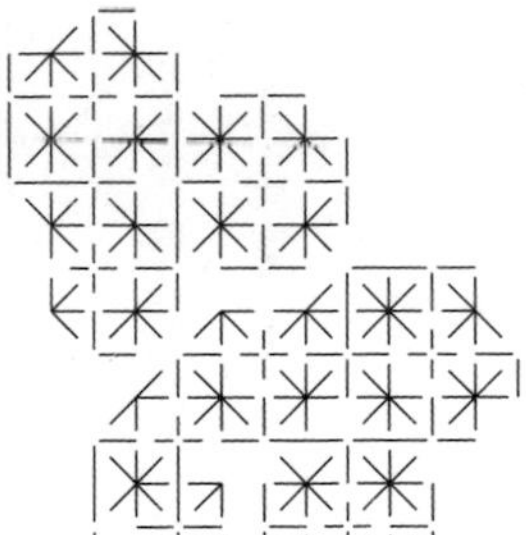

*2012*年 星雲獎最佳中短篇小說提名

「所有生命都是一場試煉。」

——拉爾夫・沃爾多・愛默生（Ralph Waldo Emerson）

「對美國人來說，人生就該像一場機運遊戲、一次革命、一場戰役。」

——亞歷西斯・夏爾・德托克維爾（Alexis-Charles-Henri Clérel de Tocqueville）

愛達荷市

密蘇里男孩們在凌晨四點半偷偷溜進愛達荷城，一切仍舊黑暗，伊莎貝兒的開心俱樂部是唯一亮著窗戶的房子。

歐比和克里格直接走向口渴魚酒吧。這天稍早，經營人凱里用他的史密斯威森轉輪手槍把歐比和克里格請出他的酒吧。歐比和克里格沒費多少力氣也沒出聲響，便打開口渴魚酒吧的門，迅速消失在裡面。

「我要給那小愛爾蘭人一點顏色瞧瞧。」克里格咬緊牙關嘶聲說道。透過濃雲酒霧，他只能看見一個畫面：矮小的凱里走向他，槍已上膛，後方是奚落的人群。**你下次再出現在愛達荷市，我們可能會直接把你埋在外面新蓋的廁所底下。**

雖然他腳步有點不穩，但還是躡手躡腳地上了樓，到了這家人的住處，手裡拿著鐵鍬。

沒那麼醉的歐比打算讓自己醉一點，他跳到後面的酒吧，自顧自走進酒庫，粗魯地從身邊酒櫃拿下各種大小和顏色的酒瓶，每瓶喝個一口就往櫃檯敲或摔在地上。酒精流得到處都是，浸濕了地板和傢俱。

一個女人的尖叫聲劃破樓上的黑暗。歐比跳起來，拿出他的轉輪手槍，在樓梯口猶豫著，不確定要跑上樓去幫他朋友還是在被抓到前破門而出、跑到街上、跑進森林。頭頂上方傳來靴子聲，靴子主人顯然不再管安不安靜，伴隨著某個又重又柔軟的東西倒在地上的聲音。歐比咒罵一聲往後跳，他又大又髒的手試圖甩掉剛從天花板上掉下來、打到他眼睛的防塵大衣。更多被悶住的尖叫和咒罵聲，接著徹底安靜下來。

「哇！」克里恪出現在上方樓梯口，高舉的油燈照著他臉上開心的笑。「拿幾條抹布來，我們把這垃圾場燒了！」

在愛達荷七千市民計算出一八六五年五月十八日大火的損失前，密蘇里男孩們已經遠離富國銀行的追蹤好幾公里，又因為喝太多酒和跑太快引起頭痛而大睡特睡。愛達荷市損失了一家報社、兩家劇院、兩間攝影畫廊、三間新聞台辦公室、四家餐廳、五間釀酒廠、四間藥妝店、五間雜貨店、六間打鐵鋪、七個肉販市場、七家麵包店、八間旅館、十二間手術室、二十二間法律事務所、二十四間酒館和三十六間大型超市。

這就是為什麼幾個禮拜後，當一群疲倦枯瘦的中國佬肩上挑著古怪的扁擔、口袋裡沉甸甸全是黃金、衣服內襯縫著紙鈔出現時，愛達荷市的人差點要為他們大開歡迎派對。每個人都虎視眈眈想從中國佬身上挖出錢來。

艾爾希・席佛是莉莉的媽媽，也幾乎每天晚上都會跟丈夫抱怨中國佬。

「賽迪斯，拜託你去叫那些異教徒小聲點好嗎？我被吵得快受不了了。」

「一個禮拜十四塊錢租金，我想那些中國佬有權利享受幾個小時他們的音樂。」

席佛家的店是幾週前被燒燬的店家之一。莉莉的爸爸，賽迪斯・席佛，暱稱賽德（但他比較希望人家叫他傑克）還在重建店面中。艾爾希也知道他們需要中國佬的租金。她嘆口氣，往耳朵裡塞了幾顆棉球，拿著她縫到一半的衣料到廚房去。

莉莉滿喜歡中國佬的音樂。那音樂真的很大聲。銅鑼、鐃鈸、響板和鼓的喧嚷讓她的心想跟著節奏跳動。只有兩條絃的高胡高昂純粹的哀訴，讓莉莉光聽那聲音就感覺要飄到空中。在天色漸暗的薄暮中，那個紅臉的中國佬會用三弦琴彈一首傷感沉靜的曲子，在街上唱他的歌。他的同伴圍著他蹲成一個圓，靜靜聽他唱，臉上的表情一下笑、一下陰鬱。他超過一百八十公分高，黑色濃密的鬍子垂到胸前。他轉過頭依次看向同伴時，莉莉覺得他細長的眼睛看起來很像巨鷹的眼睛。他們不時粗聲大笑，拍拍那個高壯紅臉中國佬的背，他微笑著繼續唱。

「妳覺得他在唱什麼呀？」莉莉站在陽台上問媽媽。

「一定是他們野蠻家鄉見不得人的可恥事，鴉片店和歌女之類的。回來這裡，把門關上。妳在縫的東西弄完了嗎？」

莉莉繼續在窗邊看他們，好希望可以知道他在唱什麼。她很高興那音樂讓她媽媽沒辦法思考，這表示她不會要莉莉做更多家事。

莉莉的爸爸對中國佬煮的東西比較好奇。雖然他們炒菜很大聲，但啪滋作響的飛濺熱油，與砧板上沙沙沙的切菜聲創造出另一種音樂。食物的味道也很濃，油煙從開著的門飄過街道，帶著不知名調味料和不知名蔬菜的辛辣氣味，讓莉莉的肚子叫了起來。

「他們到底在做什麼菜？小黃瓜的味道不可能是那樣。」莉莉的爸爸自言自語。莉莉看見他舔舔嘴唇。

「我們可以問他們呀！」莉莉提議。

「哈！別想些有的沒的。那些中國佬會很樂意把妳這種基督教小女孩剁碎，再用那些大炒鍋把妳炒了。離他們遠一點，妳聽到了嗎？」

莉莉才不相信那些中國佬會吃她，他們看起來很友善。而且如果他們要拿小女孩來加菜，何必還要整天在他們家後面那塊菜園裡耕作？

中國佬有很多神祕的事，其中一件是他們有辦法全部擠在租來的小房子裡。一群二十七個中國佬在普萊瑟街租了五間鹽屋，其中兩間是傑克．席佛的；他們還跟肯南先生買了另外三間，肯南先生的銀行被燒了，全家正要搬回東岸。鹽屋的構造很簡單，單層平房，前面是客廳兼廚房，後面是一間臥室。三點六公尺寬，九公尺長，這些小房子是木板建的，前簷緊挨著，變成一條有遮蔽的通道。

過去跟傑克租這些房子的白人礦工都是一個人住，或最多跟一個室友合租。但這些中國佬卻一間住了五、六個人。這種節儉方式讓好些愛達荷市的人很失望，他們原本期望中國佬會更大方。中國佬把前房客留下的桌椅拆掉，拿這些木料當床板，靠在臥室牆邊，再把床墊鋪在客廳地板上。前房客還在牆上留下林肯總統和南北戰爭的李將軍照片，中國佬照原樣留著。

「羅根說他喜歡那些照片。」傑克在晚餐的時候說。

「羅根是誰？」

「那個高壯紅臉的中國佬。他問我李將軍是誰，我告訴他那是位偉大的將軍，他選擇的陣營落敗了，但仍因為果敢忠心受到愛戴，他聽了很動容。噢，他也喜歡李將軍的鬍子。」

莉莉躲在鋼琴後面聽她爸爸和中國佬的對話。她覺得那中國佬的名字聽起來一點都不像「羅根」，她聽過其他中國佬叫他，聽起來好像是「老關」。

「真是奇怪的人，這些天朝人。」艾爾希說：「那個羅根嚇到我了，他的手那麼大！我說他一定殺過人，我希望你另外找房客，賽迪斯。」

除了莉莉的媽媽會叫他「賽迪斯」，沒有人這麼叫他。對別人來說，他不是「席佛先生」就是「傑克」。莉莉已經習慣西岸這邊的人有很多名字。畢竟每個人到銀行時都稱呼那個開銀行的人「肯南先生」，但私底下喊他「放高利貸的」。莉莉的媽媽總是叫她「莉莉安」，而爸爸又喊她「小金塊」。看起來，那個大隻中國佬在這屋裡已經有了新名字：羅根。

「妳是我的小金塊，甜心。」莉莉的爸爸每天早上要出門去店裡前都會跟她說。

「你要把她寵上天了。」莉莉的媽媽在廚房裡說。

現在是採礦季的高峰，所以中國佬一安頓好就出去找金礦。他們天一亮就出門，穿著寬鬆短衫和鬆垮的工作褲，大草帽底下露出編好的辮子。幾個比較老的人留在屋裡照顧蔬菜園或洗衣做飯。

莉莉大部分時間都獨自一人。媽媽不是去採買，就是在家裡忙東忙西，爸爸在要開新店的地方工作。傑克想在新店裡留一區放舊金山運來的鹹鴨蛋、醃菜、豆干、調味料、醬油和苦瓜，好賣給那些中國礦工。

「這些中國佬很快就會運一堆金沙過來，艾爾希，我準備等他們一運過來，就從他們手裡拿走。」

艾爾希不喜歡這個盤算，想到中國佬奇怪的食物會讓她丈夫店裡的所有東西聞起來都有怪味道，就讓她反胃，但她知道賽迪斯一旦打定主意，跟他吵也沒用。他本來在哈特福當家庭教師當得好好的，只因為覺得住在西岸會更快樂，就打包所有東西，拖著她和莉莉從哈特福一路來到這裡。這裡沒人認識他們，他們也不認識任何人。

連艾爾希的父親都沒辦法讓他打消念頭。她父親本來要賽迪斯去波士頓，在他的法律事務所工作。生意很好，他說，他的員工可以讓他使喚。艾爾希想到燈塔山的商店和時尚潮流就眉開眼笑。

「很感謝您的提議，」賽迪斯對她父親說：「但我覺得我不是當律師的料。」

艾爾希後來用茶和新鮮燕麥餅乾安撫她父親好幾個小時。他隔天要回波士頓時，甚至不願意跟賽迪斯說再見。「該死的那天，我幹嘛跟他父親成為朋友！」他抱怨著，大聲到艾爾希要假裝沒聽見。

「我受夠了！」賽迪斯後來跟她說：「我們都不知道別人做過什麼，哈特福的人只會繼續做著父親做過的工作。難道不應該每個世代都去新地方闖闖看嗎？我認為我們應該要開始自己的生活，妳甚至可以為自己取個新名字，這樣不是很有意思嗎？」

艾爾希很滿意自己的名字，但賽迪斯不滿意。這就是他後來叫「傑克」的原因。

「我一直都想當『傑克』。」他告訴她，彷彿名字跟衣服一樣，只要穿上脫下就好。她不願意喊他的新名字。

有一次，莉莉和媽媽單獨在一起，她告訴莉莉，這都是因為南北戰爭的關係。「他上戰場不到一天，就被叛軍的子彈打中後背。這就是一個男人在床上躺了八個月會發生的事，他腦袋裡突然冒出各種奇怪的念頭，連天使顯靈都無法讓他打消主意。」

如果是叛軍讓他們一家人搬到愛達荷市，那莉莉就不太確定他們是不是壞人了。

莉莉已經學到經驗，只要她待在家，媽媽就會不斷找事情給她做。所以在學校開學前，莉莉最好一早就出門，而且不到晚餐時間不要回家。

莉莉喜歡待在市郊的山丘上。森林中的道格拉斯冷杉、山楓和西部黃松替她遮蔽正午的陽光。她可以帶些麵包和起司當午餐，那裡有充足的河水可喝。她花了些時間撿被蟲咬過的樹葉，樹葉形狀讓她想到不同的動物。撿得無聊了，她就到河裡消消暑。她下水前會把後面的裙襬從大腿間往前拉起來，再塞進腰帶裡。她很慶幸媽媽不在這裡，不會看到她把裙子變成褲子。把裙子撩起來，在泥地和水裡走動比較方便。

莉莉順著河流走，沿著河水淺淺的岸邊走。天氣正從溫暖轉熱，她潑了些水在脖子和額頭上，找尋著樹上的鳥巢和泥地上的浣熊腳印。她覺得自己可以這樣一直走下去，一個人什麼事也不做。腳泡在水裡涼涼的，背上的陽光暖暖的，而且知道自己有一頓豐盛飽足的午餐，想什麼時候吃都可以，晚一點還有更棒的晚餐等著她。

河流彎道隱約傳來有人唱歌的聲音，莉莉停下腳步。可能是一群礦工從她剛剛的地方走下來，去瞧瞧一定很有趣。

她走上岸，走進樹林裡。歌聲愈來愈大，她一個字都聽不懂，但旋律聽起來是她沒有聽過的歌。

她小心翼翼在樹林裡走著，到了林蔭處，輕輕微風很快就把她臉上的汗水和河水吹乾了。她的心跳開始加速，那歌聲現在聽得更清楚了。一個低沉的男聲唱著她聽不懂的歌詞，奇怪的旋律讓她想起中國佬的音樂。接著另一個男聲加進來合唱，緩慢平穩的節奏讓她知道，這是一首工人的歌，歌詞和旋律都隨著工作的呼吸和心跳律動。

她走到森林邊，躲在一棵粗大的楓樹樹幹後面，探頭看那些在河邊唱歌的人。

除了河流，不會有人發現她。

在發現這個河流彎道是採礦的好地點後，中國礦工們築了一個水堤來分流河水。五、六個礦工在以前河流所在的地方用十字鎬和鐵鏟掘開岩床，其他人正挖出滿是黃金的沙子，再用碎石子鋪在被挖過的裂縫中間。那些人戴著草帽抵擋頭上的陽光。莉莉現在看見了，獨唱的人是羅根。那個紅臉中國佬用一條手帕包住他濃密的鬍子，手帕末端塞進衣服裡，工作時才不會碰到。他每大聲唱一句，就會站直靠在鏟子上，他唱歌的時候頰囊會跟著動，像火雞脖子一樣。莉莉差點噗哧笑出來。

一聲砰然巨響打斷了歌聲人聲和工作，迴盪在乾掉的河床四周。歌聲中止，礦工們停下手上的動作。山裡的空氣突然安靜凝滯，只有慌亂的鳥兒飛到空中的聲音打破了靜默。

克里格慢慢揮了揮頭上發射過的手槍，神氣活現地從樹林裡走出來，穿過莉莉藏身的河床。歐比在他身後，每走一步就用槍管指著一個礦工。

「哇，哇，哇，」克里格說：「看看這裡，一群會唱歌的中國猴子馬戲團。」

羅根瞪著他：「你們這兩個男孩想幹嘛？」

「男孩？」克里格大喊一聲：「歐比，聽聽看，這中國佬剛剛叫我們『男孩』。」

「等我打爆他的頭，他就不會這麼說了。」歐比說。

羅根走向他們，大手和長手臂拽著沉重的鐵鍬。

「給我在那裡站好，骯髒齷齪的黃種猴子。」克里格用槍指著他。

「你們想幹嘛？」

「幹嘛？當然是來拿我們的東西呀！我們知道你們把我們的黃金護得很緊，我們是來要回來的。」

「我們沒拿你們半點黃金。」

「天啊，」克里格說著搖搖頭：「我一直聽說中國佬是小偷和騙子，因為他們是吃老鼠和蛆長大的，但我還是對天朝人保持開放的心。現在我可是親眼見識到了。」

「骯髒齷齪的騙子。」歐比說。

「我和歐比，我們去年春天發現了這個地方，擁有這裡的所有權。我們最近有點忙，所以覺得應該可憐你們一下，付你們合理的工資挖礦床。我們認為我們是在盡基督徒的責任。」

「我們對你們很好了。」歐比接著說。

「我們非常大方。」克里格贊同說：「但看看我們得到什麼？對這些異教徒好根本沒用。來這裡的路上，我還在想你們過去幾個禮拜辛苦了，應該給你們一點金沙，但現在我要全部拿走。」

「忘恩負義。」歐比說。

一個年輕的中國佬，說真的大概就是個男孩，生氣地用自己的語言對羅根大喊。羅根揮揮手要年輕人退後，視線始終沒離開克里格的臉。

「你們無憑無據。」羅根說。雖然他沒有大聲說話，但聲音迴盪在河流和林木間的溪谷中，莉莉因那氣勢和力道而顫了一下。「我們發現這塊礦床，而且擁有所有權，你們可以去法院查。」

「你聾了嗎？」克里格問：「你憑什麼認為我需要去法院查？我是在告訴你事實，法律協商之後——」他不耐煩地揮揮他的手槍「——所有權確實是我的，而你們是非法採礦者。依法我有資格開槍打死你們，像打死你們住處的一堆老鼠一樣。但我不想看到不必要的流血，所以你們把黃金交出來，我就放過你們的爛命。如果你們答應未來不再這樣，妨礙和拒絕把我們的黃金交出來的話，我甚至可以讓你們繼續在這塊礦床替我工作。」

毫無預警地，歐比開了槍。那一槍打裂了剛剛對羅根生氣大喊的男孩腳邊的石頭。男孩丟下鶴嘴鋤向後跳，發出嚇到的叫聲時，歐比和克里格笑得東倒西歪。飛散的小石塊打傷男孩的手，他緩緩坐在地上，不可置信地看著自己手掌上的血快速浸濕棕色袖子。其他幾個中國佬聚過來查看他的傷勢。莉莉差點沒忍住自己的尖叫。她很想轉身跑回市區，但腳不聽使喚，只能緊緊抱著她藏身的樹幹。

羅根把注意力放回克里格身上。他的臉變成更深的暗紅色，莉莉擔心他的血會從眼睛裡噴出來。

「不要這樣。」他說。

「交出黃金。」克里格說：「否則我會讓他停止呼吸，就不只是在那裡跳腳了。」

羅根若無其事地丟開鏟子，本來一直掛在他手上的鏟子現在被丟到身後。「你們把槍放下，我們公平打一架吧？」

克里格猶豫了一下。說到打架，他在紐奧良打的夠多，很清楚怎麼用肋骨擋住刀子，有把握打架時能顧好自己。但羅根比他高了大概三十公分，重了二十多公斤，而且雖然那把鬍子讓他看起來很老，克里格卻不知道羅根是不是真的老到反應慢。無論如何，克里格都對這個紅臉的中國佬有點害怕。他看起來氣得像瘋子要打架一樣，克里格非常清楚，跟瘋子打架至少會斷幾根骨頭。計畫全走樣了！克里格和歐比在舊金山待了好幾年，非常了解中國佬。他們全是骨瘦如柴的侏儒，對他和歐比來說跟女人差不多，難怪都做些女人煮飯洗衣的工作，而且從來沒有人真的會打架。他和歐比緩緩從樹林走出來的時候，這群中國佬應該要下跪求饒，雙手奉上所有的黃金才對！那紅臉巨人毀了他們的計畫！

「我想我們現在就很公平。」克里格說，用他的轉輪手槍指著羅根。「全能的神創造了人，但塞繆爾．柯爾特[1]使人人平等。」

羅根解開包著鬍子的手帕，捲起來，像頭巾一樣綁在頭上。他脫下外套、捲起袖子，粗糙強韌的棕色皮膚覆蓋著手臂上金屬絲般的肌肉，皮膚上全是傷疤。他朝克里格走了幾步。雖然他的臉比平常還紅，腳步卻很平靜，像晚上在愛達荷市、莉莉的家門前唱著歌要出去散步一樣。

「不要以為我不會開槍喔！」克里格說：「密蘇里男孩可沒有太多耐心。」

羅根彎身撿起一顆雞蛋大小的石頭，用手指緊緊握著。「滾開，我們沒有你們的黃金。」他繼續鎮定地朝克里格走了幾步。

下一秒他跑起來，縮短了他和拿槍人之間的距離。他跑的時候右手高舉向後，堅定地看著克里格的臉。

歐比開槍了。他來不及穩住自己，槍擊的後座力讓他往後一倒。

羅根的左肩爆開，一道亮紅色的血從他身後噴出來。陽光下，莉莉看上去彷彿他身後開出一朵玫瑰。

其他的中國佬沒人說話，他們看著，傻住了。

莉莉的呼吸暫停，時間似乎凍結了她。鮮血的霧氣懸在空氣中，不願落下或散去。

接著她吸了一大口氣，用她記憶中前所未有的聲量大聲尖叫，甚至比虎頭蜂停在她的檸檬水杯上，她沒看見而被叮到嘴唇時還大聲。她的尖叫聲響徹整片樹林，嚇飛了更多小鳥。**那真的是我的聲音嗎？**莉莉想。那聽起來不像她的聲音，甚至不像人的聲音。

克里格從河的對岸直直看著她的眼睛，臉上充滿冰冷的憤怒和恨意，莉莉的心臟都要停了。

噢天啊，拜託，我保證從今天起每天晚上都會禱告，我發誓再也不會不聽媽媽的話。

她試圖轉身跑走，但雙腳不聽使喚。她踉蹌向後，被裸露的樹根絆倒，重重摔到地上。這一摔把空氣從她體內擠出來，總算止住了叫聲。她掙扎著要坐起來，以為會看見克里格的槍指著她。

羅根看著她。真不可思議，他還站著，半身都是血。他看著她，她覺得他很不像剛剛中槍、快要死掉的人。雖然血噴得他半張臉都是，但另一半臉已經沒了那深紅顏色。莉莉還是覺得他看起來很冷靜，雖然有點哀傷，但好像完全不會痛。

莉莉心裡一陣平靜，不知道為什麼，她**知道**一切都會沒事。

羅根轉開看著她的視線，再朝向克里格走去。他的步伐很慢，很從容，他的左手臂無力地垂在一側。

克里格用手槍指著羅根。

---

1 美國槍枝製造公司，柯爾特公司的創始人，他發明了多彈膛轉輪手槍，使得後來轉輪手槍變得實用普及。

羅根踉蹌了一下，停住腳步。血已經滲進他的鬍子裡，當風把鬍子吹起來時，一滴滴血就飛進空中。他往後踩一步，擲出手裡的石頭。那石頭在空中劃出一道優美的弧線，克里恪僵立在原處，石頭擊中他的臉，打破他腦袋的聲音跟歐比的槍聲一樣大。

他的身體定住幾秒，然後便了無生氣地癱軟在地。歐比連滾帶爬，看了克里恪動也不動的身體一眼，頭也沒回、拔腿跑進樹林深處。

羅根跪下來，在原地搖搖晃晃了一會兒，左手在身側晃來晃去，無法撐住他。接著他倒了下來，其他中國佬跑向他。

這一切對莉莉來說如此不真實，像一齣舞台上的劇。她覺得自己應該要害怕，應該要尖叫，甚至昏倒。換作她媽媽就會這樣，她想。但一切在這最後幾秒緩了下來，她覺得安全、鎮定，彷彿什麼都傷害不了她。

她從樹後面走出來，朝那群中國佬走去。

威士忌和圍棋

莉莉不確定她到底學不學得會這個遊戲。

「這些棋子完全不能動？永遠不能動嗎？」

他們坐在羅根房子後面的蔬菜園裡，在她媽媽就算做完縫紉工作，偶然從客廳窗戶往外看也看不到的地方。他們都盤腿坐著，莉莉很喜歡腿下有冰涼濕潤泥土的感覺。（「佛祖就是這樣坐的。」羅根告訴她。）羅根用刀尖在他們之間的地上畫了一個九條橫線和九條直線交叉的網格。

「對，不能動。」羅根移動他的左手臂，讓阿彥比較好用手上的濕布擦拭他肩上的傷口。阿彥就是歐比第一槍瞄準的那個年輕中國佬。莉莉謹慎地摸摸自己腿上的繃帶。她被樹根絆倒，左小腿後面的皮磨掉一大片。阿彥替她清理乾淨，用普通的棉布繃帶把某種藥味和氣味很重的黑色藥膏包在上面。一開始冰涼的藥膏貼在傷口上會刺刺的，但莉莉咬著嘴唇沒叫出來。阿彥的動作很輕柔，莉莉問他是不是醫生。

「不是。」年輕的中國佬說，然後對她露出微笑，給了她一片蜜餞讓她舔著吃。莉莉覺得這是她有史以來吃過最甜的東西了。

阿彥在羅根身旁的臉盆裡把布洗乾淨，水再度變成鮮紅色，這已經是第三盆熱水了。

羅根對阿彥的照料沒怎麼注意。「因為妳還在學，我們用一個比較小的棋盤來玩吧！這個遊戲叫做圍棋，意思是『四周圍的遊戲』。把放下去的每顆棋子想成建圍籬，像把妳的土地圍起來時，要放一根木樁在這塊地上一樣。木樁不會動，對吧？」

莉莉用的是蓮子，羅根的棋子是西瓜子。黑白子讓他們之間的網格變成一幅美麗的圖案。

「所以這有點像他們在堪薩斯州取得土地的方式。」莉莉說。

「沒錯。」羅根說：「我想是有點像，雖然我從來沒去過堪薩斯州。妳要盡可能圍住最大的領土，同時保護妳的土地，這樣我的棋子就沒辦法在妳的土地上建另一個家園。」

他拿起手上的葫蘆，喝了好大一口。那葫蘆有點像雪人，小小的圓筒在比較大的圓筒上，狹窄的腰間繫著一條紅絲帶，方便拿取。葫蘆的金黃色表面因為經常被羅根粗糙堅韌的手拿來拿去而發亮。

羅根告訴她，葫蘆是從藤蔓長出來的，成熟的時候就把它剪下來，把最上面削掉，這樣就可以把裡面的種子拿出來，把空殼做成最好的酒瓶。

羅根抹抹嘴嘆口氣。「威士忌啊，幾乎跟高粱酒一樣好啊！」他讓莉莉喝一口，莉莉嚇了一跳，搖搖頭。難怪她媽媽覺得這些中國佬是野蠻人，用葫蘆喝威士忌已經夠糟了，更何況是給年紀小的基督教女孩喝酒！

「中國沒有威士忌嗎？」

羅根又喝了一口，抹掉鬍子上的威士忌。「我小的時候，人家說這世上只有五種味道，全世界的喜怒哀樂都是這五種味道不同程度的混合。我那時就知道不是這樣，每個地方都有新味道，威士忌就是美國的味道。」

「老關。」阿彥叫他。羅根轉過頭，阿彥跟他用中文說話，指指臉盆。看過臉盆裡的水之後，羅根點點頭。阿彥拿著臉盆站起來，把水倒在菜園遠處的角落，之後走進屋裡。

「他已經把有毒的血、髒污和碎布都盡量清出來了。」羅根解釋：「該是替我縫起來的時候了。」

「我爸爸以為你的名字是羅根。」莉莉說：「我知道他搞錯了。」

羅根笑起來，他的笑容就跟他唱歌和說故事一樣大聲豪邁。「我所有朋友都叫我老關，『關老先生』的意思，『關』是我的姓。我猜對妳爸爸來說，聽起來很像『羅根』吧！我還滿喜歡這個諧音的，也許可以直接當成我的美國名字。」

「我們搬來這裡的時候，他也替自己選了一個新名字。」莉莉說：「媽媽覺得他不應該這樣。」

「我不知道她為什麼要反對，這是個充滿新名字的國家啊！她嫁給妳爸爸的時候沒有改名嗎？每個人來到這裡都會有新名字。」

莉莉想了想，真的，他們搬到這裡之後，爸爸才開始叫她「小金塊」。

阿彥拿了一支針和一些線回來，準備替羅根把肩膀的傷口縫起來。莉莉認真看著羅根的臉，看他會不會痛得齜牙咧嘴。

「還是妳下喔，」羅根說：「而且如果妳再不想辦法，我就要把妳那個角落的子全部抓起來了。」

「不會痛嗎？」

「這個？」他搖晃鬍子指向肩膀的動作，讓莉莉笑出來。「這跟我之前把骨頭削掉比起來，根本不算什麼。」

「你把骨頭削掉過？」

「有一次我手臂中了毒箭，箭深入骨頭，沒有把毒引出我就會死。華陀，這世上醫術最好的醫生來幫我。他切開我的手臂，撥開肉和皮膚，用他的刀把中毒的骨頭削掉。我告訴妳，那比這痛多了。幸好華陀讓我喝了他弄來的最烈的米酒，而且我正在跟手下大將下棋，他是高手，分散了我對疼痛的注意力。」

「那是在哪裡？在中國嗎？」

「對，很久以前的中國。」

阿彥縫合完畢，羅根跟他說了一些事，阿彥把一個絲綢小布包遞給他。莉莉正要問阿彥那是什麼，但他只對她微笑，伸出一根手指放在嘴唇上。他指指羅根，用嘴形跟她說：「看。」

羅根把小布包放在地上，展開絲布，裡面是一組長長的銀針。羅根右手拿起一根針，莉莉還沒來得及叫出「不要！」，他就把針插進左邊肩膀，傷口正上方。

「你在做什麼？」莉莉短促尖聲問。不知道為什麼，看到那根長針刺進羅根的肩膀，比歐比開槍、羅根的肩膀炸開的畫面更讓她反胃。

「這可以止痛。」羅根說。他拿了另一根針，插在剛剛那根上方一吋的肩膀上。他稍微扭轉針的末端，確認針留在對的地方。

「我不信。」

羅根笑出來。「很多事是美國小女孩不了解的，很多事老中國人也不了解。我可以讓妳看看這是怎麼回事。妳的腳還痛嗎？」

「痛。」

「這裡，踏上來。」羅根彎身向前，在靠近地面的位置伸出左手掌。「把妳的腳放在我手裡。」

「咦，你的左手又可以動了。」

「噢，這沒什麼。我削掉骨頭那次，不到兩個小時就回到戰場上了。」

莉莉很確定羅根是在跟她開玩笑。「我爸爸在南北戰爭的時候腿和胸部中槍，他花了八個月才能走路，現在還有點跛。」她抬起腳，痛得臉皺起來。羅根用手掌握住她的腳踝。

莉莉感覺支撐著腳踝的手掌很溫暖，有一點熱熱的。羅根閉上眼睛，開始緩慢平穩地呼吸。莉莉感覺到腳踝愈來愈熱，很舒服，好像有一條非常熱的毛巾包著她受傷的小腿。疼痛漸漸化成熱氣，莉莉覺得舒服得快要睡著了。她闔上雙眼。

「好了，包妳沒事。」

羅根放開她的腳踝，輕輕把她的腳放回地上。莉莉睜開眼睛，看見一根大銀針插在她膝蓋骨下方。

莉莉正要叫出來，卻發現自己一點也不痛。針插進皮膚的附近有一點麻麻的，熱氣持續從那裡擴散開來，阻擋她傷口的所有疼痛。

「感覺好奇怪。」莉莉說，試著把腳伸展幾下。

「像新的一樣。」

「媽媽看到的話一定會昏倒。」

「我會在妳回家前把它拿起來。妳的皮膚要再幾天才會恢復，但有阿彥用繃帶貼的藥，妳血液裡的毒會散掉大部分，針灸可以把餘毒排掉。只要明天換一張新的藥，等這傷口好了，應該連疤都不會留。」

莉莉想跟他說謝謝，但突然覺得不好意思。跟羅根說話很奇怪，他跟她以前見過的人都不一樣。上一刻他徒手殺人，下一刻卻溫柔握著她的腳踝，彷彿她是小貓一樣。上一刻他唱著好像跟地球一樣老的歌，下一刻又跟她一起笑著用西瓜子和蓮子玩遊戲。他很有趣，也有點嚇人。

「我喜歡下黑子。」羅根把另一顆子放在棋盤上，吃掉莉莉一圈白子時說道。他把吃掉的子拿起來，把那一把蓮子倒進嘴裡。「蓮子好吃多了。」

莉莉笑了出來。一個滿嘴食物還要說話的老人有什麼好怕的呢？

「羅根，那個毒箭和醫生替你削骨頭的故事，不是真的發生在你身上，對嗎？」

羅根揚起下巴，若有所思地看著莉莉。他緩緩嚼了嚼嘴裡的蓮子，吞下去，咧嘴笑。「那是中國武聖關羽的故事。」

「我就知道！你跟我爸爸的朋友一樣，因為我是小孩就老是跟我吹牛。」

羅根發出深沉、隆隆作響的笑聲。「故事不全是假的。」

莉莉從來沒聽過中國武聖，而且很確定爸爸也沒聽過。黃昏降臨，中國佬大聲炒菜的聲音和油煙香氣瀰漫了整個菜園。

「我該回家了。」莉莉說，雖然她非常想試試她聞到的食物，也想聽關羽的故事。「我明天可以來找你嗎？你可以跟我說關羽的故事嗎？」

羅根用手捻一捻鬍子，表情很嚴肅。「我的榮幸。」接著他換上笑容：「雖然現在我要把所有子都吃掉了。」

武聖

在關羽變成神之前，他只是個男孩子。

其實，在那之前，他應該只是個魂魄。他母親懷他懷了十二個月，他還不願意出來。產婆給她一些藥，要她丈夫在她又踢又叫的時候抓好她。那嬰孩終於出來了，但沒有呼吸。他的臉紅得發亮，不是因為噎住了，**就是因為他父親作孽太多**，產婆心想。

「是個巨嬰吶！」產婆低聲對父親說，母親睡著了。「太大了，總歸是活不久的。」她用襁褓把孩子的身體包起來。「你們取名字了嗎？」

「沒有。」

「正好，別給這邪魔取名字，免得他死抓著不下去。」

嬰孩突然發出震耳欲聾的哭聲，產婆差點失手把他摔出去。

「他太大了，活不久的。」產婆把包著的布解開時堅持著說，有點氣這嬰孩竟敢在這些事情上挑戰她的權威。「還有那臉，紅得吶！」

「那麼我就叫他『長生』。」

乾燥的夏日陽光和塵絮飛揚的春風，在那些努力在山西，這個中國北方心臟地帶生活的中國人臉上刻出了痕跡、撒上了鹽，成了乾裂的紅臉。當番邦越過長城，騎在駿馬背上從北方而來，男人拿起他們的鋤頭，熔化他們的犁做成武器來誓死對抗；女人拿著菜刀跟在男人身邊揮舞，戰敗後成了俘虜和蠻夷夫人，學習蠻夷番邦的語言，養育他們的孩子，直到這些蠻夷番邦開始覺得自己是中國人。於是，輪到他們對抗下一波蠻夷和番邦。

怕死的文弱男人和嬌弱女人逃到南方，划著花船四處遊歷，唱飲酒歌；那些留下來，用過日子的音樂搭配沙漠怒吼的節奏、混著蠻夷的血脈愈長愈高的人，對自己艱苦的日子充滿驕傲。

「這就是為什麼，」長生的父親對他說：「秦漢兩朝的皇帝都是出自我們大西北的土地。皇帝的將軍和詩人、使臣和書生，都是我們這兒出來的。我們是唯一值得自豪的人。」

除了幫父親耕田，長生也會砍柴生火。長生最喜歡日落前一小時左右。他會在那時從廚房後門拿出生鏽的斧頭，甚至是鏽得更厲害的大砍刀去爬村莊後面的山。

喀一聲，斧頭把腐爛的樹幹砍成兩半；**嚓**一聲，斧頭揮斷乾草。這是很辛苦的工作，但長生總假裝自己是大英雄，砍草就像砍敵人一樣。

回到家，晚餐是高粱煎餅夾煸炒苦瓜和醃菜，配上醬油青蔥。有時候，他父親心情特別好的話，長生甚至可以喝口梅酒，舌尖甜甜的，滑下喉嚨有灼熱的感覺。他的臉會變成更深的紅色。

「給你，小子。」他父親微笑著對長生說，長生眼裡泛著酒精灼燒的淚，卻伸手再接了一杯。

「酸、甜、苦、辣、鹹，五味俱全。」

長生長成一個高壯的男孩。他母親永遠在為他縫新衣服，因為舊的很快就不能穿了。乾旱已經五年，沒有減緩的跡象，雖然大家更辛勤地耕作，收成卻年年減少。沒有錢送他上私塾，所以父親自己教他。

歷史是他最喜歡的，但他們討論歷史的時候，父親眼裡總有淡淡的悲傷。長生知道不能多問，於是花更多時間讀史書。然後，他出去砍柴，像上戰場一樣，用斧頭和砍刀砍掉無數木頭蠻夷。

「你喜歡打仗？」有天他父親問他。

他點點頭。

「那我教你玩圍棋。」

「長生的父親用的是蓮子和西瓜子嗎？」

「不是，他用真的石頭。」

「我比較喜歡你玩的圍棋，用種子比較好玩。」

「我也這麼覺得，而且我太喜歡吃東西了。唔，我講到哪裡了？」

不到一天，長生就在三場圍棋裡贏了他父親一場。不到一個禮拜，他五場只輸掉一場。不到一個月，即便他讓父親五步，還是場場必勝。

圍棋比梅酒更好玩。規則簡單的甜，戰敗的苦，勝利的熱辣喜悅。石子圍成的圖陣是要細細咀嚼、品嚐的。

在外面散步時，他望著屋子白牆邊牛車走過泥地留下的黑色車輪痕跡失神。他沒去砍柴，用斧頭在廚房地上刻了十九宮格棋盤。晚餐時，長生用野生稻米和西瓜子在桌上佈陣，忘了吃東西。他母親想罵他。

「由他去。」他父親說：「這孩子是做大將軍的料。」

「也許吧。」他母親說：「但你家已經好幾代不侍奉皇帝了，他要當誰的將軍？一群鵝嗎？」

「他仍然是娘娘和詩人、將軍和大人們的子民啊！」他父親堅持道。

「下棋可不會生米飯，也不會燒柴。我們今年得跟人借錢了。」

隔壁村莊送了他們最厲害的棋手來挑戰他，全都敗下陣來。最後，縣裡首富的兒子，華雄，聽說了長生是圍棋奇才的事。

華雄家裡因專賣食鹽而賺了大錢。縣裡有條大河，蚩尤大戰黃帝敗退後，身體被斬成數塊，血流成河，所以這條河裡的水是鹹的。漢代皇帝把賣鹽事業當成主要稅收來源，所以鹽業專賣是嚴格控管的。華雄的祖父收買了一些重要官員，從此以後家族就靠著賣鹽愈發富裕。

華雄和長生同齡，他是那種會凌虐貓，會騎馬踩過佃戶的農地，在高粱和小麥田裡踩出自己的名字而洋洋得意的孩子。這就是為什麼他來找長生下圍棋，高高坐在馬上出現在關家門前時，後面還拖了一長條踐踏過的高粱。

他帶著自己的圍棋棋盤來，那棋盤是用泰山的松樹做的；黑子是翠玉，白子是光亮的珊瑚。長生盡可能拖延對奕時間，他才能用手指感受那冰涼光滑的石子久一點。

「這遊戲愈來愈無聊了。」華雄說：「我好多年沒輸過了。」

長生的父親微笑著想：難道他不知道那些人都跟他父親借了錢，才非讓他贏不可嗎？

華雄確實很會下棋，但沒有長生下得好。

「了不起！」華雄對長生的父親說：「長生兄很有天賦，我愧不敵他。」

長生的父親很訝異。他太有骨氣，沒有要兒子故意輸給華雄。他本來以為華雄會發怒，但沒有。他也沒這麼壞，他想。這人輸得很優雅，是人中之鳳。

「這有什麼好了不起的？我爸爸跟我玩西洋棋，他贏的時候我也不會生氣。我知道我只是還有進步的空間。」

「這是有智慧的話，並不是每個人都把輸當作學習的機會。」

「所以這個華雄真的是好人嗎？」

「如果妳別打斷我，妳很快就會知道了。」

「我要再多吃點瓜子，嘴巴裡有東西我就不會說話了。」

接下來的五年，收成更差了。蝗蟲入境，瘟疫封縣，傳聞有人吃人，皇帝還提高稅收。

華雄當年十八歲，在父親被米酒裡的雞腿骨頭噎死後，他成了一家之主。他趁地價下跌，在縣裡買了一堆土地。長生的父親在除夕夜去拜訪他。

「別擔心，關大爺。」他們兩人簽契約時華雄說：「我還記得小時候跟長生下棋的開心回憶，我會照顧您和您們全家人的。」

把地賣給華雄後，長生的父親有了足夠的錢還清債務。於是他打算跟華雄租地回來耕作，支付每年收成的幾成當做佃租。

「他給我們很好的成數。」他跟長生的母親說：「我就知道他長大會是好人。」

那年，他們格外認真耕作。蝗蟲再度肆虐全縣，但他們村裡沒遭殃。高粱梗長得又高又直，在夏末乾燥的風中搖擺著。這是他們幾年來收成最好的一次。

除夕夜時，華雄帶了一隊魁梧的隨扈過來。

「新年快樂，關大爺。」他們在門口互相作揖。

長生的父親請他們進來喝點茶和梅酒。他們面對面跪坐在乾淨的新草蓆上，中間的小桌子上放著一壺熱酒。

他們乾杯，互祝對方身體健康，照禮俗敬了三杯。華雄發出尷尬的笑聲。「嗯，關大爺，我是來收那一點佃租的。」

「當然。」長生的父親說。他要長生拿五兩銀子過來。「華大人，這裡是百中取五的歲租。」

華雄輕輕咳了一下。「我當然理解去年您和家人很辛苦，如果您還需要點時間準備剩下的佃租，那完全沒問題。」他站起來深深作揖。

「但我已經把全額拿來了，我可以給您看帳本。今年收成很好，我在市場賺了九十三兩銀，百中取五便是四兩八錢。但因為您在原來契約上對我很大方，所以我想就付五兩當做答謝。」

華雄鞠躬鞠得更深了。「關大爺一定是在跟小人華雄的歲租開玩笑吧！一些小人說關大爺在想辦法逃避今年的全額歲租，但小人華雄並不相信。小人相信只要親自來找關大爺，一切就會水落石出。」

「你在說什麼？」

華雄一副坐立不安的樣子，無奈地將雙手一攤。「關大爺是要小人把契據拿出來嗎？」

長生的父親面色鐵青。「給我看看。」

華雄找就找，還演了場大戲。他從上到下拍著衣袖和胸前口袋，大聲叫他魁梧的隨扈到馬車上。最後一個高大隨扈拿了一捲紙卷進來給華雄，那人指節粗大畸形，給長生的父親一個又長又硬的冷笑。

「呼。」華雄用袖子擦擦額頭。「我還以為我們弄丟了呢！沒想到會需要用到。」

他們再次跪坐，華雄把契據攤在他們之間的桌上。「歲租是穀物收成的百中取八五。」他唸道，用他細緻修長的手指著上面的字。

「能不能跟我解釋解釋，跟其他字比起來，這『八』字怎麼會寫得這麼窄？」長生的父親仔細看完契據之後說。

「擬這契據的下人字寫得真不好啊！」華雄說著，露出一個討好的笑。「毫無疑問關大爺寫的字好多了。但以一張契據來說，字寫得不好也無妨，是吧？」

長生的父親站了起來，長生能看見他的袖子顫抖著。「你覺得我會在這樣的契據上簽字嗎？百中取八五？這樣的話，我乾脆去當土匪算了！」他朝華雄走近一步。

華雄退後幾步，兩個高大魁梧的隨扈站起來擋在他們之間。「拜託，」華雄露出遺憾的表情說，「別讓我把這事鬧到衙門去。」

長生看著放在門後的斧頭，朝斧頭走過去。

「噢不，不要去！」

「去廚房看你媽媽要不要添柴。」他父親說。

長生猶豫著。

「去！」他父親說。

長生離開，魁梧的隨扈們放鬆了戒備。

「對不起我插話了。」

「沒關係，妳是想救長生，跟他爸爸一樣。」

華雄離開後，他們一家人沉默地吃年夜飯。

「確實是人中之鳳啊！」晚飯過後他父親終於開口。他用力笑了好久，長生整夜陪著他，喝著他們最後的梅酒。

他父親寫了封陳情書到衙門，娓娓道出華雄背信棄義的事。

「可悲的是，衙門的人想必也被收買了。」他對長生說：「但有時候我們沒得選擇。」

一個禮拜後，捕快出現在他們家。他們破門而入，把長生和他母親硬拖到後院，掀了屋裡的傢俱，打破所有鍋碗瓢盆。

「我犯了什麼罪？」

「狡詐的刁民！」捕快們用枷鎖銬在長生父親的脖子上時，捕頭說：「你密謀集結一幫惡棍加入黃衫軍，快把同夥的名字說出來！」

四個捕快抓住長生，將他制服在地，再坐在他身上。他掙扎咒罵著那些人。

「我看你兒子骨子裡也要造反啦。」那捕頭說：「把他一起抓走！」

「長生，不要反抗，現在不是時候。我去見縣太爺，這件事會水落石出的。」

隔天他父親並沒有回來，之後也沒回來。城裡的探子到村裡來跟他們說，他已被判定造反，送進監牢了。母子倆大吃一驚，趕往城裡求見縣太爺。

縣太爺不願見他們，也不願讓他們見長生的父親。

「狡詐的刁民，出去！出去！」縣太爺用他當書鎮的文人石丟長生，沒丟中，還差三十公分。衙役們舉著竹板，把長生和他母親推出衙門。

春天來了，但母子放著田地沒耕作，華雄的親信來搜刮沒被捕快們打破的值錢東西。長生的母親抱著他不讓他過去，長生緊咬牙齒，直到舌頭感覺到血的鹹味。他的臉愈來愈紅，華雄的下人們嚇得什麼也沒拿就回去了。

他拿著斧頭和大砍刀在山裡待了幾天，揮刀砍光了整個山頭的柴。**喀**！到山裡玩的男孩們跑回家找母親，說見到了一隻大老鷹在樹林裡飛，用鐵嘴把樹枝都砍了下來。**嚓**！河邊洗衣的女子們跑回村裡，一個傳一個，說聽見凶猛的老虎在林子裡衝來闖去，用大爪子把人撕成兩半。

一捆捆木柴和引火柴跟鄰居換來高粱米和醃菜。長生陪著他母親默默和著淚水吃飯，他自己似乎只要吃高粱煎餅和梅酒就能活，每喝一口，臉就愈來愈深、愈來愈紅，高粱和梅子帶來的血色不曾從他臉上消散。

晚餐

「吃啦！吃啦！」阿彥大聲喊，打斷了羅根的故事。

「該吃晚餐囉！」羅根對莉莉說，同時放下裝著西瓜子的碗。「妳要跟我們一起吃嗎？阿彥在做麻婆豆腐和魏公肉，他的拿手料理。」

莉莉不希望羅根停下來，她希望華雄能受到應得的教訓，希望看見樹林裡發怒的長生，像老鷹或老虎一樣飛舞。但中國佬們忙裡忙外，把空木箱和長凳排在菜園裡圍成圓，自顧自地大聲說笑。開放式廚房傳出的香味讓莉莉的肚子叫起來。她太專注聽羅根講故事，連自己餓了都不知道。

「我答應妳，改天會把故事說完。」

礦工們興高采烈，羅根告訴她，他們後來發現採礦的那個地點是豐富的礦床，有一鍋一鍋的黃金。阿彥跟另一個中國佬回來的時候檢查了她的腳，對她的復原狀況很滿意，只要她維持均衡飲食和運動來保持精力就好。

「我跟你們講個好故事。」阿彥說。

那天白天，戴維．葛斯金警長來拜訪中國礦工們。地方法院幾年前通過了外國礦工稅，每人每個月要繳五塊錢美金，他是去收稅的。這條稅法原本的用意是要趕走中國人，因為他們像蝗蟲一樣湧入這地方。但收稅是件辛苦的事。葛斯金警長很討厭每個月巡視中國人的採礦營地，快被他們搞瘋了。

先是營地相隔很遠，他永遠沒辦法一天走完。而且不知道為什麼，他們總是知道他什麼時候要去收稅。他往往站在散落著鋤頭、選礦鍋和鐵橇，看起來至少有二、三十個人的礦營中，但只有五、六個中國佬來跟他打招呼，然後堅稱那些工具會在那裡，是因為他們工作太努力，工具「很快很快就壞了」。

更糟的是，他們好像會到處移動。

「您好，警長。」阿彥那天下午跟他打招呼：「又見面了。」

「可以再說一次你的名字嗎？」葛斯金警長永遠分不清這些中國佬。

「我叫羅葉。」阿彥說：「你星期一來收過我們的稅，記得嗎？」

葛斯金警長很確定他星期一沒有來過這個營地。他在市鎮另一頭，去三個營地收稅，照理說每個營地只能有五個人採礦。

「我星期一在派歐尼維爾。」

「對啊，我們也是，我們昨天剛移到這裡來。」

阿彥把稅單收據給警長看。千真萬確，上面有「羅葉」和其他四個人的名字，還有葛斯金警長的簽名。

「抱歉沒認出你。」葛斯金警長說。他覺得自己一定是被耍了，卻沒有證據。他們有他親手簽收的收據。

「沒關係。」阿彥說完給了他一個大大的笑容：「所有中國人都長得很像嘛！很容易認錯。」

阿彥說完故事，莉莉跟其他礦工們一起大笑。她不敢相信葛斯金警長這麼笨，哪可能不認得阿彥？真荒謬。

在菜園裡擺設臨時桌椅時，這群中國佬隨意地大聲說笑。莉莉覺得從他們對話裡聽出英文字很好玩。她愈來愈習慣他們的口音，覺得他們的口音就像他們的音樂一樣，聽起來很吵、很響亮，節奏明顯得，像喜悅的心跳。

我晚點要跟爸爸說這件事，她心想。**他總是告訴我，他叔叔阿姨們的愛爾蘭腔讓他想到他最喜歡的飲酒歌。**

白天礦工們在工作的時候，莉莉不能去找他們。在她昨天的「意外事件」後，媽媽堅持要她待在家裡。

「只是跌倒而已，我保證以後會小心。」

媽媽只叫她在習字簿裡抄寫更多《聖經》經文。

莉莉知道媽媽懷疑那個意外不只是她說的那樣。她好想告訴爸爸昨天發生的事，但媽媽看到、聞到她腳上的藥之後變得很緊張，堅持莉莉要立刻把「中國佬的毒藥」洗掉。在這之後，根本沒機會把實情告訴他們。

只有等傑克回家，莉莉才有辦法出門。

「艾爾希，她是個孩子，不是種在家裡的植物。妳不能把她整天關在家裡。她總得偶爾破點皮。有一天妳或許可以幫她穿上束腹，替她丈夫把她包起來，但還要一段時間呢！現在她需要出去曬曬太陽、跑來跑去。」

艾爾希對這些話不太開心，但還是讓莉莉出去了。「今天晚餐會晚一點，我必須和妳爸爸聊一聊。」

莉莉在她改變心意前趕快出門。太陽低低地掛在西邊，把街上的影子拉得長長的。街上一陣涼爽微風挾帶著遠處礦工們回來，穿梭在愛達荷市房屋間的聲音。對街屋子門前的兩個中國佬告訴她羅根在菜園裡，她直接過去。莉莉從昨天就不停輸棋，羅根便說武聖關羽的故事來安慰她。

阿彥煮的東西裝在大盤子裡，從廚房端到菜園圓圈中央的臨時餐桌，餐桌是木箱倒過來充當的桌子。每個中國佬端著一大碗白飯，繞著桌子夾菜到白飯上。阿彥從人群中出現，把一個青色小瓷碗拿給莉莉，上面有粉紅小鳥和花。這碗飯上有紅顏色醬汁的小塊豆腐和豬肉，還有加了青蔥和一片片苦瓜的深色肉片。沒聞過的調味料氣味讓莉莉的眼睛和嘴巴都要同時流口水了。

阿彥遞給她一雙筷子，走回人群裡去添自己的食物。他又瘦又小，但在其他人的肩膀和手臂下穿梭自如，像跑在樹叢裡的兔子。很快地，他拿著自己的一大碗飯菜回來，豆腐和肉堆得高高的。他看見莉莉正看著他，擔心他搶不到菜。他圍著圈圈坐在羅根對面的凳子上，把碗舉起來，對莉莉說：「吃！吃！」。

羅根教莉莉怎麼用筷子，她有點抓到訣竅了。前幾次嘗試吃豆腐的時候，莉莉讚嘆地看著他粗大的手靈巧地操縱筷子，夾起細嫩的豆腐放進嘴裡，一塊都沒碎，也沒掉。

莉莉終於努力駕馭了筷子，把一塊豆腐放進嘴裡，她滿懷感激地咬下去。那時還不知名的香氣瀰漫在她嘴裡，整個舌頭因為這豐富的味道而愉悅起來：鹹鹹的、有一點辣椒、幾乎是甜的基底醬料、還有某種讓她舌頭發麻的東西。她試著嚼了豆腐幾下，讓味道更出來，好讓她能更清楚地辨認。辣椒的滋味愈來愈強，麻麻的感覺變成了刺痛，讓她從舌尖痛到舌根。她再嚼幾下……

「啊啊啊！」莉莉大叫出來。刺痛的感覺突然爆開，變成一千根熱呼呼的小針扎在她舌頭上。她的鼻腔後面全是水，視線因為眼淚而變得模糊。中國佬們被她的叫聲嚇了一跳，安靜下來，知道是怎麼回事後，又放聲大笑起來。

「吃點白飯。」羅根對她說：「趕快。」

莉莉以最快速度吞了好幾口飯，讓柔軟的米飯按摩她的舌頭、平緩喉嚨後方的刺痛感。她的舌頭麻麻的沒知覺，刺痛感現在緩和下來了，持續搔著她的臉頰內側。

「歡迎品嘗新味道。」羅根對她說，眼裡帶著惡作劇的笑意。「那是麻辣，一種讓蘇州紅遍全中國的刺痛熱辣滋味。妳要小心啊，因為這滋味會誘惑妳，然後像火焰一樣燒灼妳。一旦妳習慣了，這滋味就只會讓妳的舌頭跳舞了。」

聽了羅根的話，莉莉試著邊吃豆腐，邊配幾片苦瓜和青蔥來讓舌頭休息一下。苦瓜的苦味將豆腐的麻辣中和得恰到好處。

「我打賭妳以前從來不喜歡苦的東西。」羅根說。

莉莉點點頭，她想不出媽媽做過哪一道苦的料理。

「這就是味道的調和。中國人知道要同時品嘗甜、酸、苦、辣、鹹、麻辣和順口的威士忌——好吧，中國人不懂威士忌，但妳知道我的意思。」

「莉莉，吃晚餐囉！」

莉莉抬頭，爸爸正站在菜園邊稍遠的地方，喚她過去。

「傑克！」羅根喊道：「要不要跟我們一起吃點阿彥做的菜？」

這提議太突然，傑克楞了一下，點點頭。他大步走在小黃瓜和高麗菜田埂間時，掩不住臉上的笑意，他來到羅根身旁。

「謝謝。」他說：「你們剛搬進來，我第一次在後面聞到味道的時候就想嚐嚐看了。」他轉頭對圍成圈的其他人說：「各位，目前採礦都順利嗎？」

「好極了，席佛先生。」「到處都是黃金啊！」「羅根很有辦法。」

「我就想聽這些！」傑克說：「我正要跟舊金山下訂單，告訴我你們想要中國城的什麼，我要把你們手上的黃金挖一點過來，放進我手裡。」

一圈人邊笑邊喊著他們要的東西，傑克匆匆在一張小紙上記下來，不時停下來讓某個中國佬用中文寫出那個東西，以免他在舊金山的中間商不知道那東西的英文名稱。阿彥跑回廚房去端一碗新的白飯給傑克。

傑克看著圓圈中間的菜餚，讚嘆地舔舔舌頭。「我們今天吃什麼？」

「麻婆豆腐。」莉莉告訴他：「你要小心，它是新味道。還有魏公肉。」

「那是什麼肉？」

「狗肉，用青蔥和苦瓜一起烤。」羅根說。

莉莉正夾了一片烤肉要吃，碗瞬間掉下來，米飯、豆腐、肉和紅色醬汁撒得到處都是。她快吐了。

傑克安撫她，緊緊抱住她。「你們怎麼能做這種事？」他質問：「你們殺了誰家的狗？這樣會惹上麻煩的。」他的眉頭皺得更深了。「如果艾爾希聽到，絕對會崩潰的。」

「沒人的，是樹林裡的野狗，看起來像是從小被丟到樹林裡的。牠要咬我，我就把牠殺了。」阿彥從廚房走出來說，端著一碗新盛好要給傑克的白飯。

「但你們沒養狗當寵物嗎？吃狗肉就像……像吃小孩一樣。」傑克說。

「我們有當寵物的狗，我們不吃寵物，但這隻是野狗，阿彥是為了保護自己才殺牠。既然牠的肉很好吃，為什麼要浪費？」羅根說。其他中國佬停下碗筷，專心聽著。

「無論是不是野狗，吃狗肉就是野蠻的行為。」

「你不吃狗肉是因為你很喜歡狗，」羅根想了想：「我猜你也不吃老鼠。」

「當然不吃！多噁心的想法。老鼠是骯髒的生物，全身都是病菌。」想到這裡，傑克的胃翻攪了起來。

「我們原則上不吃老鼠，」羅根說：「但如果快餓死了，又沒有其他肉，老鼠肉也可以煮得很美味。」

中國佬的墮落沒有盡頭嗎？「我無法想像我會願意吃老鼠。」

「我懂了。」羅根說：「你只吃你有一點喜歡，又不是很喜歡的動物。」

真的沒什麼好說了。傑克環抱著努力忍住不吐出來的莉莉，走出菜園回到自己的家。艾爾希做了一個雞肉鹹派，但無論他或莉莉都再也沒胃口了。

羽，雲長

長生翻牆而過時，東方天空仍是魚肚白。他完事時，公雞還未發出第一聲啼叫。多年來這老房子的橫樑和牆壁都被白蟻和老鼠啃噬了，很容易著火。村民還沒發現起火，他已經在二十里外了。

東方地平線上升起的太陽灼燒著覆蓋山上的雲，一排完整的霞氣和他的臉一般紅。**血染長雲**，他心想。**連老天都在為我慶賀**。因這復仇的喜悅，他仰天長嘯。他覺得身輕如羽，彷彿能直奔東方，奔入那長雲或海裡。

現在我得有個新名字，長生心想。自此之後，我便叫關羽，字雲長。

一個月前，秋日大審開始。因為造反是死刑，所以太守已經審查過判決了。關老爺子被鍊上鐵鍊，帶上衙門大堂，雙膝跪在堅硬的石頭地上，長生和他母親在來看審判的人群裡看著。

華雄現在更胖了，他在太守面前抖個不停，像風中的樹葉一樣。太守是個洛陽來的年輕書判官，因為是皇上心腹而不可一世。華雄上交契據給太守檢閱，說自己努力在關家人需要幫忙的時候伸出援手，關老爺子堅持要給百中取八五的歲租時他也很詫異。

「小的問他：『這樣你怎麼活？』大人啊，他告訴我：『如果——』這裡他直呼天子名諱，太不敬吶——『要聽太監，還有這些時日靠逢迎拍馬取得官位的朝臣意見，所有人都要餓死了。我寧可把收成的歲租都給你，也不要拿去交稅。沒關係，反正我大可加入黃衫軍當土匪。』」他在判官面前磕了磕頭，繼續顫抖著。

那判官看了跪在衙門高台下的關老爺子一眼，嘴角露出不悅的神情。「哼，『這些時日靠逢迎拍馬取得官位的朝臣』！你這個刁民，眼裡沒有天子和王法了嗎？你的忠心何在？你對這些控訴有什麼話說？」

關老爺子努力把銬著的背挺直，抬頭看那太守嚴肅年少的臉。「小人確實認為國家為無恥之徒所誤，這幫人魚肉鄉民，不顧人民苦難也要榨乾他們最後一點積蓄。但小人並沒有忘記對皇上的責任，也沒有忘記小人家族多代從軍報國，小人絕不可能圖謀不軌。原告杜撰這些謊言，是為了羞辱小人、令小人家中一貧如洗，只因為小人的兒子曾讓他丟了一盤棋的臉。聖上將生死之權交予大人，必然是因為大人年少有為、不失智慧。小人相信大人能明辨是非，還小人清白。」

雖然跪著，但他振振有詞，氣勢似乎淩駕於衙門大堂裡的所有人。連太守都要為之動容。

華雄注意到太守態度的改變，跪下來飛快磕了三個響頭。「大人，以小人和關老爺子之子的兒時交情，若沒有鐵證，小人絕不敢誣告關老爺子。小的只是個下賤的生意人，關老爺子卻是家世顯赫，歷代皆侍奉皇上的將軍和儒生。但小的是出於對皇上的忠心敬愛，才敢控訴此人。小人恐怕他會仗著顯赫家世，掩蓋不恭不敬的惡行。望大人主持公道。」說完後繼續磕頭。

「不用這樣。」太守不耐煩地說：「你不必害怕他顯赫的家世。天子犯法與庶民同罪，他若真謀逆犯上，你不用怕告發他。」他再看了關老爺子一眼，表情嚴肅起來。「我知道許多像他一樣作惡之人，仰賴先祖累積的赤膽忠誠，便以為自己在王法之上了。好，我一定會重重責罰。你還有什麼證據？」

華雄對三位在他身後角落直發抖的姑娘點點頭。「這些女子曾看過、聽過關老爺子在林間拿斧頭和大砍刀練武。她們看見他跳來跳去，假裝在……在……」

「在做什麼？」

「在刺殺聖上。」華雄又繼續不停磕頭，額頭滲出血來。

「他說謊！」長生從人群裡大叫。

他對那些女子同意作偽證感到怒火中燒，但接著他明白了，她們全都是積欠華雄大筆債務的人家。他覺得自己再不開口，頸背的青筋就要爆開了。「我才是——」

「長生，無論發生什麼事都不要說話。」關老爺子大吼：「你要照顧好你媽媽。」

「來人！」太守對衙役們說：「把那無法無天的孩子和他不守婦道的母親趕出衙門！別讓他們在我庭上出醜。」

長生忍著不還手，咬破舌頭和血吞。他們踉蹌走出衙門時，他努力保護母親不受衙役們拳打腳踢。

那日午後，關老爺子因叛亂被處死刑，不久首級便掛在衙門外的旗桿上。那天晚上，長生的母親用繩索套住脖子，踢翻身下凳子，吊死在廚房中央的橫樑上。

長生留著華雄的命到最後一刻。在他迅速解決華雄家其他人（二十幾個人）之後，長生拿著火把，把華雄叫醒（先快刀把兩個跟他同床的小妾割喉）。在那微弱燈光下，華雄以為自己看到地獄來的紅臉妖怪，要來勾走他的魂魄。

「對不起、對不起。」他口齒不清，嚇得屁滾尿流。

長生斬斷華雄的手筋腳筋，讓他成為廢人。他把華雄奄奄一息的沉重身軀放回床上，放在兩個一命嗚呼的小妾屍首間。

「我不會讓你死得乾脆。你說我父親是土匪，我就讓你知道土匪怎麼對付像你這樣的人。」

他在屋裡點火，不久濃煙便讓華雄發不出求救聲。他的咳嗽變得斷斷續續又慌亂，不停被自己的口水嗆到。

關羽繼續往東跑去，那血紅的長雲呼喚著他。他的心輕得像羽毛，彷彿好戰的心和復仇的喜悅永不離去。他覺得自己像神。

印象

在中國佬金礦營地的河流對岸，山坡地側面的樹林中央有一塊空地。因為現在是六月底，空地邊緣的岩土上開滿了紫丁香，空氣裡滿是清新柑橘般的香氣。盛開的黃色箭葉香根菊鋪滿空地中央，這裡一朵、那裡一朵的菊苣藍紫色穿插著，毫不單調。

莉莉喜歡坐在空地邊的樹蔭下，盯著面前的花朵顏色看。如果她坐得夠久，輕輕的微風和斜陽會一起把一朵朵花化成一地起伏的光波。世界對她來說彷彿煥然一新，充滿未來感和未曾發掘的喜悅。

唱歌彷彿是唯一值得做的事。

空地邊升起一縷煙，驚醒她的白日夢。她穿過空地，往煙的方向走去。一個深色人影蹲伏在旁邊，正在煮東西，莉莉覺得聞起來很香，但也有一股不太好聞的味道在裡面，像是燒焦的頭髮。

莉莉現在靠得夠近，能看見那人很高大，甚至比羅根還高大。莉莉發現他正在烤一隻大狗的屍體，狗皮像血一樣鮮紅。這時，那人轉過身來，對莉莉露齒一笑，露出兩排匕首般的尖牙。

是克里格！

莉莉大聲尖叫。

傑克要艾爾希回去睡覺。

「沒關係，我會泡點茶給她。」

水滾的聲音和爸爸溫暖的手臂讓最後一點噩夢的影子從莉莉心裡散去。莉莉小口喝茶，他們小聲說話以免被媽媽聽見。莉莉把她看見羅根和克里格打架的事告訴了傑克。

「歐比怎麼了？」

「我不知道，他跑掉了。」

「那他們怎麼處理克里格的屍體？」

莉莉也不太確定。

「妳真的看到是歐比先開槍？而且子彈打中羅根的肩膀？」

莉莉用力點頭，羅根的肩膀爆開來的畫面深深刻在她腦中無法磨滅。她再度對羅根看向她，她覺得平靜這件事感到神奇，好像他有某種能力，可以把力量傳給她，讓她知道她很安全。

傑克左思右想，如果莉莉說的是真的，羅根的傷勢應該很重，但他卻隔不到十二小時就跟夥伴回去工作了。要不是這個中國佬是他從未見過的強人，就是莉莉誇大了。但他了解自己的女兒，她是個想像力豐富的孩子，但不是會說謊的孩子。

歐比和克里恪是惡名昭彰的逃犯，而且愛達荷市很多人都懷疑他們就是讓這麼多人破產和殺了凱里一家的幕後主使，但沒有目擊者看見縱火犯和凶手，也沒有人提出告訴。不過，如果現在歐比出來控告羅根謀殺，就有可能讓羅根被絞死，因為他和莉莉和所有中國佬都是目擊者。白人不太喜歡中國佬，因為他們搶了白人礦工的採礦權——也不管這些採礦權大部分是被白人拋棄的，因為他們沒有中國農民對水利管理的技術和耐心，也不像他們願意為了省錢只吃米飯和蔬菜，好幾個人擠在小小的鹽屋裡同住。就算聽起來是羅根為了保護自己和其他人而殺了克里恪，也說不準法官會怎麼判決。

「爸爸，你生我的氣嗎？」

傑克嚇了一跳，從思緒裡回過神來。「沒有呀，為什麼要生氣？」

「因為你說羅根看起來就像會殺人，而且你曾叫我離那些中國佬遠一點，而且……而且我上禮拜差點吃掉一隻狗。」

傑克笑了出來。「我不會因為這樣就生妳的氣。中國佬煮的東西聞起來很香，連我也想吃那狗肉——到現在還想吃，一點點啦。妳沒做錯任何事。雖然妳牽扯到他們的糾紛裡，但那完全不是妳的錯。而且後來沒事啦，妳又沒有受傷。」

「我有，一點點。」

「幸好那些中國佬的藥好像把傷治好了，那個羅根是個很特別的人。」

「他說的故事很好聽。」莉莉說。她想告訴爸爸武聖關羽的戰績，或是《解憂歌》，講的是嫁給烏孫人的解憂公主。她想跟他形容自己的感覺，聽羅根用他鏗鏘有力的聲音節奏、帶著因威士忌而粗啞的腔調講那些故事時，感覺既不真實又熟悉；他用大大的手、又長又粗的手指，做出逗趣又嚴肅的手勢，讓故事栩栩如生。但這一切如此新鮮又令人困惑，她不確定自己知道該用什麼詞彙來跟爸爸描述那些時刻。

「一定好聽。這就是為什麼我們來到這裡。在這裡，國家不屬於任何人，每個人都帶著自己的故事來。加州住滿了中國人，很快地，愛達荷地區也一樣。這裡的每個人很快就會知道他們的故事了。」

莉莉喝完她的茶，覺得很舒服，但噩夢留下的激動感覺還未散去，讓她睡不著。

「爸爸，可以唱歌給我聽嗎？我現在睡不著。」

「當然可以，小金塊。但我們去外面走走吧，否則要吵醒妳媽媽了。」

莉莉和傑克把外套披在睡衣上，出了家門。夏天的夜晚很溫暖，天空晴朗無雲，而且沒有月光，一百萬顆星星閃閃發亮著。

一些中國佬還在玄關走道上，他們在微弱的油燈下玩骰子。莉莉和傑克對他們揮揮手，兩人走到街上。

「我猜他們也睡不著。」傑克說：「不能怪他們。無法想像要跟其他五個會打呼，有腳臭的人擠成沙丁魚一樣睡在一起。」

他們把中國佬的昏暗油燈留在身後，不久便走出了市鎮邊界。通往山丘的路上，傑克坐在路邊一顆石頭上，把莉莉拉過來坐在他身旁，一隻手抱著她。

「妳想聽什麼歌？」

「可以聽媽媽不讓你唱、跟喪禮有關的那首嗎？」

「那可是首好歌。」

傑克拿出雪茄出來點，好驅趕蚊蟲，然後開始唱：

提芬尼根住在沃金街，
一個溫柔奇怪的愛爾蘭人。
他的口音甜又濃，
他靠搬磚嶄頭角。
他搖來又晃去，
因為生來就愛威士忌。
每日上工少不了，
早起就喝幾口克萊松。

莉莉抬頭認真看著爸爸的臉，他的臉被雪茄的火焰照亮，映照著紅色的光芒，突然讓她心裡湧現一陣撫慰和對他的愛。他們對彼此微笑，父女倆放聲高歌：

哎唷伊唷嘿，用舞來相伴；
用力踩踏，抖起肩膀。
我早告訴你，
堤芬尼根的喪禮很好玩！

傑克繼續把剩下的歌唱完：

有天早上他頭眩目暗，
頭重腳輕、全身發抖，
跌下梯子摔破頭，
屍體被人扛回家辦喪事。

他們用乾淨的布把他捲起來，
把他放床上，
腳邊放一加侖威士忌，
腦袋旁放一桶黑啤酒。

朋友相約來守靈，
堤芬尼根太太叫人帶午餐來；
他們帶了茶點和蛋糕，
還有菸斗、菸草和威士忌調酒。
比蒂開始哭，
誰見過這麼乾淨的屍體？
噢，堤！愛人，你怎麼走了？
「好了，閉上嘴！」佩蒂說。

瑪姬接著插嘴說：
「噢，比蒂，妳大錯特錯。」
她用皮帶塞住她的嘴
讓她滿地爬。
不久她們開戰了，
女人打女人，男人揍男人。
棍棒不眨眼，
吵呀鬧呀打呀！

米基瑪洛一抬頭
一杯威士忌飛過來
沒打到，掉到床上
酒全灑在堤芬尼根的身體上。

死而復生囉！看他起來囉！
他從床上坐起來，說：
「酒灑滿天飛，
去死啦！你們當我死啦？」

「妳想睡了嗎？」
「不想。」
「好吧，來唱別的歌。」
他們守在星空下，好久好久。

尊奉為神

三國所有兵將都在竊竊私語，說殺不死關羽。狡詐的曹操和目中無人的孫權陣營將士們對這個傳聞不屑一顧，還把散佈傳言的人處死。雖然如此，在戰場上面對關羽時，連戰無不勝的呂布都卻步了。

但我跳過太多了。漢朝怎麼衰敗的？三國勢力怎麼興起的？關羽投靠了哪位英雄人物呢？

黃衫軍在各地起義，他們集結反叛的聲音，認為皇帝年幼，宦官壓榨農民血汗時，他卻深居宮中不知民間疾苦。令人聞風喪膽的曹操軍捲袖對抗義軍，在首都挾持皇帝做人質，以漢室之名稱霸北方平原和沙漠。

南方魚米之鄉和蜿蜒河流孕育了孫權這位小霸主，他掌握船艦，試圖奪取王位。

四處民不聊生、饑荒成災，軍隊卻掠奪土地，毫無仁義。

劉備耳垂及肩，是個仁厚的人，遇見屠夫張飛和在逃的通緝犯關羽時，他只是個賣草鞋和草帽的小販。關羽這時開始留起他著名的鬍鬚，一髯長鬚濃密又鮮明，讓他看起來又老又年輕，英俊的臉更加氣宇軒昂，柔和的五官像是揚子江赤壁上的赤色石頭。

「如果有勇猛的虎將與我並肩作戰，我一定會復興漢室。」劉備對兩個在桃林中和他同喝一碗高梁酒的陌生人說。

「那對我有什麼好處？」張飛問。他的臉黑如炭，手臂是天天把牛壓在地上宰殺鍛鍊出來的。

劉備聳聳肩。「也許你不在乎，但如果我當了皇帝，地方官吏會重伸正義，田間鄉里會以勤勉德行教化百姓，茶館會再度充滿詩詞歌賦、文人笑語和舞女。」他的眼神在關羽臉上多停了一會兒，那是一張他在市裡許多懸賞佈告上看到的熟悉臉龐，他的頭上標示了獎金。「這個世代，有許多人逍遙法外，卻也有很多人逃避追捕只因王法無德。假若我是皇帝，一定讓他們當判官，而不是逃犯。」

「你憑什麼覺得自己會成功？」關羽問道。他的臉沉了下來，變成深紅色，但他小心地捻捻鬍鬚，像提著毛筆正要寫下風月詩作的書生。

「我不知道我會不會成功。」劉備說：「所有生命都是一場試煉。但當我死的時候，我會知道自己曾經努力過，如高飛之龍。」

於是他們在桃園裡結拜成為兄弟。

「不求同年同月同日生，但願同年同月同日死。」

他們向西去，在多山的蘇州，關羽第一次嚐到麻辣滋味的地方，他們在此為蜀漢建國。

天下自此分為曹魏、蜀漢、孫吳三國。曹操稱霸驍勇善戰的北天下，孫權擁有肥沃富饒的南方，但只有劉備以仁愛受民擁戴。

關羽是他最英勇的大將，他有千人之力和千萬人的愛戴。

「關羽非血肉之軀。」曹操聽到關羽為了尋回劉備，千里走單騎，闖過五關、斬了他六名大將之後感嘆道。

「燕雀安知鴻鵠之志！」孫權聽說關羽刮骨療毒時下著圍棋、談笑風生，不禁搖頭說道。隔天關羽就能在馬背上舞劍了。

三國時烽火連年，沒有一方能過勝過其餘兩方。關羽的臉始終是紅色的，他的鬍子愈來愈長，上戰場時還得用個囊袋裝起來以保持乾淨。

雖然劉備仁德，但天命並不屬於他。一場又一場戰事，他的軍隊輸了又打，打了又輸。在一次撤退回北方軍營時，關羽、張飛與主軍隊兵分二路，他們帶的一百多位士兵被曹操一萬大軍團團包圍。曹操派人來請這兩位前去談判。

「投降效忠於我，我就讓你們封爵，即便在天子面前也毋須屈膝。」曹操說。

關羽大笑說：「丞相不懂關某為何而戰，戰場上當然有樂趣，但這並非全部。」他掀開老舊的戰袍，讓曹操看衣料上的破洞，磨損的邊緣和補了又補的痕跡。「這是關某結義兄長劉皇叔所贈，在穿上這軍袍之前，關某只是無名小卒，一個逃犯。但穿上軍袍以後，關某每一刀都是以仁德之名揮出。丞相豈能給關某更好的？」

曹操轉身走回兵營中，命令兵將立刻展開攻擊。將士一聲令下，千萬士兵列陣卻不願前進，與關羽、張飛和他們那一百士兵廝殺。

曹操下令要後方士兵就地開殺，慌亂的士兵推擠他們前面的夥伴。人群一波波緩緩向前，慢慢接近關羽和張飛。

這場仗從早打到晚，又從晚上打到隔天早上。

「記得桃園誓約！」關羽對張飛大喊。他騎赤兔馬越過曹軍，赤兔馬的皮膚和關羽的臉一樣紅，流的是血色的汗，巨大的馬蹄能把人踩死。「如果命運讓我們在這天同死，那我們至少守住了誓約。」

「但我們的結義兄長劉皇叔便晚了。」張飛邊說邊用雙鐵戟刺死兩人。

「我們不怪他。」關羽說。兩兄弟大笑，再次分頭打仗。

關羽舉著青龍偃月刀所向披靡，砍得曹軍東倒西歪，成了一群遇到老虎的羊群，或說是一窩遇見老鷹的雞群。關羽橫掃千軍，赤兔馬口中吐沫，嗜血的渴望讓牠不覺得累。

「與你並肩作戰，」張飛說著擦去黑臉上的血：「我便不知什麼叫恐懼。我的意志更堅定，心中更澎湃，我們兵力愈少，精神愈強大。」

關羽和張飛的百位士兵漸漸只剩五十人，然後是十五人，最後只剩關羽和張飛，在刀矛劍海中與曹軍前後交戰。

又到了傍晚，曹操喊停戰事，要軍隊撤退。成河的血流向田野間，殘缺不全的四肢和頭顱散落地面，像退潮時沙灘上的貝殼。映照著薄暮斜陽，一切成了暗紅色的長影，再無人能看清那緋紅是夕陽還是鮮血。

「歸降吧！」曹操向他們喊道：「你們已經證明了對劉備的義膽忠誠，無論是神是人，都不會怪罪你們。」

「關某會有愧於心。」關羽說。

雖然曹操冷血又心胸狹窄，但他對關羽很賞識。

「關將軍死前，」他說道：「可否與我共飲一杯？」

「當然。」關羽說：「高粱酒我來者不拒。」

「恐怕不是高粱酒，但我這裡有西域胡人進貢的新酒。」

那酒是葡萄釀製而成，葡萄是西域胡人使臣從沙漠帶來的。

你是說紅酒嗎？

對，那是關羽第一次看到紅酒。

關羽和曹操用玉觴把酒言歡，玉觴冰冷的表面和溫酒搭配得恰到好處。天色愈來愈暗，但玉的質地曖曖內含光，讓兩人的臉亮了起來。美麗的西域女子也是進貢給曹操的貢品，她們用一種叫琵琶的古怪梨形琴彈了一首哀傷的曲子。

關羽聽著音樂，沉浸在自己的思緒裡。突然間，他站了起來，開始和著琵琶的樂聲唱道：

夜光杯，酒滿溢，
琵琶催，驅馬離；
大醉沙場，君莫為戲，
多少去？多少歸？

他拿開玉觴。「曹丞相，多謝美酒，關某該告退了。」

「所以你彈的那把有五條弦的東西就是琵琶，對嗎？」羅根剛剛唱的哀傷曲子還留在莉莉腦中，她想請羅根教她彈。

「對呀。」他把琵琶放在膝上，鍾愛地抱著那梨形樂器，像抱小嬰孩似的。「這把琵琶很老了。琵琶每過一年，音色就愈好。」

「但這不是中國人的樂器，對嗎？」

羅根想了一會兒。「不知道。我想如果從好幾千年前來看，它確實不是。不過我不認為它不是。很多東西一開始不是中國的，但後來是了。」

「我沒想過會聽到中國人這樣說。」傑克說。他還在適應高粱酒的味道，羅根斬釘截鐵跟他說，每個中國男孩都是配著母奶喝的。高粱酒吞下去的感覺就像吞了一把刀。莉莉看他皺著眉頭又喝一口，笑了起來。

「為什麼？」

「我以為你們中國人很以自己漫長的歷史為傲，孔子是生在耶穌之前等等。我沒聽過你們有人會承認自己有任何東西是從蠻夷之邦學來的。」

羅根聽了大笑。「我就有一點北方胡人的血脈。什麼叫中國人？什麼叫蠻夷？這些問題不能當飯吃，也不能換來我同伴們臉上的笑。我寧可彈著琵琶，唱歌詠嘆西域戈壁沙漠來的碧眼美女。」

「如果我不認識你，羅根，我會以為你是華裔美國人。」

傑克和羅根笑了起來。「乾杯！乾杯！」說完，他們喝了好幾杯威士忌和高粱酒。

「我想跟你學〈芬尼根的守靈夜〉（Finnegan's Wake）。自從那晚聽到你們兩個唱，那旋律就一直在我腦裡。」

「你要先把故事說完！」莉莉說。

「好吧，但我得先聲明，我講這故事很多次，每次不太一樣。我都不確定故事的結局是什麼了。」

戰事打了多久？依舊是對抗叛賊曹操或詭計多端的孫權嗎？關羽記不得了。

他只記得他叫張飛走，去找劉備。

「我負責帶兵，卻因為我的疏失讓他們都死了。我沒臉回成都，將士們的父老妻兒會問我，怎麼我回去了，他們的丈夫和兒子卻沒回去？殺出去，三弟，為我報仇！」

張飛拉馬吆喝一聲。那聲淒厲刺耳，充滿傷痛與遺憾，他們四周一萬步兵雙腿顫抖，倒退三步。

「再見了，二哥！」張飛策馬向西，士兵讓路閃開他的坐騎與雙戟，為了閃開他而跟自己人打起來。

「上啊！上啊！」曹操氣憤地大吼，「活抓關羽的人即刻封侯！」

赤兔馬一個踉蹌，牠已經流了太多血。牠倒地前，關羽快速從馬背躍起。

「抱歉，老朋友。我真希望能保護你。」血和汗從他的鬍子流下，眼淚在他臉上乾掉的血痕和灰塵中刻出一道清渠。

他丟下青龍偃月刀，手背在身後，非常像在皇帝宮中背誦《詩經》的詩人。他不屑地瞪著衝過來的士兵們。

「他們在隔天日出之前砍下了他的頭。」羅根說。

「噢……」莉莉說。這不是她想聽到的結局。

他們三人沉默了一會兒，阿彥在廚房炒菜的煙飄進乾淨的天空裡。鍋鏟的聲音在莉莉耳裡聽起來像刀劍砍在盾上的鏗鏘聲。

「妳不問我接下來發生什麼事嗎？」羅根問。

「什麼意思？」傑克和莉莉同時問道。

「什麼意思？」曹操大吼，立刻翻桌站起來。桌上的筆墨飛散四處。「你說你找不到是什麼意思？」

「丞相大人，我說的是我親眼所見。前一刻他的頭還在地上滾，下一刻頭和身體就都找不著了。他……他憑空消失了。」

「你把我當傻子嗎？來人！」曹操對守衛說：「把他綁起來殺了！他弄丟關羽的頭，我們就把他的頭掛在營帳外。」

「他當然沒死。」白髮蒼蒼的老兵對面色紅潤的新兵說：「關將軍被抓的那天我就在那裡，面對一萬名魏軍，他如入無人之境。一個像那樣的人，你覺得他會屈服在劊子手的刀下嗎？」

「他當然沒死。」劉備對張飛說。他們都穿白色盔甲，帶著最後一批身強力健的蜀漢士兵復仇。「我們的兄弟還守著桃園結義的誓約，所以他不會死。」

「他當然沒死。」孫權在病榻前說：「關羽不怕死，我唯一的遺憾就是走的時候沒有他陪伴。我曾希望我們有一天會成為朋友。」

「他當然沒死。」曹操終於統一三國，下令毀去蜀漢印鑑時，對劉備的兒子劉禪說：「我對你或你父親從未多想，但若關羽願意效忠你父親，那麼他一定是看到了我看不到的。關將軍或許仍看顧著你，既然如此，我就讓他知道我也非無義之人。我不會傷害你，你永遠是我屋裡的貴客。」

「他當然沒死。」媽媽對孩子說：「關公是三國時代最偉大的人，如果你有他百分之一的毅力和勇氣，我就永遠不用怕小偷和盜賊了。」

「讓我們敬拜關公！」老師對學生們說：「他是詩人和武將，他活著的每一天都在證明他的忠勇。」

「讓我們敬拜關公！」皇上建了武聖廟：「願祂保佑我們戰勝蠻夷番邦。」

「讓我們敬拜關公！」玩黑子的圍棋手說：「所有圍棋手都希望自己能跟祂下一場棋。如果我們今天下得好，也許祂會下凡來教我們。」

「讓我們敬拜關公！」商人們準備從錫蘭和新加坡人工港出海時說：「祂會保佑我們征服海盜和颱風！」

「讓我們敬拜關公！」工人們登船前往夏威夷檀香山和加州舊金山時說：「他會幫助我們這趟航行順利，祂會劈開阻礙在我們面前的群山。祂會保佑我們安全，直到我們賺大錢，再指引我們回家。」

中國餐館

夏末將至，灌溉中國佬礦地的河水只剩涓涓細流。雖然羅根和他的人善於水利管理，但乾涸的季節表示他們不能迅速有效地開採礦床了。他們得在新居安頓下來，等到隔年春天。

雖然他們在春夏採礦季收穫頗豐，但中國佬還沒賺到大錢。在愛達荷市安頓好新生活、休息等待的時候，他們努力想其他辦法賺錢。

阿彥和一些年輕人在市區附近找工作，互相聊天打發時間。他們注意到市區裡有很多單身男子不願意也不會洗自己的衣服，洗衣婦也不夠多，無法洗所有人的衣服。

「但那是女人的工作！這些男人沒有羞恥心嗎？」傑克跟艾爾希說中國佬的計畫時，她不敢相信。

「嗯，那又怎麼樣？為什麼中國佬做什麼妳都討厭？」傑克說，語氣中有消遣也有不耐。

「賽迪斯．席佛。」艾爾希嚴厲地看著丈夫。她就知道不能期望丈夫對這些中國佬野蠻可恥的行為表現出任何該有的驚訝，因為他是那個鼓勵他們一天比一天放肆的人。但她靈機一動，想到一個即便是賽迪斯也該知道的道理。

「好，你想一想，賽迪斯。」她說：「我已經看到這些異教徒中國佬會怎麼工作。他們開了洗衣店，就會一個禮拜做七天，一天做十六個小時。他們這樣做是因為內心全是對錢財的貪婪，吸的全是罪惡的鴉片，所以從來沒有一刻停下來想想神的榮耀，連星期日都沒有。而且我知道他們怎麼吃東西。中國佬就跟蝗蟲一樣，只吃廉價的米飯和蔬菜就能活，而虔誠的基督徒男女需要吃肉來保持力氣。還有他們不花錢在有益健康的娛樂和友愛的社交，像我們一樣維持愛達荷市店家和酒館的經濟，反而整晚鬼哭神號唱他們刺耳的歌，說他們鬼鬼祟祟的故事。最後，夜晚降臨，每個基督教家庭都會放下一切事物，守在家中爐火邊——」這時她停下來若有所指地看著傑克，「——那些中國佬卻為了省房租，好幾個人擠在一起睡。」

「怎麼？艾爾希，」傑克放聲大笑：「我聽過虛偽的稱讚，但這還是我第一次聽到虛偽的指責。照妳所說，要是我不認識妳，一定會以為妳很愛中國人。妳本來要告訴我他們的缺點，但說出口的全都顯示他們勤勉、節儉、聰明、享受彼此的陪伴，而且願意吃苦。如果那些中國佬最糟的就是這些，那可以確定的是，儒家教誨要贏過基督教義了。」

「你沒在思考。」艾爾希冷冷地說：「你覺得這些中國佬的廉價勞力會導致什麼結果？這些中國佬會壓低奧斯康蘭太太、黛伊太太和所有其他寡婦的工作收入。這些女人過得很辛苦，日日夜夜工作，手指因為不停刷洗而又紅又腫，卻只能勉強養活自己和孩子。想也知道，市裡軟弱的男人不明白身為的基督徒責任，就會把自己的工作交給那些中國佬。因為比起那些虔誠、心靈和美德都致力接近神的寡婦，中國佬的收費比較便宜。這些寡婦的工作被中國佬搶走後，你要她們怎麼辦？你要把她們丟給伊莎貝兒女士和她的罪惡之家嗎？」

就這麼一次，傑克不知道該說什麼回應他太太。

「木工呢？傢俱上色打蠟？我可以雇你們來我店裡當店員。」傑克對阿彥說。

「你請不起我的。」阿彥說：「我們每件衣服收二十五分錢，表示我們每人每天可以賺快十塊錢。我還沒算旅館的毯子和被單喔！人家說我們做得比那些女人之前做得還好。」阿彥露出遺憾的笑容，伸出他瘦而結實的右臂看著腫脹的大拇指。「整天熨熨斗，連我的拇指都變大了。我老家的老婆聽到我現在是熨燙大師一定很高興。」

聽到阿彥提起自己的家庭，傑克心中一動，意識到在他眼中這麼年輕的阿彥，不只是個會煮飯洗衣的年輕人，還是個丈夫，而且可能是個父親，因為老婆無法隨行才被迫學會做這些事。

莉莉幾天前告訴傑克，中國佬們有些新想法，想聽聽他的意見。這天早上，他總算能離開店裡幾小時，跟莉莉一起過來。莉莉一到就跑去後院找羅根。傑克若有所思地咬著阿彥給他當早餐的肉包，包子在他的嘴裡迸開，湯汁、香甜的豬肉、又熱又鹹的蔬菜滿溢在他舌尖。

「等等。」傑克連忙吞下去，邊遺憾自己不能好好享受這美味。「我有個想法。在吃到你們做的菜之前，我從來不知道高麗菜和豆子可以比牛肉和香腸好吃，或者留在嘴裡的苦味可以是我喜歡的味道，但你們證明我錯了。何不讓其他愛達荷市的人也嚐嚐？你們可以開一間餐廳，賺更多錢。」

阿彥搖搖頭。「行不通的，席佛先生，我在舊金山的朋友試過。大部分美國人跟你不一樣，他們沒辦法忍受中式食物的味道，他們覺得很噁心。」

「我聽說過舊金山的中國餐館。」

「那些不是中國餐館。嗯，是沒錯，但不是你想的那種。那些餐館是中國人開的，但賣的全是西餐：烤牛肉、巧克力蛋糕、法國吐司。我不知道怎麼做那種東西，我自己都不太想吃。」

「但我要告訴你，你做的菜很好吃，真的很好吃。」傑克看了看四周，壓低聲量說：「你比艾爾希會煮多了，而且我知道這裡大多數其他主婦跟她差不多。如果你們開餐廳，我稍微宣傳一下，每晚都會高朋滿座。」

「傑克先生，你太過獎了。我知道在丈夫眼中，太太煮的東西比誰都好。」他頓了一下，思緒暫時飄到遠方。「而且我們不是廚師。我做的只是家常菜，廣州廚師連拿來餵狗都不願意的那種菜。美國不太可能有中國餐館，除非美國有夠多中國人——而且還夠有錢，才會想上餐館吃。」

「這就表示更多中國人得變成美國人。」傑克說。

「或是更多美國人要學著更中國一點。」阿彥說。

幾個其他中國佬聚過來聽他們的對話。其中一個用中文說了幾句，整群人笑成一團。阿彥笑出淚來。

「他說什麼？」雖然傑克很努力跟羅根唱飲酒歌來學中文，但還沒好到能聽得懂對話，雖然莉莉似乎比他更容易就聽懂了，而且現在常常半中文、半英文跟羅根講話。

阿彥擦擦眼睛。「山龍說我們應該把這間餐廳取名叫『狗不理你，你不吃狗』。」

「我聽不懂。」

「中國有一種非常有名的包子叫『狗不理包子』，而且你也知道你們美國人對吃狗肉有疙瘩——」看到傑克臉上的表情，阿彥沒繼續說下去。「別介意，這個玩笑對你來說太中文了。」

這時山龍從地上拿起細枝，用手勢跟他們比了比。在傑克看來，他像醉醺醺地用飛鏢對準自己面前幾公分的地方。阿彥和其他人笑得更開心了。

「他在說中國餐館在美國不可能開得起來，因為每個客人都要學會用筷子。」阿彥跟傑克解釋。

「對、對、太好笑了。好吧，不做餐館。既然講到狗，而且還有個聽起來不太像稱讚的稱讚，那個晚上，你們確實讓我人生第一次對吃狗肉好奇起來。」

「爸爸很擔心那些洗衣婦現在會沒工作。」莉莉跟羅根說。

他們併肩走在菊苣路中央。羅根肩上挑了根扁擔，兩頭都掛著大竹簍，裡面裝滿了小黃瓜、青椒、紅蘿蔔、南瓜、番茄、四季豆和甜菜根。

「他不確定要怎麼辦。他說阿彥和其他人洗衣服燙衣服的價格太低了，如果洗衣婦們不降價，白人男性就不會再給她們工作。」

「小黃瓜十二條兩塊錢、十二個青椒一塊錢！」羅根用響亮的聲音喊著，聲音迴響在四面八方，直到消失在緊密連結的房屋巷弄裡。「新鮮蘿蔔、豆子和甜菜根！過來自己挑、自己選。女士們，新鮮蔬菜讓妳的皮膚柔軟光滑；男士們，新鮮蔬菜讓你不再嘴唇發白！」

他用平穩的吟誦反覆叫賣，跟他帶著其他人唱工作歌很像。

四周的門打開了，好奇的主婦和單身男子走到街上看羅根在唸什麼。

「你應該帶一些去奧懷希河，葛斯金警長還在處理印地安人幫他們找到的那個噴泉的土地所有權。」其中一個男子說：「我知道他們一個禮拜沒吃蔬菜了，十二條小黃瓜他們會付你五塊錢。」

「謝謝提供商業情報。」

「你從哪裡弄來這些東西的呀？」有個主婦想知道。「這看起來比傑克店裡的新鮮多了，雖然我知道他已經用最快的速度把運東西過來了。」

「太太，這些都是從我們後院摘的。那些蘿蔔是我今天早上從土裡拔的，還不到一個小時前。」

「你們後院？你們怎麼種的？我連一點鼠尾草和迷迭香都種不好。」

「唔……」羅根說：「我在中國是窮苦農家出身。我想我剛好很有辦法讓食物從土裡長出來。」

「真希望春天時我有這些新鮮的蔥和小黃瓜，就不用三天兩頭啃醋溜馬鈴薯。」一個比較年長的礦工說。他愛不釋手地摸著羅根竹簍裡巨大的小黃瓜和番茄。「你說的對，壞血病是可怕的東西，新鮮蔬菜是唯一的辦法。可惜那些年輕人都要等太遲了才知道。我要十二條。」

「我覺得我們今天一定會把你竹簍都清空才放你走。」一個年輕主婦聽見另一個婦人讚嘆的聲音時說道：「你們有留一些給自己和朋友嗎？」

「不用擔心我們。」羅根說：「我們的菜園今年可以收成五、六次，想買多少就買多少，我過幾個禮拜還會來。」

羅根很快就把所有帶來的蔬菜賣完了。他數了二十塊錢交給莉莉，「把十塊錢給奧斯康蘭太太，我知道她沒有太多積蓄，還有兩個正在發育的男孩要養。剩下的問妳爸爸要給誰。」

老人和女孩轉身開始慢慢走回愛達荷市另一邊的中國佬屋裡。空蕩蕩的街上，沐浴著明亮耀眼的正午太陽，邁著大步走的高大中國佬和他扛在肩上的竹簍，竹簍懶洋洋地在扁擔兩端搖晃，看起來像某種優雅的水黽，從陽光照亮的平靜池塘表面滑過。

不久，老人和女孩消失在街角，街上恢復寧靜。

中國新年

雪整整下了一個禮拜沒停。整個愛達荷市在二月中旬彷彿睡著了，乖乖等著還有幾個月才過完的春天。

呃，是「幾乎」整個愛達荷市。中國佬們正在忙著準備過中國新年。

中國佬們整個禮拜都在講即將到來的農曆春節。串串亮紅色的鞭炮從舊金山運來，拆開放在架子上保持乾燥。幾個手比較靈巧的人被派去摺紙和剪紙，做好的紙動物們要跟一捆捆香一起祭祖。每個人都忙著包糖果和糖蓮子，要給孩子一年甜甜的開始。除夕前兩天，阿彥指揮所有人一起包餃子，要包上千顆新年吃的餃子。客廳變成水餃工廠的生產線，一頭有些人在揉麵團，其他人準備餡料，豬絞肉、蝦子和剁碎的蔬菜混著麻油；剩下的人把餡料包進餃子裡，餃子的形狀像闔上的蛤蠣。做好的餃子裝進桶子裡，蓋上曬乾的荷葉放在外面冰凍，要放到除夕夜才能用滾水煮。

莉莉能做什麼就幫忙做什麼。她把鞭炮照大小分類，分到手指都是火藥味。她學會把色紙剪成雞、山羊和綿羊的形狀，可以燒給神和祖先，讓祂們跟大家一起享用筵席。

「關將軍也會來享用紙羊嗎？」莉莉問羅根。

羅根楞了一下，他的臉——因為寒冷而更紅了——變得認真起來。「祂一定會來的。」

最後，莉莉在水餃生產線的最後一道流程派上用場。她很會用叉子在水餃邊邊壓形，讓水餃變成波浪狀的扇貝，象徵興旺繁榮綿延不絕。

「妳做的真好！」羅根說：「如果妳不是紅頭髮綠眼睛，我一定以為妳是中國女孩。」

「這跟做派皮一樣。」莉莉說：「媽媽教過我。」

「等過了新年，妳來教我怎麼做像樣的派皮。」阿彥說：「我一直想學學美國人的玩意。」

中國佬們的活動讓愛達荷市其他地方也熱鬧起來。

「每個人都會有一個裝錢和糖果的紅包。」小孩們悄悄一個傳一個：「只要去他們家跟他們說恭喜發財就可以了。」

「傑克已經說中國佬煮的東西好吃，說了好幾個月了，」店裡和街上的女人們傳來傳去：「我們只有這個機會能去吃吃看。聽說中國佬會給任何出現在門前的人豬肉水餃，裡頭包了世界上各種美味。」

「中國佬慶祝新年的時候，你要去嗎？」男人們一個問一個：「他們說那些異教徒會遊行祭祖，有鑼鼓喧天的音樂和五顏六色的服裝，最後還會辦一場在波易斯盆地從沒見過的筵席。」

「羅根在中國時是什麼樣子？他在那裡有大家庭嗎？」莉莉在幫忙把大罐甜筍搬進屋裡時問阿彥。忙了一整天她累了，而且對明天的辦桌迫不及待。說實話，她有點罪惡感，媽媽要她幫忙家務的時候，她從來沒有這麼賣力過。她決定明天以後要乖一點。

「不知道耶，」阿彥說：「羅根不是我們村子的。他也不是南方人。我們要出發到舊金山那天，他出現在碼頭。」

「所以他即便在自己的家鄉也是個陌生人啊。」

「對，妳應該叫他跟妳說我們搭船來這裡的故事。」

快樂和有權勢的人不會被放逐。

——亞歷西斯·德托克維爾（Alexis de Tocqueville）

身在美國

好日子時，船長會讓一小群人從船艙到甲板上透透氣。其餘時間裡，每個人都得窩在一張一百八十公分、比棺材還小的床鋪上。他們在上鎖的全然黑暗中努力睡覺度過，夢境混雜著渺茫的希望和隱藏的危險。與他們相伴的是六十個男人的氣味和其嘔吐物、排泄物、食物，沒洗澡的身體，全塞在一個用來裝大綑棉花和藍姆酒桶的空間。就這樣順應著航程中的變化，花了六個星期跨越太平洋。

他們要水喝。有時要得到，其他時候則等著下雨，找有雨水滲漏的裂縫才有水喝。他們很快就學會把飯裡的鹹魚挑掉，因為那會讓他們口渴。

為了避免黑夜讓人精神異常，他們互相說著清楚記得的故事。

他們輪流講武聖關羽的故事，講他怎麼只靠赤兔馬和青龍偃月刀過五關斬六將。

「關公如果聽到我們一點飢渴就抱怨、坐船也抱怨，一定會笑我們是小孩子。」人稱「老關」的中國佬說。他很高，得把膝蓋曲到胸前才能塞進床鋪睡覺。「我們有什麼好怕？我們是要去鋪路，不是要去打仗。美國不是豺狼虎豹的地方，是有人的地方。那裡的人要工作、要吃喝，和我們一樣。」

其他人在黑暗中笑了。他們想著紅臉關公，在任何戰場上都面不改色、足智多謀不落圈套。關公遇過的危險比這個糟一萬倍，一點點飢餓、口渴和黑暗算得了什麼？

他們吸著、抱著從村子田裡拔來、帶在身邊的甜菜根和高麗菜。他們把甜菜根和高麗菜舉到鼻子前，深吸殘留在根上的土壤氣味。那是他們幾年來最後一次聞到家鄉的味道。

有些人開始生病，整夜咳嗽，聲音吵得大家好幾個小時沒辦法睡。他們沒帶藥，沒有冰糖或鵝梨片，只能靜靜在黑暗中等待。

「我們來唱母親小時候唱給我們聽的歌！」老關說。他很高，所以在黑暗的床艙中摸索時得彎著身體。他跟每個夥伴擊掌，生病的和健康的都一樣。「正因為家人不在身邊，我們更應該像關公、劉備和張飛桃園結義那樣，成為彼此的兄弟。」

他們在悶熱難受的船艙空氣中唱著兒時不知名的歌，聲音像一陣清涼微風拂過生病的人的身體，哄著他們入睡。

早上咳嗽聲沒有繼續。幾個躺在棺材似的床上的人動也不動，雙腿靠著僵硬的身體曲著，像睡著的嬰孩。

「把他們丟下船。」船長說：「你們其他人要付清他們的船票。」

老關的臉比生病的人還紅。他在那些屍體旁彎身把他們的髮髻一一剪下來，小心地把每一個髮髻裝進信封袋裡。「我會把這些帶回去他們的家鄉，讓他們的魂魄不會在海上遊蕩，回不了家。」

屍體被包在骯髒的被單中丟到海裡。

最後他們到了舊金山。雖然有六十個人登船，卻只有五十個人走下甲板，來到碼頭。這些人在燦爛的陽光下瞇著眼看一排排蓋在綿延傾斜山丘上的小房子。他們發現街道不是黃金鋪的，而且有些碼頭上的白人看起來跟他們一樣又餓又渴。

一個穿著像白人的中國佬，帶他們到中國城裡一個潮濕陰冷的地下室。他沒有髮辮，頭髮中分往後梳，髮油的怪味讓其他中國佬打噴嚏。

「這是你們的雇傭契約。」那白人中國佬說。他給他們幾張密密麻麻、字比蒼蠅頭還小的紙，要他們簽名。

「照契約看來，」老關說：「我們還欠你從中國走水路來的船票利息。但這些人的家人為了籌錢給他們買到這裡的船票，已經把所有東西都賣了。」

「如果你們不喜歡這契約，」那白人中國佬說著，用修長的小指指甲剔了剔牙，「可以自己想辦法回去。我能怎麼辦呢？運中國人過來很貴的！」

「但我們得工作三年才能還清欠你的錢，甚至更久，因為你還要我們背那些死在海上的人的債。」

「那你們就該把他們照顧好，別讓他們生病啊！」白人中國佬看了看他的懷錶。「快點簽契約，我沒時間瞎耗。」

隔天他們上了馬車，被帶往內陸。終於，他們在山裡的營地下了馬車。營地是個到處是帳篷的地方，一邊的路通往他們看不見的遠方，另一邊是一座山，中國佬們像螞蟻般帶著鐵鍬和鶴嘴鋤在山裡成群移動。

夜晚降臨，營地的中國佬們在營火旁辦桌歡迎新來的人。

「吃！吃！」他們跟新來的人說：「想吃多少吃多少！」這些中國佬們已經分不清是肚子裡的食物比較香，還是耳邊聽到的話比較甜。

他們把一瓶液體傳著喝，老鳥們說這叫「威士忌」。威士忌很烈，足以讓每個人都喝醉。酒喝完了以後，老鳥們問新來的想不想去營地邊緣的大帳篷看看。那帳篷外插著一根竿子，上面掛著一條紅絲巾和一雙女人鞋。

「你們這群走運的混帳！」其中一個比較老的人嘟噥著說，他的名字叫山龍。「我星期一就把所有的錢都給安妮了，得再等一個禮拜。」

「她會替你記帳。」另一個人說：「雖然你今晚可能要跟莎莉睡，不能跟她睡。」

山龍露出大大的笑容，站起來加入他的同伴。

「這一定是天堂。」阿彥那時不過是個男孩。「看他們花錢花得多爽快！他們一定賺了很多錢，早早還清負債，存下給家人的錢，還能享受這些。」

老闆搖搖頭，捻捻鬍鬚。他坐在快熄滅的營火旁抽菸斗，盯著那個有紅絲巾和一雙女人鞋的帳篷。帳篷裡的燈直到深夜都亮著。

工作很辛苦，他們得從面前的山開出一條路來蓋鐵路。山不情願地屈服在他們的鋤頭和鑿子下，但在反覆敲打後，這些人的肩膀和手臂都瘦進骨子裡。山這麼大，挖山就像用木匙挖皇宮鐵門一樣。白人工頭還不時大聲要中國佬動作快，對想坐下來休息一下的人拳打腳踢。

日子一天天過，進度很緩慢，他們每天早上上工前都很疲倦。他們精神萎靡，一個一個放下工具。山打敗他們了。白人工頭四處跳腳，用鞭子打中國佬，要他們回去工作，但中國佬們只是躲起來。

老闆跳上山旁邊的石頭，讓自己比所有人高。「去你媽！」他大吼，然後對著山撒尿。「去你媽！」他看著白人工頭，對他們微笑。

山中通道裡充滿中國佬的笑聲，一個接著一個喊：「去你媽！去你媽！」他們邊唱邊對白人工頭們微笑，還邊對他們比手勢。白人工頭們搞不清楚這什麼意思就跟著唸。這似乎讓中國佬更開心了。他們撿起工具，帶著韻律節奏中的憤怒和怨氣走回去砍山。那天下午，他們的進度超過了整個禮拜的進度。

「這些猴子真可惡！」營地監工說：「但他們想做就一定做得到。他們在唱的那首歌是什麼？」

「誰知道？」工頭們搖搖頭：「我們連頭尾都聽不懂，聽起來像工作歌。」

「跟他們說我們會把這條隧道叫做『Tunemah』（發音近似「去你媽」）。」監工說：「也許他們知道每次火車經過這個地方，人們就會記起他們的歌的話，會更努力工作。」

即便當天工作做完了，中國佬們還是繼續唸著。「去——你——媽！」他們對著白人大喊，笑容咧得不能再開。「去你媽！」

中國佬在週末拿到薪水。

「這不是說好的數字。」老闆對發薪水的人說：「這連我該拿的一半都不到。」

「你們吃的食物和住的帳篷都要扣錢。如果你那麼會算，我會算給你看。」發薪水的人擺擺手要老闆走開。「下一個！」

「他們一直都這樣嗎？」老闆問山龍。

「噢，對啊！一直都這樣。他們扣的食物和住宿費今年已經漲三倍了」

「但這就表示你們永遠不可能還清債務，也不可能存錢帶回家。」

「還能怎麼辦？」山龍聳聳肩。「這裡八十公里內沒有地方可以買食物。反正我們永遠也沒辦法把欠他們的錢付清，因為每次有人好像快還完的時候，他們就會把利息提高。我們只能拿了錢去喝酒、賭博，全部花在安妮和其他女孩身上。醉了睡了的時候，就不會去想。」

「他們是在設圈套弄我們，」老闆說：「這全是陰謀。」

「嘿，」山龍說：「現在說這都太遲了。相信舊金山那些故事的下場就是這樣，我們活該。」

老闆四處找人來加入他，他有個計畫。他們要跑進山裡躲起來，再回到舊金山。

「如果我們想賺錢，就要學英文和了解這地方的風俗民情。待在這裡只會讓我們變成奴才，除了白人帳本裡愈積愈多的債，我們什麼都沒有。」老關看著每個人的眼睛。他身形高大，氣勢逼人，其餘的人都不敢看回去。

「但我們會違約和留一屁股債。」阿彥說：「我們會讓家人和祖先蒙羞，背信棄義不是中國人會做的事。」

「我們已經把欠這些人的錢多還二十多倍了。他們對我們不義，為什麼我們要忠於他們？這是個陰謀詭計之地，我們一定要學著跟美國人一樣狡詐。」

他還是說服不了這些人。老關決定告訴他們漢朝解憂公主的故事，她名字的意思是「排憂解愁」。

漢武帝送她到西域與烏孫王和親，烏孫離中國有一千里路。這樣一來，烏孫王就會把強壯的戰馬賣給中國，中國軍隊需要這些戰馬來保衛國土。

「聽說妳很想家，」漢武帝在信裡寫道：「珍愛的女兒，朕還聽說妳對番邦的生肉食不下嚥，無法在他們用犛牛與熊的獸皮做成的床上安眠。朕聽說風沙刮傷了妳曾經光滑如絲的皮膚，凍人的嚴冬讓妳曾明亮如月的雙眼變得黯淡。聽說妳呼喚家鄉，含淚入睡，如果這些是真的，那麼寫信給朕吧，朕會派大軍去護送妳回家。朕的孩子，光想到妳正在受苦，朕就無法忍受，因為妳是朕這把年紀的光，朕靈魂的撫慰。」

「父皇在上，」公主寫道：「您聽說的都是真的，但女兒知道自己的職責，您也知道您的職責。中國需要馬匹在前線，防止匈奴襲擊。女兒怎麼能因為自己的不愉快，讓您承受人民因外族入侵而死傷受難的風險？您給女兒取的名字很有智慧，我會解自己的憂愁，學著在新家找到快樂。我會學著把生肉配牛奶吃，學著穿著夜衣睡覺。我會學著用薄紗蓋住臉，學著跟丈夫一起騎馬來維持溫暖。女兒身在異地，就會入境隨俗。透過成為胡人的一份子，我將成為真正的中國人。雖然我永遠不會回到中國，但會為您爭光。」

「就算她是漢武帝的女兒，我們怎麼能比一個年輕姑娘更沒智慧、更不果決？」老關說：「如果你們真的想為列祖列宗和家人爭光，那就要先成為美國人。」

「眾神明會怎麼想？」山龍問：「我們會變成逃犯。我們不都是在跟命運拚搏嗎？我們有些人注定不能賺大錢，只能工作受餓——現在擁有的已經很好了。」

「關公不也曾是逃犯？祂不就教會我們，神明只會眷顧那些把命運掌握在自己手裡的人？我們明明知道我們夠有力氣，可以在山裡開另一條路，而且夠聰明，可以靠故事和笑聲飄洋過海，為什麼要接受剩下的人生裡一無所有？」

「但你怎麼知道我們逃走會更好？」阿彥問：「如果被抓到呢？如果遇上搶匪怎麼辦？如果我們在這堆營火之外的黑暗處，只能找到更辛苦更危險的工作呢？」

「我不知道我們會遇到什麼事。」老關說：「所有生命都是一場試驗。但在生命最後，我們會知道除了自己，沒有人可以左右我們的人生，勝利和失敗都是自己的。」

他伸出手臂，順著他們身邊的地平線畫一圈。長長的雲堆疊在西方天空低處。「雖然這裡的土地聞起來和家鄉不同，這裡的天空卻比我見過的更高更闊。我每天都學到以前不知道的新東西，做原本不知道我能做的事。為什麼我們要害怕自己能飛多高、害怕尋找自己的新名字？」

昏暗的火光下，其他人覺得老關像樹一樣高，他火紅的臉上，又長又細的眼睛像珠寶一樣閃耀著。這些中國佬的心中突然充滿決心和渴望，渴望某些他們還不知名的事物。

「你們感覺到了嗎？」老關問：「你們感覺到心飛起來了嗎？腦袋輕盈起來了嗎？那是威士忌的味道，美國的真諦。我們錯了，不該喝酒睡覺，應該喝酒戰鬥。」

換取那即便窮人也能享有的基本需求，那單純平靜的快樂即是身在異鄉的幸福感；逃離父系威權和祖先的棲居之所；為了追求財富，拋下生與死——在他們眼裡，沒有什麼比這更值得讚許。

——亞歷西斯・德托克維爾

雞血

愛達荷市交響樂團在羅根的堅持下彈奏〈芬尼根的守靈夜〉。

「聲音不夠大！」他跟他們說：「在中國，我們村裡所有孩子為了趕走貪婪的惡靈，整天都在放鞭炮和花炮。我們現在的爆竹只能放幾小時，所以需要你們全力幫我們趕跑惡靈！」

交響樂團的人肚子裡全是塞了豆沙的甜糯米包和熱熱香香的餃子，活力十足地開始演奏被指派的任務。他們連獨立紀念日都沒這麼有精神。

中國新年節慶的傳聞都是真的。孩子們的口袋全是零食和叮噹響的銅板，男男女女歡聲笑語地享受擺在面前的筵席。在炮竹聲和樂團震天動地的音樂中，他們要吼著說話才能讓對方聽見。

傑克發現艾爾希跟其他女人在菜園裡。菜園裡升起露天營火，讓賓客們談天吃喝時感覺溫暖。

「妳讓我好驚訝，」傑克對她說：「我發誓我看到妳拿了三盤餃子，我還以為妳說過絕不碰中國佬的食物。」

「賽迪斯．席佛，」艾爾希嚴厲地說：「我不知道你哪來這種奇怪的想法。當鄰居打開家門邀請你共享餐點時，你說的態度很不符合基督徒的行為。要是我不認識你，我一定會覺得你是這裡的異教徒。」

「這才是我的好女孩。」傑克說：「話說妳是不是該開始叫我傑克啦？現在每個人都這樣叫我。」

「我先吃一片薑糖片再考慮。」艾爾希說著笑了起來，傑克這才發現從他們搬來愛達荷市後，自己有多想念那笑聲。「你知道我第一個暗戀的男生就叫傑克嗎？」

其他女人笑了，傑克也跟著笑了。

樂團突然停止演奏。男人一個個安靜下來，轉頭看向門。葛斯金警長站在門邊，一副抱歉又有點不好意思的樣子。

「抱歉，各位。」他說：「我也不願意。」

他看見阿彥站在角落，對他揮揮手。「別以為我下次去收稅會認不出你。」

「警長，以後時間多的是，今天是辦桌開心的日子。」

「你們可能得緩一緩了，我是來辦公事的。」

羅根走進來，他面前的人群散開。他和警長面對面，有一個人突然從警長背後出現，很快又偷偷摸摸不見人影。

「歐比控告你謀殺。」警長說：「我是來逮捕你的。」

身為賓州假海龜劇院長大的孩子，艾默特．黑華斯覺得最不可能的事，就是有一天會成為洛磯山脈中部的法官。

黑華斯和他父親一樣，是個大隻佬。他父親是費城的銀行員，退休之後平靜地住在鄉下。在他二十歲以前，黑華斯最大的成就就是——全郡連續三年的吃派冠軍。照理說黑華斯不可能有太大的成就，因為他夠有錢，不用辛苦工作，又不夠有錢到真能參與太多不公不義的事。大家都喜歡他，因為只要喊他一聲「長官」，他就很樂意請你喝酒。

接著南北戰爭爆發，那時每個人都以為反叛軍三個月內就會兵敗如山倒。黑華斯對自己說：「為什麼不試試？這可能是我這輩子唯一到紐奧良看看的機會了。」他用父親的錢組了一支軍團，一夜之間成了聯邦軍隊的黑華斯上校。

他當軍人當得出奇地好，雖然因為騎馬和吃不飽而瘦下來，他的興致卻不曾減少。不知道為什麼，他的軍團避開了「絞肉機大戰」，那是上了報紙頭條的最大戰事，而且他們損失的人比大部分軍團都少。軍團的人都很感謝黑華斯的好運氣。「噢，如果我是女人，」他們唱著：「黑華斯上校就是我要嫁的人。他的雙手穩重，他的話振奮人心，他會帶我們前往紐奧良。」黑華斯聽到這首歌時笑得樂不可支。

他們最後確實到了紐奧良，但那時紐奧良已不再是供人玩樂的城鎮。戰事結束，黑華斯毫髮無傷也沒有勳章。「沒關係，」他告訴自己：「還可以啦！」

但接著他接到命令，林肯總統想在華盛頓召見他。

除了林肯總統比他想像中高很多之外，黑華斯不太記得會面的細節。他們握手，林肯開始向他解釋愛達荷市的狀況。

「南方民主黨難民從密蘇里州湧入，擠滿了愛達荷市的礦山。我需要像你這樣英勇、正直和為戰事奉獻的人過去。」

黑華斯唯一想到的是，他們找錯人了。

後來才知道，這麻煩事完全是那首歌的錯，他的人唱來開玩笑的歌。那首歌風行其他軍團，而且在聯邦軍隊所到之處傳了開來。傳著傳著就添加了新歌詞，而那些根本不知道黑華斯是誰的士兵們把勇氣和犧牲都歸功於他。黑華斯變得很有名，幾乎跟約翰．布朗一樣有名。

話雖如此，黑華斯還是收拾行囊離開了波易斯。等他到了才發現，地方政府剛指派他為愛達荷市的地區法官。

傑克看著桌子對面胖嘟嘟、聲譽卓著的黑華斯。黑華斯法官還在吃他午餐的那盤炸雞。愛達荷市這裡愈來愈繁榮的生活待他不錯，他用圓滾滾的胸膛、大肚腩、努力啃雞骨肉而流汗的光亮額頭證明了這一點。

這人應該是某個戰時的英雄人物。傑克知道這種人：習慣靠爸爸的錢生活，爸爸可能給他買了個管補給線的舒適職位，再以聯邦和榮譽之名吹捧他做的每件事，直到弄來這個閒職。然而像傑克這樣的人卻要在泥地裡閃子彈，冬天時凍到腳趾頭斷掉。傑克咬緊牙齒，此時此地，不宜表現出他的蔑視。想想他對艾爾希父親說的話還真諷刺，現在他倒希望自己念書當個律師。

「這個雞血是怎麼回事？」黑華斯問。

「太恐怖了。」歐比說：「我不幹。你們怎麼可以讓中國佬說話？加州不是這樣做事的。」

「你必須做。」黑華斯法官對他說。他一開始並不太喜歡中國佬的節慶，但那個傑克很會說服人。如果他要當律師，一定三兩下就能把市裡其他律師都幹掉。「也許在加州他們只會聽白人的證詞，中國佬不能上法庭辯述，但這裡不是加州。被告有權接受公平的審判，而且既然他都同意照我們的傳統，把手放在《聖經》上發誓了，你也得同意用他們的方式立誓才公平。」

「這是野蠻行為！」

「可能沒錯，但如果你不幹，我就必須指示陪審團無罪釋放他。」

歐比低聲咒罵。

「好吧。」他說。歐比瞪著法庭對面的羅根，眼裡充滿恨意，讓他看起來比平常更像鼠輩。

阿彥被傳喚，走上證人席。他左手抓著一隻雞的腳，那隻雞死命掙扎，右手拿著一個小碗。

他把碗放在歐比面前，從腰間拿出一把刀，俐落地劃開雞脖子。雞血滴進碗裡，直到阿彥手裡的雞不再掙扎。

「把你的手放進血裡，雞血要蓋過整隻手。」阿彥說。歐比不甘不願地照做。他的手抖得嚴重，碗跟木桌撞得叩叩響。

「現在你要跟羅根掌心相對，看著他的眼睛，發誓你說的都是實話。」

葛斯金警長押送羅根上證人席。他的手腳被銬在一起，所以花了點時間。

羅根低頭看著歐比，不齒寫在他血紅臉上的每條皺紋裡。他把銬著手銬的雙手放進裝雞血的碗裡，整個浸下去，再從碗裡伸出手，甩掉多餘的血，對歐比張開右手手掌，手上的血映著他的臉色。

歐比遲疑了。

「喂，」黑華斯法官不耐煩地說：「掌心相對，跟那男的握手。」

「庭上。」歐比轉頭對他說：「這是詭計，要是我跟他對掌，他就會把我的手折斷。」

法庭一陣哄堂大笑。

「他不會。」法官說，努力憋笑。「如果他折斷你的手，我就親自把他痛扁一頓。」

歐比小心翼翼伸出手，專注看著他們掌心逐漸縮短的距離，好像他的命在手上一樣。他沒有呼吸，手抖得厲害。

羅根走向前，要抓住歐比的手，喉嚨裡發出沉吟聲。

歐比大叫，像被火鉗夾住一樣。他驚慌失措地往後跌，把手縮回去，褲襠濕了一片。下一刻，警長和法官聞到一股難聞的排泄物味道。

「我還沒碰到他。」羅根說著舉起手，他右手掌的雞血沒有任何歐比掌印的痕跡。

「肅靜！肅靜！」黑華斯法官敲敲木槌，不可置信又無奈地搖搖頭。「把他帶出去清理乾淨！」

他對葛斯金警長說，試圖掩飾笑意。「不要笑，法庭上不得，呃，不得無禮。還有，能把那隻雞給我嗎？這麼好的雞肉不能浪費了！」

「你只要說事實就好。」莉莉對羅根說：「爸爸跟我說的，很簡單。」

「法律是有趣的東西。」羅根說：「妳聽過我的故事了。」

「這裡不會那樣的，我保證。」

那天稍早，她告訴陪審團她在中國佬的營地旁看到的事。

她走上法官旁邊的證人席時，坐在法庭前排的奧斯康蘭太太對她微笑。那微笑讓她勇敢起來。

陪審團嚴肅又面無表情，她本來很害怕。但她告訴自己，這就像說故事，像羅根跟她說故事一樣，只是這些全是真的，所以她用不著編情節。

後來，她不知道他們有沒有相信她。但奧斯康蘭太太和法庭上的其他人在她說完證詞後拍起手來，讓她很開心，即便後來法官敲了好幾次槌子要大家安靜。

但現在不是告訴羅根這些的時候。「他們當然會相信你。」她跟羅根說：「所有看到事情經過的人都站在你這邊。」

「但除了妳，他們全都是派不上用場的中國佬。」

「為什麼你要這樣說？」莉莉生氣起來。「我寧可當中國佬，也不要當相信歐比的人。」

羅根笑了，但很快又恢復正經。「對不起，莉莉。即使像我這個活了這麼久的人，有時候還是會憤世嫉俗。」

他們沉默了一會兒，沉浸在各自的思緒裡。

不久，莉莉打破沉默：「你被釋放之後，會待在這裡不回中國嗎？」

「我要回家。」

「噢。」莉莉說。

「比起老是租房子，我比較希望有自己的房子。也許妳爸爸會考慮幫我蓋一棟？」

莉莉看著他，摸不著頭緒。

「這裡就是家。」羅根微笑著對她說：「我終於在這裡找到世界上所有的滋味，所有甜美和痛苦、所有威士忌和高粱酒、所有原始的興奮和激動、美麗的男男女女、尚未安頓的土地上的所有平靜與孤寂——總而言之，令人精神振奮的生活就是美國的滋味。」

莉莉想開心大叫，但她不想抱太多希望，反正還不行。羅根明天還要跟陪審團說他的故事。

但現在，還有個說故事的夜晚等著吶！

「你可以再跟我說一個故事嗎？」莉莉問。

「好啊，但我想從現在起，我不會再跟妳說我當中國佬的故事了。我要跟妳說我成為美國人的故事。」

當這群虛弱憔悴、肩上挑著滑稽扁擔的中國佬出現在愛達荷市時……

後記

十九世紀末，中國人佔了愛達荷地區人口最大比例[2]。他們形成活躍的社群，有礦工、廚師、洗衣工和園藝工人，與這座礦業市鎮的白人社群相處融洽。幾乎所有中國人都是到美國賺錢的男性[3]。

在許多人決定定居美國、成為美國人之前，美國西半部瀰漫著反華情節。從一八八二年的《排華法案》開始，一連串國家法律、州法律和法庭都禁止這些男性從中國攜家帶眷進入美國。法律禁止白人與中國人聯姻，因此愛達荷礦城的中國單身漢社群逐漸減少，直到第二次世界大戰廢除《排華法案》時，這群中國人皆已離世。

直到今日，為了紀念曾與他們共處的中國人，愛達荷的某些礦鎮仍會慶祝中國新年。

2【作者註】一八七〇年，中國人佔愛達荷百分之二十八點五的人口比例。

3【作者註】要了解更多中國人在愛達荷掏金的歷史，可參見Zhu, Liping（朱利平）所著：《中國佬的機會：中國人在落磯山脈的採礦歷程》（*A Chinaman's Chance: The Chinese on the Rocky Mountain Mining Frontier*）Boulder:University Press of Colorado, 1997.

跨海隧道

A Brief History of the Trans-Pacific Tunnel

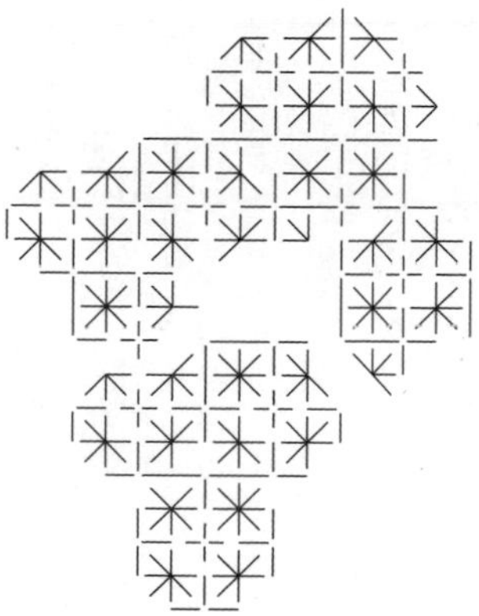

*2014*年 側面獎最佳架空歷史小說提名
*2014*年 軌跡獎最佳短篇小說決選

麵店裡，我擺擺手要另一個女店員走開，等著那個美國女人。她有著月亮一般的白皙皮膚和雀斑，隆起的胸部塞滿她洋裝上身，長長的栗色捲髮散在肩膀上，肩上披著一條印花圍巾。她的眼睛像新鮮茶葉般碧綠，露出勇敢無畏的笑容，很少亞洲人有那樣的笑容。我也喜歡她眼睛周圍的細紋，很適合三十歲的女人。

「はい。（你好。）」她終於停在我桌前，焦急地噘著嘴：「他のお客さんがいますよ。何を注文しますか。（客人很多喔，你要點什麼嗎？）」她的日文很好，發音恐怕比我還標準——雖然她沒有用敬語。日本的中點城市一向很少看到美國人，但昭和三十六年（她是美國人，在她的認知裡是一九六一年）的現在正逐漸改變中。

「大碗とんこつ（豚骨）拉麵。」除了「豚骨」，其他我都是用英文說的，然後才意識到自己有多大聲、多失禮。像我這樣的老鑿礦工總會忘記大家不是聾子。「麻煩了。」我小聲補上一句。

她終於認出我時，眼睛張得大大的。我剪了頭髮，穿上乾淨的襯衫，跟我過去幾次來這裡很不一樣。我已經十年不在意自己的外表了。根本沒必要，我多數時間都是自己一個人或待在家。但她的目光讓我脈搏加快，好幾年沒有這種感覺了，我想加把勁。

「總是點一樣的。」她說著露出微笑。

我喜歡聽她說英文，聽起來比較像她原本的聲音，音調不那麼高。

「你不是真的喜歡拉麵。」她端拉麵過來時說。這不是問句。

我笑了，但沒否認。這地方的拉麵很可怕。如果老闆的手藝好的話，他應該不會離開日本到這中點城市來開店。通過跨太平洋隧道的旅客只在這裡待一下子而已，也搞不太清楚好壞。但我喜歡來，就是想見她。

「你不是日本人。」

「對啊。」我說：「我是台灣人，請叫我查理。」我跟美國團隊合作建設中點城市時，他們叫我查理，因為他們發不出我台語名字的正確發音。我喜歡查理的發音，所以就沿用了。

「好的，查理。我是貝蒂。」她轉身要走。

「等一下，」我說。我不知道突然哪來的勇氣，這是我這麼久以來做過最大膽的事。「妳下班的時候，我可以約妳嗎？」

她咬著下唇想了想。「兩小時後回來找我吧。」

摘自一九六三年跨太平洋高速運輸管理局出版的《跨太平洋隧道旅遊手冊》：

歡迎各位旅客！今年是跨太平洋隧道完工的二十五周年，我們很期待迎接第一次來到隧道的你／妳！

跨太平洋隧道沿著連接亞洲和北美洲海底的大圓線路徑前進，共有上海、東京和西雅圖三個地面總站。這條隧道是這些城市間最短的路徑，順著環太平洋山脈弧形向北。雖然隧道工程的建設費用因防震需求而增加，但也使得隧道能深入沿線地熱出口和熱點，這些地熱和熱點能提供隧道及其公共建設所需的電力，如空壓站、製氧機和海底維修站。

隧道基本上是一條更大——巨大版的氣壓輸送管或膠囊線，氣壓輸送管和膠囊線我們都很熟悉，是現代建築裡往返各辦公室的郵遞設備。隧道中裝設兩條以水泥包裹的平行運輸管線，每一條都是直徑十八公尺、東西向。運輸管線又分成無數條自動封閉的區域，每個區域都設有空壓站。這條裝載旅客和貨物的圓柱膠囊，同時受前方半真空吸力及後方壓縮空氣的拉推影響而前進。膠囊因摩擦力減少而能在單軌鐵路上行駛。目前最大時速約每小時一百九十二公里，從上海到西雅圖要花兩天多一點的時間。預計最終能將最大時速增加為每小時三百公里。

空間、速度和安全的結合，讓跨海隧道比飛船、飛機和水陸路運輸更優勢，可因應所有跨太平洋的運輸需求。跨太平洋隧道不受暴風、冰山、颱風影響，而且操作成本低廉，因為是由地球本身源源不絕的熱能來發電。今日，跨海隧道是旅客和製造業貨物往來亞洲與美國的主要途徑。隧道每年有超過百分之三十的國際貨櫃運輸量。

我們希望您享受跨太平洋隧道之旅，祝福您旅途平安。

木

我生於大正二年（一九一三年），出生在台灣新竹州，家裡是純樸的農家，沒有參加過任何抗日行動。我爸爸的觀點是，無論是大陸滿清還是日本人來管都沒什麼差，因為除了繳稅的時候外，他們都讓我們自生自滅。河洛農人就是要苦幹實幹，默默吃苦。

政治是給那些吃太飽的人玩的。除此之外，我一直很喜歡日本木材廠的工人，他們午休時間會給我糖果。我們看到的日本家庭都很有禮貌，穿著得體，而且很有學問。我爸爸有一次說：「如果有得選，我下輩子要回來當日本人。」

我小時候，日本的新總理宣布改變政策，殖民地的本地人要「皇民化」。日本總督設立了每個人都要念的「公學校」。比較聰明的男孩甚至可以去念以前只有日本人能念的「中學校」，之後去日本讀書，去了日本前途就會一片光明。

但我不是好學生，日文也沒學得很好。我能認得幾個字就很滿足了，然後回去種田，跟我爸爸和他爸爸一樣。

這一切都在我快十七歲那年變調了（昭和五年，或一九三〇年）。一個穿西裝的日本人到我們村裡來，答應讓所有有吃苦耐勞年輕人的家庭賺大錢。

我們走過友誼廣場，終點站最熱鬧的地方。幾個行人看見我們走在一起，都是美國人和日本人，盯著我們竊竊私語。但貝蒂不在意，她的大方率性感染了我。

在這太平洋和海面下幾公里的地方，城市時鐘顯示是傍晚時間，周遭的弧光燈昏黃地亮著。「每次走過這裡，總覺得自己像在看晚場棒球賽。」貝蒂說：「我先生還活著的時候，我們全家一起去看了很多棒球賽。」

我點點頭，貝蒂對她先生的回憶通常會輕描淡寫地帶過。她有一次提到他是律師，離開了加州的家到南美洲工作，最後死在那裡，因為有人不喜歡他做的事。「他們說他是民族叛徒。」她說。我沒有再追問細節。

現在她的孩子夠大了，她便環遊世界去增長見聞和智慧。她前往日本的膠囊列車停在中點站，讓旅客休息一小時下車拍些照片，但她走得太遠，沒趕上列車。她覺得這是冥冥中的暗示，便在城市裡待了下來，等著看這世界會教她什麼。

只有美國人才能這樣過日子。美國人有很多像她一樣自由的靈魂。

我們約會了四個禮拜，通常是在貝蒂休假的時候。我們在中點城市到處走，聊天，我比較喜歡用英文聊天，大概是因為不需要思考太多儀節分寸。

我們經過廣場中央的銅刻雕飾時，我把我刻在上面的日本名字指給她看：林拓海（Takumi Hayashi）。我們村裡公學校的日文老師幫我挑的名字，我很喜歡「拓海」兩個字。這個名字成了先見之明。

她很讚嘆。「這一定是冥冥中的安排。你真該跟我說在隧道裡工作的事。」

我們這些老礦工沒剩多少人了。長年賣力工作，呼吸著又熱又濕的煙塵，刺激了肺，對我們的內臟和關節造成無形傷害。四十八歲時，我所有朋友都病死了，我是最後一個還留有一起打拚的回憶的人。

昭和十三年，我們終於炸穿隔在我們和美國之間的薄薄石牆，完成隧道貫通，我有幸成為受邀參加開幕典禮的值班經理。我跟貝蒂解釋，主隧道的起點就在我們現在站立之處的北邊，正好在中點站上方。

我們來到我的公寓大樓，在城市的邊緣地帶，大部分台灣人都住這裡。我邀她上樓，她欣然接受。

我的公寓是四坪大的單人房，但有扇窗。我買的時候，這裡是中點城市很貴的地方，寸土寸金。我把我大半退休金拿來抵押，因為不想再搬了。大部分人買的是棺材一樣的半坪房間。但以她一個美國人看來，我的公寓可能還是狹窄又寒酸吧，美國人喜歡開闊、寬大的空間。

我幫她泡茶。跟她說話很自在，她不在乎我是不是日本人，而且不會有任何先入為主的想法。她拿出一根大麻菸，看樣子是美國人的傳統，我們一起分著抽。

窗外，弧光燈朦朦朧朧，現在是中點城市的傍晚。貝蒂沒有站起來說要走，我們不再聊天。空氣感覺緊繃，但是好的感覺，期盼著什麼。我拉她的手，她由著我，那觸碰彷彿有電流通過。

摘自《燦爛美國》，一九九五年精裝版：

一九二九年，剛成立又虛弱的中華民國為了專心面對國共內戰，委屈簽署了《馬關條約》。條約正式將東北九省割讓給日本，免去了和日本一觸即發的全面開戰，也阻擋了蘇聯對東北的野心。這是日本三十五年殖民擴張的全盛期。此時將台灣、朝鮮、和東北九省納入帝國版圖，且勢力範圍內有中國協助，日本便有大量獲取天然資源、廉價勞力的管道，國內製造的產品也有了幾億人的潛在市場。

國際上，日本宣布此後將持續以「大國」身段，及和平方式提升國力。然而，英美為主的西方勢力對此抱持懷疑。尤其日本「大東亞共榮圈」的殖民意識讓他們有所警戒。大東亞共榮圈似乎是日本版的門羅主義，並暗示打算將歐美勢力趕出亞洲。

然而，西方勢力還未對日本「和平經濟」商討出合作與包圍計畫，就遇上經濟大蕭條。睿智的昭和天皇抓緊時機向赫伯特·胡佛總統提出興建跨太平洋海底隧道，做為解決世界經濟危機的辦法。

工程艱辛且危險，每天都有人傷亡，工作環境非常熱。他們在完成區域架設機器冷卻空氣，但隧道最前面的區域、我們真正開挖的時間，大部分都暴露在地球的熱氣中。我們只穿短褲，汗如雨下。工作團隊是照民族分的——有韓國人、台灣人、沖繩人、菲律賓人、中國人（以方言區分）——但沒多久，我們全身是汗、塵土和泥濘，只剩下小塊白色皮膚露出來，什麼民族看起來都一樣。

我沒多久就適應了地底的生活，習慣了不絕於耳的炸藥聲、液壓機、轟隆作響的循環冷卻機，以及閃爍昏黃的弧光燈。連睡覺時也有下一批人在工作。時間過去，大家變得重聽，不再跟彼此聊天。反正也沒什麼好說的，只有更多挖掘工作。

薪水很好，我存了錢，還寄錢回家。但真要回家則不可能。我開始做的時候，隧道頭已經在上海和東京之間。你得付一個月的薪水，幫他們開蒸汽火車把廢棄物運回上海，才能順便回到地面。這太奢侈了，我沒辦法這樣花錢。我們愈做愈遠，回去的路愈來愈長、愈來愈貴。

最好別想太多，別想我們在做什麼、頭頂上有幾公里的水，還有我們在挖一條穿過地殼到美國去的隧道這種事。有些人確實因為想太多而瘋了，被監禁起來，免得他們傷害自己或他人。

摘自《跨太平洋海底隧道簡史》，一九六〇年由跨太平洋高速運輸管理局出版：

經濟大蕭條期間，日本內閣總理大臣濱口雄幸宣稱，昭和天皇受美國努力建設的把拿馬運河啟發，發想出跨太平洋海底隧道。「美國連結了兩片海洋，」據說昭和天皇是這麼說的：「現在讓我們把兩大洲連結起來。」胡佛總統受過工程師訓練，積極宣傳並擔保這個計畫會是全球經濟大蕭條的解藥。

海底隧道毫無疑問是人類最大的工程計畫。整體規模讓金字塔和中國長城像玩具一樣相形失色，當時許多人批評這是傲慢愚蠢的行為，是現代巴別塔。

雖然從維多利亞時代以來，就已經使用管線和加壓空氣傳送文件和小包裹，但在海底隧道之前，只有一些室內地鐵展示計畫才會嘗試使用氣壓輸送管輸送重物和乘客。海底隧道非凡的工程需求因此推動許多科技技術的進步，往往超越工程的核心技術，如快速爆破引信炸藥。舉個例子，計畫一開始雇用千萬位年輕女性帶著算盤和筆記本為工程進行計算，但到最後，電子計算機已取代了她們的位置。

從一九二九年到一九三八年，全長九千四百六十三公里的海底隧道共費時十年，大部分工人來自日本和美國。人數最多時，美國十分之一的工人都被雇來建造隧道，挖掘超過三十八億公噸土石，幾乎是建造巴拿馬運河時挖出的五十倍，這些土石被用來填在中國沿海、日本本州島和普吉特海灣。

後來我們躺在床墊上，四肢交纏。黑暗中，我聽見她的心跳聲、性的味道和我們的汗水味，這公寓房間裡不熟悉的味道，卻撫慰人心。

她跟我聊她兒子，還在美國上學。她說他跟朋友一起搭巴士到美國南方去。

「有些朋友是黑人。」她說。

我認識一些黑人，他們在這城市的美國那半邊，有自己的區域，大多待在那裡。有些日本家庭會僱黑人女人來煮西式料理。

「希望他玩得開心。」我說。

我的反應讓貝蒂很詫異。她轉頭盯著我看，然後笑了出來。「我忘了你不懂這是什麼意思。」她從床上坐起來。「在美國，黑人和白人是分開的，他們住的地方、工作的地方、上的學校都是分開的。」

我點點頭，聽起來很熟悉。城市這裡日本的那一半，各個族群也不相往來，有優勢和劣勢的族群。例如，很多餐廳和夜店都只接待日本人。

「法律說白人和黑人可以一起搭巴士，但美國的祕密是，大部分人並不遵守這個國家的法律。我兒子和他的朋友們想改變這些。他們一起搭巴士來傳達理念，讓大家注意到這個『祕密』。他們到的地方，白人的位置黑人是不能坐的。如果人們激動起來，情況可能會變得暴力且危險。」

這好像很愚蠢：說沒人想聽的話、該閉嘴的時候開口。幾個男孩搭巴士能改變什麼？

「我不知道會不會有改變、能不能讓任何人改變想法，但沒關係。對我來說，他願意表達信念，而不是保持沉默，這就夠棒了。他讓這個『祕密』變得難守一點，那就有意義了。」她的語氣充滿驕傲，她驕傲的時候很美。

我想著貝蒂的話。美國人總喜歡對自己不知道的事發表意見，他們熱衷於讓別人注意那些人們可能比較想緘默、忽略和遺忘的事。

但我無法把貝蒂描述的畫面從腦中揮去：一個站在黑暗和沉默中的男孩。他開口說話，他的話像泡沫一樣。他的話爆炸開來，這個世界亮了一點，少了一點令人窒息的靜默。

我在報紙上讀到，日本在討論要不要讓台灣人和東北人參與國會。英國還在對抗非洲和印度的本土游擊隊，但也許很快就會被迫讓殖民地獨立。這世界確實正在改變。

「怎麼了？」貝蒂問。她擦去我額頭的汗，移開身體讓我能吹到更多冷氣。我渾身發顫。外面的大弧光燈還沒亮，還沒破曉。「又是噩夢？」

自從第一次之後，我們已經睡在一起好幾晚了。貝蒂打亂了我的作息，但我完全不在意。那本來是一隻腳在棺材裡的男人的作息。在海下這麼多年，獨自待在黑暗和沉默之中後，貝蒂讓我覺得活過來了。

但和貝蒂在一起也開啟我心裡的某個東西，回憶倒了出來。

如果真的忍不住，他們會提供韓國來的慰安婦，但你要付一天的薪水。我試過一次。我們全身都髒兮兮的，那女孩像死魚一樣直直躺著。我再也沒用過慰安婦。一個朋友告訴我，有些女孩不是自願去那裡，而是被賣到日本軍隊的，可能我用的那個就是這樣。我沒為她感到難過，我太累了。

摘自一九九五年《你不知道的美國歷史》：

所以那時候大家都失業，排隊等著領湯和麵包。日本過來說：「嘿，美國，我們一起造個天大地大的隧道，花一大筆錢雇用一堆工人，經濟就會再起來了。你覺得呢？」這個提議基本上是奏效了，所以每個人都覺得：「太感謝了，日本！」

現在，有了這個好主意，就可以要什麼有什麼了。所以隔年，一九三〇年，日本就出手了。在倫敦海軍會議上，這大混蛋——噢，我是說「大國」——知道每個國家可以造多少船艦和飛機後，就要求要跟美國和英國造同樣數量的船。美國和英國說好*。

對日本一讓步，事情就大條了。記得日本總理大臣濱口雄幸和他一直說日本要從此「和平共榮」的話嗎？這真的惹火了日本軍國主義份子和民族主義份子，因為他們覺得濱口雄幸是在賣國。但濱口雄幸抱著這個亮眼的外交勝利回國時，就被當成英雄了，於是大家開始相信他「和平共榮」的政策會讓日本強大，覺得也許他真的可以讓西方勢力平等對待日本，而不是把日本變成巨大的軍營。之後軍國主義和民族主義就得不到那麼多支持了。

在那個好玩的會議上，倫敦海軍聯盟，這個大混蛋也廢除所有《維京條約》的不平等條款，德國就是因為那些條款失去力量。英國和日本各自有支持這件事的理由，他們都想討好德國，如果哪天爆發全球亞洲殖民地爭奪戰，就可以跟德國同盟。而且每個國家都對蘇聯小心翼翼，都想把德國當成看守蘇聯這隻北極熊的看門狗**。

洗澡的時候可以想一想：

許多經濟學家說海底隧道是第一個真正因凱因斯主義而起的計畫，縮短了經濟大蕭條的時間。最支持海底隧道的大概是胡佛總統了，他因為海底隧道的成功，前無古人、後無來者地連任四次。現在我們知道日本軍隊在海底隧道建設期間無視許多工人的人權，但過了幾十年真相才被揭發。關於這個主題，參考書目多列了一些參考書籍。

海底隧道後來用地面運輸做了很多生意，很多太平洋港口都倒了。最有名的例子出現在一九四九年，當時英國把香港賣給日本，因為英國認為這個港口城市已經不再重要。一次世界大戰成了二十世紀（目前）最後一次的全球「熱戰」。我們傻了嗎？誰還想再打一次世界大戰？

昭和十三年（一九三八年），隧道主要工作結束後，我離家八年來第一次也是唯一一次返家。我買了張經濟艙的靠窗座位，膠囊列車從中點站往西行。列車平穩又舒服，我們是被空氣推著前進的，除了同車乘客的低語聲和列車移動隱約的嘶嘶聲外，膠囊裡很安靜。年輕的女服務生推著飲料和食物的餐車在走道上下走動。

有些聰明的公司買下管線裡的廣告空間，在窗戶高度的位置畫圖。當膠囊列車移動時，那些圖在距離幾公分的窗戶上快速掠過，重疊在一起變成動畫，像默片一樣。我和同車乘客都被這新奇的效果給迷住了。

---

* 一九二二年《華盛頓海軍條約》讓美國、英國和日本的主力艦比是五：五：三。這是日本在一九三〇年獲許調整的比例。

** 允許德國重新武裝也讓德國政府大大鬆了口氣。《維京條約》嚴苛的條款，尤其是那些「閹割」德國的條款，讓很多德國人非常憤怒，而且有些人因此加入「踢正步的暴徒」，稱作「納粹黨」。這個黨把每個人都嚇到了，包含政府。那些條款廢除後，一九三〇年接下來的那場選舉沒有人支持納粹黨，然後納粹黨就漸漸出局了。真見鬼了，現在這些都跟這個註一樣，變成歷史註解了。

上升到上海地面的電梯讓我很不安，耳朵因氣壓改變而啪啪響。接下來就是上船回台灣的時候。我幾乎不認得我家了。我父母親用我寄的錢蓋了新房子，買了更多地。我家現在有錢了，我的村莊變成一個熙攘的小鎮。我發現跟兄弟姊妹和父母很難聊天。我離家已經太久，久到不太了解他們的生活，也沒辦法向他們解釋我的感受。我不知道自己是不是因為吃太多苦而變得麻木，很多事情都說不出口。我覺得自己成了烏龜，身上背著殼，讓我對什麼都沒有感覺。

我父親曾寫信要我回家，因為我已經過適婚年齡很久了。我很努力工作、身體健康，又謹言慎行——而且是台灣人，他們覺得我比其他族群還要優秀，除了日本人和韓國人——我穩穩地升上組長，然後是值班經理。我有錢，所以如果我在家鄉安頓下來，一定可以有個好家庭。

但我已經無法想像在地面的生活了。我已經很久沒有看過刺眼的陽光，在外面空曠的地方時覺得自己像個新生兒。這裡很安靜，我開口說話時每個人都嚇到，因為我習慣了大聲講話。天空和高聳的建築讓我頭暈——我已經太習慣地下、海面下密封壓縮的空間，所以一抬頭就會無法呼吸。

我說我想待在地下的站點城市工作，那些城市像珍珠一樣沿著隧道串聯著。所有女孩的父親聽到這想法，臉都皺了。我不怪他們，誰會希望自己的女兒後半輩子在地底下，永遠看不到白天的太陽？那些父親們一個個交頭接耳，說我是神經病。

我最後一次跟家人道別，直到回到中點站，我才覺得回家了。地心的溫度和噪音圍繞著我，像個安全的殼。當我看見車站月台上的軍人，我知道世界終於要回歸正常。還有更多工作要做，才能讓側邊隧道完工，通到中點城市。

「軍人。」貝蒂說：「為什麼中點城市會有軍人？」

我站在黑暗和沉默中，看不見也聽不見。喉嚨裡的話劇烈翻攪，像高漲的洪水等著將水壩潰堤。我已經憋了很久，很久。

「他們在那裡防止記者四處窺探。」我說。

我跟貝蒂說了我的祕密，我噩夢的祕密，我這些年從來不敢說的事。

隨著經濟復甦，勞工的薪資提高了。愈來愈少年輕人願意做隧道挖掘的工作。美方的進度已經延遲了幾年，日方的也沒多好。就連中國似乎也沒有想做這工作的窮苦農民。

陸軍大臣東條英機想到一個辦法。蘇聯支援大日本帝國軍在東北和中國平定共產份子叛亂，抓了許多罪犯。他們可以免費去工作。

這些罪犯被帶到海底隧道，代替一般工人。身為值班經理，我派一小隊軍人管理他們。這些罪犯讓人不忍直視，他們被鍊在一起，光著身體，瘦得像稻草人，看起來很不像危險又狡猾的共匪。我有時候會想怎麼會有這麼多罪犯，因為新聞總是說討伐共匪很順利，而且共產黨也不再是多大的威脅了。

他們通常做不了太久。發現罪犯死在工作現場的時候，他們會卸下他身上的手銬腳鐐，一個軍人會過來對他開幾槍，然後我們會在死亡報告上寫：死因是企圖逃跑。

為了掩蓋奴工參與的事實，我們只讓參訪記者在主隧道採訪。罪犯大多在次要挖掘現場工作，在站點城市或電力站，在不那麼好找又比較危險的地方。

有一次，在建造一個電力站的側隧道時，我的小隊炸穿一個沒偵測到有融雪和水的區域，側隧道開始大量積水。我們得在水湧進主隧道前盡快把縫隙封起來。我叫醒另外兩班工人和一班第二輪的工人扛沙包到側隧道來，幫忙堵住裂縫。

看管這些罪犯的那班軍隊中，負責的下士問我：「如果擋不住怎麼辦？」

他的意思很明顯。我們必須確保水不會進到主隧道，即便被叫來的搶修工人阻擋不了。只有一個方法能確保，而水正淹進側隧道，沒時間了。

我指示後備輪班工人在側隧道四周、在稍早被叫進去的工人後面放炸藥。我不太喜歡這樣，但我告訴自己，那些是冥頑不靈的共產恐怖份子，而且他們應該早就被判處死刑了。

後備的罪犯猶豫了。他們知道我們要做什麼，但不想照做。有些人慢吞吞，其他人只是站著。

下士命令射殺其中一個罪犯，才讓其他人加快手腳。

我啟動開關，側隧道塌了，成堆的破瓦殘礫和落石把大半入口封起來了，但上面還有一些空隙。我指示剩下的罪犯爬上去封住開口，我也爬上去幫忙。

爆炸聲讓先前被叫進去的罪犯們知道是怎麼回事了，被鏈著的人開始後退，在上升的水和黑暗中移動，試圖朝我們過來。下士要班兵對幾個人開槍，但沒中槍的人拖著屍體繼續前進，哀求我們讓他們過來。他們爬上那堆土石，朝我們前進。

在鐵鍊最前方的男人離我們只有幾公尺遠，在殘存的微小開口投射出的錐形光線下，我看見他的臉因驚嚇而扭曲變形。

「拜託，」他說：「拜託予我過，我干焦（kan-na）偷錢爾爾（niā-niā），無想欲死！」

他用台語說，我的母語，我嚇了一跳。他是從家鄉台灣來的普通罪犯，不是東北的中國共產黨人?!

他搆到開口處，推開石頭，把開口挖大好爬過來。下士對我大吼，要我阻止他。水面開始上升，他身後其他鏈著的罪犯爬過來幫他。

我舉起身旁一塊大石頭，砸向那個抓著開口的人的手。他大叫一聲往後跌，其他人跟著被拉下去。我聽見撲通水聲。

「快點！快點！」我指揮著在倒塌隧道這邊的罪犯，把開口封住，再撤退放置更多炸藥，炸掉更多石頭來擋住裂縫。

工作總算完成時，下士下令射殺其餘所有罪犯，我們把他們的屍體埋在更多炸掉的殘破土石下。

一大批罪犯暴動反抗，試圖破壞計畫，但沒成功，因而集體自殺。

這就是那場意外的驗屍報告，我也在上面簽名了。每個人都知道這種報告寫起來會是這樣。

我清楚記得那個人哀求我的臉，就是我昨夜夢裡看見的臉。

黎明前的廣場一片寂寥，頭上的霓虹廣告燈掛在幾百公尺高的城市天花板上。它們取代了被遺忘已久的星星和月亮。

我用鐵鎚鎚石雕的時候，貝蒂把風，留心著不太可能出現的行人。銅是一種堅硬的材質，但我鑿礦工的寶刀未老。我的名字很快就從徽章上消失了，只留下一塊平滑的長方形。

我換了一隻小鑿子開始刻。圖案很簡單：三個圈在一起的橢圓形，一條鐵鍊。這是連結兩大洲和三大城的鎖鍊，也是鐐銬，綁著那些永遠沉默的聲音，那些被遺忘的名字。這裡有美麗景象和奇觀異事，也有恐懼和死亡。

鐵鎚每敲一下，我覺得自己彷彿正在敲開包著我的龜殼，敲開麻木，敲開沉默。

讓祕密難守一點，是有意義的。

「快點。」貝蒂。

我的眼前一片模糊，突然廣場周圍的燈亮起來。現在是太平洋下的清晨。

訟師與孫悟空

The Litigation Master and the Monkey King

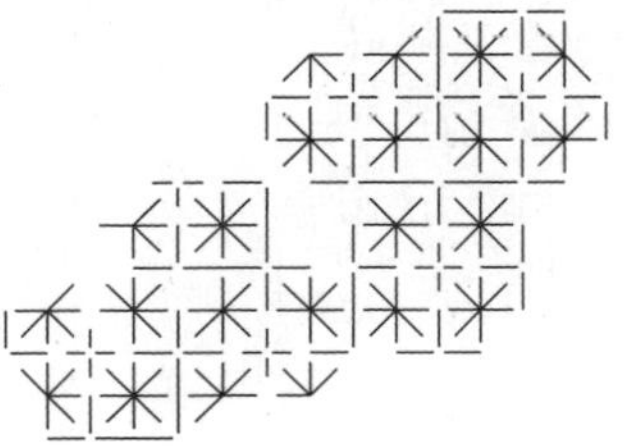

*2013*年 星雲獎最佳中短篇小說提名

三里村邊上有間小屋，遠離村民嘈雜的房舍和攜來攘往的宗祠，旁邊清涼的池塘裡有著睡蓮、粉色荷花和嬉戲鯉魚，對某些來自附近熱鬧的揚州、放浪不羈的詩人和他身邊穿著絲袍的女子來說，是個理想的浪漫避暑之地。

確實，在乾隆皇輝煌的第二個十年裡，有這個避世之地是下揚州地區文人雅士的習慣。大家都同意——因為他們會到彼此的別莊茶敘——他是清朝最好的皇帝。如此睿智有才，如此精力充沛，又如此關心臣民！而滿族聖賢建立的清朝毫無疑問是把中國統治得最好的王朝，文人們競相作詩，看誰最能表達自己有幸親眼見證這黃金時代的感激之情，而這時代，是歷來最偉大的聖上所贈予的禮物。

哎呀，但對這間小屋有興趣的文人一定要失望了，因為裡頭破舊不堪。周圍竹子瘋長，木牆歪扭、腐爛，全是洞；屋頂上的草料毫不平整，舊的幾層草料從較新的草料縫隙裡冒出來——

——正如同小屋的主人和唯一的住戶。田皓里年約五十歲，但看上去多了十歲。他身形枯瘦、面色蠟黃、髮辮和豬尾巴一樣細，呼吸經常帶著廉價的米酒味，甚至是更廉價的茶味。年輕時的意外讓他瘸了右腳，但他寧可慢慢拖著腳走也不願用拐杖。他的衣服到處都是補丁，卻還有無數破洞可以看進內裡。

田皓里和村裡大部分人不同，他會讀書寫字，但大家都知道，他從來沒通過科舉。他不時替某些人家寫信，或唸茶館裡的公告來交換半隻雞或一碗餃子。

但這不是他真正賴以活口的事。

這天是個尋常早晨。太陽慵懶升起，池塘上的霧氣像化開的墨水般散去。一點一點地，荷花開了，翠綠竹莖和金黃屋頂從霧中浮現。

叩、叩、叩。

田皓里翻了個身，但沒起來。孫悟空正在設宴，他剛要大啖一番。

田皓里從小就對孫悟空的英雄事蹟著迷，這隻愛惡作劇的猴妖會七十二變，還打敗了上百隻妖怪；他帶領一票猴眾把玉帝的天宮鬧得天翻地覆。

而且猴子喜歡美食佳餚和好酒，這是好主人的必要條件。

叩、叩、叩。

田皓里沒理敲門聲，他正要咬下一口紹興醉雞——

你要去應門吧？孫悟空問。

隨著田皓里愈長愈大，孫悟空會到他夢裡找他，或者，如果他醒著，就在他腦中跟他說話。別人拜觀音或佛祖的時候，田皓里樂得跟孫悟空聊天，他覺得他是很合得來的妖怪。

管他的，晚點再說吧！田皓里說。

應該是客戶上門了。孫悟空說。

叩、叩、叩——

堅持的敲門聲讓田皓里的雞腿不翼而飛，打斷了美夢。他的肚子叫起來，他邊咒罵邊揉揉眼睛。

「等一等！」田皓里從床上滾下來，勉強穿上衣服，邊自言自語：「他們為什麼不能等我好好醒過來、尿了尿、吃過以後再來？這些不識字的傻子愈來愈沒道理了……這次我一定要要求一整隻雞……那夢真美啊……」

我有替你留了些梅酒。孫悟空說。

這樣就對了。

田皓里打開門。李孝儀是個怯懦的女人，連一些猴孩子撞到她，她都會道歉。她穿著墨綠衣裳站在那裡，頭髮盤成寡婦的髮髻，拳頭高舉，差點打到田皓里的鼻子。

「哎呀，」田皓里說：「妳欠我全揚州最好的醉雞！」但李孝儀的表情滿是絕望和恐懼。他換了個語氣：「進來吧！」

他關上女人身後的門，倒杯茶給她。

來找田皓里的男男女女都把他當成最後一線希望，因為他能在他們走投無路、吃上官司的時候幫他們。

乾隆皇帝也許有高世之智，且無所不見，但他還是需要上千間衙門來落實管理。管轄權便落在知府身上，知府是握有地方老百姓生殺大權的判官，而衙門對一般平民百姓來說，是充滿恐懼的神祕、闃闇之地。

誰知道大清律例的祕密？誰了解怎麼抗辯、證明、答辯和爭辯？當知府每晚參加鄉紳辦的筵席，誰能說窮人告富人的官司會公平？誰知道要賄賂誰才能免除屈打凌虐？誰能擬出正確的探監理由？

沒辦法，人不會沒事上衙門，除非沒選擇。當你要尋求正義的時候，就會賭上一切。

那你就需要像田皓里這樣的人。

喝了熱茶鎮定下來後，李孝儀欲言又止地把她的事告訴田皓里。

她靠一小塊田地勉強養活自己和兩個女兒。有年收成不好，為了生活，她把田抵押給傑仔。傑仔是她死去丈夫的有錢遠親，他答應她可以隨時把地贖回去，不需付利息。因為李孝儀不識字，她感謝地在他交給她的契據上印了大拇指。

「他說只是要給收稅的人看的而已。」李孝儀說。

啊，好熟的故事。孫悟空說。

田皓里嘆口氣，點點頭。

「我今年初把錢都還他了，但昨天傑仔帶了兩個衙役來家裡，說我和我女兒必須即刻搬離，因為我們沒有還他錢。我嚇到了，他拿出契據，說我答應過一年內要還他雙倍的錢，否則地就歸他所有。『都白紙黑字寫在這裡。』他說，還把契據拿在我眼前晃。衙役說如果我明天之前不走，他們就把我抓起來，再把女兒賣到青樓還債。」她握緊拳頭：「我不知道該怎麼辦！」

田皓里再替她把茶倒滿，說：「我們去衙門告他。」

你確定嗎？孫悟空說。**你連契據都沒看過。**

你擔心你的宴會就好，律例的事交給我來擔心。

「怎麼告？」李孝儀問：「契據可能和他說的一樣。」

「一定是這樣，但不用擔心，我會想辦法。」

對那些來找田皓里的人來說，他是「訟師」。但對衙門知府和鄉紳、對濫用錢和權力的人來說，田皓里是「訟棍」。

喝茶的文人和視錢如命的生意人對田皓里很不屑，因為他竟敢幫不識字的鄉下人擬狀紙、出謀畫策、準備證詞和審問。畢竟孔子言：「禮之用，和為貴。」紛爭不過是需要有學養的儒士來化解的誤會。但像田皓里這樣的人竟敢讓不識字的鄉下人覺得自己能把上司送進衙門，以下犯上！《大清律例》寫得很清楚，「為人作詞狀、教唆詞訟、增減情罪、誣告人者」——無論用什麼來描述田皓里做的事——都是犯罪。

但田皓里知道衙門是一部複雜的機器。就像佈滿揚州河的水車，有圖樣、齒輪和輪軸的複雜器具。如果你夠聰明，可以用它們來推動東西。文人和生意人雖然討厭田皓里，但有時他們也會找他幫忙、也會付他一大筆錢。

「我付不了你太多錢。」

田皓里失笑。「有錢人找我辦事的時候付我錢，卻未必把我的心力當回事。就妳的案子，只要看到妳那個利欲熏心的遠親落入法網就夠本了。」

田皓里跟李孝儀一起上衙門，途中經過鎮上廣場，有幾個官兵在貼通緝犯的畫像。

李孝儀看到畫像慢下腳步。「等等，我好像認識——」

「噓！」田皓里拉她走。「妳瘋了嗎？那些不是衙門的捕快，是宮裡的侍衛。妳怎麼可能認得皇上要抓的人？」

「可是——」

「我保證妳認錯了。如果他們聽到妳說的話，就算中國最厲害的訟師也救不了妳。妳的麻煩已經夠多了。講到官場政治，最好勿聽、勿視、勿言。」

這是我很多猴子猴孫常說的話。孫悟空說。但我可不同意。

你當然不同意，你永遠都在造反。田皓里心想。但你的頭被砍了還可以生出來，我們大部分人可沒辦法這麼奢侈。

衙門大堂外，田皓里拿起鼓棒擊鼓申冤。

半個小時後，易知府瞪著跪在高台下砌石地板上的兩個人：那寡婦害怕得全身顫抖，專惹麻煩的田皓里背挺得直直地，裝出一副肅然起敬的表情。易知府今天本想放假去找青樓女子，這下被逼著升堂了，他想立刻把這兩人鞭打一頓趕走，但至少要保持一副關心百姓的樣子，以免底下的人稟告通判。

「大膽鄉民，你有什麼冤？」知府咬牙切齒地問。

田皓里跪著往前走，磕了磕頭。「知府大人在上，」他開始説——易知府對於他怎麼能把這句話説得像在羞辱他，百思不得其解——「李氏寡婦喊冤，冤吶，冤吶！」

「那你為什麼在這裡？」

「小的是李氏小儀的表親，在這裡幫她申冤，因為她正為自己的遭遇心神不寧。」

易知府火冒三丈。這個田皓里為了興訟，又要避免被説是訟棍，老是宣稱自己跟原告有關係。他將驚堂木一拍：「你説謊！你能有多少表親？」

「小的不敢説謊。」

「我警告你，如果你沒法證明自己在李氏族譜上，我就賜你四十大板。」易知府很得意，想著終於找到辦法修理這個狡猾的訟棍。他向站在兩旁的衙役使了個眼色，他們便以棍杖有節奏地敲打地板示威。

但田皓里似乎毫不擔心。「睿智的知府大人，孔子說：四海之內皆兄弟。如果在孔子的時代，所有人都是兄弟，那麼做為他們的後代，說是兄弟是合理的，可見李孝儀和我確有親戚關係。恕小的直言，大人當然不是認為，李氏家族的族譜要比至聖先師的話更值得信吧？」

易知府漲紅了臉，卻想不出怎麼回答。哼，多希望能找出一堆理由懲罰這個唇尖舌利的訟棍，他好像總是能把黑的說成白的、白的說成黑的。聖上需要更好的律例來對付這種人。

「我們繼續。」知府深吸一口氣，緩和情緒。「這名女子有何冤枉？她的表親傑仔唸了契據給我聽，發生了什麼事顯然一清二楚。」

「小的恐怕其中有誤，」田皓里說：「小人請求把契據帶上來，再仔細看一遍。」

易知府要衙役帶傑仔和契據到大堂來。大堂上所有人，包括李孝儀都滿面狐疑地看著田皓里，不知道他在打什麼主意。但田皓里只是捻捻鬍子，一副生無可戀的樣子。

你有辦法，對吧？孫悟空說。

沒有，我只是在爭取時間。

好吧。孫悟空說。**我喜歡以子之矛，攻子之盾。我跟你說過我讓哪吒用他的風火輪燒了自己嗎？**

田皓里把手伸進衣袖，裡面藏了他的毛筆。

衙役把一頭霧水、滿臉大汗的傑仔帶上來，他的高貴燕窩餐正享用到一半，一臉油膩，嘴都來不及擦。傑仔跪在田皓里和李孝儀旁邊，高舉契據交給衙役。

「給田皓里看一看。」知府下令。

田皓里接過契據開始看，不時點頭，好像這契據是最迷人的詩句。

雖然契約上寫得又臭又長又複雜，但關鍵只有八個字：

上賣莊稼，下賣田地。

抵押契據以買賣形式寫成，附帶贖回權。而這句話證明李氏把「莊稼」和「田地」都賣給傑仔了。

「有趣，真是有趣。」田皓里拿著契據，點頭如搗蒜。

易知府知道自己要中圈套了，但還是忍不住問：「什麼事這麼有趣？」

「青天大老爺明鏡高懸，您一定要自己唸唸這契據。」

易知府摸不著頭緒，要衙役把契據呈上來給他。一看，他的眼球差點掉出來。就在這裡，黑字清楚寫的正是這樁買賣的關鍵描述：

上賣莊稼，不賣田地。

「上賣莊稼，不賣田地。」知府喃喃唸道。

好了，案情明朗了。這契據上並沒有傑仔聲稱的事。只提到傑仔有莊稼的所有權，但沒有土地所有權。易知府不知道事情怎麼會這樣，惱羞成怒，得找個出氣筒，那個汗流浹背、油光滿面的傑仔就是他看過去的第一個對象。

「你敢騙我？」易知府大吼，用力拍驚堂木。「你打算愚弄本官？」

現在換傑仔全身發抖，像風中樹葉，說不出話來。

「哦？現在你無話可說了？你妨害公務、欺君罔上，而且企圖她的財產。本官判你一百二十大板，半數財產充公！」

「大人手下留情、留情啊！小的不知道怎麼回事——」衙役把傑仔拖出衙門，他淒慘的叫聲逐漸遠去。

訟師田皓里面無表情，但內心笑著跟孫悟空道謝。他偷偷用衣服搓搓指尖，掩蓋他動的手腳。

一個禮拜後，田皓里又從孫悟空舉辦的宴席裡被急促的敲門聲吵醒。他開門看見李孝儀站在那裡，蒼白的臉上流著血。

「怎麼回事？是傑仔又——」

「田大人，我需要您幫忙。」她的聲音幾乎是氣音：「是我哥哥。」

「是賭債嗎？跟富少打架？事情沒談攏？他——」

「求求您！大人請跟我來！」

田皓里才要拒絕，因為聰明的訟師絕不會跟不了解的案子扯上關係——很快就會自斷生路。但李孝儀的表情讓他心軟了。「好吧，帶路吧！」

田皓里確定沒有人跟蹤之後才踏進李孝儀的屋裡。雖然他沒什麼名聲好擔心的，但李孝儀並不需要村裡的人嚼舌根。

屋裡的水泥地上有一條長長的血痕，從門口一直到遠處牆邊的床上。一個男人躺在床上，腿上和左肩綳帶上沾滿了血。李孝儀的兩個孩子都是女孩，縮在屋裡陰暗的角落，以不信任的眼神偷看著田皓里。

一看見男人的臉，田皓里就什麼都知道了。那是宮廷侍衛昨天張貼的那些畫像上的臉。

田皓里嘆口氣：「李孝儀啊，妳讓我蹚上什麼渾水了？」

李孝儀輕輕搖了搖她哥哥，孝景。孝景幾乎立刻警醒，他是個習於淺眠與危途的人。

「孝儀跟我說你可以幫忙。」男人認真盯著田皓里說。

田皓里搓搓下巴，打量著孝景：「我不知道。」

「我可以付錢。」孝景在床上勉強翻過身，掀起一個布包的一角。田皓里看見下面銀光閃閃。

「我不能保證。不是什麼病都能醫，也不是每個逃犯都能找到法律漏洞，那取決於誰要抓你，還有抓你的原因。」田皓里走近，彎身查看要給他的酬勞，卻注意到孝景滿是疤痕的臉上有認罪的刺青。「你被判流放邊疆了？」

「對，十年前，就在孝儀結婚後。」

「如果你的錢夠多，就能找到大夫在刺青上動點手腳，雖然你之後就不帥了。」

「我在乎的不是外表。」

「那你在乎什麼？」

孝景大笑，對窗戶旁的桌子點頭示意，上面有一本打開的薄書。風掀開書頁。「如果你跟我妹妹說的一樣厲害，你大概知道怎麼回事。」

田皓里看了書一眼，轉身背對孝景。

「你被流放到越南附近的疆界。」田皓里看著那刺青喃喃自語：「十一年前……風吹開書頁……啊，你一定是翰林學士徐駿的下人。」

十一年前的雍正年間，有人在皇上耳邊說大學士徐駿在策謀反清叛變。但當時皇家侍衛封了徐駿家，翻箱倒櫃也沒找到任何罪證。

然而，聖上永遠不會錯，因此刑部尚書便設法將徐駿定罪。他們的辦法便是拿徐駿看似無害的詩句來大作文章：

清風不識字，何故亂翻書

第一個字是「清」與清朝同字，皇上身邊聰明的尚書——田皓里勉為其難地為他們的「專業技能」讚嘆——把詩句解釋成嘲諷滿族皇帝粗俗不識字。徐駿被滿門抄斬，下人全數流放。

「徐駿的罪很重，但都已經十多年了。」田皓里在床邊徘徊踱步。「如果你是想結束刑期，只要買通對的官員和判官來另尋出路，應該不會太難。」

「沒辦法收買追我的人。」

「哦？」田皓里看著他身上布滿包紮起來的傷口。「你的意思是……血滴子？」

孝景點點頭。

血滴子是皇帝的眼線和爪牙，他們在城市暗處出沒，水陸齊下，混入車隊船隊，追捕叛變徵兆。正是因為他們，茶樓會貼告示要客人禁言政治，鄰居們要抱怨稅政得東張西望、悄聲說話。他們豎耳聽、張眼看，有時夜闖民宅，此後再沒人見過那宅裡的人。

田皓里不耐煩地擺擺手。「你和孝儀是在浪費我的時間。如果是血滴子，我幫不了。我還想留著我的項上人頭，不行不行。」

「我不是要你救我。」孝景說。

田皓里愣住了。

「十一年前，他們來抓徐大人。徐大人給我一本書，告訴我這本書比他的命、他的家人還重要。我把這本書藏起來，流放時也帶在身邊。」

「一個月前，兩個人來我家裡，要我把徐大人的東西交出來。他們的口音一聽就是北京來的，而且眼神冷血如鷹，必定是皇帝的人。我讓他們進來，要他們盡管搜，趁他們翻箱倒櫃的時候帶著書跑走。」

「從此之後我就一直逃，好幾次差點被抓到，才留下這些傷。他們在找的書就在桌上，書才是我希望你救的東西。」

田皓里站在門邊猶豫著。他已經習怪收買衙役和監牢守衛，以及跟易知府針鋒相對，他喜歡玩文字遊戲，喝便宜酒和苦茶。但面對聖上和宮廷密謀，一個卑賤的訟師又能做什麼？

我曾在花果山無憂無慮，整天和猴子們玩。孫悟空說，有時候我寧願不曾好奇過那個更廣大的世界有

什麼。

但田皓里很好奇，他走到桌前拿起書。上頭寫著《揚州十日記》，王秀楚作。

一百年前，一六四五年，滿清入主北京城，清軍完成一統大業。

滿清王子多鐸和其勢力進入揚州，揚州介於揚子江與通揚運河交界，乃鹽商與畫廊充斥的富裕城鎮。時任督鎮的兵部尚書史可法誓死抵禦，下令全城守備，集結剩餘明朝軍閥和義勇軍。

一六四五年五月二十日，滿清勢力在七日圍城後突破城牆，史可法的努力付之一炬。史督鎮不願投降而受死。王子多鐸為嚴懲揚州百姓，並起殺雞儆猴之效，下令屠城。

其中王秀楚東躲西藏、以家當收買官兵而躲過一劫，寫下其見聞：

一卒提刀前導，一卒橫槊後逐，一卒居中，或左或右以防逃逸。數十人如驅犬羊，稍不前，即加捶撻，或即殺之。

諸婦女長索繫頸，纍纍如貫珠，一步一蹶，遍身泥土；滿地皆嬰兒，或襯馬蹄，或藉人足，肝腦塗地，泣聲盈野。

行過一溝一池，堆屍貯積，手足相枕，血入水碧赭，化為五色，塘為之平。燒殺擄掠，烈火四起。

初二日，傳府道州縣已置官吏……又諭各寺院僧人焚化積屍；而寺院中藏匿婦女亦復不少，亦有驚餓死者，查焚屍簿載其數，前後約計八十萬餘，其落井投河，閉戶自焚，及深入自縊者不與焉……

初四日，天始霽，道路積屍既經積雨暴漲，而青皮如蒙鼓，血肉內潰。穢臭逼人，復經日炙，其氣愈甚，前後左右，處處焚灼，室中氤氳，結成如霧，腥聞百里。

田皓里顫抖著手翻過最後一頁。

「現下你可知血滴子為何追殺我了。」孝景疲倦的聲音說：「滿清堅持揚州屠城是子虛烏有之事，提及此事的人便是謀逆犯上。但這裡有人親眼所見，證明他們的王位是建在血肉人頭之上。」

田皓里閉上雙眼，想著揚州茶樓裡全是好逸惡勞、跟歌妓爭論詩韻格式的鄉紳；雕欄玉砌的別墅裡滿是衣著華貴的生意人在慶祝交易季；成千居民開心為滿清皇帝祈求龍體安康。他們知道每天到市集笑呀、唱呀、歌頌當今黃金盛世時，自己是在踩著前人的屍骨，嘲諷著死者的哭喊，抹去這些魂魄的記憶嗎？他小時候聽過揚州屠城的傳聞，但不相信，今日揚州年輕人更是連聽都不可能聽說了。

既然知道了真相，他能讓這些魂魄繼續沉默下去嗎？

但他也想到血滴子的特殊劇毒、生不如此的逼供折磨、滿清皇帝們最後總能遂願的那些手段。滿清皇旗已經成功強逼所有中國人剃頭留辮以示歸順，並且棄漢服、著滿服，不順者死。他們斬斷中國人的過去，剝奪人們賴以支撐的回憶。滿族人比玉皇大帝或十萬天兵天將都厲害。

對他們來說，要銷毀這本書、要把他一個卑微的訟師從世上除去是如此容易，不過是平靜池塘裡暫時激起的漣漪。

讓別人去做這膽大包天的事吧，他只懂得在夾縫中逃生。

「對不起。」田皓里對孝景說，聲音低沉而粗啞。「我沒辦法幫你。」

田皓里坐在桌前吃麵，配著新鮮蓮子和竹筍，香味四溢，完美的午晚餐。孫悟空出現在他對面的位子，凶狠的眼神、血盆大口、紫紅斗篷，證明他確實是對抗玉皇大帝的齊天大聖。

這種事不常有，通常孫悟空只在田皓里腦子裡說話。

「你覺得你不是英雄。」孫悟空說。

「對。」田皓里答道，試著讓自己的語氣沒那麼抗拒。「我只是個靠法律漏洞騙取一點糕餅屑討生活的普通人，吃得飽、能剩幾個銅錢喝酒就很高興了。我只想活下去。」

「我也不是英雄，」孫悟空說：「我只在需要的時候做該做的事。」

「哈！」田皓里說：「我知道你要幹嘛，但沒用的。你的工作是在危途中保護唐三藏，你很有資格，因為你有蓋世神力和無窮法術。只要需要，還可以呼喚如來佛祖和觀世音菩薩幫忙。別拿我跟你比。」

「好吧。那你知道哪個英雄嗎？」

田皓里邊吸麵條邊想這個問題，他那天早上看到的東西在腦子裡的畫面還很鮮明。「我想史可法尚書是英雄吧。」

「為什麼？他答應過揚州人，只要他活著，就不會讓他們受到傷害，但揚州城被破時，他自己想辦法逃走了。照我看，他是膽小鬼，不是英雄。」

田皓里把碗放下。「這樣說不公平。他孤軍守城，沒有後援。他平定侵擾揚州人民的軍閥，集結他們共同鎮守。最後雖然一時怯懦，他還是願意為揚州城死，你不能要求太多。」

孫悟空輕蔑地哼了一聲。「當然可以！他應該知道硬打是徒勞。要是他沒有抵禦清兵，交出揚州城，也許就不會有這麼多人死；要是他沒有拒降滿清，也許就不會被殺。」孫悟空似笑非笑地說：「也許他不太聰明，不知道怎麼保命。」

田皓里面紅筋爆，站起來指著孫悟空說：「不准那樣說他。誰說如果他投降了，滿人就不會屠城？對於會燒殺擄掠的軍隊，你覺得伏首稱臣是對的嗎？反過來說，揚州的重軍圍阻減緩了清軍的攻勢，讓更多人有機會逃往南方安全之地，揚州城的奮力抵抗也可能讓滿族願意給之後投降的人更好的條件。史尚書是真英雄！」

孫悟空大笑。「聽聽看，你好像在易知府衙門抗辯似的，為一個死了一百年的人好激動啊！」

「我不會讓你那樣詆毀他的事蹟，就算你是齊天大聖也不行。」

孫悟空的表情嚴肅起來。「講到事蹟，你對寫那本書的王秀楚怎麼想？」

「他只是跟我一樣的平凡人，靠收買官兵躲過危難。」

「但是他記下了所見所聞，所以在那十日死去的男男女女一百年後還會被記得。寫那本書是件勇敢的事——看看現在滿清怎麼追殺李孝景，只因為他讀了這本書。我覺得他也是英雄。」

過了一會兒，田皓里點點頭。「我沒有這樣想過，但你說的對。」

「田皓里，沒有絕對的英雄啊！史尚書英勇卻膽小，有能力卻愚蠢；王秀楚投機苟活，卻有偉大的靈魂。我多數時候自私又虛榮，但有時也會做出嚇到自己的事。面對特別難的抉擇時，我們都只是普通人——呃，我是普通的妖怪。在那些時刻，有時英雄的理想形象會令我們成為英雄的化身。」

田皓里坐下來閉上眼睛。「我只是個又老又怕死的人，猴王。我不知道該怎麼辦。」

「你當然知道，你只需要接受事實。」

「為什麼是我？如果我不想呢？」

猴王的臉嚴肅起來，聲音愈來愈微弱。「田皓里，那些揚州男女一百年前就死了，做什麼都改變不了。但過去以回憶的形式存在，那些有權力的人總想抹除過去，噤其聲，掩其魂。既然知道了那段過去，你就不再是置身事外的旁觀者。你如果不行動，就是在這股新暴力、這種根絕真相的做法下，與皇帝和血滴子狼狽為奸。你如今和王秀楚一樣是目擊者，一樣要決定怎麼做。就算死的那天會後悔，你也必須抉擇。」

孫悟空的身影逐漸消失，留田皓里在屋裡，回想這一切。

「我寫了封信給寧波的一個老朋友。」田皓里說：「把信帶著，到信封上的地址去。他是很厲害的醫生，看在我的面子上，他會幫你把臉上的刺青去掉。」

「謝謝你。」李孝景說：「我會盡快把信銷毀，我知道這會給你帶來多大的危險。請收下這些當作報酬。」他轉身從布包裡拿出五兩銀兩。

田皓里舉起一隻手回絕。「不用了，你會用得上的。」他遞給他一個小布包。「這裡不多，但是我所有積蓄。」

李孝景和李孝儀兩人不解地看著田皓里。

田皓里繼續說：「孝儀和孩子不能待在三里村了，因為血滴子如果問起，一定會有人舉報她收留逃犯。不行，你們都要即刻啟程去寧波，在那裡雇一艘船，帶你們去日本。滿清已經封鎖了沿岸，所以你們會需要付一大筆錢偷渡過去。」

「去日本？」

「只要帶著那本書，中國沒有地方是安全的。在所有鄰近國家裡，只有日本敢跟滿清皇帝抗衡，唯有到了那裡，你們和書才會安全。」

孝景和孝儀點點頭，說：「那你會跟我們一起走嗎？」

田皓里指指自己的跛腳笑起來。「帶我一起走只會拖累你們。不了，我要留在這裡闖一闖。」

「如果血滴子懷疑你幫我們，就不會放過你的。」

田皓里微微笑。「我會想辦法，我總能想到辦法。」

幾天之後，田皓里正要坐下來吃午餐，城鎮駐防地的官兵來到他家門前，不由分說就把他抓起來帶往衙門。

田皓里看見這次坐在審案桌上的不只易知府，有另一位大人跟他一起，從他的帽子看來，是直接從京城派來的人。他冰冷的眼神和健壯的身材讓田皓里想到獵鷹。

希望我的小聰明可以再護我一次。田皓里在心裡對孫悟空說。

易知府把驚堂木用力一拍：「逆賊田皓里，有人指控你協助危險緝犯脫逃，還意圖謀反。速速從實招來，才能死得痛快。」

知府說完話，田皓里對他點點頭。「最悲天憫人、高明遠見的知府大人在上，小人完全不知大人所言何事。」

「你這夯貨！你慣用的伎倆這次沒用了。我有鐵證，你援助判賊李孝景，還看了一本謀逆造反、子虛烏有的禁書。」

「小人近來確實讀了一本書，但內容和謀逆造反一點關係都沒有。」

「內容是什麼？」

「是一本關於牧羊和串珠的書，還有一些填池子和生火的討論。」

審案桌後面另一個人瞇起眼睛，但田皓里一副沒什麼好隱瞞的樣子繼續說：「那是一本非常專業又非常無聊的書。」

「你說謊！」易知府脖子上的青筋似乎要爆開了。

「知府大人明鑑，您怎麼能說小人說謊呢？大人可以把那本禁書的內容告訴小人嗎？這樣小人或許能確認自己有沒有讀過。」

「你……你……」知府的嘴開了又闔，像魚的嘴巴一樣。

易知府當然不可能知道書裡寫了什麼——這正是書被禁的原因——但田皓里也在盤算，那血滴子的人也不可能說得出所以然。要證明田皓里說謊，就得承認控告的人讀過那本書。田皓里知道血滴子裡不可能有人在多疑的滿清皇帝跟前攬上這種罪。

「誤會啊！」田皓里說：「我讀的那本書沒有招罪之事，表示它不可能是禁書。大人一定能看出這麼明白簡單的道理。」他微笑。他必定找到讓自己脫逃的漏洞了。

「猜字謎遊戲夠了。」血滴子的人第一次開口：「沒必要跟你這種叛賊講法理。以聖上之名，我在此宣告你有罪，不得再議，且判處死刑。如果你不想痛苦太久，就立刻招出書和逃犯的去向。」

田皓里雙腳一軟，有一刻，他只看見一片漆黑，只聽見血滴子宣判的回聲：判處死刑。

我總算是沒戲唱了。他心想。

你已經做了決定。孫悟空說。現在你只需要接受這一切。

除了是大內間諜和殺手，血滴子還很會施用酷刑。

他們把田皓里的手腳浸進滾水裡時，他大叫出聲。

跟我說個故事。田皓里對孫悟空說：讓我分心，這樣我就不會屈服。

我跟你說，有次他們把我關進玉帝的八卦爐裡煮。孫悟空說：我躲在煙灰裡才逃過一劫。

然後田皓里告訴施刑的人說，他幫李孝景燒了那本沒用的書，看著它化成灰燼了。但他忘了是在哪裡燒的，血滴子們或許可以去附近山丘上搜一搜？

他們用燒到灰白的熱鐵烙他。

跟我說故事！田皓里聞到肉焦掉的味道時大聲嚎叫。

我跟你說，有一次我跟鐵扇公主在火燄山打架，孫悟空說：我假裝怕得要逃走，把她耍得團團轉。

於是田皓里跟施刑的人說，他要李孝景逃到蘇州去，蘇州多山丘湖泊，還有精緻的蘇扇。

他們把他的手指一根一根砍掉。

跟我說故事。田皓里低啞粗聲地說；他失血過多，變得很虛弱。

我跟你說，有次他們把緊箍兒套在我頭上。孫悟空說：我痛得差點昏過去，但還是拚命罵髒話。

於是田皓里將一口痰吐到施刑人的臉上。

田皓里在昏暗的地牢裡醒來，地牢裡有霉味和屎尿味，老鼠在角落吱吱叫。

明天終於要行刑了，因為施刑人放棄了。可能會是千刀萬剮的死法，有經驗的劊子手會讓受刑者在嚥下最後一口氣之前痛苦好幾個時辰。

我沒招供，對吧？他問孫悟空。**我記不清楚跟他們說過的每件事。**

你跟他們說了很多故事，沒一個是真的。

田皓里覺得應該要滿足了，死是解脫，但他擔心自己做得不夠。如果李孝景到不了日本怎麼辦？如果書在海上被毀了呢？如果有方法可以保存書，不讓它遺失就好了。

我跟你說過嗎？有一次我跟二郎神大戰，變身混淆他的事？我變成麻雀、變成魚、變成蛇、最後變成一座廟。我的嘴是門，眼睛是窗，舌頭是佛像，尾巴是旗桿。哈，那真好玩！二郎神的天兵天將都沒看穿我的隱藏術。

我對文字很在行，田皓里心想，**畢竟我是個訟師。**

孩童隱約的聲音從大牢外傳進他耳裡。他掙扎著爬到牆邊，牆上方有個鐵欄小窗，他對外面喊：「嘿，聽得到嗎？」

唱歌聲突然停下來。過了一會兒，一個怯生生的聲音說：「我們不可以跟刑犯說話。我媽媽說你們很危險，而且很瘋。」

田皓里笑了。「我是很瘋，但我知道一些好歌謠。你們想學嗎？這首歌講羊和珍珠，還有各種有趣的東西。」

孩子們窸窸窣窣了一陣，其中一個說：「好啊！瘋子一定有好玩的歌。」

田皓里用盡最後一點力氣專心想，想起書中的文字：「**數十人如驅犬羊，稍不前，即加捶撻，或即殺之；諸婦女長索繫頸，纍纍如貫珠。**」

他想到變身術，他想到中文和方言的語調差異，他可以利用雙關、近似語和押韻，把這些文字變身，直到沒人認得出來。於是他開始唱：

術士趧犬羊，
犬羊懶洋洋，
撻鞭聲聲落，
珍珠祓鍊[1]長。

孩子們被這胡言亂語逗得開心，很快就把歌學會了。

他們把他綁在受刑台的木樁上，剝光他的衣服。

田皓里看著人群，他在一些人的眼裡看見同情，在另外一些眼裡看見恐懼，還有一種人，像李孝

1 祓鍊（phuah-liān），指項鍊。

儀的遠親傑仔，開心地看著這個訟棍罪有應得。多數人是引頸期盼的。這樣的處決，這樣的恐怖，是娛樂。

「最後一次機會。」血滴子說：「你現在招供，我們就一刀割喉，否則就讓你好好享受半死不生幾個鐘頭。」

人群中有竊竊私語，有竊笑。田皓里瞪著某些嗜血的人。**你們已經屈從了**，他想，**你們遺忘過去，成為被滿清皇帝馴服的俘虜。你們學會以他的粗野為樂，相信你們活在黃金盛世，不願看清楚這朝代粉飾太平下的腐敗、血腥根基。那些為捍衛你們的自由而犧牲生命的人，你們褻瀆了他們的名聲。**

他的心充滿絕望。**我要承受這一切，毫無意義地賠上自己的命嗎？**

人群裡有些孩子開始唱：

術士趕犬羊，
犬羊懶洋洋，
撻鞭聲聲落，
珍珠袚鍊長。

血滴子的表情沒有變，他什麼也沒聽見，只聽見童言童語。確實，這樣一來，孩子們就不會因為知道這首歌而有危險。但田皓里也想，不知道會不會有人看透這童言童語，他是不是把真相藏得太深了？

「抵死不講，啊？」劊子手正在磨石上磨刀，血滴子轉頭對劊子手說：「愈久愈好。」

我做了什麼？田皓里想。他們嘲笑我的死法，嘲笑我是蠢蛋。除了為一件沒希望的事努力，我一事無成。

非也。孫悟空說，李孝景已經安全到日本了，而這些孩子的歌謠會傳遍整個國家、整片國土，全國都會有他們的聲音。有一天，或許不是現在，或許不是一百年內，但有一天，書會從日本回來，或者終有個聰明的文人會看穿你歌裡的隱藏術，如同二郎神終究看穿了我的隱身術。然後真相的火花會燃起熊熊烈焰，這些人會從遲滯中清醒。你已經保存了揚州男女死後的名聲。

劊子手開始在田皓里腰間緩緩劃下長長一刀，一塊肉一塊肉地割下來。田皓里的叫聲如殺雞般撕心裂肺，斷斷續續，令人不忍。

我不算英雄，對吧？田皓里想，希望我能真正勇敢。

你是個做了不凡抉擇的平凡人，孫悟空說，你後悔嗎？

不，田皓里想。在疼痛使他精神錯亂，開始失去理智時，他堅定地搖搖頭。完全不後悔。

那就值得了，孫悟空說。他面向田皓里行禮，不是向皇帝磕頭的方式，是對大英雄躬身致敬。

【作者註】

若想了解訟師的歷史背景，請與我聯繫，可參考我一篇未出版的論文拙作。田皓里的某些事蹟是根據訟師謝方樽的傳奇小說寫成。這些傳奇小說收錄在一九二二年出版，由平衡編選的《中國大狀師》一書。

兩百五十多年來，《揚州十日記》在中國一直被滿清皇朝壓制，揚州屠殺和滿清入關時無數殘暴事件都被世人遺忘，直到反清革命的十年前，這本書的抄本才從日本被帶回中國，並重新出版。這本書在清朝衰敗和中國帝國統治末期時扮演了唯小而重要的角色。我翻譯了片段用在這個故事裡。

因為長期壓制，直到今天還有某種程度的影響。揚州事件真正的死亡人數也許永遠無人知曉。僅以這篇故事向他們悼念致敬。

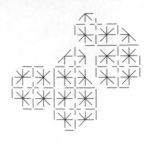

終結歷史的人

The Man Who Ended History: A Documentary

*2011*年 星雲獎最佳中篇小說提名
*2012*年 雨果獎最佳中篇小說提名
*2012*年 西奧多·史鐸金紀念獎決選

桐野明美，費曼研究室首席科學家：

〔桐野博士大約四十歲出頭，不需要化太多妝就很美。如果仔細看，可以看見她的黑髮裡有幾絲白髮。〕

每天夜晚，當你站在外面仰望星空，你不只沐浴在光裡，也沐浴在時間之流裡。

舉例來說，當你看著這顆天秤座星系的星，葛利斯581，事實上你看到的是它二十多年前的樣子，因為它和我們大約有二十光年的距離。相對地，如果在葛利斯581附近的某個人現在用夠厲害的網遠鏡對準這附近，他們就會看見當時是研究生的艾文和我正在哈佛校園散步。

〔鏡頭拉近時，她指著書桌上地球儀上的麻州。她停下來思考該怎麼說。鏡頭往後拉，把我們帶離地球愈來愈遠，彷佛正在飛離它。〕

現在最好的望遠鏡可以看到一百三十億年前。如果把望遠鏡綁在火箭上，用比光速更快的速度從地球飛離——等一下我再詳述——從望遠鏡回看地球，你會看見人類的歷史在眼前倒敘展開。地球上發生的所有事都會以無限擴大的光球留在這裡。而你只需要控制自己要在空間裡走多遠，就可以決定要倒回多少時間。

〔鏡頭一直拉遠，穿過她辦公室的門，穿過走廊，地球和桐野博士在我們眼中愈來愈小。我們倒退走著的長長走廊漆黑一片，在那黑暗之海，辦公室開著的門變成矩形的亮光，框著地球和女人。〕

某個時間點的這裡，你會看見查理王子悲傷的臉，因為香港終於回歸中國。某個時間點的這裡，你會看見日本在美軍密蘇里號戰艦上投降。某個時間點的這裡，你會看見豐臣秀吉的軍隊第一次踏上朝鮮的土地。某個時間點的這裡，你還會看見日本平安時代女作家紫式部完成《源氏物語》的第一章。如果你繼續走，會回到人類文明之初和遠古。

但即使能看見過去，過去也會耗盡。光子進入透鏡晶體，在晶體上投射出表面成像，晶體可能是你的視網膜、一張膠卷或一台數位感測器，然後影像就消失了，停在那條路徑上。如果你看了，但一不留神錯過了一個時間點，就無法再回去找。那一刻已經永遠從宇宙中消失。

〔辦公室門的旁邊陰影處伸出一隻手把門關上。黑暗吞噬桐野博士、地球和矩形亮光。螢幕黑了好幾秒，才開始跑工作人員名單。〕

香港記憶電影有限公司與赦免工作室　聯合拍攝

一場赫拉克利特式的二次創作

《終結歷史的人》

本片遭中華人民共和國文化部禁播，並受到日本政府強烈抗議。

桐野明美：

〔我們回到她有溫暖光線的辦公室。〕

因為我們還沒有找到超越光速前進的方法，所以沒辦法真正用望遠鏡看見過去，但我們找到一個作弊的方法。

理論家一直以來都推測，在每一個時間點，某種新型亞原子微粒照理說會在我們周圍的世界迅速擴大。現在知道這個微粒稱做「玻姆—桐野粒子」。我最新的物理學貢獻就是確認它們的存在，並發現這些粒子永遠成雙成對。其中的一顆粒子從地球發射出去，承載賦予它們生命的光子，以光速前進；另一顆在光子後方鄰近區域游移。

玻姆—桐野粒子受制於粒子纏結。這表示它們會用這種方式連結，無論離彼此的物理距離有多遠，這屬性都會讓它們彷彿一體地結合。如果測量其中一顆粒子，波函數因而塌縮，就可以馬上知道另一顆粒子的狀態，即便它在光年之外。

因為玻姆—桐野粒子的能量層會以已知速度衰敗，我們可以微調偵測敏感範圍，來捕捉和測量特定地點裡某段時間產生的玻姆—桐野粒子。

要測量一個纏結的玻姆—桐野粒子，就等於量測另一顆受纏結的粒子。它隨著主光子移動，可以在幾兆公里遠，所以便是過去幾十年。透過某些複雜但標準的數學計算，這樣的測量可以讓我們推估主光子的狀態。但和任何纏結光子的測量一樣，只能測量一次，然後資訊就永遠消失。

換句話說，就像我們發現了把望遠鏡架在地球遠處之外的方法，而且要多久以前都可以。只要你想，你可以回去看你結婚的那天、初吻那天、你出生的那一刻，但過去的每一刻，我們只有一次機會回頭看。

影像紀錄時間：二〇XX年九月十八日，亞太地區廣播公司版權所有

〔鏡頭顯示中國黑龍江省哈爾濱市郊外圍有間閒置工廠，看起來就跟工業重鎮的任何工廠一樣，受到國內另一波經濟不景氣影響：搖搖欲墜、鴉雀無聲、灰塵密佈、門窗緊閉。特派員莎曼沙·潘恩戴著羊毛帽和圍巾，臉頰被凍得通紅，眼神疲倦。她平靜地說話，凝結的氣息在她面前徘徊。〕

莎曼沙：

一九三一年這一天，中日甲午戰爭的第一場戰事從東北九省的瀋陽開打。對中國人來說，那就是第二次世界大戰的開端，比美國參戰早了十多年。

我們在哈爾濱外圍的平房區。雖然「平房」對大多數西方人沒有任何意義，但有些人稱平房區是亞洲的納粹。日本帝國軍隊的731部隊在這裡對成千上萬名中國人和同盟國戰俘進行恐怖實驗，把戰爭當作日本研發生化武器和人體極限的手段之一。

以此為前提，日本軍醫透過藥物及武器實驗、活體解剖、截肢和其他有系統的折磨方式，直接殺害上千名中國人和同盟國戰俘。二戰末，撤退的日本軍殺光所有剩下的戰俘，並將屍體火化埋入地底，只留下這棟行政建築和一些礦坑，礦坑是用來繁殖帶疾病的老鼠。沒有生還者。

歷史學家估計約有二十萬到五十萬中國人在這裡和其他炭疽病、霍亂、鼠疫的附屬實驗室被殺，幾乎都是平民百姓。戰爭最後，同盟軍上級指揮官麥克·阿瑟將軍為了取得實驗數據並防止蘇聯得到數據，同意不起訴所有731部隊成員的戰罪。

今日，除了附近一間沒什麼人去的博物館，幾乎看不見那些殘酷暴行的證據。空曠平野的邊緣處，有一堆碎石瓦礫堆在原本焚化爐的地方，焚化爐是用來燒燬罹難者屍體的，我身後的工廠是731部隊用來培養病菌而建造的儲備基地。直到近來經濟衰退使得工廠倒閉，這裡才開始打造中日在哈爾濱投資的機器腳踏車引擎。像呼應著過去的哀愁，好幾間製藥公司也默默在先前731部隊總部附近設點。

也許中國人願意把他們這段過去拋在腦後，繼續前進。如果是這樣，世界上其他地方也可能會繼續前進。

但艾文．魏有話要說。

〔莎曼沙邊講邊播放艾文．魏在教室講課的照片，以及在一台精密儀器前和桐野博士合影的照片。照片裡的他們看起來應該是二十幾歲。〕

艾文．魏博士是專門研究日本古代史的華裔美籍歷史學者，致力於讓世界看見731部隊造成的苦難。他和妻子，桐野明美，著名的日裔美籍實驗物理學者，共同研發了備受爭議的技術，聲稱能讓人回到過去，親臨歷史現場。今天他會公開演示這項技術，回到一九四〇年731部隊行動的高峰期，親自帶領大家目擊731部隊的暴行。

日本政府指稱中國在進行洗腦教育，並以文字聲明強烈抗議北京應允這場演示會。根據國際法原則，日本認為中國無權贊助第二次世界大戰的現場考察，因為哈爾濱當時屬於滿州國，滿州國是日本帝國的魁儡政權。中國反駁日方說法，並回應魏博士的演示是為了「挖掘國家遺產」。中國並聲明，魏博士任何穿越過去的影像或聲音紀錄，所有權皆依中國古物出口法規定。

魏博士堅持自己和妻子是以美國獨立公民資格來進行這場實驗，無關任何政府。他們要求瀋陽附近的美國領事館和美國代表介入，保護他們不受任何政府干涉。該如何解決這場法律混戰還不明朗。這期間，無數中國和海外團體聯合提出抗議，有些支持魏博士，有些反對。中國已動用上千名鎮暴警察來阻止這些團體接近平房區。

別轉台，我們會為您帶來這場歷史事件的最新報導。記者莎曼沙・潘恩在亞太地區為您報導。

桐野明美：

要真正回到過去，我們仍須克服一些困難。

玻姆—桐野粒子讓我們能細部重建某個時間點的各種資訊：畫面、聲音、微波、超音波、抗菌劑和血，讓無煙火藥和彈藥味刺激鼻腔後方。

但這是相當驚人的資訊量，即便只有一秒鐘。我們沒有實際方法來儲存，更別說要真實參與現場。幾分鐘的數據量加起來可能會讓哈佛所有伺服器當機。我們能夠開啟回到過去的門，但是在奔湧向前的位元海嘯裡，什麼也看不見。

〔桐野博士身後是一台看起來像大型核磁共振儀的機器。她退到一邊，讓攝影機可以慢慢升入掃描管裡，演示過程中，志願者的身體就在這裡。當鏡頭在管道中移動、繼續往通到終點的光前進時，她的聲音始終在鏡頭外。〕

也許有足夠的時間，我們就能想到辦法保存數據。但艾文認為等待的代價太大。罹難者的遺族在變老、死去，戰爭就要從人們的記憶裡消逝。他覺得有責任給這些活著的親人一個交代，無論我們找到什麼答案。

所以我想到用人腦來體驗玻姆—桐野粒子收集到的資訊。人腦大量的平行處理能力、意識基礎，確實可以很有效地過濾玻姆—桐野粒子傾注而入的訊號。大腦接收到原始訊號後，會將其中的百分之九十九點九九九丟棄，將剩餘訊號轉成可覺知的視覺、聽覺、嗅覺，並儲存成記憶。

我們真的不該對這件事太驚訝，畢竟這就是我們大腦的工作，我們每一秒的生命。通過眼睛、耳朵、皮膚和舌頭的原始訊號可以震懾任何超級電腦，從這一秒到下一秒，大腦努力從所有雜訊中建構我們存在的意識。

「這個過程讓我們的志願受試者體驗了過去的幻象，他們會彷彿身歷其境。」我在《自然》雜誌上寫道。

我好後悔用了「幻象」這個詞，好多人把焦點放在我選擇不當的字上。歷史就像這樣：真正重要的決定在當下從來不顯得重要。

是啊，大腦取得訊號，用訊號說故事，但無論過去或現在，那都不是「幻象」。

艾奇保．厄薩瑞，哈佛法學院東亞研究副院長，享有哈賓諾帕教授頭銜：

〔雖然眼神銳利，但厄薩瑞其實有張溫和的臉。他很喜歡講課，不是因為喜歡聽自己講話，而是覺得每次他要解釋什麼的時候，就會學到新東西。〕

中國和日本對於魏博士所做研究的法律辯論，二十年前就不算是新鮮事了。誰該掌控過去？這是一個以各種形式出現、我們多年來都無法解決的問題，但桐野計畫的發想讓掌控過去有了實質爭議，而不僅是比喻上的議題。

國土和空間一樣有暫時範圍，隨著時間增長和縮減，會征服新民族，有時也會釋放他們的後裔。現在大家覺得日本就是那些島嶼，但一九四二年的鼎盛時期，日本帝國統治了朝鮮、大部分中國、台灣、庫頁島、菲律賓、越南、泰國、寮國、緬甸、馬來西亞、一大部分印尼，以及環太平洋一系列島嶼。那時遺留的文化產物形塑了今日的亞洲。

其中一個最傷腦筋的問題就是國土擴張時暴力動盪的過程和時間契約。因為隨著時間過去，掌控領土的主權會變動，那麼，哪個主權該擁有這個地方過去的司法權呢？

在艾文．魏進行演示之前，這個過去司法權侵擾真實生活的問題是：「十六世紀西班牙大帆船沉沒，在現今美國水域被發現，船上寶藏該歸西班牙還是美國？」或「埃爾金大理石雕該歸希臘還是英國所有？」但現在，利害關係更多了。

所以，在一九三一到一九四五年間，哈爾濱是否如日方主張是日本領土？或者如中華人民共和國主張，是中國領土？還是說，我們也許應該把過去當做全人類的資產，交給美國託管？

中國的觀點雖然得到多數西方世界支持——日本的立場跟德國接近，德國認為要回到一九三九年和一九四五年的納粹集中營，必須經過德國同意——但事實上，提出這項觀點的中華人民共和國，是西方國家眼裡的賤民。所以你就知道，現在和過去是怎麼拉扯彼此，相互勒死的了。

而且，在日本和中國的立場背後，理所當然的設定是，一旦釐清了二戰時期的哈爾濱究竟歸屬於中國還是日本，那麼，得以行使主權的不是中國政府，就是當今日本政府。但說這都太早，兩方的法律問題還懸而未解。

首先，每當中國要求日本為戰時的暴行提出補償時，日本總是說，現今日本是依據美國草擬的《日本國憲法》建國，不能為此負責。日本認為補償聲明是在打擊過去日本帝國政府，且所有這類爭議都已經在《對日和平條約》和其他雙邊條約中解決了。即便如此，日本的立場還是前後不一，先前否認有責任，現在又斬釘截鐵說擁有當時東北九省的主權。

但中華人民共和國也站不住腳。一九三二年，日本勢力掌握東北九省時，中國主權名義上是中華民國，是二次大戰時被認定為「正統」中國的政體，而中華人民共和國並不存在。雖然事實是二次大戰時，東北九省對抗日軍入侵的武裝勢力幾乎完全來自中國和朝鮮共產黨帶領的漢人、滿人和朝鮮游擊隊，但這些游擊隊並不真聽令於毛澤東的中國共產黨，所以和後來成立的中華人民共和國也沒什麼關係。

所以為什麼我們會認為，那段時期的哈爾濱主權不是歸給日本政府就是中國政府？現在在台北，叫做「台灣」的「中華民國」，不是有更合理的主權嗎？也或者我們應該想想，所謂的「偽滿州政權」，是不是更有權力說話？

我們在《西發里亞和約》下與一連串國家有所牽連，所以無法處理魏博士的實驗所帶來的這些問題。

這些爭論若有客觀和逃避的託辭，那必然是故意的。「主權」、「司法權」和類似的字眼不過是方便讓人迴避責任或切斷為難的契約罷了。一旦宣布「獨立」，過去就突然被遺忘了。一場「革命」

興起時，突然間血債的記憶便被抹淨了；條約一被簽訂，過去的一切就突然被埋進土裡，消失殆盡。但真實生活不是這樣。

無論你多想從語法上去分析掠奪者的邏輯，多想拿「國際法」來自抬身價，事實仍舊是：今日自稱日本人的民族，與一九三七年在東北自稱日本人的民族是關係密切的；而今日稱自己是中國人的民族，也與當時當地自稱中國人的民族有著錯縱難解的淵源。事實是複雜混亂的，我們只能將就著用已知的事實湊合。

自始至終，我們都只是假設過去會保持沉默，來讓國際法發揮效用。但魏博士讓過去有了聲音，讓死去的記憶活過來。如果可以的話，現在的我們想賦予過去的聲音什麼樣的角色，都看我們。

桐野明美：

艾文總叫我桐野明美（ㄊㄨㄥˊ ㄧㄝˇ ㄇㄧㄥˊ ㄇㄟˇ），或只有明美（ㄇㄧㄥˊ ㄇㄟˇ），雖然用中文來唸日文名字很常見，但他是唯一一個我同意他這樣叫我的中國人。

他告訴我，這樣唸我的名字，能讓他從那些古老的文字中，描繪出中國和日本共同的文化傳承，於是便能牢記它們的意思。他覺得「名字的發音不會讓你了解這個人，只有文字才能。」

他在愛我之前就先愛上我的名字。

「曠野中孤獨的油桐樹，明亮而美麗。」我們第一次在藝術學院和理工學院聯誼舞會相遇時，他這樣跟我說。

好多年前，我還是小女孩的時候，爺爺教我寫名字，他也是這樣跟我說。油桐樹是一種美麗的落葉樹，日本古代會在女嬰出生時種下一棵油桐樹，等她結婚時就用樹材做抽屜給她當嫁妝。記得爺爺第一次帶我去看我出生那天他為我種下的油桐樹時，我跟他說我覺得油桐樹不怎麼特別。

「但鳳凰只會在油桐樹上棲息。」爺爺說道，用那種我很喜歡的輕柔方式摸摸我的頭髮。我點點頭，很高興擁有一棵這麼特別，又跟自己名字一樣的樹。

直到艾文跟我說話之前，我已經好幾年沒有想起那天了。

「妳找到妳的鳳凰了嗎？」艾文問。後來他約我出去。

艾文不像我認識的大部分中國男孩那樣害羞。我覺得聽他說話很自在，他似乎過得很快樂，研究生很少有人這樣，所以跟他在一起很有趣。

我們自然而然互相吸引。我們都是小時候就來到美國，知道那種被當成他者長大、努力要成為美國人的感覺。

我們很喜歡彼此的小怪僻，那些怪癖是我們性格裡無人碰觸的小角落。

他沒有因為我熱愛數字、數據這些生活中「很硬」的東西而被我嚇到。我的前男友們常說我老是把精神放在這些計算和數學邏輯上，感覺冰冷又沒女人味。比他們更熟悉這些計算工具——物理實驗的必備技能，對我的愛情沒什麼幫助。艾文是我遇到唯一一個聽到我說我的數理能力可能比他好時，覺得非常開心的人。

我們交往的回憶已經隨著時間模糊了，現在帶著平靜、美好的感動——但這些是我僅剩的了。如果我可以再度啟動儀器，我想回到那段日子。

我喜歡秋天跟他開車到新罕布夏州、附帶早餐的民宿去摘蘋果。我喜歡做食譜書裡的簡單料理，喜歡看他臉上那呆傻的笑。我喜歡早晨在他旁邊醒來，為自己是個女人感到開心。我喜歡他願意跟我激烈爭吵，對的時候堅定立場，錯的時候優雅地退一步。我喜歡他總是在我跟別人爭執時站在我這邊，即使他覺得是我不對。

但我最喜歡的是他跟我說日本的歷史。

事實上，他讓我對日本有前所未有的興趣。成長過程中，大家只要發現我是日本人，就會假設我喜歡動漫、喜歡卡拉ＯＫ，笑的時候會摀著嘴，尤其男孩子們覺得我可以滿足他們對亞洲女性的性幻想。還滿累人的。青春期的時候，我展現叛逆的方式是拒絕做任何看起來像「日本人」的事，包括在家裡說日文。想想我爸媽那時多可憐就好。

艾文跟我說的日本歷史不是背誦日期或佚聞傳說，而是以有科學根據的人性來講述。他讓我知道日本歷史不是只有天皇和將軍、詩人和和尚，而是演示整個人類社會成長和因應自然世界的典型，環境也因他們的存在而改變。

做為掠奪者，繩紋時代的日本人是環境中的頂層掠食者；做為自給自足的農耕民族，奈良時代和平安時代的日本開始將日本的生態圈塑造成以人類為中心的共棲生物群，這個過程直到封建時代劇烈的農業與人口增長才發展完整；最後，做為工業和企業家，帝國時代的日本開始開拓活生物群之外的，包括過去死亡的生物群：追求可靠化石燃料來源的動機支配了整個日本現代歷史，也支配了其他現代世界的歷史。我們現在都是死者的剝削者。

除去天皇時代的表面結構和戰爭歷史，歷史的潮汐和脈絡有更深刻的韻律，不是大人物的行為，而是小人物與周圍自然界興衰奮鬥的生活：地質、季節和生態、充足和匱乏的生活資源。這是一種自然科學家會喜愛的歷史。

日本普通平凡，也同時獨一無二。艾文讓我知道，我和千年來那些自稱日本人的人緊緊相連。然而，歷史不只是深刻的圖騰和長遠的此刻，個體也可能在某個時點、某個地點留下驚人的影響。艾文告訴我，他的主修是平安時代，因為那是日本開始成為日本的時代。當時，一群品味高雅、最多不過幾千人的菁英，將大洲之間的影響轉變成日本獨特的本土美學典範，影響了好幾個世紀，定義了直到今天「日本人」的意義。日本在世界古老文化中獨樹一格，女性對平安時代優質文化的貢獻和男性一樣多。那是個美好得令人難以置信、無法複製的黃金時代。那是讓艾文愛上歷史的美好衝擊。

我深受影響，便修了日本史，還要求父親教我書法。我對高級日語課有了新的興趣，而且學著寫短歌。短歌是日文中精練、簡短且有格律的詩句。當我終於第一次寫出滿意的短歌時好開心，而且有一刻很確定自己體會到紫式部完成第一首短歌時的心情。我們之間相隔千年萬里，但在那一刻，我們完全理解了彼此。

艾文讓我以身為日本人為榮，因此讓我喜歡自己。我就是這樣才知道，我真的很愛他。

李江姜，索尼天津店經理：

二戰已經結束很久了，到了某個時間點就要前進。現在挖出這種回憶有什麼用？日本在中國的投資很重要，能提供工作機會，而且中國所有年輕人都喜歡日本文化。我也不樂見日本不願意道歉，但我們能怎麼樣？執著下去只會生氣難過而已。

宋苑舞，服務生：

我是在報紙上看到這消息的。那個魏博士不是中國人，是美國人。中國人都知道731部隊，這對我們來說不是什麼新聞。

我不想想太多。有些愚蠢的年輕人大聲說要抵制日本貨，但又等不及要買下一集漫畫。為什麼我要聽這些人的？這樣除了讓人不開心，一點用也沒有。

不具名，業務主管：

說實話，在哈爾濱被殺的大多是農夫，那個時代他們的命像雜草一樣不值錢。戰爭總會有不好的事發生，就這樣。

我要說的話會讓大家討厭我，但毛主席時期的三年大饑荒和後來的文化大革命也死了很多人。戰爭很難過，但對中國人來說，那只是很多苦難的其中一種。中國大多數人的哀傷是沒人哀悼的。那個魏博士在製造問題，笨得可以。回憶是不能當飯吃，當水喝，當衣服穿的。

聶良、方瑞，大學生：

聶良：我是支持艾文．魏的。日本從來不面對自己的歷史。每個中國人都知道這些事情發生過，但外國人不知道，也不在乎。如果他們知道事實，就可能會施壓，要日本道歉。

方瑞：小心點，聶良。要是外國人知道了，他們會說你是憤青，還被國族主義洗腦。西方很喜歡日本。對中國嘛，不怎麼喜歡。外國人不想了解中國，可能他們就是不懂吧。我們對這些記者也沒什麼好說的，反正他們不會相信我們。

孫馬瑩，辦公室員工：

我不知道那個姓魏的是誰，也不想管。

桐野明美：

那晚我和艾文想去看電影。我們想看的浪漫喜劇票賣光了，於是選了時間最早的電影，叫做《刀的哲學》。我們都沒聽過這部電影，只是想花點時間在一起。

我們的人生就被這些渺小、看似平凡的時刻掌控，這些時刻的影響大得不可思議。這種無法預測的時刻在人類的互動中比在自然界更常見，而我，一個物理學家，也無法預知接下來會發生的事。

桐野博士邊說邊播放安德烈．伊克薩諾夫《刀的哲學》中的片段

這部電影真實描述了731部隊的行動，重演許多實驗。「神創造天堂，人創造地獄」是它的宣傳文案。

電影最後，我們都無法起身。「我之前不知道。」艾文對我喃喃說：「對不起，我之前不知道。」

他道歉並不是因為帶我來看這部電影，而是對於不知道731部隊做過的暴行而充滿罪惡感。他在課堂上或做研究時從來沒有聽過731部隊。因為二戰時他祖父在上海避難，家人沒有直接受到影響。

但因為他們在日軍佔據的上海參與魁儡政府的活動，他的祖父母戰後被貼上共犯的標籤，被中共政府嚴刑對待，讓他們一家最後逃到美國。所以二戰改變了艾文的人生，就像它改變了所有中國人的人生，即便他對這個結果全然無知。

對艾文來說，對歷史的無知，尤其是不了解一段以很多方式決定他是誰的歷史，本身已經是罪惡。

「只是部電影。」我們的朋友跟他說：「虛構的。」

但在那一刻，對艾文來說，他了解的歷史終止了。他曾經保持的距離，他曾經以宏觀角度看待的歷史的抽象性，那曾讓他興致勃勃的一切，在螢幕的血腥畫面中失去了意義。

他開始鑽研電影背後的真相，佔據了他所有清醒的時間。他全心研究731部隊的行動。731部隊成了他清醒時的生活和夢魘。對他來說，他對那些可怕事情的無知既是鞭策也是召喚。他無法讓那些受難者的苦痛被遺忘，不能讓施害者一走了之。

那時我跟他說了玻姆—桐野粒子的可能性。

艾文相信時光之旅能讓人們在乎。

當達佛只是個遙遠陸地的地名，確實有可能無視那裡的死亡與殘暴。但如果你的鄰居來告訴你他們去達佛看到的事呢？如果受難者的親人出現在門前，細數他們在那塊土地上的記憶呢？你還能視若無睹嗎？

艾文相信時光之旅會讓類似的事發生。如果人們可以看見和聽見過去，就不可能無動於衷。

第一百一十X屆國會

在眾議院外交委員會舉辦的亞太暨全球環境小組電視公聽會

美國公共策略頻道版權所有

見證者莉莉安·張／張唯思的證詞：

委員會主席和各位成員，謝謝你們給我這個機會，讓我今天能在這裡作證。我也要謝謝魏博士和桐野博士，因為他們做的事，才有今天站在這裡的我。

我生於一九六二年一月五日的香港。我的父親張在義，也就是吉米·張，於二戰後從中國大陸到香港。他在香港賣男裝賣得很成功，也和我母親結婚。每年我們都會提早一天慶祝我的生日。我問我母親為什麼，她說是因為二戰的關係。

當時我是個小女孩，不太知道父親在我出生前的生活。我知道他在日本佔領的東北出生，全家人都被日本人殺了，還有他是被共產黨游擊隊救出來的，但他沒有告訴我任何細節。

父親只有一次跟我直接提到他在二戰時的生活。那是一九八〇年，我剛要上大學的暑假。他是個尊崇傳統的人，替我辦了及笄禮，及笄禮上會挑選表字，又叫做禮儀之名。這是傳統中國年輕人到了一定年齡會有的名字，朋友之間也都以表字相稱。多數中國人，甚至是香港的中國人已經不再行這個禮了。

我們一起祝禱，在祖先牌位前鞠躬。我點了香，把香插在院子的香爐裡。我人生中第一次不是我倒茶給父親，而是由父親替我倒茶。我們一起舉杯喝茶，父親告訴我他很為我驕傲。

我放下茶杯，問他最讚許我的哪位女性長輩，以便我選一個紀念她的表字。那時他才讓我看他唯一一張家人的照片。我今天帶過來了，也希望能讓照片被記錄下來。

這張照片是一九四〇年我父親十歲慶生會拍的。他們一家住在三家角，一個距離哈爾濱約二十公里的村子。他們去照相館拍了這張照片。這張照片裡可以看見我祖父母坐在中間，我父親站在我祖父旁邊，還有這個，在我祖母旁邊的是我姑姑，暢怡。她的名字是「舒暢怡心」的意思。在我父親給我看這張照片之前，我不知道自己有個姑姑。

我姑姑不太漂亮，可以看見她天生有一塊又大又黑的胎記，像蝙蝠似的在她臉上，破壞了她的容貌。跟村裡多數女孩子一樣，她從來沒上過學，也不識字。但她非常溫柔、善良、聰明。她從八歲開始幫家裡煮飯打掃、做所有家事。我祖父母整天都在田裡工作，做為姊姊，暢怡對我父親來說就像媽媽一樣。她替他洗澡、餵他吃東西、幫他換衣服、跟他玩並保護他不被村裡其他孩子欺負。拍這張照片的時候，她十六歲。

她怎麼了？我問我父親。

她被帶走了。他說。日本人在一九四一年一月五日到我們村裡來，他們想殺雞儆猴，讓其他村莊不敢幫助游擊隊。我那時十一歲，暢怡十七歲。我父母要我躲在穀倉下面的洞裡。日本兵刺死我父母之後，我看到他們把暢怡拖上一輛卡車帶走。

她被帶去哪裡了？

他們說要帶她去一個叫平房的地方，在哈爾濱南邊。

那是什麼地方？

沒人知道。當時日本人說那個地方是林木場，但火車經過那裡的時候都要把窗簾拉下來。日本人把附近所有村民都趕走，嚴格巡視那個地方。救我的游擊隊員覺得那裡可能是兵庫或是日本大將軍的總部，我想也許她被帶去那裡當日本兵的慰安婦。我不知道她是不是還活著。

所以我將我的表字取做「長憶」來紀念我姑姑，她就像是我父親的母親。我的名字發音跟她的很像，但是字不同，不是「舒暢怡心」，而是「長久記憶」。我們祈禱她在二戰中活下來，而且還在東北。

隔年，一九八一年，日本作家森村誠一出版了《惡魔的盛宴》這本書，那是第一本談到731部隊歷史的日本書籍。我看了中文翻譯本，「平房」這個地名突然有了不同的意義。好多年來，我都會作噩夢，夢到我姑姑發生的事。

我父親在二〇〇二年離世。他走之前，問我有沒有查到姑姑發生什麼事。我今年到他墳前上香時應該要讓他知道，我答應會讓他知道的。

這就是為什麼，十年過後，當魏博士提出這個機會時，我自願參與這趟旅程。我想知道我姑姑發生什麼事了。我存著一線希望，希望她有活下來，而且逃走了，即使我知道731部隊沒有留下活口。

仲南．施，國立台灣大學考古學系系主任：

對於艾文決定要優先讓731受難者的親人當志願者，而不是專業歷史學者或新聞工作者，我是第一批提出質疑的人。我了解他想為受難者的家屬帶來平靜，但這也代表一大部分歷史會被私人悲傷消耗掉，自此消失在世界上。如你們所知，他的技術很具毀滅性。一旦他送觀察者到特定時間的特定地點，玻姆—桐野粒子就消失了，沒有人可以再回到那裡。

他的選擇有道德爭議，難道所有受難者的苦痛是私人的痛苦？還是，那根本應該被視為我們共同歷史的一部分？

這是考古學矛盾的核心，為了研究而挖掘遺址，我們在那個過程中無可避免地會消耗與破壞它。專業上，我們經常爭論是否要即刻開挖，還是保存原址，直到研發出比較沒有破壞性的技術。但沒有這種破壞性的挖掘，怎麼研發新技術？

也許艾文也應該等到研發出不會在過程中消抹過去也能記錄的方法，但到那時候對受難者的家屬來說可能已經太晚了，而他們才是最能從那些回憶中受益的人。艾文永遠在過去和現在只能擇一之中掙扎著。

莉莉安．張／張唯思：

我五年前第一次回到過去，那正是魏博士開始把人送過去的時候。

我去了一九四一年一月六日，我姑姑被抓的隔天。

我來到被水泥建築圍繞的一塊地，那裡非常冷，我不知道確切有多冷，但一月的哈爾濱通常是攝氏零下好幾度。魏博士教過我怎麼只用意念移動，但突然發現自己像鬼魂，身體不在那裡卻能感受到一切時還是很震驚。我還在適應怎麼四處移動時，聽見後面傳來一陣很大的砰砰聲。

我轉頭看見一隊中國囚犯站在空地上，他們的腳被鐐在一起，只穿著一層薄薄的破布。讓我不敢相信的，是他們在冰天雪地的寒風中伸出來的手臂是赤裸的。

一個日本警察走在他們前面，用一根短棍重擊他們凍僵的手臂。**砰，砰。**

前731部隊成員山形四郎專訪，日本放送株式會社版權所有

〔山形四郎和妻子坐在一張長摺疊桌後。他已經九十歲了，雙手交疊在桌上，他的妻子也是。他維持著平靜的表情，並不裝模作樣。他的聲音很小，但在譯者的翻譯下很清晰。〕

我們讓囚犯赤裸著手臂到外面行軍，這樣手臂在東北的空氣下會凍得更快。天氣非常冷，輪到我帶他們出去的時候，我其實很不想去。

我們把水噴在囚犯身上，讓凍瘡生得快些。為了確定手臂凍得夠硬，我們會用短棍打他們，只要聽見清脆的聲音，就表示手臂已經完全凍固，可以拿來做實驗了。聽起來就像敲打木頭一樣。

我想這就是為什麼我們說囚犯是「丸太」（maruta），圓木。**嘿，今天你看到幾根圓木啦？**我們會跟彼此開玩笑。**不多，只有三根小的。**

我們做那些實驗來研究凍瘡和極寒對人體的影響。這些實驗很珍貴，我們學到治療凍瘡最好的方法就是把四肢浸到溫水裡，不要去揉它。這可能救了很多日本士兵的命。當囚犯的四肢凍到壞死時，我們也會觀察壞疽和疾病的影響。

我聽說我們有實驗是把密閉室裡的壓力升高，直到裡面的人自爆，但我沒有親眼看過。

一群實習醫生在一九四一年一月到那裡，我是其中一個。為了練習開刀技術，我們在囚犯身上進行截肢和其他手術。我們用健康的囚犯，也用凍瘡實驗的囚犯。當四肢都被截去後，還活著的人就被

用來測試生化武器。

有一次，我兩個朋友把一個男人的手臂截斷，左右手交換再接回去。我看著，但沒有參與，我覺得那個實驗沒什麼用。

莉莉安．張／張唯思：

我跟著那隊囚犯走進一處有圍牆的建築，四處走動看能不能找到我姑姑。

我很幸運，只過了大概半小時就找到關女囚的地方。但我看了所有囚房都沒看到長得像我姑姑的人。我繼續漫無目的四處走，每個房間都看，我看到放有身體部位的標本罐。我記得我在其中一個房間看見一個非常高的罐子，裡面浮著被垂直剖開的半個人體。

最後我聽見一個女人尖叫，於是走進一間全是年輕日本醫師的手術室。一個醫生正在手術檯上強暴一個中國女人。手術室裡還有幾個中國女人，全都赤身裸體，她們合力把手術檯上的女人架住，方便那個日本醫生強暴她。

其他醫生看著，友好地相互聊天。其中一個不知道說了什麼，每個人都笑了，包括那個正在強暴手術檯上女人的醫生。我看著那些抓住她的女人，看見其中一個有蝙蝠形狀的胎記，胎記遮蓋了半張臉。她正跟手術檯上的女人說話，試著安撫她。

真正讓我吃驚的不是她裸著身體，或正在發生的事，而是她看起來如此年輕。十七歲，比我離家上大學時小一歲。除了那個胎記，她看起來就跟那時的我一樣，就跟我女兒一樣。

〔她停下來。〕

柯特勒議員：張女士，妳想休息一下嗎？我相信委員會能了解——

莉莉安．張／張唯思：

不用，謝謝您。很抱歉。請讓我繼續說。

第一個醫生完事後，手術檯上的女人被帶走，那群醫生笑著開彼此的玩笑。不到幾分鐘，兩個士兵把一個裸體的中國男人架著帶進來。第一個醫生指指我姑姑，其他女人什麼話也沒說就推她上手術檯。她沒有反抗。

那醫生接著指指中國男人，示意我姑姑。那男人一開始不懂要他做什麼，醫生說了什麼，兩個士兵用刀刺那男人，他跳起來。我姑姑抬頭看他。

他們要你操我。她說。

山形四郎：

有時候我們輪流強姦那些女人和女孩。我們很多人都沒有跟女人做過那件事，也沒見過活女人的器官。這是一種性教育。

軍隊其中一個問題是性病。軍醫每個禮拜替慰安婦檢查，替她們注射疫苗，但士兵們會強姦俄羅斯和中國女人，總是會被感染。我們尤其需要對病毒的生長變化有更多了解，並想出治療方法。

為了這個目的，我們會把病毒注射到某些囚犯身上，讓囚犯互相性交，讓他們經由正常途徑感染。當然我們就不會去碰這些被感染的女人了。之後我們會研究疾病在人體器官作用的結果，這些都是以前沒有做過的研究。

莉莉安・張／張唯思：

我第二次回去是一年後，這次我回到一九四一年六月八日，大概是我姑姑被抓之後五個月。我想如果我再選晚一點，我姑姑恐怕已經被殺了。魏博士面臨很多反對聲浪，他也擔心回去那個時代太多次會破壞太多證據。他向我說明，那將是我最後一次回去。

我發現我姑姑獨自在一個小房間裡。她很瘦，我看到她手掌上全是疹子，她的脖子上有淋巴結發炎的腫塊。我也看得出來她懷孕了。她一定很難過，因為我跟她在一起的時候她都躺在地板上，眼睛開開的，**哎呀，哎呀地輕聲呻吟。**

我陪了她一整天，看著她。我一直試著安慰她，她當然聽不見我的聲音，也感覺不到我的觸碰。那些話是用來安慰我的，不是她。我為她唱了一首歌，一首我父親在我小時候常唱給我聽的歌：

萬里長城萬里長，長城外面是故鄉。
高粱肥，大豆香，遍地黃金少災殃。

我對她愈來愈熟悉，也就愈來愈能跟她道別。

山形四郎：

為了研究梅毒和其他性病的感染機制，在那些女人被感染後，我們不時會做活體解剖。了解疾病對活器官的影響很重要，而且活體解剖也可以提供珍貴的手術練習機會。活體解剖有時會使用全身麻醉，有時候沒有。解剖炭疽病和霍亂病患時，我們通常不用麻醉，因為麻醉可能會影響結果，解剖感染梅毒的女性時大概也是一樣。

我不記得我解剖了多少女人。

有些女人很勇敢，不用人強迫就會在手術檯上躺下來。我學會用中文說：「不痛，不痛。」來讓她們鎮定下來，然後把她們綁在手術檯上。

通常第一刀是從胸腔到胃，會讓她們叫得很淒厲。解剖過程中，她們有些人會持續尖叫很長一段時間。我們之後會把她們的嘴巴塞住，因為尖叫聲會干擾解剖過程中的討論。通常直到我們剖開心臟之前，她們都還活著，所以我們會把心臟留到最後。

我記得有一次解剖一個懷孕的女人，我們一開始沒有用麻醉，但她求我們：「拜託殺我，不要殺我的孩子。」於是我們在結束解剖她之前將她麻醉了。

我們之前都沒有看過孕婦的內部，這非常有教育意義。我想要把胎兒留下來做其他實驗，但它太虛弱，拿出來沒多就就死了。

我們試圖猜測胎兒是日本醫生還是中國囚犯的種，我想我們多數人最後都認同那可能是囚犯的，因為長得很醜。

我認為我們在那些女人身上做的事非常有價值，讓我們深入地學到很多。

我不覺得我們在731部隊做的事有什麼奇怪。一九四一年之後，我被派到中國北方，一開始在河北省，後來到山西省。在軍醫院裡，會定期安排用活的中國人來進行手術練習。軍隊會在排定的時間提供活體，我們練習解剖、切割腸子的不同部位、把剩下的部位縫在一起，再切割各種內部器官。

通常為了模擬戰場情況，手術練習是沒有麻醉的。有時候醫生會在囚犯肚子上開槍，來模擬戰場上受的傷讓我們練習。手術過後，軍官會把那個中國人的頭砍下或勒死。有時候也會在解剖課上進行活體解剖，給年輕實習醫生一個震撼教育。對軍隊來說，又快又好的手術是很重要的，這樣我們才能幫助士兵。

約翰，姓氏保留，高中教師，來自澳洲伯斯：

你知道老人很孤單的，他們想要引人注意的時候，什麼都說得出來，他們會說這些荒謬編篡的故事是他們做過的事。這真的很悲哀。我很確定如果你貼廣告徵求，一定可以找到某個澳洲老兵說他解剖過土著女人。說這些故事的人只是想吸引關注，像那些宣稱二戰時被日本軍綁架的韓國妓女。

帕蒂·艾胥比，家庭主婦，來自威斯康辛州密爾沃基：

我覺得如果沒有親身經歷，很難去下評斷。那是二戰，戰爭時總是惡事頻傳。基督徒要做的就是遺忘和原諒。把這種事硬拉出來看是很不仁道的，而且不該像那樣讓時間錯亂，完全沒有好處。

雪倫，演員，來自紐約州紐約市：

你知道，中國人對狗很殘忍，他們甚至還吃狗肉。他們也對西藏人很壞，所以這會不會讓你覺得是因果報應？

山形四郎：

一九四五年八月十五日，我們聽說日本對美國投降。如同許多當時在中國的日本人，我的部隊決定跟中國國民黨投降比較省事。於是，我的部隊被重新編組，徵召到蔣中正底下一個國民軍部隊。國共內戰時，我繼續當軍醫協助國民黨對抗共產黨。因為中國人幾乎沒有好的外科醫生，他們很需要我，所以對我很好。

然而，國民黨完全不是共產黨的對手。一九四九年一月，共產黨佔據軍醫院，我被當成囚犯分配職位。第一個月，我們不能離開自己的小房間。我試著跟守衛交朋友，共產黨的兵很年輕又很瘦，但他們好像比國民黨軍更有精神。

一個月後，我們和守衛兵一起，每天都去上馬克思主義和毛主義。

他們告訴我，二戰不是我的錯，我不該被責怪。我只是個被昭和天皇和東條英機欺騙的士兵，被騙來侵略和壓制中國。他們告訴我，讀了馬克思主義，就可以了解所有可憐人都是兄弟，中國人和日本人都一樣。他們要我們反省自己對中國人做過的事，寫懺悔書懺悔我們在二戰時犯下的罪惡，他們說，如果我們真心懺悔，懲罰就會減輕。我寫了懺悔書，但他們總以不夠真誠為理由退回來。

但因為我是醫生，我還是可以在省立醫院治療病患。我是醫院裡最資深的外科醫師，有我自己的團隊。

我們聽說美國和中國要在韓國打仗了。中國怎麼可能贏得了美國？我心想，連無所不能的日本軍都抵擋不了美國了，也許我接下來會被美國人抓走吧。我覺得我對戰爭局勢的推測一直都不太準。

韓戰開始後，食物變得很匱乏。守衛兵們吃飯配青蔥和野菜，像我這樣的囚犯卻有飯和魚肉。

為什麼這樣？我問。

你們是從日本來的囚犯。我的守衛這樣說，他只有十六歲。日本是有錢的國家，一定要用和你們家鄉最接近的條件對待你們。

我要把我的魚給他，他拒絕了。

你不想碰被日本鬼子碰過的食物嗎？我跟他開玩笑。我也教他認字，他會偷偷給我菸。

我是個非常優秀的外科醫生，對自己的工作引以為傲。有時我覺得除了二戰之外，我對中國做了非常多好事，也用自己的技術幫助了很多病人。

有一天，一個女人到醫院來找我。她的腿斷了，而且因為她住得離醫院很遠，在她家人送她來找我的時候，壞疽已經長到裡面了，必須截肢。

她在手術檯上，我正要注射麻醉。我看著她的眼睛，試著安撫她：「不痛，不痛。」她瞪大眼睛尖叫起來。她一直叫一直叫，從手術檯上滾下來，拖著她壞死的腳到離我最遠的地方。

我這才認出她。她是二戰跟中國打仗時，我們在軍醫院裡訓練來當護士協助我們的中國女囚。我做練習手術時，她跟了幾次刀。我跟她睡過幾次。我不知道她的名字，對我來說她只是「4號」。有些年輕醫生開玩笑說過，如果日本輸了、我們要撤退的話，就把她剖開。

〔採訪人（鏡頭外）：山形先生，你不能哭。你知道我們不能讓你在電影裡流露情緒，如果你控制不了自己，我們就必須停下來。〕

我充滿無法言喻的悲傷，那時我才了解自己有著什麼樣的人生和職業。因為我想當成功的醫生，我做了很多不是人類應該做的事。我當時寫的懺悔書，當守衛讀過之後，就不願意跟我說話了。

我服完期刑被釋放，一九五六年獲准回到日本。

我覺得很失落，每個在日本的人都這麼認真工作，我卻不知道要做什麼。

「你什麼都不該承認。」跟我同部隊的一個朋友說：「我沒說，他們幾年前也把我放了。我現在有很好的工作，我兒子也要當醫生。二戰發生的事，什麼都別說。」

我搬到北海道來當農夫，盡可能遠離日本的中心。這些年來，我保持沉默來保護我的朋友，而且覺得自己會比他先走，帶著我的祕密進墳墓。

但我朋友現在已經死了，所以雖然這些年來，我對我做過的事絕口不提，現在卻不想再沉默了。

莉莉安．張／張唯思：

我說這些只是為了自己，也許還為了我姑姑。我是她和活人世界的最後一個連結，而我自己也要變成老女人了。

我不太了解政治，也不太關心。我已經告訴你們我看到的，而我到死都會記得我姑姑在那個小房間裡哭泣的樣子。

你問我要什麼，我不知道該怎麼回答。

有些人說我應該要要求制裁731部隊活下來的成員，但那有什麼意義？我不再是孩子了，我不想看見審訊、遊行、公開示眾。法律不會給你真實的正義。

我真正想要的是，我見到的事永遠不再發生。但沒有人可以向我保證，所以我希望讓我姑姑的故事被記得，讓凶手和施暴者的罪惡赤裸呈現在世界的目光下，就像他們讓她赤裸裸地躺在針線和解剖刀下。

我不知道除了人性的罪惡，還有什麼能形容那些行為。那些行為本身就背棄了「生命」的概念。日本政府從來不承認731部隊的行為，也從來沒有為他們道歉。這些年來，愈來愈多證據證實那些年的暴行，但答案總是一樣的：現有證據不足以得知發生了什麼事。

好吧，現在有證據了。我親眼見到發生的事，而且我會說出發生的事，跟不願接受真相的人對抗。我會盡可能頻繁地分享我的故事。

731部隊的男人和女人以日本和日本人民的名義犯下這些惡行，我要求日本政府明白這些是不人道的犯罪行為，日本要為他們道歉，並且只要「正義」還有意義，便要承諾保存受難者的記憶，譴責那些犯罪者所犯的罪。

主席和委員們，我也要很抱歉地說，美國政府在戰後也從未承認、或為自己掩護這些罪犯不受正義制裁而道歉，或為使用那些用折磨、強暴和死亡代價換來的資訊道歉。我要求美國政府必須承認這些行為，為此道歉。

以上。

霍加特委員：

我想再次提醒公民大眾，公聽會中務必保持秩序和禮儀，否則將被強制驅離。

張唯思女士，我對妳覺得自己經歷的一切表達遺憾。我相信那一定對妳有很深的影響，我也對其他分享故事的見證者們表達謝意。

主席和各位委員，我一定要再次強調我對這次公聽會、以及對我同事科特勒委員所提出的解決方案持反對立場。

二次世界大戰是個極端的時刻，那段時間裡，人類的正常規範並不適用，而且毫無疑問地，那場可怕事件發生了，可怕的痛苦造成了。但無論發生了什麼——何況我們除了一些感知粒子藥劑的效用外，並沒有任何確切證據。而那些藥劑除了桐野博士自己，現在並沒有人了解——我們可能錯成為歷史的奴隸，並且用主觀的現在主宰過去。

今天的日本對美國來說，就算不是全世界、也是在太平洋最重要的夥伴，而中華人民共和國與日俱增地挑戰著我們在這區域的影響力。日本是我們努力遏制和抵禦中國威脅的關鍵。

這次科特勒委員提出的解決辦法是最不好的，會引來最糟的後果。這項提議無疑會使我們的盟國蒙羞、受挫，並助長挑戰者的氣焰。在這個時刻，我們承擔不起戲劇性情感，也承擔不起體驗過「幻象」的見證者在情緒化之下預設好的故事。「幻象」這個詞是引自桐野博士的話，她是這項科技的創始人。

再次重申，我必須要求委員會停止這項具毀滅性、毫無用處的計畫。

科特勒委員：

主席和各位委員，謝謝你們給我機會回應霍加特委員。

要把動詞藏在後面很簡單，「可怕事件發生了」、「可怕的痛苦造成了」。我很遺憾聽見我敬愛的同事，美國國會的成員，支持可恥的否認推託策略，就和那些否認屠殺浩劫確實發生過的人一樣。

每一個後繼的日本政府，與這個國家後繼政權的支持者、串連者，都拒絕承認731部隊，更別說為他們做過的事道歉。事實上，多年來沒有人承認這支部隊的存在。無論我們談不談論慰安婦、南京大屠殺，或韓國和中國的奴工，否認、拒絕面對日本在二戰時期的暴行，都降低了這份戰爭紀錄的價值。這已經傷害了日本和亞洲友鄰的關係。

731部隊的問題呈現了這件事獨特的難處。美國並非毫不關心的第三方，身為日本的盟友和親近好友，美國的責任便是指出朋友犯錯的地方。但美國不僅沒有，還積極幫731部隊的罪犯逃離正義制裁，麥克·阿瑟將軍就為了取得731部隊的實驗數據而給他們豁免權。關於否認和掩蓋罪行，我們有一部分責任，因為我們重視那些暴行的腐敗果實，更甚於傳統價值。我們也有罪。

我想強調的是，霍加特委員誤解了這項提案。主席，見證者和我要的，不是日本當今政府或人民認罪，我們的訴求是：由委員會發出聲明，說明美國國會認為應該向731部隊的受難者致敬，紀念他們，並譴責那些令人髮指的加害者。沒有要剝奪財產和公民權利，沒有腐敗的血液。我們不是要日本賠償，我們要求的只是承認事實，承諾會記得這件事。

如同追悼猶太人大屠殺，這項聲明只是公開確認我們與受難者有人類共同的連結，而且反對731部隊的邪惡意識形態與暴行，以及允許、下令執行這種暴行的日本軍國主義。

現在，我想明確指出，「日本」並不是龐然巨石，而且牽涉的不只是日本政府。近年來日本獨立公民做了很偉大的事，讓這些暴行終於重見天日；還要不斷對抗政府的否認，以及想遺忘、想往前走的大眾。我衷心感謝。

真相不能被洗去，不該讓受難者家屬及中國人民認為正義不可得；不能只因為他們現在的政府跟美國政府關係不好，喪盡天良的行動就躲過了世界的審判。如果受難者是跟美國關係比較好的政府，這個沒有法律約束力的決議，甚或更嚴厲的決議是否就能輕易通過？如果我們因為「策略」的緣故，以獲取某些短期利益為由犧牲了真相，那我們就是重蹈前人在二戰末期的錯誤。

這與我們是誰無關，魏博士貢獻了一個說出過去真相的方法，而我們必須要求日本政府和我們的政府站起來，負起對歷史的共同責任。

李儒明，中國浙江大學歷史系系主任：

我在波士頓完成博士論文時，艾文和明美常邀我和我太太到他們家去。他們人非常好，也很幫忙，讓我們感受到美國最著名的熱情與溫暖。艾文和我遇過的很多華裔美國人不同，他不會讓我感覺他比來自中國的華人高一等。有他和明美做一輩子的朋友是很棒的事，我們之間的每個互動不用先透過政治濾鏡，過濾掉兩國的政治——而這在中、美學者之間相當常見。

因為我是他的朋友，也是中國人，我很難客觀地談論艾文做的事，但我會盡力而為。

艾文一開始說他打算去哈爾濱，而且試圖回到過去的時候，中國政府小心翼翼地支持他。因為以前沒有人嘗試過，艾文的時光之旅會造成的破壞還不完全清楚。因為二戰末證據的破壞，以及日本政府的持續杯葛，我們沒有辦法取得大量文件紀錄和來自731部隊的實物證據。艾文的工作似乎能提供第一手資料來填補這個鴻溝。中國政府給了艾文和明美簽證，因為覺得他們的工作可以幫助西方更了解中國與日本的歷史爭論。

但他們想監視他的工作。我的同胞對二戰非常敏感，沒有癒合的傷口隨著戰後與日本的多年爭論而惡化，正因如此，政府不認為政治力量介入有什麼不妥。二次世界大戰不是遙遠的歷史，傷及的不是遠古的人們，而中國也無法允許兩個外國人像古墓探險者一樣在那段近代歷史裡閒晃。

但就艾文的觀點看來——我覺得他想的是對的——任何中國政府的支援、監控或從屬關係都會摧毀他做的事在西方人眼中的可信度。

於是他拒絕了讓中國參與的所有提議，甚至申請美方外交官介入，這惹怒了許多中國人，並且疏遠他。後來，當中國政府終於在巨大的反對聲浪下禁止他的研究時，沒有幾個中國人站出來替他說話，因為他們覺得他和明美——甚至可能是蓄意的——對中國歷史與人民的傷害更大。這個指控很不公平，我也要很抱歉地說，對於捍衛他的聲譽，我覺得自己做得不夠多。

艾文整個計畫的重點比中國人更寬廣、更原子論。一方面他有美國人為之獻身的、對於個體的信念，承諾將每位受難者的聲音和記憶列為首要。另一方面，他也努力跨出國族思考，而是讓全世界的人同理這些受難者、譴責施暴者，堅定全人類共有的人性。

但在這個過程中，為了維護這項計畫在西方世界的政治可信度，他被迫和中國人民保持距離。為了顧慮西方感受，他犧牲了他們的善意。艾文努力平息西方對中國的抗拒與偏見。是膽小嗎？他應該更努力挑戰西方的抗拒與偏見嗎？我不知道。

歷史不僅是私人的事，即便受難者家屬都了解，歷史裡有共產主義社會的觀點。抗日戰爭是現代中國建基的故事，如同猶太人大屠殺是以色列的建國故事，獨立革命和南北戰爭是美國的立國故事。也許這對西方人來說很難理解，但對許多中國人來說，因為艾文擔心並拒絕他們參與，艾文便無異於是在偷竊和抹去他們的歷史。為了西方的理想典範，他未經中國人同意就犧牲了他們的歷史。我理解他為什麼這麼做，但我不認為他的決定是對的。

身為中國人，我並不像艾文那樣，對個人感知歷史全心投入。把所有受難者的故事說出來，如同艾文努力想做的，是不可能的，而且無法解決所有問題。

因為我們對廣大受難者的同理能力有限，我認為他的做法有個風險是，帶來過度的感傷，而且只有特定記憶。日本入侵後，超過一千六百萬中國人被殺。佔據頭條並呼喚我們注意的平房區死亡工廠或南京屠殺地，並沒有這種巨大的集體痛苦。相反地，這種集體痛苦出現在無數男女被屠殺、強暴、再次屠殺的平靜村莊、小鎮、偏遠軍事基地。他們的叫喊聲隨著冷風散去，直到名字成為空白、被遺忘；但他們也應該被記得。

不可能每個受難者都能找到像紅髮安妮那樣有說服力的發言人，我覺得我們不該為了蒐集這種自述而耗掉所有歷史。

但艾文總是跟我說，美國人寧可努力解決能解決的問題，也不要在無法解決的問題上打轉。他做的決定並不容易，我不會選擇同樣的方式，但艾文始終對他的美國式理想很執著。

比爾・裴瑟，夏威夷大學馬諾分校，現代中國語言與文化教授：

常有人說，因為中國每個人都知道731部隊，所以魏博士沒有什麼好教中國人的，而且只是個反日本激進份子罷了。這並不完全正確。中國和日本對歷史的爭論，更戲劇性的觀點是，他們彼此的回應極其類似。魏博士的目標就是把歷史從兩方觀點中拯救出來。

人民共和國早期，一九四五到一九五六年間，共產黨的整體意識策略是將日本入侵做為另一個歷史舞台，讓人類無法停止地朝社會主義邁去。雖然在譴責日本軍國主義並歌頌抵抗勢力，但共產黨也同時尋求展現悔意的日本人，加以原諒——以無神論的統治方式來說，這是一種令人驚訝的基督徒／儒家思想。

在這種革命熱潮的氛圍下，日本囚犯多半被以人道方式對待。他們上馬克思主義思想課程，被要求為自己的罪行寫懺悔書。（這些課程讓日本大眾普遍認為，戰時坦承犯過可怕罪行的人，一定被共產黨洗腦過。）一但他們被認為透過「再教育」已經洗心革面，就會被釋放回日本。戰爭的記憶於是被壓抑在中國，而中國被視為失心瘋想建立共產理想的國家，這個國家造成眾所皆知的災難後果。然而，史達林主義者對日本人雖然寬容，卻嚴苛對待對地主、資本主義者、菁英份子、和日本人合作的中國人，以及成千上萬無憑無據、不符法規形式就被殺的人民。

之後一九九〇年代，中國政府開始以愛國主義喚起二戰的回憶，來合理化共產主義的崩毀。諷刺的是，這個明顯的計謀讓大部分百姓無法接受二戰——對政府不信任的影響，觸及了一切層面。

所以中國的歷史記憶策略造成一連串問題。首先，他們對日本囚犯展現的仁慈，成為拒絕面對事實的人的立基點，這些人甚至會進一步質疑日本兵懺悔的真實性。第二，將愛國主義與二戰的記憶綁在一起，讓人質疑任何紀念都有政治動機。還有最後一點，個別受難者成為符合國家需求的無名象徵。

然而，很少人知道戰後的日本對其戰時暴行的沉默，背後有著和中國說法相同的動機。左翼和平運動將所有二戰時的痛苦歸因於戰爭本身，並倡導普世諒解，所有國家和平共處、不相責怪。核心重點在於物質發展，將物質發展做為遮掩戰時傷痕的繃帶。右翼則將戰時罪惡的質疑與愛國主義緊密相連。和德國相反，德國本可以賴給納粹主義——與國家本身無關——來逃避責難。右翼承認戰時日本的暴行時，總是不能不提到日本也受到攻擊。

於是，跨過一個狹窄的海域，中國和日本對二戰時的野蠻行徑以同樣的回應趨向不明智的結果：冠以普世理想如「和平」和「社會主義」之名的遺忘；以愛國主義掩護戰時記憶；將受難者和施暴者變成抽象象徵以滿足國家需求。就不同角度來看，中國抽象、不完整、片段的記憶和日本的沉默是一體兩面的。

魏博士的核心想法是，沒有真正的記憶，就沒有真正的和解。沒有真實記憶，各國的人就無法同理、記得和體會受難者的痛苦。在跳脫歷史圈套之前，我們需要一個「個體」的故事，讓我們每個人都能告訴自己發生了什麼事。

多方對談，二〇XX年一月二十一日，FXNN版權所有

愛米・羅伊：謝謝吉田大使和魏博士來參與今晚的多方對談。我們的觀眾希望你們能回答他們的問

題，我也希望能看見一些火花！吉田大使，從您開始吧！為什麼日本不道歉？

吉田：羅伊，日本已經道歉了。這就是重點，日本已經為二次大戰道歉很多很多次了。每過幾年我們就要經歷一次這種奇觀，說日本要為二次大戰時的行為道歉。但日本已經道歉了，不停道歉。我來唸幾段話給你們聽。

這是內閣總理大臣村山富市在一九九四年八月三十一日說的話：「日本在過去某些時期的行為不僅造成無數在日本的受難者，也讓亞洲鄰近國家和其他地方人民留下痛苦的傷痕至今。因此我要藉此機會表達我的想法，對這些野心行為、殖民規範、以及其他類似行逕，導致許多人難以承受的痛苦和哀傷，致上深深的歉意。一如我的無戰承諾，日本未來要盡每一分力來打造世界和平。對我們日本人來說，正直誠實地和亞洲友鄰及其他地方一起看待我們的歷史，是必要的責任。」

還有，國會於一九九五年六月九日的聲明：「正值二戰戰後五十年，日本謹向全世界的戰爭受難者及犧牲者致以追悼之情。另外，念及世界近代史眾多對殖民地的支配及侵略行為，體認到我國過去做出這樣的行為，尤其給亞洲諸國國民帶來痛苦，日本已深切反省。」

我可以繼續唸十幾則這樣的話，日本已經道歉了，羅伊。

但是每隔幾年，某些對日本的自由蓬勃有敵意的政權宣傳機構，會重提已成為歷史事件的舊事來製造對立，什麼時候才能停止？有些優秀菁英讓自己成為政治宣傳的工具，我希望他們能夠清醒過來，明白自己被利用了。

羅伊：魏博士，我必須說，這些聽起來確實是道歉。

魏博士：羅伊，我的目的或目標並不是羞辱日本。我要負責的是受難者和他們的記憶，不是電影院。

我對日本的要求是，承認平房區發生過的事實。我希望針對特定事件，並且承認特定事件，而不是空洞的官話。

但既然吉田大使決定談論道歉的問題，我們就來認真討論，可以嗎？

大使引用的這些聲明都是廣泛抽象的，指的是一些模糊又非特定的苦難。這些是輕描淡寫的道歉。吉田大使沒有說的是，日本政府始終拒絕承認許多特定戰罪，拒絕致敬和紀念真正的受難者。

還有，大使唸的這些聲明每次發表不久之後，就會有另一個聲明讚揚日本卓越的政治意圖，以抵銷對二戰時發生了什麼的疑慮。年復一年，日本政府始終用雙面神雅努斯一樣的表演招待我們。

吉田：談到歷史事件時經常會有不同看法。魏博士，這就是你所樂見的民主。

魏博士：大使，其實日本政府始終在操縱731部隊。五十多年來，跟731部隊有關的職位完全沉默，即便731部隊行動的實證穩定增加中，包含殘餘的人體。連這個部隊的存在都到一九九〇年代才被承認，但政府始終否認部隊在二戰時研發或使用生化武器。

直到二〇〇五年，為了回應及補償某些731部隊受難者家屬的控告，東京高等裁判所才終於承認日本在二戰時使用生化武器。那是日本政府第一次公開承認事實。羅伊，你可以留意一下，這些都是在吉田大使唸的那些高傲自大的聲明之後十年才有的事。高等裁判所拒絕補償。

從那時起，日本政府便一直強調，731部隊做的實驗或他們的行為細節因證據不足而無法確認。雖然某些日本學者不辭辛苦地努力揭發真相，官方始終否認和沉默。

但從一九八〇年代開始，無數731部隊的成員陸續站出來證實，並坦承他們做過的可怕行為。藉著讓新的志願見證者回到平房區，我們也已經確認並擴大研究那些事。每天我們都會找出一點點關於731

部隊的罪行，我們會把所有受難者的故事説給全世界聽。

吉田：我不太確定「説故事」是不是歷史學家該做的事。如果你們想要寫小説就去吧，但別告訴大家那是歷史。特別聲明需要特別嚴謹的證據，近來對日本的直接控訴並沒有足夠的證據。

魏博士：吉田大使，你真的認為平房區什麼都沒發生嗎？你是説這些美國在戰後立即取得的職權報告都是騙人的嗎？你是在説這些731部隊成員同時間存在的日記都是假的嗎？你真的要否認這一切嗎？

解決方法很簡單。你願意回到一九四一年的平房區嗎？你願意相信自己的眼睛嗎？

吉田：我……我不……我要釐清一下……那是戰爭時期，魏博士。也許可能發生了什麼不幸的事，但「故事」並不是證據。

魏博士：你願意回去嗎，大使？

吉田：我不願意。我沒有理由成為你的實驗品，沒有理由體驗你「時光之旅」的催眠術。

羅伊：現在我們聞到一些火藥味囉！

魏博士：吉田大使，讓我把這説明清楚。拒絕接受事實的人正在對那些暴行的受難者施加新的罪刑。他們不只站在施虐者和凶手這方，還一起把受難者的聲音從歷史上抹去，再次殺害他們。

過去，他們的任務很簡單。除非有人激烈抗拒他們否認的事，不然記憶終究會隨著年歲和死亡淡化，過去的聲音也會漸漸消逝，拒絕承認事實的人就贏了。此刻的人就會變成剝削死者的人，歷史總是這樣被寫下的。

但我們現在到了歷史盡頭，我和我太太做的是把各自表述拿開，給所有人一次機會親眼看見過去。在有記憶的地方，我們立刻就有無可爭辯的證據。與其利用死去的人，我們必須認真看見瀕死的臉孔。我親眼見過這些罪行，不容否認。

魏博士在舊金山舉辦的第五屆國際戰犯研究研討會上，談核心概念的影片片段

二〇XX年十一月二十日，史丹佛大學檔案紀錄版權所有

歷史是記敘事業，說真實的故事來確認和解釋我們的存在，是歷史學家的基本工作。但真相是脆弱的，而且有許多敵人。也許這就是為什麼雖然我們學術研究人員明明應該追求真相，「真相」兩個字卻時常伴隨著模稜兩可的話、修飾和限定條件出現。

我們每說出一個極大暴行的故事，像納粹集中營或平房區，反對勢力總是準備好要反擊、抹去、消音、遺忘。歷史一直都很困難，因為真相是那麼纖弱，而且反對者總能將真相貼上「虛構」的標籤。只要說出極不公義的事，就必須很小心。我們是愛聽故事的民族，但也學會不要相信單一敘述者。

沒錯，沒有哪一個國家、哪一個歷史學家可以說出含括所有角度的事實。但只因為所有敘述都是拼湊建構起來的，就指稱它遠離事實，這是不對的。地球不是完美的圓形，也不是扁平的圓盤，但球狀的模型會比較接近事實。同樣的，有些敘述會比其他敘述更接近真實，而我們必須一直努力在人類可行範圍內，盡可能說一個接近事實的故事。

我們永遠不可能擁有十全十美的知識，但不表示我們沒有判斷和選擇對抗邪惡立場的道德責任。

維克多·羅文森，柏克萊大學東亞研究學院院長，東亞歷史教授：

有人稱呼我「反對者」，還有人給我貼上更糟的標籤。但我不是認為731部隊不存在的日本右派，我不會說那裡什麼事都沒發生過。我要說的是，很不幸，我們沒有足夠證據來確切描述所有在那裡發生的事。

我對魏博士十分尊敬，而他始終是，將來也一直會是我最優秀的學生。但就我的觀點看來，為了確保事實不落入質疑者的圈套，他拋棄了歷史學家的責任。他已經跨越了歷史學者和社會運動者的界線。

依我所見，這場爭論不是意識形態，而是方法論。我們爭執的是證據怎麼來的。西方和亞洲傳統訓練出來的歷史學者總是以文獻為根據，但魏博士現在提出以見證者的見證為首要，注意，並不是當代見證者的描述，而是在時間河流之外的見證者。

他的方法是有許多問題的。我們有相當多心理學經驗和法律來質疑見證者說法的可信度。我們也對玻姆—桐野粒子只能單次使用的特性有很大疑慮。玻姆—桐野粒子似乎會毀掉它讀到的東西，即便目的是為了讓人看見，卻也抹除了歷史。照理說，你永遠無法回到一個已經被另一個見證者經歷過——也就是被消耗——的時間點。當我們無法個別證實每個見證者描述的狀況，怎麼能仰賴這個過程來建構已發生的事實？

我理解魏博士支持者的想法，真正看見歷史在自己眼前展開的親身經歷，讓你不可能懷疑深植心中、無法磨滅的證據。但這對我們其他人來說就是不夠好。玻姆—桐野機制需要一種跳躍式的信念：那些親眼見到難以言喻事情的人，對那些事的存在毫無疑慮，但任何其他人都無法複製那個清晰的場景。所以我們努力要把過去弄清楚，現在卻卡在這裡。

魏博士將理性的歷史探查變成個人信仰的形式。一個見證者所見的，再也沒人能看見。這是無稽之談。

直樹，姓氏保留，店員：

我看過老兵應該是在坦承這些罪行的影片。我不相信他們，他們情緒化的哭泣和肢體動作像瘋了一樣。共產黨真的很會洗腦，那一定是他們的陰謀。

我記得那些老人描述到共產黨守衛很好心。好心的共產黨守衛！這不是洗腦的證據是什麼？

佐藤和惠，家庭主婦：

中國人是很厲害的謊言製造機，他們製造冒牌食物、仿冒的奧林匹克運動會，還會製造假數據。他們的歷史也是假的。這個魏博士是美國人，但他也是中國人，所以他做什麼都不能相信。

阿部弘，退休士兵：

這些「承認」的人給他們的國家帶來巨大的恥辱！

〔訪問者：因為他們做的事情嗎？〕

因為他們說的話！

伊藤家永，東京大學亞洲歷史教授：

我們活在讚揚真實和個人故事的時代，包裝在回憶錄的形式裡。每個見證者的故事都有讓人不得不相信的即時性和事實，我們認為他們說的事實大過於虛構。然而，或許反常，但我們也亟欲抓住故事中任何與事實的誤差和不連貫，來宣告整個故事只不過是虛構的。整件事以不是全有就是全無的力道推進，讓人看不到希望。但我們應該從一開始就容許故事難免主觀，因為這不表示故事沒有陳述事實。

艾文比多數人了解的更積極，想要讓「過去」從現在解脫，讓歷史不被無視、不會從人們心中熄滅，或被當成提供此刻需求的工具。我們一起親眼見證歷史和感受過去的可能性，代表過去不是過去，而是活在每一個現在。

艾文做的事是把歷史調查本身，轉換成回憶錄書寫的形式，那種情感經歷對我們思考歷史和判斷是很重要的。文化不僅是理性的產物，也是發自內心深處真實的同理心。而戰後日本對歷史的回應最缺乏的，恐怕就是同理心了。

艾文試圖在歷史探究中納入更多同理心和情感，他為此受學術機構詆毀。但加進個人敘述的同理心和無法減少的主觀範疇並不會減少真實性，反倒提升了真實性。我們接受自己的脆弱和主觀，並不會讓我們卸下說出真相的道德責任，就算是——尤其是——「真相」並不是單一的，而是一組結合人性的共有經驗和共同理解。

當然，太看重見證者敘述，並視為首要，會帶來新的危險。只要有一點錢和設備，任何人都可以銷毀特定時代、特定地點的玻姆—桐野粒子，也就因此抹去了那些事件被直接體驗的機會。不知不覺中，艾文也發明了永遠終止歷史的技術，讓我們和未來世代再也無法有他如此珍惜的、對過去的情感經驗。

桐野明美：

簽署「時光之旅全面暫停計畫」之後的幾年很辛苦。艾文的教授終身職位申請以差距極小的票數被拒絕，而《華爾街日報》上他的老朋友兼老師，維克多・羅文森，說他是「政治宣傳的工具」，讓他深受傷害。還有，每天都有恐嚇和騷擾電話。

但我想真正激怒他的，是他們對我做的事。在反對者攻擊的最巔峰時刻，院所的資工系問我介不介意把名字從公開的教職員資料表中拿掉。他們只要一把我列在網站上，幾小時內網站就會被入侵，反對者會把我的個人介紹頁面換成這些男人的照片。這些男人如此勇敢雄辯，他們展現勇氣與智商的方式就是闡述如果我落在他們手上，他們會對我做什麼。而且你們大概記得我下班後獨自走路回家那天晚上的新聞。

如果你們不介意的話，我真的不想再詳述那段時間的事。

我們搬到波夕，試圖躲過最糟的時刻。我們過得很低調，申請了不列在電話簿上的私人電話號碼，基本上不與外界聯繫。艾文因為憂鬱症接受治療。周末我們就去鋸齒山脈健行，艾文開始繪製淘金潮後棄置的礦區和荒廢城鎮。那段時光我們很開心，我覺得他好多了。旅居愛達荷州讓他想起，這世界有時候是個美好的地方，並非一切都是黑暗和否定。

但他很迷惘，覺得自己在隱瞞真相。我知道他感覺到，他對過去的責任、對現在和對我的忠誠正撕扯著他。

我受不了看到他這麼掙扎，於是問他想不想回去戰鬥。

我們飛回波士頓，情況變得更糟。他本來想讓歷史只是歷史，讓過去活著的聲音與現在對話，但事情和他想的不一樣。「過去」確實活過來了，但「現在」面對它時，卻決定把歷史當成宗教。

艾文做得愈多，愈覺得需要去做。他不願上床睡覺，總在書桌前睡著。他一直寫、寫、不停地寫。他認為他必須親自反駁所有謊言，面對所有敵人。他做的永遠不夠，對他來說永遠不夠。我站在旁邊，無可奈何。

「我要替他們說話，因為他們沒有別人了。」他總是這麼跟我說。

那時候，也許他活在「過去」的時間比「現在」更多吧。即使他再無法使用我們的儀器，但他在心裡重新經歷了那些他去過的時刻，一遍又一遍。他覺得自己讓受難者們失望了。

他身上壓著重大的責任，而他辜負了他們。他努力要向世界揭開一樁巨大的不公義，卻只在過程中激起了否定、仇恨和沉默的聲浪。

摘自《經濟學人》，二〇XX年十一月二十六日

〔一個女人扁平鎮定的聲音大聲唸著文章，鏡頭俯衝過海面、沙灘，接著到了麻州的森林和山丘。從盤旋在我們下方地面的一架小飛機的影子，可以看出攝影機是從打開的機門上拍的。一隻緊握拳頭的手從鏡頭外移動到前景，手指展開，深色灰燼撒在飛機下方的空氣中。〕

九一八事變的十九周年即將到來，那是日本入侵中國的開始。直到今日，那場戰事一直讓這兩個國家的關係水火不容。

……

〔一連串731部隊領導人的照片播放著，朗讀者的聲音淡出又淡入。〕

……

731部隊的人在戰後日本繼續擔任重要職務。其中三位成立了日本血液銀行（後來成為日本綠十字株式會社，日本最大製藥公司），並運用他們在二戰期間從人體實驗學到的冰凍和乾血技術與知識，製造乾血產品，他們將產品賣給美國軍隊，獲取大量利潤。731部隊隊長石井四郎戰後可能到美國馬里蘭州工作了一段時間，研究生化武器。人體研究數據以論文形式發表，包含嬰孩（有時候「猴子」就是為了掩飾而使用的替換詞）——而且現在發表的醫學論文很有可能仍引用這些結論，讓我們所有人在不知情下成了這些暴行的受益者。

……

〔飛機引擎聲出現，朗讀的聲音淡出。鏡頭換到發生衝突的抗議人士揮舞日本國旗和中國國旗，有些國旗正在燃燒。

接著朗讀聲再次出現。〕

……

日本國內外有許多人反對731部隊還活著的人說的話。他們說，那些人很老了，記憶力退化；他們可能想吸引注意力，他們可能精神不正常，他們可能被中共洗腦了。單憑口述來建構歷史是很不明智的。對中國人來說，這些聽起來就跟否認南京大屠殺和其他日本暴行的人提出的理由一樣。

年復一年，歷史逐漸在兩方人士之間形成一道牆。

〔畫面換成播放艾文．魏和桐野明美的生活照錦集。第一張照片裡，他們對著鏡頭微笑。後來的照片中，桐野的表情疲倦、無神、木然，艾文．魏的神情目空一切、憤怒，滿是沮喪。〕

艾文．魏，研究平安時代的華裔美籍年輕學者，以及桐野明美，日裔美籍實驗物理學者，看起來並不像是會把世界帶到戰爭邊緣的革命人物，但歷史總有辦法顛覆我們以為的事。

如果證據不足是問題，他們有辦法提出無可辯駁的證據：你可以像看戲劇一樣觀看發生過的歷史。

世界各國政府陷入一場騷動。當艾文．魏把731部隊受難者家屬送到過去，親眼見證平房區手術室和囚犯間發生的可怕事情時，中國和日本在法庭和鏡頭前掀起一場互怨的苦戰，爭奪過去的所有權。美國心不甘情不願地被拉入這場爭鬥，以國家安全為由，終於在艾文·魏準備調查美國在韓戰時可能使用生化武器（恐怕是從731部隊的研究發現）的真相時，禁止他使用儀器。

亞美尼亞人、猶太人、西藏人、美洲原住民、印地安人、吉庫猶人、新世界奴隸的後裔們——全世界的受難者族群集結起來要求開放使用儀器。有些人是因為擔心自己的歷史會被有權力的群體抹去，其他人則希望用他們的歷史來取得現在的政治權力。同時，一開始擁護開放機器的國家，在涉及層面明朗之後猶豫了：法國人會希望重現他們在維京政權下的墮落邪惡嗎？中國人會想再度經歷自己在文化大革命時造成的可怕場面嗎？英國人會想看見他們帝國擴張背後的集體屠殺嗎？

全球民主和獨裁政府一面欣然簽署「時光之旅全面暫停計畫」，一面爭論過去管轄權如何分配的枝微末節。似乎所有人都還沒準備好要面對過去。

艾文·魏寫道：「所有書寫歷史都有一個目標：將與歷史相符的個人敘述納入歷史事實。太久以來，我們始終陷在對事實有所爭論的泥沼中。時光之旅可以讓我們像看向窗外一樣看見真相。」

但用機器將大量731部隊受難者的中國家屬送回過去，而不是專業的歷史學家，對艾文·魏的研究並沒有幫助。（雖然也可以問，如果他送幾個專業歷史學者去，結果會不會不一樣？也許還是會有人說，看到的只是機器虛構出來的畫面，或歷史學家要偏袒他的研究。）這些家屬做為未受訓練的觀察者，並沒有提出對任何事件有幫助的重大發現。他們無法正確回答懷疑論者提出的問題。（「日本醫生的制服胸前有口袋嗎？」「當時那個區裡總共有多少囚犯？」）他們在旅程中聽不懂日文；他們很不幸地會習慣性重複政府說的話，但他們的政府並不受信任。他們的說法都與下一個人說的有些微差異。此外，他們在鏡頭前崩潰時，情緒性的發言更讓懷疑論者認為，比起歷史探尋，艾文．魏對情感宣洩更有興趣。

這些批評激怒了艾文．魏。平房區發生過極大的暴行，卻因為政府隱瞞而被全世界刻意遺忘。因為中國政府令人鄙視，這世界就支持日本的否認。對於醫生是否不用麻醉解剖所有人，還是只有一部分受難者沒有被麻醉；多數受難者究竟是政治囚犯、突然被抓走的無辜村民，還是普通犯人；石井是否知道他們用嬰孩和幼兒來做實驗等等爭辯，在他看來都偏離重點了。問問題的人會執著在日本醫生的制服這種無關緊要的細節，並拿來質疑見證者，他覺得這不值得回應。

他繼續回到過去，其他看見這些科技未來發展的歷史學家提出反對。結果歷史終究是有限的，艾文．魏每一次進行時光之旅都會毀掉一大塊無法替代的過去。他像在起司乳酪的孔洞中解開過去的謎團，如同早期考古學家為了找幾樣珍貴的工藝品，便拆毀整個遺址一樣，使珍貴的過去歷史被遺忘。艾文．魏正在毀掉他努力想保存的歷史。

上星期五艾文．魏在波士頓地下鐵跳下鐵軌時，他無疑是深陷過去而無法自拔。也許他沒想到自己的工作會敗給反對勢力，因而沮喪。為了終結歷史上的爭議，他卻造就了更多爭議。原本想讓受難者發聲、揭發巨大的不公，卻讓某些人永遠沉默。

〔桐野博士在艾文．魏的墓前對我們説話。在新英格蘭五月的陽光下，她眼睛下方的陰影讓她看起來更老、更脆弱了。〕

桐野明美：

我有一個祕密從未對艾文說過。嗯，事實上是兩個。

第一個是我的祖父。他在我和艾文相識之前就過世了，我從來沒有帶艾文去過他的墳前，他的墳墓就在加州。我只跟他說，我不想談這些，我也從來沒把他的名字告訴艾文。

第二個是我有回去過的一趟旅程，我以個人名義去的唯一一次。我們當時在平房區，而我去了一九四一年的七月九日。透過描述和地圖，我對那個地方非常熟悉，我避開囚房和實驗室，去了指揮中心所在的一棟建築。

我四處張望，直到找到病理學研究班的班長辦公室。班長在裡面，他是非常英俊的男人：高䠷、修長，坐得直挺挺地。他正在寫信。我知道他三十二歲，和我那時相同年紀。

我越過他肩膀看到他在寫的信，他的書法很美。

此刻我終於訂好工作計畫了，一切都很順利。東北是個非常美麗的地方，一眼望去全是高粱田，像大海一樣。這裡街上的小販用新鮮大豆做豆腐，聞起來讓人垂涎三尺。雖然沒有日式豆腐好吃，但還是非常好吃。

妳會喜歡哈爾濱的。現在蘇聯人已經走了，哈爾濱街上像五種民族的和諧拼布。我們敬愛的日本士兵和殖民者走過時，中國人、滿族人、蒙古人和朝鮮人對我們行禮，感謝我們為這塊美麗土地帶來的自由和富裕。花了十年才平定這個地方和消滅共匪，共匪現在不過偶爾出現，不是太大的麻煩。大部分中國人都很溫順安全。

但我這些日子以來沒工作時真的能想的只有妳和菜穗子。為了她，妳和我才分開。為了她和她的世代，我們才做出犧牲。很難過我將錯過她的第一個生日，但我心中很高興能看見大東亞共榮圈在這個遙遠卻豐饒的內陸開花。在這裡，真的會覺得我們日本是亞洲之光，是救世主。

親愛的，振作起來微笑吧！我們今日所有的犧牲，代表某一天菜穗子和她的孩子將會看見，亞洲在這世界上得到應有的位置，從歐洲殺人盜匪的枷鎖中解脫，那些人現正踐踏著亞洲、褻瀆她的美。等我們終於將英國人從香港和新加坡趕走時，我們將一同慶祝。

紅色高粱海，
大豆碎香一碗碗。
我只看見妳
和她，我們的寶貝，
此刻願你們同在。

這並不是我第一次看到這封信，我小時候曾看過一次。這封信是我母親珍藏的物品之一，我記得自己還央求她跟我解釋所有褪色的字。

「他對自己的文學素養很自豪。」我母親曾說：「他總會在信末附上一首短歌。」

那時我祖父已失智許久，經常把我誤認成我母親，對我喊她的名字。他也會教我摺紙動物，他的手指非常靈巧——畢竟他是優秀的外科醫生。

我看著祖父寫好信、對摺，跟著他走出辦公室，來到他的實驗室。他已經準備好要做實驗了，他的筆記本和工具整齊地在工作桌上排開。

他叫一個助理過來，要那個助理拿某個東西來做實驗。助理十分鐘後回來，拿著一個托盤，上面放著一團血淋淋的東西，像一盤蒸豆腐。那是人腦，剛從體內取出，還溫呼呼的，我能看見它散發出的熱氣。

「很好。」祖父點點頭說：「很新鮮，這個可以用。」

桐野明美：

有些時候我會希望艾文不是中國人，就像有些時候我會希望自己不是日本人。但這些是一閃而過的脆弱時刻，我並不真的這麼希望。我們都生在歷史洪流中，游過去還是沉下去都是命，不要埋怨自己的運氣。

從我成為美國人以來，大家告訴我，「美國」就是把過去留在身後。我從來不懂這個說法。過去就像自己的皮膚一樣，是不可能留在身後的。

努力進入過去、為死去的人發聲、修復他們的故事——這就是艾文的一部分，也是我愛他的原因。同樣的，我祖父是我的一部分，而他做的事，是為了我母親和我，以及我的孩子。我對他的罪過有責任，同樣的，我也以繼承一個偉大民族的傳統為傲，一個在我祖父的時代犯下極大罪惡的民族。

在非常時期，他面對的是非常抉擇，也許某些人會說這意思是我們不能評斷他。但除了在極其特別的情況下，我們又怎麼能真的評斷任何人呢？

在承平時代，要保持彬彬有禮和有秩序的樣子很容易，但真正的性格只有在黑暗和巨大壓力下才會顯現——是鑽石，還是只是一塊最黑的煤炭？

但我的祖父並不是怪物。他只是一個有著平凡道德勇氣的人，他犯下的罪大惡極是他和我永遠的恥辱。將某個人貼上怪物的標籤，代表他是從另一個世界來的，和我們沒有關係的人。這個標籤切斷了愛和恐懼的連結，讓我們自以為高高在上，但什麼也學不會、什麼也沒得到。貼標籤很簡單，卻是膽小鬼的行為。我現在知道，只有理解像我祖父那樣的人，才能了解他造成痛苦的心路歷程。沒有怪物，我們就是怪物。

為什麼我不告訴艾文我祖父的事？我不知道。我想我是膽小鬼吧！我擔心他會認為我體內流著污濁腐敗的血。我那時無法找到同理我祖父的方式，我擔心艾文也無法同理我。我藏著祖父的故事，一部分的自己也就遠離了我的丈夫。我曾經以為我可以把祕密帶進棺材，永遠抹去我祖父的故事。

現在艾文走了，我很後悔。他值得完全、完整地了解他的妻子，我應該要相信他，而不是閉口不談我祖父的事。我祖父的故事也是我的故事。艾文死的時候覺得他揭露愈多故事，就愈讓人們懷疑這些故事。但他錯了，真相並不脆弱，也不會因為人們否認而受苦——真相只有在人們不說真實故事的時候才會死去。

把故事說出來吧！我願與731部隊逐漸老去和死去的成員們、受難者的子孫後裔、所有歷史上沒有被說出的可怕事件分享這份動力。過去受難者的沉默讓現在的我們更有義務找回他們的聲音，當我們願意扛起這個責任時，我們就自由了。

〔當鏡頭轉向佈滿星星的天空時，桐野博士的聲音在鏡頭外對我們說〕

艾文已經走了十年了，「時光之旅全面暫停計畫」還原地不動。我們仍然不知道要怎麼處理那顯然唾手可得的過去，一個不會被噤聲或遺忘的過去。但現在我們猶豫了。

艾文直至死的那一刻都認為自己犧牲了731部隊受難者的回憶，永遠抹去了留在我們世上的真相足跡，一無所有，但他錯了。他忘了即便沒了玻姆－桐野粒子，形成那些無可言喻悲傷時刻的光子和沉默的英雄們都還在，以光球的形式漫遊在真空中。

抬頭仰望星星，我們被平房區最後一個受難者死去的那天、最後一班抵達納粹集中營的火車、最後一個走出喬治亞州的切羅基人所產生的光包圍著。而我們知道那些遙遠世界的居民以光速從這裡到那裡，如果他們正在看著的話，將會在時空中看見那些時刻。要捕捉所有光子、抹去所有畫面是不可能的，他們是我們永恆的紀錄、存在的證明，是我們告訴未來的故事。我們走在這地球上的每一刻，都被宇宙的眼睛看著、評斷著。

太久以來，歷史學者和我們所有人都在剝削死去的人，但過去並沒有死亡，它始終在我們身邊。我們所到之處，都被大量玻姆－桐野粒子包圍著，而玻姆－桐野粒子能讓我們如同看向窗外一樣看見過去。死者的痛苦就在我們身邊，聽得見他們的尖叫、走在他們的靈魂之間。我們無法移開視線或關閉耳朵，我們必須親眼見證，為那些無法說話的人發聲。做正確的事，只有一次機會。

【作者註】

這篇故事是為了紀念張純如女士，並向731部隊受難者致敬。

我在讀姜峯楠《看不見的美》時開始以紀錄片的形式構想這個故事。

以下是這篇故事的參考資料。特別在此感謝這些資料提供的幫助，若故事中有任何事實和想法的錯誤，都歸因於我個人。

「死者的剝削者」一詞，平安時代與前現代日本歷史，參見：

Totman, Conrad. A History of Japan, Second Edition. Malden, MA: Blackwell Publishing, 2005.

731部隊和研究實驗歷史：

Gold, Hal. Unit 731 Testimony, Tokyo: Tuttle Publishing, 1996.

Harris, Sheldon H. Factories of Death: Japanese Biological Warfare 1932–45 and the American Cover-Up, New York: Routledge, 1994.

（故事中也參考了許多其他報章雜誌、期刊、採訪和分析資料。作者包含Keiichi Tsuneishi, Doug Struck, Christopher Reed, Richard Lloyd Parry, Christopher Hudson, Mark Simkin, Frederick Dickinson, John Dower（約翰・道爾）, Tawara Yoshifumi, Yuki Tanaka, Takashi Tsuchiya, Tien-wei Wu, Shane Green, Friedrich Frischknecht, Nicholas Kristof（紀思道）, Jun Hongo, Richard James Havis, Edward Cody, and Judith Miller（朱迪思・米勒）。感謝這些作者，也很遺憾因為空間有限無法一一列出引用來源。）

日本醫生以中國受難者進行活體實驗和手術練習、戰後被以戰犯對待，以及日本戰後對二次戰爭的回應，可參見：野田正彰〈虜囚的記憶〉，《東亞研究季刊》，18:3（2000），頁49-91。

根據當事人說法和其他文獻，731部隊的日本醫師在為受難者注射時通常會穿著防護衣，以避免囚犯反抗掙扎時受到感染。

山形四郎對於731部隊的回憶是以湯淺謙在《朝日新聞》中敘述的經驗為原型。湯淺謙為日本軍醫，但並非731部隊的一員。

艾文・魏的訃告是根據二〇〇四年十一月二十五日《經濟學人》為張純如發的訃告改編而成。

「亞太暨全球環境小組」的公聽會是以二〇〇七年二月十五日同樣機構的公聽會為原型。該次公聽會討論《第121號簡單決議案》，也就是日本戰時以女性為性奴（慰安婦）的議題。

現代哈爾濱平房及731戰犯博物館的照片由堯德偉提供。

故事中反對者的意見來自網路論壇留言、貼文的「鄉民」，以及抱持反對想法與作者聊過天的人。

後記

Postscript

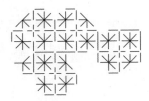

我是從寫短篇小說開始的。自從把創作精力轉到長篇小說後，雖然不再每年寫十幾篇短篇故事，但短篇小說仍在我心裡佔了一個特別的位置。

因此這本選集對我來說有種懷舊的感覺，裡頭收錄了幾篇我最受歡迎的作品（以獲獎和提名來說），也收錄了沒怎麼得到認同、但我很喜歡的作品。我想這些作品都真切呈現了我的志趣、熱情和創作目標。

我不太刻意區別奇幻小說和科幻小說——或去區別「類型小說」和「主流小說」。我認為所有小說都是強調超越現實的「象徵」思考——總的來說便是講故事的邏輯——無可厚非地隨機和天馬行空。

我們花一輩子的時間，努力說著關於自己的故事，這些故事是記憶的精華，關乎我們如何將活在這冷酷的無常世界，變成尚可忍受的事。我們把這樣的意圖稱做敘事謬誤，但並不表示它無法觸及某些真實面。

有些故事再真實不過了。

我也是個譯者，翻譯往往能自然而然給予我對寫作的想法。

所有的交流都是翻譯的奇蹟。

這一刻，這個地方，在我神經元中轉換的行為潛能如瀑布般落下，成為某種排列組合、圖樣、思維；它們順著我的脊髓流下，分流進入我的手臂、手指，直到肌肉抽動，於是思緒被譯成動作、無意識的控制桿啟動、體內電子重新配置、文字在紙上出現。

另一刻，另一個地方，光打在文字上，反射成一對高度清晰的視覺器具，經過大自然幾十億年浮沉盛衰的雕琢，幾百萬年的感光細胞在兩面螢幕上映成顛倒的影像。感光細胞將光譯成心電脈搏，向上送達視覺神經、在視神經交叉，向下抵達視束，進入視覺皮質，脈動在此重新集合成字母、標點符號、單詞、句子、媒介、大綱、念想。

整個系統看來脆弱、荒謬可笑、如科幻小說一般。

你讀著這些文字時，誰能知道你心裡的想法和我打下這些文字時是不是一樣？我們不同，你和我，以及我們感知到的，彷彿宇宙兩端兩顆相異的星星。

然而，無論這趟漫長的翻譯旅途中丟失了什麼，當我的思緒穿過文明的迷宮抵達你內心時，我想你是懂我的，你也覺得你是懂我的。我們的心努力靠近，即便短暫而不完美。

這樣的想法是否會讓這世界感覺善良了一點，明亮了一點，溫暖了一點，更人性化了一點？

我們正是為了這樣的奇蹟活著。

對於一路上幫助我的許多試讀者、作家和編輯們，我永遠心懷感謝。這裡的每個故事，某種程度上都呈現了我所有經驗的總和、所有讀過的書、有過的談話，以及我感受過的成功、失敗、快樂、悲傷、讚嘆和沮喪。我們都只是因陀螺網中的點點星辰。

我也要感謝我的出版社，傳奇出版社（Saga Press）裡的每個人，感謝他們協助我集結這一本美好的書。感謝Jeannie Ng校正原稿的錯誤；感謝麥克・邁卡尼（Michael McCartney）設計出很棒的書封；感謝明媚（Mingmei Yip）接受我提出奇怪的書法要求；感謝艾琳娜・絲多克（Elena Stokes）

和凱蒂・赫希柏格（Katy Hershberger）考慮周到的宣傳活動。尤其感謝我的編輯喬・蒙提（Joe Monti）力挺這本書，用他的眼光製作了這本書（並拯救了我）[1]。感謝我的經紀人羅斯・蓋倫（Russ Galen），謝謝他看見這些故事裡的可能性。最重要的是，我要將幾百萬個謝謝獻給啟怡（Lisa）、埃絲特（Esther）和米蘭達（Miranda），是她們讓我的人生故事完整而有意義。

最後，感謝你們，親愛的讀者。因為我們的心靈交會，才讓寫作成為一件極為值得付出的事。

1 以上均指美國版的偕同工作者。

文學森林 LF0092

摺紙動物園

The Paper Menagerie and Other Stories

作者

劉宇昆（Ken Liu）

美國文學界備受讚譽的作家，曾獲得星雲獎（Nebula Award）、雨果獎（Hugo Award）、世界奇幻獎（World Fantasy Award）、側面獎（Sidewise Award）、軌跡獎（Locus Award）和科幻暨奇幻翻譯獎（Science Fiction & Fantasy Translation Award），並入圍西奧多·史鐸金紀念獎（The Theodore Sturgeon Memorial Award）。他的短篇小說〈摺紙動物園〉是第一部同時獲得雨果獎、星雲獎與世界奇幻獎的作品。他也翻譯了劉慈欣的《三體》，於二〇一五年獲得雨果獎最佳長篇小說獎，是首部獲得雨果獎的翻譯小說。劉宇昆首部長篇小說《國王的恩典》（*The Grace of Kings*）是他與藝術家妻子鄧啟怡（Lisa Tang Liu）一起創造的宇宙，也是絲綢龐克史詩奇幻系列（silkpunk epic fantasy series）首部曲。現與家人住在波士頓附近。

譯者

張玄竺

英國愛丁堡大學英國文學碩士，現從事翻譯及教職工作。翻譯是一生的志業及身心靈的形而上搖滾。

封面設計　Digital Medicine Lab 賴楨璾、何樵暐
版權負責　陳柏昌
行銷企劃　劉容娟、詹修蘋
副總編輯　梁心愉
初版一刷　二〇一八年五月二十八日
初版五刷　二〇二二年六月十日
定價　新台幣四百六〇元

ThinKingDom 新經典文化
發行人　葉美瑤
出版　新經典圖文傳播有限公司
地址　臺北市中正區重慶南路一段五七號十一樓之四
電話　02-2331-1830　傳真　02-2331-1831
讀者服務信箱　thinkingdomtw@gmail.com
FB粉絲專業　https://www.facebook.com/thinkingdom/

總經銷　高寶書版集團
地址　臺北市內湖區洲子街八八號三樓
電話　02-2799-2788　傳真　02-2799-0909
海外總經銷　時報文化出版企業股份有限公司
地址　桃園市龜山區萬壽路二段三五一號
電話　02-2306-6842　傳真　02-2304-9301

摺紙動物園 / 劉宇昆(Ken Liu)著；張玄竺譯. --
初版. -- 臺北市：新經典圖文傳播, 2018.05
464面 ;14.8*21公分. -- (文學森林 ; LF0092)
譯自：The paper menagerie and other stories
ISBN 978-986-96414-2-5（平裝）

874.57　　107007715